제5의

박혜강 장편소설

제5의

박혜강 장편소설

숲 속에는 생사의 순환이
끊임없이 이루어진다

바람이 시나브로 불어오고 있다

죽음을 치유하는 생명의 숲

바람은 생명과 변화의 숨결이다

찬란한 생명의 숨결이
가슴팍에 부딪친다

문학들

| 작가의 말 |

    어린 시절부터 꽃이 지고, 열매가 떨어지고, 숨탄것(생명체)들의 존재가 사라지는 광경을 무수히 보았다. 물론 태어나고 자라는 광경도 보았다. 그런데 가리사니를 깨우치지 못한 철없던 시절이라서 그런 현상들을 무심코 바라보았다.
    죽음이라는 것이 우리 곁에 항상 도사리고 있다는 것을 비로소 느끼기 시작한 것은 큰 누님이 세상을 뜰 때였다.
    내 위로 네 분의 누님이 계셨는데, 큰누님은 어머니처럼 나를 업어 키우신 분이다. 그런데 그 누님이 병원에서도 원인을 밝혀내지 못한 채 시름시름 앓기 시작했다. 한참 후에 폐암이라는 것이 밝혀졌다. 본격적인 암치료를 시작했을 때는 이미 늦은 상태였다.
    안치실에 누워 있는 큰누님의 발에 신겨놓은 예쁜 헝겊 신발을 보는 순간 가슴이 미어지는 것을 느꼈다. '정작으로 고와서 서러워라'는 조지훈 님의 시구詩句가 가슴에 와 닿는 순간이었다. 그 누님께서 금세 벌떡 일어나 사뿐사뿐 걸으실 것 같았다.

큰누님의 부음訃音을 들은 어머님이 창백한 안색으로 부르르 떠셨다. 그 모습이 아직도 생생하다. 딸이 먼저 죽었다는 게 거짓말 같았을 것이다. 하지만 당신의 배로 낳은 딸이 세상을 떠난 것은 어찌할 수 없는 일이었다.

그리고 얼마 후, 중학교 영어교사였던 넷째누님이 세상을 갑자기 떠났다. 회갑도 맞이하기 전이었다. 어머니께 이런 부음을 알릴 수 없었다. 어쩔 수 없이, 그 누님이 미국으로 연수를 갔다는 거짓말을 꾸몄다. 어머니는 돌아가실 때까지 그 누님의 죽음을 알지 못했다.

넷째누님은 학창 시절에 나와 함께 자취를 하기도 해서 유난한 사이라고 할 수 있다. 그 누님은 정음사에서 펴낸 세계문학전집 50권을 모조리 읽어내던 영문학도였다. 그리고 책을 좋아하는 나에게 "젊은 시절에는 시인이나 소설가가 아닌 사람이 없다. 사람들은 종종 착각하여 자신이 시인이나 소설가의 자질이 있다고 생각하는데, 그러지 말고 열심히 공부해서 의과대학에 가라"는 충고를 자주 해주었다.

내가 책을 펴내기 위해 서울에 간간이 올라갈 때면, 넷째누님은 좋은 직장을 그만 두고 전업 작가의 길에 나선 내가 가련하다며 안쓰러운 눈빛을 보내기도 했다. 가족 중에서 누구보다 문학을 잘 이해하고 문단의 현실을 잘 알고 있어서 나에게 그런 표정을 지었을 것이다.

나는 누님들의 죽음을 지켜보기만 했을 뿐 아무런 조치도 해드릴 수 없었다. 의사가 되지 못하고 작가의 길을 걷고 있는 내 자신이 미웠다.

5년 전, 누님들의 죽음에 이어 어머니께서 소천하셨다. 그날, 나는 연합뉴스 기자와 인터뷰 중이라서 임종도 지켜보지 못했다. 어머님의 소천은 나를 어리바리하게 만들어버렸다. 눈물이 나지 않았고, 슬픔도 느껴지지 않았다. 넋이 빠진 상태에서 장례식을 치르고, 한 두어 달쯤

지나서야 '존재와 부재'라는 화두에 꼼짝없이 묶여버렸다. 그리고 아주 오랫동안 빠져나오지 못했다. 더 이상 소설을 쓸 수 없었다. 내 건강도 급격하게 나빠지기 시작했다.

소설을 쓸 수 없는 전업 작가는 존재의 의미나 가치가 없다고 생각하기 시작했다. 자살을 생각할 정도였다. 그런 망상을 지우는 방법은 다시 펜을 잡는 일이었다. 하지만 아무리 노력해도 몇 년간이나 소설이 써지지 않았다.

어쩌다가 제정신을 차리게 되면 독서를 했다. 셸리 케이컨의 『죽음이란 무엇인가』라는 책을 필두로 하여 실존문제를 다룬 책들을 집중적으로 읽었다. 나는 그런 독서가 죽음을 향해 한 걸음씩 걸어 들어가는 일이라고 여겼다. 그런데 이상하게도 자살이라는 망상으로부터 한 걸음씩 벗어나는 결과를 낳고 있었다.

특히 어느 봄날, 신록이 우거진 산에 올라 발아래의 숲을 바라보다가 강렬한 느낌 하나를 받게 되었다.

숲은 수풀의 준말이며 나무를 의미하는 수樹와 풀로 조합된 단어이다. 그런데 나는 신록으로 우거진 숲에서 나무 수樹자만 본 게 아니라 목숨 수壽자를 본 것이다. 그리고 숲은 생명의 근원이요, 인간의 고향이요, 은혜로운 보시普施요, 만행과 만덕을 닦은 화엄華嚴의 본래 모습이라는 것을 깨닫게 되었다.

그날 이후, 나는 소설 작업을 다시 시작할 수 있었다. 전남 화순읍에서 무등산 뒤편의 안양산 휴양림이 있는 곳까지 구도자求道者처럼 산길을 왕복해서 걸은 적이 있었다. 땡볕 아래에서 무려 5시간 이상 걸으면서 삶과 죽음을 다시 생각해보았다. 산길을 걸으면서 수년간 어지럽게 펼쳐놓기만 했던 사유思惟들을 간략하게 정리할 수 있었다. 이 장편소설을 기획하고 구상했던 것들도 다시 점검했다.

　이 장편소설의 제목을 '제5의 숲'으로 정한 것도 그날 산길을 걸을 때였다. 암 질환의 마지막 단계를 '4기'라고 하는데, 숲은 그런 마지막 단계를 뛰어넘고 초월할 수 있는 '5의 단계'라는 생각이 솟구쳤기 때문이다.

　끝으로, 나는 이 장편소설을 탈고한 후에도 생과 사의 정체를 파악하지 못하고 있다. 다만 『논어』에 나오는 '언지생焉知生 미지사未知死'라는 말과, 원래 호라티우스의 라틴어 시에서 나오는 구절이며 영화〈죽은 시인의 사회〉를 통해 유명해진 '까르페디엠(carpe diem)'만 알고 있을 뿐이다.

　혹시 위의 말들을 잘 모르는 독자들께 친절히 설명하고 싶다. 전자는 '이 세상일도 모르는데 어찌 죽음을 알리요'이고 후자는 '살고 있는 이 순간에 충실하라'는 뜻임을 밝혀둔다.

　사족이나 다를 바 없는 이야기가 모두 끝났다. 이젠 가까운 숲을 찾아가서 나무들 사이에 앉아 숲의 일원이 되려고 한다. 숲이 나를 부르고 있다. 그 숲은 '생명의 숲'이라기보다 더욱 절절한 '목숨의 숲'일 터이다.

2016년. 초여름. 무등산 아래에서 **박 혜 강** 배상.

| 차례 |

작가의 말   004

프롤로그 • 기억의 저편에 매장해버린 것들   011

1 • 개똥밭   017
2 • 여우와 따쭈리   033
3 • 활법과 살법   047
4 • 인생의 목적지   058
5 • 제5의 숲은 경계가 없다   070
6 • 숲 속에는 요정이 살고 있을까   083
7 • 초롱꽃, 어스름 속에 걸린 하얀 등불   095
8 • 여우야, 여우야, 뭐하니   107
9 • 어떤 죽음   123
10 • 지구소풍과 하늘소풍   137
11 • 또 다른 세상   149
12 • 하늘 천, 따 지, 가마솥에 누룽지   162

13 • 속세로 나가다	174
14 • 봄꽃 속에 피고 지고	190
15 • 녹색 눈의 괴물	204
16 • 총銃	216
17 • 강호낭중, 숲으로 돌아오다	226
18 • 천기누설	240
19 • 집착이 미혹을 낳는다	251
20 • 백조의 노래	264
21 • 길고 짧은 것	276
22 • 곡옥曲玉, 생명의 씨앗	291
23 • 길은 길로 다시 갈라진다	303
에필로그 • 숲, 목숨의 초상肖像	313

프롤로그
기억의 저편에 매장해버린 것들

　몽환의 물감을 산벚나무 가로수 위에 부어놓은 듯하다. 우아하고 화사하기 그지없는 벚꽃들이 매달려 있다. 어디에서 불어온 바람일까. 바람이 불 때마다 전율하는 꽃잎들이 생사의 경계에 서서 황홀한 진통을 겪는다. 그 꽃잎들이 수천수만의 혼백들이라면, 꽃잎 바로 옆에서 귀를 쫑긋 내밀고 세상의 이야기를 듣고 있는 산벚나무 어린 이파리들은 찬란한 새 생명이다. 이처럼 하나의 줄기에 삶과 죽음을 함께 매달아 극명하게 대비시킨 숨은 뜻이라도 있는 것일까. 혹시 그게 '카르페 디엠'일까, '메멘토 모리'일까.
　사내는 그냥 지나치지 못한다. 도로 가장자리에 승용차를 잠시 정차시킨다. 산벚나무 꽃잎들이 호젓한 오르막 산길 위에서 처연한 아름다움으로 나뒹굴고 있다. 어깨동무 친 가로수들은 화려하면서도 어웅한 터널이다. 마치 사후세계로 통한다는 소용돌이 통로처럼 느껴진다.

　떨어지는 꽃잎들이 '장자의 나비' 처럼 나풀나풀 군무를 펼친다. 꽃인지 나비인지 구분하기 힘든 풍경이다. 가로수 터널 저편에 산의 실루엣이 우련하게 드러나다가 시나브로 사라지곤 한다. 사내의 유년기, 숲 속 사람들이 '무덤산' 이라고 한 바로 그 산이 기지개를 한껏 켜고 있다.

　사내는 신비스러움을 머금고 있는 곡옥曲玉(옥을 반달 모양으로 다듬어 끈에 꿰어 장식으로 사용했던 구슬) 목걸이를 습관처럼 만지작거리면서 세월 저편의 어떤 숲을 향해 날갯짓한다. 그의 얼굴이 불콰하게 변해간다. 여태 승용차를 타고 왔음에도 마치 산길을 허위단심으로 올라온 사람 같다. 심장이 잉큼잉큼 뛴다. 덩달아서 들숨과 날숨이 거세어진다.

　그 숲속마을에는 세상 한 끄트머리에서 또 다른 세상을 펼치고 살아가는 사람들이 외따로 모여 있었다. 그들의 가슴팍에는 현대의학에서 마지막과 죽음을 의미하는 '4기' 라는 단어가 저마다 낙인되어 있었다. 그렇지만 '4' 라는 숫자에 굴복하지 못하겠다는 뜻으로 자신들의 마을을 '제5의 숲' 이라고 이름 지었다.

　제5의 숲 사람들은 생사의 경계에 서서 위태롭게 흔들리거나 모지락스럽게 버티곤 했다. 세상 사람들은 죽음을 앞둔 그들의 일상이 막장드라마일 것이라 여길지도 모른다. 하지만 제5의 숲 사람들의 일상은 바깥세상의 축소판이나 다를 바 없었다.

　숲을 어루만지고 밀려오는 깃털 같은 산들바람이 사내를 애무하기 시작한다. 그때 그 시절, 곡옥 목걸이를 만들던 다인 이모의 목소리가 사내의 귓전을 스쳐 지나가 내려앉는다.

"애야, 이것은 생명의 씨앗이며, 하늘을 날아다니는 용의 아기씨란다. 몸에 항상 지니고 다니면 잡귀를 물리치고 만세를 누리게 될 거야."

돌팔이 아저씨가 했던 말도 깨어난다.

"모든 것들은 그 형태가 변할 뿐 완전히 없어지는 게 아니지. 한 생명의 숨이 멈추고 나면 이내 흔적이나 형체가 사라지지만, 다른 모습이나 형태로 변해서 어딘가에 존재하기 마련이거든."

사내는 암이라는 병마를 극복하기 위해서 몸부림치던 사람들의 눈물겨운 노력들을 수없이 지켜보았다. 그뿐만 아니라 여러 가지 형태의 죽음에 대해서 이야기를 듣거나 목격하기도 했다.

그 시절의 소년은 죽음이라는 단어를 자주 접할 수밖에 없는 환경 탓으로 어른들의 정신세계에 불시착해 있었다. 게다가 그 숲 속 사람들이 여러 가지 공부를 앞다투어 가르치는 바람에 소년은 그들의 모자이크 그림이 되어갔다. 마침내 애늙은이로 변해갔다. 그런데 아무리 그런 상황이라고 해도 어린이가 어른이 될 수 없는 노릇이었다.

잠시 후, 사내가 산벚나무 터널을 빠져나간다. 무덤산이 언제 기지개를 켰냐는 듯 정색하고 우뚝 멈춘다. 그 산이 생의 한 자락처럼 시퍼렇게 펼쳐진 하늘을 배경으로 사뭇 장엄한 자태를 드러내고 있다. 거대한 봉분처럼 생겨서 '무덤'이라는 산명山名이 붙었을 것이다. 아니면 산의 가슴팍에서 이루 헤아릴 수 없는 생사들이 꽃잎처럼 피어났다가 지곤해서 그런 이름이 붙었을지도 모른다.

사내가 현재 살고 있는 도시의 한복판에 능陵이나 총塚이라고 하는 대형고분들이 수십 기나 있다. 바투 옆에는 아파트며 주택들이 어깨를 나란히 한 채 서 있다. 음택과 양택이 공존하는 풍경은 삶과 죽음이 따로 없다는 것을 말해준다. 또 죽음도 삶의 일부분이며 연속선상에 있다는 것을 넌지시 가르쳐 준다.

사내는 무덤산이나 고분에서 죽음이라는 단어보다 생명의 근원인 배꼽이나 산모의 봉긋한 배를 연상케 한다. 그때 그 시절, 제5의 숲에서 살아가던 사람들도 무덤산을 죽음이 아닌 회생이나 부활의 상징물로 여겼으며 숭배의 대상으로 모셨다.

그 숲으로 가는 도로는 예나 지금이나 별로 다르지 않다. 변한 게 있다면 황톳길에 아스팔트 외투를 씌웠고 노폭을 넓혔다는 점이다. 오르막 산길이 끝나자 내리막길로 이어진다. 하나의 산길에 오르막과 내리막이 함께 있듯이 삶과 죽음은 하나의 연결고리이다.

사내는 길섶 여기저기에 널려 있는 기억의 조각들을 주워 모으며, 고향이나 다를 바 없는 그 숲을 찾아간다. 그곳은 이미 몰라보게 변했고, 그때 그 시절의 사람들은 아무도 남아 있지 않을 터였다. 물론 숲속마을이 그대로 보존되어 있을 것이라는 보장도 전혀 없다.

사내의 삶에서 '숲'이라는 단어를 떼어낼 수 없다. 숲의 본딧말인 '수풀'에는 나무 수樹뿐만 아니라 목숨 수壽라는 의미가 첨가되어 있을 것이다. 생명이라는 추상적이며 관념적인 세계와 목숨이라는 구체적이며 실질적인 세계의 조화. 그에게 유년기의 숲은 '생명의 숲'보다 절실한 '목숨의 숲'이었다.

사내는 숲을 떠나올 때 유년기의 모든 이야기를 기억의 저편에 매장해버렸다. 매장된 이야기 속에는 자기 자신의 존재도 포함되어 있었다. 그러니까 숲을 떠나 온 이후의 삶은 존재하지 않거나 '인생이라는 무대를 스치고 지나가는 그림자'에 불과할 터이다.

그런데, 매장된 유년기의 이야기와 자기 자신이 죽은 듯이 묻혀 있지 않았다. 세월이라는 변화의 촉매제가 지각변동을 일으킴으로써 모든 것들이 햇빛 아래로 튀어나오기 시작했다. 그 갈피에 단풍잎처럼 끼어 있던 사내도 알몸 상태로 모습을 드러내고 있었다.

 잠시 후, 사내가 무덤산의 허리춤을 붙잡으면서 뒤편으로 돌아간다. 어느 골짜기엔가 유년기의 숲이 기다리고 있을 터이다. 하지만 사내는 쉽사리 찾아내지 못한다. 고개를 두리번거린다. 등산복 차림으로 산길을 올라오고 있는 사람들이 보인다. 그들에게 물어보면 제5의 숲이 어디에 있는지 알아낼 수 있을지도 모른다.

 숲이 바람에 일으키자 거대한 무덤산이 어깨를 꿈틀거린다. 사내의 지난날들이 숲 위에 파노라마처럼 펼쳐진다. 소리가 빛으로, 빛이 소리로 거듭 뒤바뀐다. 매장되었다가 부활하는 자의 힘찬 울음소리가 산울림으로 변한다.

 사내는 등산객들을 기다리는 동안 곡옥 목걸이를 습관처럼 다시금 만지작거린다. 그 목걸이에서 살아 있는 온기와 맥박을 느낀다. 쥐고 있던 목걸이를 조심스럽게 놓는다. 곡옥이 꼬리를 잘게 흔들며 헤엄친다. 사내는 '용의 아기씨'를 따라 불연속지층을 훌쩍 넘어서 그날로 되돌아간다.

 사내에게 있어서 생의 첫 기억이나 시작은 숲이다. 그 숲은 사내에게 있어서 인생의 고갱이다. 그리고 숲은 그의 모태이다. 그를 낳고 품어서 키운 것도 숲이다. 그는 숲 속의 물, 흙, 불, 바람을 동무삼아 한 그루의 나무처럼 자라났다. 어떤 때는 천둥소리나 세찬 비바람에 놀랐다. 또 어떤 때는 숲 속의 야생화와 이야기를 나누며 미소 짓기도 했다. 숲과 사내는 둘이 아니라 하나다.

 사내가 숲을 마주하며 우뚝 선다. 숲 속을 지나가는 바람이 생명의 휘파람을 불고 있다. 그의 가슴이 다시금 잉큼잉큼 뛰기 시작한다. 제5의 숲에서 살았던 사람들이 유령처럼 걸어 나오는 환상을 느낀다.

 제5의 숲이 사내를 부른 것일까, 사내가 이 숲을 스스로 찾아온 것일까?

1
개똥밭

    이 세상 끄트머리께의 어느 숲 속에 마을이 하나 자리 잡고 있었다. 아주 예전에는 화전민들의 삶터였다. 그런데 한국전쟁을 전후해서 밤에는 산사람들에게, 낮에는 군경들에게 하나둘 죽어갔다. 어찌어찌하여 살아남은 사람들이 마을을 떠나갔다. 결국 폐촌이 되었다. 숲이 인가를 야금야금 덮어버리고 말았다.
    세월이 많이 흘렀다. 병든 사람들이 숲의 신비한 기운을 빌어서 치유해보겠다며 하나둘씩 찾아오기 시작했다. 복잡하고 야박한 세상에 떠밀려서 들어온 병든 사람들도 있었다. 그들이 황토 움막을 짓거나 폐가를 수리하기 시작했다. 마을이 다시 형성되었다.
    이 숲속마을의 새벽은 아주 특이하게 열렸다. 장돌뱅이 약장수 아저씨는 날이면 날마다 호랑이걸음 걷기로 무덤산 중턱에 올라 "야호!"라기보다 "어흥!"에 가까운 맹수 소리를 연거푸 질러댔다. 별명이 '할렐루야'인 아저씨는 자기의 신을 향해 두 손 모으고 애걸복걸하며 기도했다. 아픈 사람답지 않게 우렁찬 목소리로 찬송가를 부르기도 했다.

소년은 평소처럼 두 사람의 요란한 소리에 깨어났다. 어둠이 아직 말끔히 걷히지 않았을 게 뻔했다. 숲에는 신비로움을 자아내는 물안개들이 모람모람 피어올라 지난밤의 꿈처럼 치렁치렁 걸려 있을 터였다. 서둘러 일어날 이유가 없었다. 누워서 뒹군 채 눈꺼풀에 달라붙어 있는 어둠의 찌꺼기를 장난감인 양 만지작거렸다.

소년은 지난해 초겨울에 취학통지서를 받았다. 그런데 소년의 아버지는 통학 거리가 너무나 멀다는 이유를 핑계 삼아 학교에 보내주지 않았다.

"어허, 이 세상에서 최고 농사가 자식농사라고 했소. 영우를 학교에 보내지 않으면 당신이 처벌을 받게 될지도 몰라요."

숲 속 사람들이 혀를 끌끌 찼다. 소년의 아버지가 그들에게 콧방귀부터 뀌며 응수했다.

"내 처지를 누구보다 잘 아시잖소. 지금 내가 죽느냐 사느냐를 놓고 발버둥치고 있는 상황이요. 그런데 그깟 처벌이라는 소리에 눈이라도 깜짝할 줄 아쇼? 니미럴, 내가 이 세상에서 두려워하는 것은 오로지 염씨하고 저씨뿐이거든."

"도대체 그 사람들이 누군데?"

"거, 염라대왕하고 저승사자도 몰라요? 그들이 아니면 왜 내가 이 숲으로 들어왔겠소. 그건 그렇고, 나도 내 새끼를 학교에 보내고 싶지만, 저 어린 것 혼자서 산길을 걸어 다니게 할 수 없으니까 어쩔 수 없거든요."

"이런, 이런, 보호자가 등에 업든지 머리에 이든지 해서라도 학교를 보내야지. 이러다가 당신은 처벌이 아니라 죄받을지도 몰라요."

"에헤, 누가 이 험한 산길을 올라와서 나를 벌준단 말입니까. 올라와 보라지 뭐. 나를 벌주겠다고 이 가파른 산길을 올라오는 자가 있다면 그 자가 오히려 벌 받는 꼴이 될 걸요. 쳇, 한 번 올라와 보라고 그러세요."

소년의 아버지가 주먹으로 가슴을 치며 장담했다. 콧방귀를 또 뀌었다. 이번에는 가래침까지 거칠게 내뱉었다.

그런 일이 있고 나서 올해 봄이 무르익을 즈음이었다. 면사무소 직원 한 사람이 숨을 헐떡거리며 올라왔다. 그는 소년의 아버지를 당장이라도 처벌할 것처럼 언성을 높였다. 소년 아버지의 당당한 모습은 그 어디에도 찾을 수 없었다. 그렇지만 뭔가 믿는 구석이 있었던지 태연한 표정을 지었다.

토종닭들이 마당에서 통통통, 뛰어놀고 있었다. 소년의 어머니는 그것들이 눈에 차지 않았던 모양이다. 토종닭 대신에 소금을 살짝 뿌려서 말려둔 꿩고기를 꺼내어 탕을 끓이기 시작했다. 오일장에 내다 팔아야 할 더덕은 고추장을 바른 더덕구이로 변했다. 마침내 곰취와 명이나물 장아찌 반찬까지 곁들여진 밥상이 차려졌다. 게다가 약으로 쓰려고 땅에 고이 파묻어둔 뱀술이 반주로 올라왔다.

"면 직원 양반, 먹고 죽은 귀신이 때깔도 곱다고 하잖습니까. 맛 한 번 보면 끝내준다는 것을 알게 될 거요. 그리고 이 술이 얼마나 대단한 정력제인지 알기나 합니까? 카하, 여인네를 하룻밤에 대여섯 번 홍콩으로 보내고 나면 아침 출근길에서 화장걸음을 하게 되는 법이잖소. 이렇게 말이우. 그런데 바로 이게 화장걸음을 할 수 있도록 만들어주는 천하의 정력제인 뱀술이란 말씀이야."

　소년의 아버지가 큰 벼슬이라도 거머쥔 사람처럼 가슴을 떠억 펴고 화장걸음을 했다. 불치병에 걸린 사람이라고 믿어지지 않을 만큼 호탕한 웃음까지 날렸다. 면 직원이 호랑이라면 소년의 아버지는 능구렁이며 꼬리가 아홉 개 달린 백여우임에 틀림없었다.

　소년의 아버지와 면 직원이 얼큰한 꿩탕을 안주 삼아 뱀술을 홀짝거렸다. 얼굴이 곱상한 소년의 어머니를 술집 주모로 만들어서 분위기를 돋우기까지 했다. 두 사람의 얼굴이 불콰해질 즈음에 호랑이는 고양이로 변해버렸고, 백여우는 아홉 개의 꼬리를 쥘부채처럼 살랑살랑 흔들며 몸에 배지도 않은 양반 흉내를 내기 시작했다.

　소년은 아버지가 귀한 음식을 대접할 때부터 이런 결과가 나올 것이라고 예상했다. 면 직원은 아버지의 올무에 걸려든 산토끼나 고라니 같았다. 아버지가 통사정하기도 전에 면 직원이 '취학 유예 사유서' 작성하는 방법을 알려주었다.

　소년의 아버지는 미취학 사유를 하나만 골라도 될 텐데 욕심 많게도 두 가지나 골랐다. '신체발육 미비'와 '정신발달 부진'이었다. 소년은 그런 사유서가 작성되자마자 말짱한 육신임에도 불구하고 졸지에 '모자란 놈'이 되어버렸다.

　숲 속 사람들은 소년의 아버지가 잔꾀를 잘 부리고 임기응변에 능통하다고 해서 꼬리 아홉 개 달린 백여우라는 별명을 붙여주었다.

　소년의 아버지는 간암으로 얼마 살지 못한다는 진단을 받았다. 암은 돈 잡아먹는 괴물이었다. 그는 집 한 채를 순식간에 날려먹는다는 소문에 지레 겁을 먹고 이 숲으로 들어왔다. 숲의 신비한 효능과 자연요법으로 병을 나아보겠다는 속셈이었다.

소년의 어머니는 병구완을 하려고 따라 들어왔다. 그리고 숲 속 사람들을 대상으로 코딱지만 한 점방을 냈다. 그 점방은 소년이 사용하는 방이기도 했다. 그런데 말이 점방이지 갖추어놓은 물건은 읍내 약방에서 떼다놓은 소화제나 진통제 몇 가지에 불과했다. 왜냐하면 물건을 미리 준비해두지 않고 주문받은 것들을 도시에 나가서 구해주는 식으로 운영했기 때문이다. 소년의 어머니는 그런 일 외에도 숲 속 사람들의 각종 심부름을 해주면서 수고비를 받기도 했다.

그밖에도, 소년이 사용하는 점방 옆에 나란히 붙어 있는 곁방 한 칸을 면회하러 온 사람들에게 빌려주었다. 그런데 대여 횟수가 많아야 일 년에 대여섯 번에 지나지 않아 돈은 그다지 되지 못했다.

소년의 어머니는 가족의 생계를 위해 산나물이며 약초를 뜯어서 시장에 내다 팔곤 했다. 약초를 뜯을 때면 아버지의 간암 치유에 좋다는 것을 위주로 찾아다녔다. 그런데 이 세상에 약초 아닌 게 없을 정도라서 열 손가락을 꼽고 또 꼽아도 부족할 정도로 널려 있다는 거였다. 더 재미있는 상황은 천덕꾸러기 취급을 받던 어떤 잡초가 무슨 병에 좋다는 소문이 나기만 하면 하루아침에 귀한 약초 대접을 받는 경우가 왕왕 벌어지기도 했다.

소년이 들어본 것만 해도, 암 치료에 좋다는 풀은 기린초, 민들레, 엉겅퀴, 개똥쑥, 마타리 등이 있었다. 나무 종류는 땡땡이나무, 헛개나무, 벌나무, 노각나무, 꾸지뽕나무 등이었다. 참나무에 붙어사는 노루궁뎅이버섯이라는 것도 있었다. 희한한 이름을 가진 이 버섯은 생김새가 여느 버섯들과 달랐으며, 고슴도치를 닮아 흥미롭고 신기했다. 소년이 장난감 삼아 가지고 놀기에도 안성맞춤이었다.

소년은 아버지와 어머니의 관심 밖에 던져져 있었다. 아버지는 숲 속의 이 집 저 집을 돌아다니며 입담을 풀어내느라 여념이 없었다. 아침 일찍 산 아랫마을로 내려가서 해동갑으로 '입담품'을 팔 때면 코빼기도 보기 힘들었다. 어찌 보면 입담 파는 것이 암 치유 행위로 착각될 지경이었다.

어머니는 숲 속을 이 잡듯 뒤지면서 산나물이나 약초를 뜯고, 따고, 캐느라고 소년을 돌봐줄 틈이 거의 없었다. 그래서 소년의 생애 첫 기억은, 아주 어렸을 때 혼자 놀다가 길을 잃고 단풍나무 아래에서 울다 지쳐 잠든 사건이었다.

봉창이 밝아지고 있었다. 소년이 눈을 끔벅거리면서 지난밤의 꿈을 되새김질해보았다. 살이 포동포동한 산토끼가 소년의 품 안으로 뛰어들었다. 예전에도 이와 비슷한 꿈을 꾼 적이 있었다.

소년의 집 우측으로 흘러내리는 작은 개울을 건너면 '다인'이라는 별명을 갖고 있는 아주머니가 살고 있었다. 그가 소년의 어머니와 친자매지간은 아니었다. 그렇지만 매우 친한 사이라서 소년은 그를 이모라고 불렀다. 다인 이모의 해몽에 따르면, 산토끼가 품으로 뛰어드는 꿈은 재물이나 돈이 굴러들어온다고 했다.

해몽 이야기를 떠올리던 소년이 피식 웃었다. 돈이나 재물은 눈이 번쩍 뜨일 만한 단어가 아니었다. 그런 것보다 몇 날 며칠을 심심하지 않게 보낼 수 있는 신나는 일이 벌어지면 좋겠다는 생각이 머릿속을 감돌고 있었다.

소년의 아버지와 어머니의 두런거리는 소리가 바람벽을 뚫고 들려왔다.

"오늘 산을 꼭 내려가야 해?"

"그래요. 돌팔이 양반이 어떤 병원을 찾아가서 이번에도 무슨 책인가를 받아오라고 부탁했어요. 또 당신 약을 탈 때도 되었고, 산나물도 내다팔아야 하잖아요. 아참, 저번에 그 이야기하지 않았나? 우리 곁방을 빌려주거나 아니면 하숙을 치게 될지도 모른다는 이야기 말예요."

"나는 처음 듣는 이야기 같은데?"

"지난번에 장터의 약방 아주머니가 빈방이 있냐고 물어보더라고요. 암 환자가 또 들어올 모양이에요. 뭐, 빈방을 사글세로 내줘도 좋고 하숙을 치게 된다면 벌이가 좀 더 쏠쏠해질 테니까 더 낫겠죠 뭐."

어머니의 이야기에 소년의 귀가 번쩍 뜨였다. 눈동자도 잘 익은 밤송이처럼 벌어졌다. 어린애라고는 혼자뿐인 이런 산중에서 살다보면 하루하루가 심심한 게 사실이었다.

누구든지 새로운 사람이 숲으로 들어오면 특이하고 신나는 일이 생길 가능성이 있었다. 여태 함께 살고 있는 숲 속 사람들은 제각기 개성이 강하고 나름대로 흥미로웠다. 하지만 너무나 오랫동안 함께 살아서 그런지 재미가 점점 줄어들고 말아서 이젠 새로운 사람이 그리워졌다.

소년의 어머니에게 심부름을 맡긴 '돌팔이'는 이 숲의 가장 위쪽에서 살고 있는 아저씨의 별명이었다. 그의 하얀 머리칼이 산신령을 떠올리게 만들었으며, 신비로움을 자아내는 인물이기도 했다.

그의 생활 모습은 남들과 여러모로 차이가 났다. 그리고 사람들이 선출했던 것은 아니지만, 이 숲속마을을 이끌어가는 정신적인 지도자나 마찬가지였다. 특히 의술이 뛰어나다는 소문이 돌았다. 언젠가 한 번은 산길을 걸으며 운동하던 사람이 언덕 아래로 떨어져서 얼굴이 찢어졌을 때 바늘로 꿰매주기도 하고, 종기로 고생하는 사람은 메스라는 수술용 칼로 찢어서 고름을 빼내고 잘 나을 수 있도록 치료해준 적도 있었다.

"그건 그렇고, 이리 바짝 다가와 봐. 요즘 많이 여윈 것 같아."

"아이, 이른 아침부터 왜 찝쩍거려요."

"어허, 다른 놈팡이라도 생긴 거지? 누구야? 장터야, 여기야? 만약에 허튼수작을 하면 둘 다 숨통을 끊어버리고 말겠어. 알았지. 어서 이리 와봐."

"장난이라 해도 그런 끔찍한 말은 하지 마세요."

"당신은 너무나 예뻐서 문제란 말이야. 아마도 내가 두 다리 뻗기를 고대하는 놈팡이들이 저기 산 아랫마을까지 줄을 서 있겠지. 그래서 내가 눈을 감지 못한단 말씀이야. 어험. 요게, 요게, 아침마다 머리를 불쑥 쳐들며 갑갑하다고 발악을 하거든. 누워 봐. 다른 놈 생각이 전혀 안 나게 해주겠어. 어험, 오늘 아침에는 영우 동생이나 만들어볼까."

"아이, 아이, 영우가 눈치채면 어쩌려고……."

"어린 게 뭘 알아. 그리고 지금쯤 밖으로 나가서 방엔 없을 거야. 뭘해. 어서!"

소년의 아버지 말대로라면, 소년은 지금 존재하지 않는 셈이었다. 그런 투의 말이 소년을 언짢게 만들었다. 그래서 '나 여기에 있단 말예요!' 라고 소리치고 싶었다.

소년은 이런 일이 심심찮게 벌어지곤 하여 건너편 방의 상황을 이미 짐작하고 있었다. 소년의 아버지는 날이 갈수록 어머니를 자주 끌어당겼다. 숲 속 사람들의 이야기에 따르면, 생물은 자기의 죽음이 가까워지는 것을 느끼게 되면 씨앗을 남겨놓으려고 유난히 몸부림친다고 했다.

조금 후면 소년의 아버지가 산마루를 허위단심으로 오르듯 숨을 가쁘게 내쉬고, 어머니는 상처 입은 짐승처럼 울기 시작할 터였다. 아무튼 소년은 종잇장 같은 바람벽을 사이에 두고 그런 울음소리를 듣는다는 게 겸연쩍고 죄스러울 수밖에 없었다. 잠자리에서 조심스럽게 일어났다. 방문 돌쩌귀가 약간 믿음직스럽지 못했지만 크게 걱정하지 않았다.

　사람들이 뭔가에 집착하다보면 돌쩌귀 소리 정도는 잘 들리지 않을 뿐더러 밥 먹는 것조차 잊어버리기 일쑤였다. 저번에도 소년의 아버지와 어머니가 식사시간이 지나가는 줄 모르고 몸부림치는 바람에 소년은 밥을 제때에 얻어먹지 못했다. 그래서 다인 이모 텃밭으로 가서 토마토 두 개를 몰래 서리해 먹고 배고픔을 달랜 적도 있었다.

　아침 햇살이 내릴 때면 숲이 신비스러워지기 시작했다. 낮에는 햇살의 형태가 드러나지 않았다. 그렇지만 아침에 햇살 몇 가닥이 숲을 비집고 들어오면 그 형태가 확연했다. 숲은 베틀이요, 햇살은 베틀에 걸린 날실. 물안개 사이로 곧게 뻗은 그 햇살 가닥을 타고 한없이 오르면 해님과 달님 그리고 별님이 있는 곳에 다다를 수 있을지도 모른다고 소년은 늘 생각했다.

　숲 속의 아침이 신비스러운 것은 숲의 정적 속에서 분주한 모습들이 펼쳐졌기 때문이다. 동쪽 산마루에서 맨 처음 뻗쳐오는 햇귀가 신호라도 되는 양 온갖 새들이 노래하거나 날갯짓했다. 이슬이나 물안개를 한껏 머금은 나무 이파리들이 잘게 떨기 시작했다. 그럴 때마다 해맑은 물방울이 하나둘 떨어지며 자연의 노래를 연주했다. 그런 게 바로 아침 숲이 펼치는 생의 분주한 리듬이었다.

　숲 속 사람들의 움직임도 바빠지기 시작했다. 약장수는 항상 새벽어둠을 뚫고 호랑이걸음 걷기로 산을 올라갔다. 할렐루야는 울부짖으면서 알아듣기 힘든 소리로 뭔가를 기원했다. 그건 그들 나름대로 생의 리듬을 이어가는 모습이었을 것이다.

　불시에 들이닥친 몹쓸 병마로 인해 흐릿해진 생을 다부지게 부여잡으려는 그들만의 제의祭儀. 목청을 가다듬는 새들처럼, 흠뻑 젖은 이슬에 목물을 하고 물기를 말끔히 떨어내는 나무들처럼, 약장수나 할렐루야도 자기들만의 방식으로 아침을 조심스럽게 열어가곤 했다.

소년이 개울 건너에 있는 다인 이모의 집을 향해 걸어가려다가 참았다. 개울을 건너기 싫어서 숲길을 따라 곧장 위로 올라가기로 했다.

공터를 지나서 조금 더 올라가면 오 시인 아주머니의 집을 만나게 되었다. 그 다음에는 울보와 케세라 아저씨의 초가가 포개진 것처럼 위아래로 놓여 있었다. 더 올라가면 두 갈래의 물길이 하나로 합쳐지는 곳이 있었다. 그 지점에서 약장수 아저씨가 좌측 물길 옆, 돌팔이 아저씨가 우측 물길 옆에 살고 있었다.

오 시인이라는 별명을 갖고 있는 아주머니의 집은 밤이나 낮이나 조용했다. 그는 갑상선암 탓인지 말수가 거의 없었다. 숲길을 규칙적으로 산책하며 풍욕風浴을 하거나 꽃을 가꾸는 일 외에는 집밖으로 잘 나오지 않았다. 눈을 감고 두 손을 가슴 앞에 모은 자세로 자기의 주님에게 기도드리는 모습을 종종 볼 수 있었다.

그의 집은 넝쿨장미와 무궁화나무 울타리로 둘러싸였다. 텃밭에는 채소보다 꽃나무가 더 많았다. 지금은 장미꽃이 한물가서 이울었고 무궁화 꽃이 기세를 올리는 중이었다. 소년이 울타리 너머를 바라보았다. 능소화의 줄기가 고목이 된 감나무를 칭칭 감고 올라가서 주황색 꽃을 주렁주렁 매달고 있었다. 텃밭에는 분꽃과 백일홍이 앞다투어 꽃을 피우는 중이었다.

꽃구경을 실컷 하면서 더 위쪽으로 올라갔다. 울보 아저씨가 나무의자에 앉아 먼산바라기를 하고 있었다. 그가 오늘따라 울보답지 않게 울지 않는 것이 무척이나 신기했다.

소년은 울보에게 들키지 않고 위쪽으로 올라가려고 고양이걸음으로 가만사뿐 걸었다. 그런데 자드락길에 널려 있던 돌멩이가 발길에 차여서 구르는 바람에 그만 들키고 말았다.

"영우야, 이리 와서 내 말 좀 들어봐라. 하필이면 내가 왜……."

이번에도 어김없이 고역을 치르게 생겼다. 살이 포동포동한 산토끼가 품 안으로 뛰어드는 꿈을 꾸어서 기분이 좋았는데, 소년은 이게 아니다 싶었다. 슬그머니 도망치고 싶었다. 소년이 이처럼 울보를 싫어하는 이유는 그의 몸뚱이에서 풍기는 역한 냄새 탓만은 아니었다.

"약장수 아저씨한테 급히 가야 해요. 시간이 없어요."

소년은 입에서 나오는 대로 말을 내뱉은 다음에 쫓기기라도 하듯 산길을 올라갔다. 혹시 울보가 뒤따라와서 다시 부르거나 덜미를 낚아챌까 봐 종종걸음을 하며 위쪽으로 올라갔다. 그때였다.

"사고가 났다! 동복 양반이 다쳤다!"

약장수 아저씨의 다급한 목소리가 신비스러움에 물들어 있는 숲속 마을을 단숨에 뒤흔들고 말았다.

"사람 살려! 아이고, 나 좀 살려주시오!"

동복 양반의 목소리가 뒤를 이었다. 그건 사람 목소리라기보다 구원을 간청하는 울부짖음이라고 표현해야 옳았다. 그는 무덤산 건너편의 도시에서 살다가 암에 걸리자 병원을 찾아갔다. 치료비가 암보다 더 무서웠다. 그는 할 수 없어서 이 숲으로 들어왔다. 큰돈 들지 않고 암을 고쳐볼 속셈이었다.

동복 양반은 숲 속 사람들을 만날 때마다 "병들고 돈 없으면 빨리 죽어야 하는 법이야. 까짓것 죽으면 모든 게 깨끗이 해결되는 거지, 뭐가 두려워"라며 주절거리곤 했다. 그는 암을 이겨내는 것도 힘들었지만 애옥살이에 찌든 가정을 돌봐줄 수 없다는 게 고통스러워서 자포자기 상태에 빠져있었다. 그랬던 사람이 느닷없이 억척을 부리며 어떻게든 살아보겠다고 울부짖는 것이었다.

소년이 잰걸음을 날렸다. 약장수가 산길 옆의 소나무 아래에서 동복 양반을 부축하고 있었다. 동복 양반은 살려달라는 울부짖음을 쉬지 않고 토해내는 중이었다. 그는 얼굴이 새하얗게 변했고, 오른쪽 팔로 지푸라기라도 붙잡으려는지 허공을 끊임없이 허우적대고 있었다.

숲 속 사람들이 어느새 몰려들어 동복 양반을 에워쌌다. 이른 아침부터 뜬금없이 벌어진 사달에 영문을 몰라 하는 눈빛들이었다.

"동복 양반이 목을 맸다가 나뭇가지가 부러지는 바람에 낙상한 모양이우. 마침 내가 산에서 내려오다가 발견하게 되어서 다행이오."

약장수가 상황 설명을 했다. 사람들이 동복 양반을 살펴보았다. 그의 말마따나 동복 양반의 목에 올가미가 늘어져 있었고, 목 언저리가 붉고 시퍼렇게 변해 있었다.

돌팔이 아저씨가 동복 양반을 살펴보는 중에 다인 이모가 핀잔을 주었다.

"개똥밭에 굴러도 이승이 좋다고 했어요. 소중한 목숨을 가볍게 여기면 안 되는 거라고요. 어떻게든 살아보겠다고 애바르게 노력하는, 이 많은 사람들이 보이지도 않으세요?"

"그런 잔소리를 듣고 있을 때가 아니요. 온몸이 부서질 듯 아파서 죽겠다니까. 어떻게 좀 해봐요. 살고 싶다니까요."

"목에 줄을 맬 때는 언제고 이제 와서, 쯧쯧."

"아이고, 죽는 게 생각보다 쉽지 않더라니까. 나는 목을 매는 게 너무나 아파서 다시는 못 죽을 것 같아. 더군다나 숲을 뚫고 들어오는 햇빛이 눈동자를 찌르는 순간에 악착같이 살아야겠다는 생각이 솟구치더라니 글쎄."

"햇빛하고 악착같이 사는 것 하고 무슨 관계예요?"

"햇빛이 이처럼 맑고 포근하다는 것을 예전에 미처 몰랐거든. 내가 어렸을 때 보았던 어머니의 눈빛 같았소."

"채신머리없이 굴더니만 이젠 정신을 제대로 차린 모양이군요. 그래요. 우리는 지금 이런 순간을 소중하게 여기며 악착같이 살아야 해요. 어제 죽어간 사람들은 우리가 이렇게 숨을 쉬고 있는 오늘 하루를 얼마나 애타게 갈구했겠어요. 이젠 생명이 소중하다는 것을 아시겠죠?"

다인 이모가 빙그레 웃었다.

동복 양반은 암에 걸린 것을 비관한 나머지 자살하려고 소나무 가지에 새끼줄을 걸었다. 그런데 썩은 나뭇가지에 밧줄을 거는 바람에 가지가 부러지면서 땅으로 나뒹굴고 말았던 것이다. 그 바람에 목숨을 건지긴 했지만 떨어지면서 상처를 심하게 입은 듯했다. 그런데 불행 중 다행인 것은 자살을 시도한 이후에 생명의 소중함을 알았다는 것이다.

"목 언저리는 찰과상을 입어서 괜찮습니다만, 아마 왼팔이 탈구되고 천골에 문제가 발생한 듯싶으니 들것에 실어서 산 아래 병원으로 데려가야겠습니다."

돌팔이의 말이 끝나자마자, 약장수가 돌팔이를 향해 눈을 지릅뜨며 퉁명스럽게 대꾸했다.

"에헤, 안다니 흉내 그만 내시구려. 그렇게 의술이 뛰어나면 직접 고쳐주지 왜 씨부렁거리기만 하쇼."

소년은 약장수가 돌팔이를 비아냥대기 시작하자 기대감이 슬슬 솟구치기 시작했다.

돌팔이는 약장수의 잘못된 의학상식에 대해 자주 지적하곤 했다. 약장수는 그를 만나기만 하면 못마땅하게 여기면서 어떤 수를 써서라도 흠집을 내보려고 애썼다. 이처럼 두 사람이 아등바등하다 보면 뭔가 흥미로운 사건이 생길 거라고 소년은 예상하고 있었던 것이다.

"내가 치료할 수 있는 게 아니올시다."

"저런, 저런, 저래서 물에 빠지면 주둥이만 둥둥 뜨게 되어 있다니까 글쎄. 여러분, 저런 상처 정도는 별거 아니요. 상처 난 목에는 아까징끼로 소독하고 미제 다이아 찡 가루나 발라주면 땡이요. 왼팔이 탈구 되었다면 팔이 빠졌다는 이야기 아니겠소. 그거 한 방에 고치는 것은 내 전문이니까 잘 지켜들 보슈."

약장수가 동복 양반의 왼팔을 붙들고 이리저리 돌리기 시작했다. 잠시 후, 탈구된 팔을 제 위치로 집어넣었다. 동복 양반이 팔을 돌려보고 나서 별다른 이상이 없다고 말했다. 사람들이 약장수의 신기한 의술에 놀라서 우레 같은 박수를 보내주었다. 약장수가 가슴팍을 내밀며 자랑스러워하다가 돌팔이에게 물었다.

"탈골된 팔은 제대로 끼워 넣었수다. 그런데 천골이라는 곳은 도대체 어디요? 그것도 내가 한 방에 고쳐보겠소. 나는 못 고치는 게 없거든."

"천골이란 엉치뼈를 말하는데, 그 부위가 골절된 것 같다는 이야깁니다. 그런 골절은 아무나 치료할 수 있는 게 아닙니다. 일단 병원으로 데려가서 엑스레이부터 촬영해보고 후속조치를 취해야 합니다."

"어떻든 간에 뼈가 부러졌다는 이야기잖소. 쳇, 그까짓 게 뭔 문제야. 골절이라면 멸치, 홍화씨, 식초 등을 처방해서 먹이면 만사 오케인데 돈 잡아먹는 병원은 무슨 병원타령이란 말이요. 땅을 파면 돈이 거

저 나오는 거 아니잖소. 그리고 당신처럼 주둥이로만 사람을 치료하려면 이 세상에 불치병이란 존재하지 않을 거요. 돌팔이 양반, 내가 제대로 고쳐볼 테니까 두 눈 똑똑히 뜨고 지켜보기나 하쇼."

약장수가 장담을 하더니, 이번에는 동복 양반을 향해 물었다.

"어떠쇼? 내가 하라는 대로 따라하시겠소? 내 말을 들으면 자다가도 떡을 얻어먹고 저승길을 가다가도 돌아올 수 있다니까 그래."

돌팔이가 약장수를 가로막았다.

"어허, 제대로 치료하지 않으면 큰일이 날 수도 있습니다. 사람의 몸 속은 육안으로 볼 수 없으니까 엑스레이 촬영을 필히 해보는 게 좋아요. 여러분, 어서 들것을 준비해서 산 아래로 옮기세요. 자동차가 다니는 저 아래 신작로까지만 수고를 해주시면 되거든요."

숲 속 사람들이 돌팔이의 지시에 따라 대나무와 가마니로 만들어진 들것을 가져와서 동복 양반을 조심스럽게 실었다.

소년이 판단하기에, 사람들은 약장수보다 돌팔이의 말을 훨씬 더 믿는 눈치였다. 그런데 동복 양반을 들것에 올려놓고 나서 서로 눈치만 살필 뿐이었다. 들것을 들고 신작로까지 운반해야 하는 고된 일을 하겠다고 선뜻 자원하는 사람이 없었던 것이다. 그러자 돌팔이가 입을 다시 열었다.

"영우 아버지와 약장수 양반이 수고해주시면 좋겠습니다. 동복 양반이 수고비는 내놓겠지요, 뭐."

"아이, 나는 천금을 준다고 해도 안 돼. 지금 신약을 개발하는 중이거든. 약탕이 보글보글 끓고 있다니까. 허참, 이럴 때 힘이 좋은 따쭈리가 나타나주면 땡인데 말이야. 거 말이지, 따쭈리가 팔푼이라지만 힘을 쓰는 것은 끝내준단 말이야. 그 무거운 참나무 장작을 한 짐이나 지고 산길을 성큼성큼 걷는 것을 보면 타고난 장사임에 분명해. 따쭈리를 불러야겠는데 어떻게 하지?"

약장수가 돌팔이를 힐끗 째려보면서 뒷전으로 슬금슬금 물러섰다.

"어허 참, 나는 새벽에 두 탕이나 화끈하게 뛰었더니만 다리가 후들거려서 들것으로 운반하기 힘들어요. 다른 사람이 하면 안 될까요?"

소년의 아버지가 개다리춤을 추듯이 두 다리를 흔들었다. 그러자 케세라 아저씨가 삿대질까지 하면서 핀잔을 던졌다.

"백여우 양반, 잔머리 굴리지 말고. 이럴 때 힘 좀 불끈 써요. 뼈가 부러졌다는 데 그냥 보기만 하고 있으면 안 되지."

"난 잔머리를 굴린 것이 아니라 그 대가리를 신나게 굴렸다니까 글쎄. 그리고 말이지, 내 나이에 두 탕이나 뛰었다는 것은 무덤산 꼭대기까지 두 번 뛰어갔다 오는 거나 마찬가지라고요. 허 이거, 아직도 숨이 턱을 치구면."

"나는 당신 나이 때라면 두 탕, 세 탕을 뛰고도 무덤산 꼭대기까지 콧노래 부르며 뛰어갔다 올 수 있어. 당신은 그래도 젊은 축에 속하니까 잔머리 굴리지 말고 힘 좀 써요. 좋은 일에 힘을 쓰고 나면 정력이 덩달아 좋아져서 세 탕 네 탕도 거뜬히 뛸 수 있을 거요. 백여우 양반, 좋은 게 좋은 거라잖아요. 발뺌하지 말고 어서 다녀와요."

케세라가 사설을 늘어놓자, 지산 양반이 나섰다.

"백여우 양반, 나랑 함께 다녀오면 어떻겠소. 산을 내려가는 참에 도시 바람이나 실컷 쐬고 오지 뭐. 여기에 갇혀 살다보니까 좀도 쑤시고 말이야. 이럴 때 바깥바람 한 번 쐬는 것도 좋은 약이거든."

마침내 그렇게 해서 지산 양반과 소년의 아버지가 들것을 들고 산을 내려가기로 결정되었다.

2
여우와 따쭈리

　숲이 울울창창했다. 이 마을에서는 무덤산 꼭대기가 숲에 가려서 제대로 보이지 않았다. 그래도 이곳 사람들에게 그 산의 의미는 대단했다. 숲 속 사람들은 두 손을 모은 채 산꼭대기 쪽을 향해 공손히 절하면서 건강 회복과 안녕을 기원했다.

　소년에게 숲 속의 하루는 무료함의 연속이었다. 아직 어려서 산기슭을 타고 다니며 나물이나 약초를 뜯기 힘들었다. 소년은 숲길을 홀로 거닐며 시간을 보내는 경우가 많았다. 그리고 이 집 저 집을 기웃거리다가 아는 체해주면 그들 옆에 쪼그리고 앉아서 이런저런 이야기를 들으며 시간을 때우는 게 고작이었다.

　소년은 자기가 살고 있는 집의 좌측에 서 있는 아름드리 당산나무 아래에 털썩 주저앉았다. 그리고 발밑에 널려 있는 돌멩이를 만지작거리다가 건너편을 향해서 장난삼아 던지곤 했다. 동복 양반이 자살을 시도하다가 실패한 날은 아버지와 어머니가 새벽부터 낑낑거리며 정답게 굴었으나, 요즘은 티격태격하면서 분위기가 별로 좋지 못했다.

소년의 아버지는 동복 양반을 큰 도시의 병원으로 데리고 갔다가 며칠 간 집으로 돌아오지 않았다. 알고 보니, 동복 양반에게 받았던 수고비와 어머니에게 타낸 용돈을 유흥비로 몽땅 허비하면서 며칠간 외박했다.

돈이 바닥났는지, 소년의 아버지가 집으로 돌아왔다. 수고비를 유흥으로 탕진해버린 것도 문제지만, 집으로 돌아오자마자 어머니를 타박하기 시작했다.

"도시에 가보니까 천지사방에서 애인놀음이더라고. 허참, 제 서방 놔두고 샛서방 끼고 돌아다니는 화냥년들이 하나둘 아니더란 말이야. 당신도 심부름 핑계 대며 도시에 나가서 샛서방 만들었지? 어때 꿀단지 맛이었어?"

"무슨 그런 얼토당토않은 소리를 하세요. 며칠간 외박에다가 도박으로 돈을 몽땅 잃고 나니까 낯짝이 없어서 그런 억지를 부리는 거 아녜요?"

"이런 누구 앞에서 정숙한 척하면서 앙탈을 부려대는 거야. 병든 내가 빨리 죽기를 기다리는 그 샛서방이 어떤 놈이야. 당장 털어놓지 못해. 내가 그놈의 모가지를 단숨에 부러트려 놓을 테니까 말이야."

입씨름이 결국 싸움으로 번졌다. 소년의 아버지는 코를 씩씩 불며 집을 또 나갔다. 소년은 아버지와 어머니가 싸울 때, 개울 건너편의 다인 이모의 집으로 피신해 있었다. 이모가 그랬다. 남자와 여자가 함께 살다보면 더러 싸울 수도 있는데 그건 '사랑싸움'이요 '칼로 물 베기'라며 소년의 불안한 마음을 달래주었다.

　소년은 어제 일을 잊고, 어떻게 하면 오늘 하루를 심심하지 않게 보낼 것인지 궁리하기 시작했다. 마치 동냥이라도 하는 것처럼 숲 속 사람들의 집들을 매일 기웃거린다는 게 이젠 지겨웠다. 숲길을 거닐며 야생화를 구경한다거나 개울 속의 조약돌을 들추고 징거미새우나 가재를 잡는 것도 벌써 이골이 난 터였다.

　산 위쪽을 올려다보았다. 아름드리 소나무숲 속으로 개울과 자드락길이 나란히 뻗어 올라가다가 마침내 그 숲 속으로 빨려 들어갔다. 마치 뱀이 미끄러지듯 기어가다가 풀숲으로 자취를 감추는 형세였다.

　그 자드락길을 타고 밥 한 끼 먹을 시간쯤 올라가면 개울 우측에 참나무 숲이 아주 넓게 펼쳐져 있었다. 그 숲의 가운데쯤에 숯가마가 있었다. 그곳에서 더 올라가면 무덤산 꼭대기가 보였고, 기암괴석이 병풍처럼 서 있다고 했다. 그 절벽 아래에 암자 한 채가 자리 잡고 있다고 했다.

　소년은 숯가마를 구경했던 적은 있지만 암자까지 올라가보지 못했다. 산꼭대기까지 올라 불공드리는 사람들을 통해서 무덤산 꼭대기 풍경과 암자에 관한 이야기를 들었을 뿐이다. 그런데 소년은 그 암자보다 무덤산 너머에 있다는 큰 도시가 더 궁금했다. 그래서 고개를 높이 쳐들고 산꼭대기를 덮고 있는 하늘을 물끄러미 바라보는 중이었다.

　"여우야, 여우야, 내가 왔다. 따쭈리다. 너 지금 어딜 보고 있냐?"

　따쭈리 아저씨의 목소리였다. 소년은 눈이 번쩍 뜨이고 입맛이 확 당겼다. 따쭈리는 코맹맹이 소리가 심하고 발음이 부정확해서 '영우'라는 이름을 '여우'라고 발음했다. 소년은 자기가 진짜 여우이며, 아버지가 꼬리 아홉 개 달린 백여우니까 자기의 꼬리는 하나 아니면 두 개쯤 달려 있지 않을까 생각한 적이 있었다.

"무덤산 너머를 보고 있었지 뭐."

소년이 일부러 퉁명스럽게 대꾸했던 이유가 따로 있었다.

"여우야, 사람은 산 너머를 볼 수 없다. 너는 흰 구름이 두둥실 떠 있는 하늘만 봤을 것이다."

"아니야, 내 눈에는 무덤산 너머의 큰 도시가 잘 보여."

"어린애가 거짓말하면 고추에 털 난다."

"봐라, 봐라, 내 고추에는 털 안 났다."

소년은 바지춤을 내려 고추를 슬쩍 보여주었다. 사내들끼리라서 창피하고 말 것이 없었다. 그리고 산 너머의 큰 도시에 자동차와 사람이 많이 있는 게 잘 보인다며 넉살을 늘어놓았다. 그건 소년이 늘 상상하던 그림이었다.

"여우야, 헛소리 지껄이는 걸 보니까 네가 많이많이 심심했구나. 음식이 심심할 땐 소금을 살짝 치면 된다. 그런데 너 같은 어린애가 많이많이 심심할 때는 내가 좋은 수를 부리면 된다."

"그 좋은 수라는 게 도대체 뭔데? 말해 봐. 어서 말해 보라니까."

"이리 와 바라."

따쭈리가 두 팔로 소년을 안아서 번쩍 치켜들었다. 소년이 계산했던 대로 되어가고 있었다. 그가 자기를 안아들고 노래를 흥얼거리면서 얼러주기를 은근히 바랐던 것이다. 따쭈리의 팔에 안긴 채 눈을 지그시 감으면 흡사 그네를 타고 있는 것처럼 재미있고 편안했다.

따쭈리는 초상집이라면 어김없이 찾아가서 잔일을 거들어주거나 우는 아이를 두 팔에 보듬고 얼러주곤 했다. 그리고 상여가 나갈 때는 명정

銘旌 깃발을 독차지하고 맨 앞에서 걸어가곤 하는 특이한 사람이었다.
　따쭈리는 덩치가 매우 컸다. 그는 계절에 관계없이 검정고무신에 허름한 옷을 입고 다녔다. 사람들은 그와 포대화상이 붕어빵처럼 빼닮았다고 말했다. 미륵님이 변신했다고 말하는 포대화상은 배가 불룩 튀어나왔고 아무 데서나 잠을 자는 기이한 사람이었다. 사람들의 운세나 날씨 상태도 점을 잘 친다고 했다. 그런데 따쭈리도 배가 불룩 튀어나왔고, 인근 마을사람들의 경조사 날짜를 확실히 기억해내는 신통한 재주를 갖고 있었다.
　소년은 따쭈리의 팔에 보듬긴 채 누워서 눈을 스르르 감았다. 구름을 타고 무덤산을 넘어서 마냥 동경했던 그 도시를 향해 날아가고 있는 기분이 들었다.

　　　제비란 놈은 날기를 잘하니
　　　비행사로 보내고,
　　　동그랑땡 동그랑땡
　　　얼싸절싸 잘 넘어간다.
　　　동그랑땡 동그랑땡
　　　얼싸절싸 잘 넘어간다.
　　　황새란 놈은 다리가 길어서
　　　우편배달부로 보내고
　　　동그랑땡 동그랑땡
　　　얼싸절싸 잘 넘어간다.
　　　동그랑땡 동그랑땡
　　　얼싸절싸 잘 넘어간다…….

동요인지 민요인지 알 수 없는 '동그랑땡'이라는 노래를 다 읊으려면 군고구마를 두어 개쯤 먹어야 했다. 까마귀는 몸이 검어서 구두닦이로 보내고, 꿩은 숨기를 잘하니 도둑놈으로 보내고, 까치는 집을 잘 지으니 목수로 보내고, 앵무새는 노래를 잘하니 방송국으로 보낸다는 등의 사설이 끝없이 이어졌다. 따쭈리는 때때로 신바람이 나기만 하면 사설을 즉흥적으로 지어냈다. 그래서 도대체 그 끝이 어디인지 종잡을 수 없었다.

"프다다닥! 프다다닥! 꼬끼요! 꼬끼요!"

소년의 귓전에서 수탉 홰치는 소리가 갑자기 들려왔다. 소년의 아버지가 이렇게 말했다. 수탉이 아무 때나 울면 목을 비틀어서 삶아먹어야 한다고. 소년은 수탉이 어디서 울었는지 주변을 살펴보다가 자기가 따쭈리의 팔에 안긴 채 그만 깜박 졸았다는 것을 알아차리게 되었다.

'그렇다면 수탉 홰치는 소리는 꿈속에서 들었던 것일까?'

아무튼 소년은 자기가 깜박 졸았다는 것이 창피해서 얼굴이 붉어졌다. 그럴 즈음, 따쭈리가 한 손으로 소년을 안았다. 이어서 다른 한 손으로 자기의 엉덩이를 연거푸 두드리며 수탉이 날개 치는 소리를 냄과 동시에 우는 소리를 또 질러댔다.

"영우야, 내 팔과 가슴팍이 이부자리는 아니다. 얼른 눈을 떠라. 그렇지 않으면 똥침 한 방 아프게 놓을 거다."

"어휴, 닭대가리 따주리야. 닭이 시도 때도 없이 울어대면 모가지를 비틀어서 냠냠, 짭짭, 해버린다는 거 몰라."

소년은 어린이고 따쭈리는 어른이었다. 그런데 소년은 그에게 말을 올린 적이 없었다. 소년뿐만 아니라 다른 사람들도 따쭈리에게 나이와 상관없이 반말을 까곤 했다. 따쭈리도 위아래를 가리지 않고 반말로 응수했다.

"여우야, 닭 모가지를 비틀어도 새벽은 온다고 했다. 요즘 산 아랫마을에서 땅만큼 하늘만큼 유행하는 말이다."

따쭈리가 소년을 땅에 내려놓았다. 그리고 많다는 표현을 하려고 두 팔로 커다란 동그라미를 만들었다.

얼마 전, 숲 속 사람들이 쑥덕댈 때 소년도 닭 모가지 어쩌고저쩌고 하는 이상한 이야기를 들은 적이 있긴 했다. 그런데 닭 모가지를 비틀게 되면 마침내 통닭이나 백숙이 되는 거지 왜 새벽이 온다고 말하는지 소년은 이해할 수 없었다. 따쭈리에게 어떻게 된 노릇인지 물어보려다가 그만두었다. 따쭈리가 그 뜻을 알지 못한 채 다른 사람들을 따라서 그냥 씨부렁거렸을 것으로 생각되었기 때문이다.

"함께 놀아줄 친구가 없어서 심심하다. 나랑 두꺼비집놀이 할래?"

소년이 땅바닥에 털퍼덕 주저앉아 황토를 긁어모으면서 "두껍아, 두껍아, 헌집 줄게 새집 다오"라고 노래했다. 따쭈리가 이어받으면서 "두껍아, 두껍아, 집 지어랑. 황새야, 황새야 물 길어라. 소가 밟아도 딴딴, 까치가 밟아도 딴딴, 무너질라 생각 말고 잘도 잘도 지어라"고 노래했다.

그런데 따쭈리가 노래를 부르긴 했지만 땅바닥에 주저앉지 않았다. 산 위쪽으로 올라가려고 등을 돌리기 시작했다. 다급해진 소년이 따쭈리 엉덩이에 똥침을 사정없이 놓았다. 따쭈리 엉덩이의 갈라진 틈에 소년의 두 번째 손가락들이 정확히 꽂혔다. 어린이 힘이라지만 상당히 아플 터였다. 그는 아무렇지도 않은 표정으로 뒤돌아보았다.

"내 동생 여우가 오늘은 땅만큼 하늘만큼 심심했던 게 틀림없구나.

여우야, 목말 타고 나랑 함께 위쪽으로 올라가자."

따쭈리가 자세를 낮췄다.

"아싸라비야! 콜롬비아!"

소년이 따쭈리의 등짝 위로 훌쩍 올라가서 어깨에 걸터앉았다. 높은 곳에 걸터앉으니까 아찔하지만 평소에 높게 보이던 숲이 나지막하게 느껴지자 아늑해졌다. 소년은 무덤산 너머에 있다는 도시가 손톱만큼이라도 보일지 모른다는 기대감이 솟구치기도 했다. 지금이 밤이라면 좋을 터였다. 보석처럼 아름다운 별을 한 아름 따서 장난감 삼고 싶었다.

문득, 사람이 죽으면 하늘나라로 간다는 말을 떠올렸다. 밤하늘의 아름다운 별들이나 비온 후 일곱 색깔의 무지개를 놓고 보면 하늘나라는 무척이나 아름다운 곳 같았다. 그렇다면 죽음도 두려워할 필요가 없을 성싶었다. 언젠가 돌팔이 할아버지가 숲 속 사람들에게 죽음을 두려워하지 말라고 이야기하는 것도 들은 적이 있었다.

그런 생각에 잠시 빠져 있다가, 소년이 자기도 모르게 몸서리쳤다. 달도 없고 별도 없는 칠흑의 밤하늘이 생각났던 것이다. 천둥벽력이 몰아치면서 하늘이 두 쪽으로 갈라지는 듯한 장면도 이어졌다. 하늘이 꼭 아름답기만 한 게 아니라 때로는 무섭기도 했다. 그렇다면 죽어서 간다는 하늘나라가 무서운 곳일 수도 있었다. 도대체 죽은 다음에 간다는 세계를 어떻게 평가해야 할지 무척이나 헷갈렸다.

오 시인의 집을 지나쳤다. 그는 시를 예쁜 글씨로 써서 바람벽에 붙여두곤 했다. 그래서 '시인'이라는 별명이 붙었다. 그는 미취학아동으로 내팽개쳐진 소년이 안쓰럽다며 한글을 가르쳐주었다. 소년은 공부를 시작한 지 몇 달이 지나고 나서 읽는 것은 물론이고 쓰지 못하는 글자가 없었다. 그가 머리를 쓰다듬어주면서 매우 영특한 아이라고 칭찬해주었다.

간절한 기도를 올리는 것이 오 시인의 독특한 암 치유비법 같았다. 그 외에도 병을 고치기 위해서 채식을 고집했는데 그것도 완전한 생식이었다.

소년이 간혹 그의 집에서 밥을 얻어먹을 때면 젓가락으로 깨작거리기만 했다. 소년은 밥상에 멸치 대가리만 나와도 밥 한 공기를 후딱 해치울 수 있었지만 생채소만 놓인 밥상 앞에서는 손이 뻣뻣하게 굳어지고 말았다.

오 시인은 또 특이한 습성을 갖고 있었다. 세 시간 간격으로 그동안 벌어진 일이나 생각나는 것들을 기록했다. 때로는 시를 써서 바람벽에 붙여두기도 했다. 남은 시간에는 수틀 위에 꽃문양의 수를 놓거나 뜨개질했다. 그런 모든 것들 또한 그만의 독특한 암 치유비법인 듯했다.

오 시인의 집 앞을 지나서 울보의 집이 나타났다. 소년은 긴장하기 시작했다. 오늘은 무사히 지나쳤으면 하고 마음속으로 기도했다. 두 손으로 따쭈리의 양 귀를 붙잡았다. 만약에 그가 울보 집으로 들어가려고 하면 귀를 잽싸게 잡아당길 속셈이었다.

보름 전쯤의 일이었다. 울보가 소년의 손목을 붙잡고 자기 집 마당으로 끌고 갔다. 넋두리를 늘어놓기 위해서였다.

울보는 머리카락이 많이 빠져서 사시사철 빵모자를 눌러 썼다. 눈은 움푹 들어갔으며 총기도 없었다. 피부는 밀가루를 칠한 것처럼 창백했다. 그래서 '저승꽃'이라고 부르기도 하는 수많은 검버섯 반점들이 더욱 도드라져보였다.

보통사람들은 울보의 그런 얼굴을 대하면 징그럽거나 섬뜩하게 여길 터였다. 그런데 이 숲 속 사람들 상당수가 울보의 얼굴과 비슷해서 소년은 별다른 거부감을 느끼지 않았다.

　울보의 몸에서 역한 냄새가 풍겨왔다. 소년은 그가 눈치채지 않게 엄지와 검지를 집게처럼 만들어서 자기의 콧방울을 집었다. 암 환자가 이처럼 심한 냄새를 풍기게 되면 머지않아서 죽게 된다고 했다.

　'죽음이라는 게 도대체 무엇일까.'

　소년이 생각하기에 죽음이란 사람들의 눈에 보이지 않게 되는 것을 말하는 것 같았다. 이 숲에서 암을 치유하려다가 죽은 사람들이 소년의 눈에서 사라지고 난 후에 다시 나타난 적은 한 번도 없었다. 그래서 소년은 눈에 영영 보이지 않는 것이 곧 죽음이라고 철석같이 믿고 있었다.

　울보가 이런 고약한 냄새를 계속 풍기게 되면 머지않아서 영영 보지 못하게 될 터였다. 소년의 마음이 허전해졌다. 그래서 울보의 손목을 뿌리치지 못하고 따라간 것은 아니었다. 그는 자기의 넋두리를 들어주면 소년의 호주머니에 돈을 간간이 찔러주곤 했다. 그게 구미를 당기게 만들었다.

　"영우야, 내 말 좀 들어봐라. 니미럴, 이 세상에서 나처럼 불쌍한 사람이 또 어디에 있겠냐. 하필이면 내가 왜 이런 불치병에 걸렸는지 모르겠다. 나는 죽도록 일하고 구두쇠처럼 아끼면서 돈을 모았다. 영우야, 만약에 하느님이 있다면 그건 틀림없이 개똥하느님일 것이다. 나처럼 열심히 살았던 사람이 왜 이렇게 허무하게 죽어가야 한단 말이냐."

　그는 소년을 댓돌 위에 앉혀 놓고 넋두리를 늘어놓았다. 닭똥 같은 눈물을 뚝뚝 흘리기도 했다. 장마철에 소쿠라지는 붉덩물 같은 분노를 쏟아내기도 했다. 그런데 그의 넋두리 내용이나 말투는 항상 비슷했다. 소년은 그런 넋두리를 수없이 들어서 외우는 것은 물론이거니와 귀에 싹이 돋아날 지경이었다.

 울보는 약장수가 호랑이걸음 걷기를 꾸준히 하면서 뱀탕을 먹으면 암이 낫는다고 하니까 그날부터 따라했다. 그런데 일주일을 채우기도 전에 그만두었다. 다인 이모가 개똥쑥과 바위손이 항암식품이라며, 잘 말려서 차로 달여 마시라고 하니까 금세 바꾸었다. 그는 소년이 개똥이나 소똥이 기적의 약이라고 말해주어도 그대로 따라할 사람이었다. 울보는 귀가 습자지처럼 얇았다.

 "영우야, 난 죽기 싫다. 검은 옷을 입은 저승사자들이 나를 끌고 가면 그만 까무러치고 말 것이다. 니미럴, 내가 죽으면 다른 사람들이 나를 금세 잊어버리고 말겠지. 자기들끼리 웃고 떠들면서 재미있게 살겠지. 나는 눈꼴시어서 그런 거 절대로 못 본다. 구렁이알 같은 돈을 그대로 놔두고 저승으로 떠나게 되면 얼마나 원통하겠냐. 미치고 환장하고 팔짝 뛸 노릇이다. 아이고! 아이고!"

 소년은 울보의 넋두리에 질려서 도망치고 싶었다. 그럴 때면 그가 소년의 속내를 어떻게 알아챘는지 도망치지 못하도록 손목을 다시 움켜잡곤 했다. 아무튼 그날 소년의 코는 완전히 썩어 문드러졌고, 귓구멍 속은 싹이 돋는 정도가 아니라 울창한 숲으로 변해버렸다.

 오늘은 천만다행이었다. 따쭈리가 소년의 마음을 제대로 읽었는지 성큼성큼 걸어서 울보 집을 지나쳤다. 소년은 긴장이 풀리자 말을 타고 달리듯 몸을 위아래로 흔들며 신바람을 냈다. 그런데 따쭈리가 서너 걸음 움직이다가 별안간 멈췄다.

 소년은 예감이 좋지 못해서 황급히 뒤돌아보았다. 아니나 다를까 울보가 사립문 밖으로 허둥지둥 나오면서 두 사람에게 가까이 오라며 손짓하고 있었다. 소년이 따쭈리의 귀를 잡아채며 재빨리 속삭였다.

"그냥 모른 체하고 위쪽으로 올라가, 알았지? 어서 가, 어서 올라가 자니까."

소년의 안달에도 불구하고, 따쭈리는 그대로 멈춰 있었다. 울보가 이런 어수룩한 먹잇감을 순순히 놓아줄 리 없었다.

"따쭈리, 내 말 좀 들어봐. 영우야, 너도 마침 잘 됐다. 함께 들어봐라."

소년은 따쭈리의 귀를 힘차게 잡아당기려다가 울보가 눈치챌까 봐 그만두었다. 그 대신에 목덜미를 힘껏 꼬집는 것으로 자신의 마음을 전했다. 그런데도 따쭈리의 달라붙어버린 발은 떨어질 줄 몰랐다.

"따쭈리, 하필이면 내가 왜 이런 불치병에 걸렸는지 모르겠어. 지랄 같은 세상, 너무나 불공평해!"

울보의 넋두리가 또 시작되었다. 그의 볼에는 벌써부터 눈물이 흥건했다. 아마 방에서 울다가 밖으로 나온 것 같았다. 소년은 그렇게 많은 눈물이 울보의 어디에 들어 있었는지 궁금했다. 그만큼 울었으면 이미 바짝 말라서 밑바닥이 드러나고도 남을 텐데 꾸준히 흐르고 있었다. 아마 그는 매일매일 눈물의 샘을 새로 파는 모양이었다.

"따쭈리, 나는 시한부 생명이야. 너무나 원통해서 미칠 것 같다."

"울보야, 너는 진짜 바보다, 사람들은 태어나면서부터 시한부 생명이라고 했다. 죽지 않는 사람은 하나도 없다."

"아니 그런 거 말고, 나는 오래 살지 못하고 죽게 된단 말이다. 내가 암에 걸렸다는 사실이 나를 환장하고 심난하게 만든다. 어쩌면 좋겠냐?"

"헤헤, 울보야. 어른이 어리광 피우면 어린애 되는 것도 모르냐. 울보만 병든 게 아니라 여기 사는 사람들 모두 다 병들었다. 아니, 아니다. 내 동생, 여우는 눈곱만큼도 병들지 않았다. 아참, 여우 엄마도 병들지 않고 나도 멀쩡하다."

소년은 깜짝 놀랐다. 따쭈리는 소년의 아버지보다 나이가 더 많을 성싶었는데 자기를 동생이라고 말했던 것이다. 소년은 형제가 없어서 외로운 터였다. 그런데 따쭈리가 '동생'이라고 불러주자 기분이 좋아졌다.

"다른 사람은 암이 나을 것 같고, 나만 죽을 것 같아서 너무나도 괴롭다. 나는 원통절통해서 절대로 못 죽는다. 그래서 암을 치유할 수 있는 것이라고 하면 개똥쇠똥을 가리지 않고 먹었거든. 따쭈리, 나는 죽기 싫다. 혹시 기적의 비법이나 약초를 알고 있다면 나한테 이야기해 줘. 난 살고 싶어. 이대로 죽으면 얼마나 허무해. 난 절대로 죽고 싶지 않아."

"에헤, 울보야 눈곱만큼도 걱정 마랑. 너는 절대로 안 죽는다. 매일 울고 싶어서 죽을 수 없다. 울보, 그럼 다음에 또 보자. 안녕."

"잠깐! 잠깐!"

울보가 잽싸게 따라왔다. 하지만 따쭈리의 성큼성큼 걷는 걸음걸이를 따라잡지 못했다.

따쭈리는 소년을 목말 태우고도 전혀 힘들지 않은 모양이었다. 소년은 따쭈리를 형으로 불러주고 싶은 마음이 생겼다. 그가 먼저 동생이라고 했으니까 그렇게 불러주어도 아무런 문제가 없을 듯했다.

"형, 빠져나오기 정말 잘했어. 만약에 또 붙잡혔으면 날을 새게 되었을 거야. 그런데 지금 어딜 가는 거야? 형, 저 무덤산을 단숨에 넘어가면 좋겠다, 그지?"

"거긴 절대로 넘어가기 싫다."

"그곳에는 멋지고 큰 도시가 있는데, 왜 싫어? 나는 그곳에 가고 싶단 말이야. 친구도 많고 장난감도 엄청나게 많을 거고 말이야."

"영우야, 큰 도시는 되게 무섭다. 총을 메고 다니는 군인들이 우글거리기도 한다. 또 눈을 감으면 코를 베어가는 곳이다. 내 배도 칼로 쨴 곳이다."

"코를? 그렇다면 코를 손으로 덮고 있으면 되잖아. 배는 아무도 째지 못하도록 안으로 쏙 들여 넣고 말이야."

"그래도 소용없다. 무조건 배를 쨴다. 무섭다."

"형, 도대체 누가 뭣 때문에 배를 쨴다는 거야?"

소년이 따쭈리의 살벌한 이야기를 듣고 궁금증이 벌컥 치솟았다.

"그건 무조건 비밀이다. 입을 꼭 다물기로 새끼손가락 걸고 약속했다. 난 그 약속을 지켜야 한다. 난 진짜 사나이다. 사나이는 약속을 지켜야 한다."

"누구랑 약속했는데?"

"그것도 비밀이다. 나는 조개처럼 입을 다물 것이다. 사나이가 약속을 어기면 고추가 뚝 떨어지는 법이다."

"형, 가르쳐주지 않으면 앞으로 형이라고 부르지 않을 테야."

소년이 협박조로 말했다. 따쭈리는 고개를 설레설레 흔들 뿐 더 이상 입을 열지 않았다. 성질이 순박하기로 소문난 그에게 이런 황소고집이 숨어 있다는 것을 소년은 처음으로 알게 되었다.

3
활법과 살법

　소년이 따쭈리의 어깨에 올라탄 채 케세라 아저씨의 집 앞을 지나갔다. 케세라는 전직 세무공무원이며 시한부 생명을 선고 받은 암 환자였다. 그런데 이해하기 힘든 점은 아코디언으로 시도 때도 없이 흥겨운 곡을 연주하면서 노래한다는 거였다. 그뿐만 아니라 병문안 온 사람들과 어울려서 삼겹살을 굽거나 암탉을 삶아먹으며 깔깔댔던 적이 한두 번 아니었다. 소년은 그가 병을 고치려고 이 숲 속으로 들어온 것인지 놀러온 것인지 이해하기 힘들었다.
　케세라와 울보는 위아래 집에서 살았다. 그런데 죽음을 똑같이 앞두고 있는 두 사람이 전혀 다른 모습을 보여주고 있었다. 한 사람은 마치 죽음을 손꼽아 기다리고 있다는 듯이 즐겁게 노래했다. 다른 한 사람은 저승사자가 찾아올까 봐 벌벌 떨며 눈물을 질질 짰고 세상을 향해 온갖 욕설을 퍼부어대곤 했다. 그렇지 않아도 죽음이 어떤 것인지 아리송하게 여기고 있던 소년을 상당히 혼란스럽게 만들어주는 사람들이었다.

아무튼 '케세라'는 별명인데 오 시인의 설명에 따르면 '케 세라, 세라'를 줄인 말이며 '될 대로 되라'는 뜻이라고 했다. 누가 그런 맞춤한 별명을 붙인 것인지 무릎을 치며 탄복하고 싶었다.

"청춘은 봄이요, 봄은 꿈나라. 언제나 즐거운 노래를 부릅시다. 진달래가 방긋 웃는 봄, 봄. 청춘은 싱글벙글 윙크하는 봄……."

소년이 예상한 것처럼 노랫소리가 흘러나오고 있었다. 케세라는 죽어가는 순간에도 아코디언을 연주하며 노래할 것이다.

따쭈리가 노랫가락에 맞춰 어깨를 들썩거렸다. 소년은 진짜 말을 타고 있는 것 같아서, 따쭈리의 귀를 잡고 "이랴! 이랴!"라고 계속해서 외쳤다. 소년을 목말 태운 따쭈리가 두 갈래 물길이 모아지는 곳까지 올라갔다.

좌측일까, 우측일까? 좌측 물줄기 쪽에는 약장수가 우측 물줄기 쪽에는 돌팔이가 살고 있었다. 따쭈리가 망설이지 않고 우측을 택했다. 잠시 후에 돌팔이의 집 마당 안으로 들어섰다. 따쭈리가 토방 앞에서 고개를 공손하게 수그렸다.

"돌팔이 선생님, 따쭈리가 찾아왔습니다."

따쭈리의 입에서 존댓말이 튀어나왔다는 게 놀라웠다. 소년은 어머니를 따라 산 아랫마을에 갔다가 그가 면장과 지서장에게도 반말로 상대하는 것을 본 적이 있었다.

'돌팔이를 깍듯이 모시는 이유가 도대체 무엇이고, 두 사람의 관계는 어떻게 되는 걸까?'

소년은 궁금증을 그만 접어두기로 했다. 따쭈리에 대해서 이미 파악해놓은 점이지만, 순진하고 약간 모자란 팔푼이였다. 그의 말과 행동을 곧이곧대로 받아들이고 궁금하게 여기거나 캐내는 것은 의미가 별로 없어보였다.

"어, 없다. 어디 갔을까? 똥 싸러 갔을까, 산보 갔을까."

따쭈리가 어찌할 바를 모르고 고개를 좌우로 돌렸다.

소년은 어머니의 심부름으로 돌팔이 아저씨의 집을 자주 들락거렸다. 책이나 약을 주로 전달해주는 일이었다. 그런데 책은 주간지 열댓 권을 합친 것만큼이나 두터울 때가 많아서 힘들었다. 하지만 돌팔이를 만날 때마다 맛있는 것을 얻어먹을 수 있다거나 흥미로운 이야기를 들을 수 있어서 짜증난 적이 없었다. 소년은 주변에 비슷한 또래가 없어서 항상 심심했던 터라 입이 호강하고 즐거운 일만 생긴다면 심부름이야 언제든지 할 용의가 있었다.

"우리 영우가 무척 기특하구나. 들어와서 쉬었다 가렴."

소년이 안방으로 들어가면, 돌팔이가 머리부터 쓰다듬어주었다. 그리고 다인 이모가 특히 좋아하는 녹차를 찻잔에 따라주기도 했다. 소년은 그 녹차를 마시면서 떫은맛 때문에 오만상을 찌푸렸다. 그럴 때마다 돌팔이가 설탕을 타주어서 큰 거부감 없이 마시게 되었다.

그런데 얼마 후에는 설탕 없이도 녹차를 마실 수 있었다. 그래도 떫은 척하며 오만상을 찌푸렸다. 돌팔이가 그럴 때마다 귀하고 달콤한 설탕을 찻잔 속에 넣어주었다.

돌팔이가 내놓는 주전부리는 매우 다양했다. 주로 내놓은 것은 잣과 호두 같은 견과류였다. 그 접시에는 땅콩과 비슷하게 생긴 아몬드와 캐슈넛이 함께 있었다. 곶감을 줄 때는 서양 과일이라고 하는 망고와 바나나 말린 것이 함께 놓여 있었다. 잣, 호두, 땅콩은 그래도 흔한 것이지만 아몬드, 캐슈넛, 망고, 바나나는 맛이 특이할 뿐만 아니라 산 아랫마을에서 전혀 찾아볼 수 없는 귀물이었다.

"우리 것 서양 것 가리지 말고 골고루 먹어야 건강해진다."

돌팔이는 주전부리를 내놓을 때마다 입버릇처럼 이렇게 말했다. 소년은 산 아랫마을의 아이들과 달리 주전부리를 쉽게 접하기 힘들어서 '이게 웬 횡재야'라며 허겁지겁 먹어치웠다. 그것도 모자라서 호주머니에 듬뿍 넣어오곤 했다.

그런데 소년은 돌팔이가 내놓는 주전부리에서 특이한 점을 발견했다. 그의 주전부리 접시에는 우리 것과 서양 것이 항상 함께 놓여 있었던 것이다. 그처럼 동서양이 함께 있는 모습은 다른 데서도 잘 나타났다.

그의 안방 좌측에는 꼬부랑글씨로 되어 있는 서양서적들이 쌓여 있었다. 사람의 오장육부가 상세하게 그려진 '인체해부도'라는 그림도 바람벽에 걸려있었다. 그 반면에 우측에는 동양서적이 쌓여 있었다. 동양의 인체해부도에 해당한다는 '신형장부도'가 걸려 있기도 했다.

소년은 궁금증이 남달리 많은 터라 바람벽 좌우에 붙어 있는 그림에 대해서 돌팔이에게 물었다. 그게 인간의 몸 내부를 그림으로 나타낸 동서양의 해부도라고 알려주었다.

"우측 벽에 붙어 있는 동양의 신형장부도라는 그림은 왜 자세하게 그려져 있지 않아요? 동양의술 실력이 부족해서 그랬던 건가요?"

돌팔이가 빙그레 웃었다.

"영우야, 좀 어렵겠지만 잘 들어봐라. 신형장부도는 허준이라는 옛 의사가 시체를 해부하고 그렸다는 이야기가 전한다. 저건 해부도라기보다 살아 있는 사람의 정, 기, 신이라는 흐름과 오장육부의 운행에 대해서 표현해놓은 것이다. 저길 봐라. 눈을 뜬 채 입은 벌리고 있으며, 배는 출렁거리면서 호흡하고 있는 것 같지 않니? 그래서 서양의 해부도와 직접 비교하는 것은 바람직하지 않단다."

 돌팔이는 이 숲으로 가장 먼저 들어왔고, 나이도 제일 많았다. 물론 그가 이 숲으로 들어오기 이전에도 사람들이 살고 있었다. 하지만 그들은 병이 완치되어 집으로 돌아갔거나 죽어서 세상을 떠나버렸다. 현재 살고 있는 사람들 중에서 돌팔이가 제일 오래되었으며 소년의 가족들이 그 다음이었다.

 이 숲 속 사람들이 머리나 배가 아프면 돌팔이를 찾아가서 치료를 부탁하거나 의학적인 조언을 듣곤 했다. 대개 약을 좀 얻어온다거나, 주사나 침을 맞는다거나, 잘 먹고 푹 쉬라는 평범한 이야기를 듣는 정도였다. 그래도 많은 도움이 되었다.

 깊은 산속이라서 병을 맡아 치료해줄 의사도 없이 오로지 민간의학이나 대체의학에 의지하여 투병생활을 하는 이 숲 속 사람들은 떠도는 소문이나 자신의 병세에 따라서 이리저리 흔들리기 마련이었다. 그럴 때 중심을 잃지 않도록 붙잡아주는 역할을 하는 사람이 돌팔이기도 했다.

 따쭈리는 돌팔이 모습이 보이지 않자 엄마를 찾는 아이처럼 보였다. 얼굴이 일그러지면서 금세 울음을 터트릴 것 같기도 했다. 그가 똥 마려운 사람처럼 뒷간으로 종종걸음을 했다. 뒷간 안에 사람이 들어있으면 어쩌려고 그러는지 헛기침도 없이 판자문을 다급하게 잡아챘다. 그 문의 돌쩌귀가 비명을 질렀다. 자칫하면 문짝이 떨어져나갈 뻔했다.

 소년은 물구나무서서 통, 통, 통, 소리를 내며 뛰고 얼굴에 눈과 코와 입이 없다는 달걀귀신이 튀어나오는 줄 알고 움찔했다. 그 귀신을 보게 되거나 말을 걸게 되면 병을 얻어서 며칠 만에 죽는다고 했다. 천만다행으로, 뒷간 안에는 달걀귀신도 돌팔이도 없었다.

따쭈리가 사립문 밖으로 허둥지둥 빠져나갔다. 개울물이 소리 없이 미끄러지고 있었다. 숲에서 이는 바람도 매우 잔잔하여 주위가 고요했다. 산새들이 노래하고 있을 법도 했지만 그 친구들마저 입을 다물고 있었다.

그때, 산 위쪽에서 호랑이 울음소리가 들려왔다. 소년은 전혀 놀라지 않았다. 무덤산에는 호랑이가 살고 있지 않았다. 그런 울음소리를 흉내 낼 사람은 약장수밖에 없었다.

소년의 예상이 틀리지 않았다. 숲길을 따라서 사람이, 아니 호랑이 한 마리가 어슬렁거리며 내려오고 있었다. 약장수가 두 손과 두 발로 땅을 짚은 채 호랑이걸음 걷기를 하며 아래로 내려오는 중이었다.

"약장수야, 우리 돌팔이 선생님 못 봤냐?"

따쭈리가 물었다. 약장수가 먹이를 덮치는 호랑이처럼 펄쩍 뛰어오르더니 곧바로 섰다.

약장수의 얼굴은 매부리코에 숱이 적은 염소수염을 기르고 있어서 궁상스러운 느낌을 풍겼다. 광대뼈 아래쪽이 홀쭉해서 부티도 나지 않았다. 게다가 머리를 아래로 한 채 호랑이걸음 걷기를 했던 탓인지 눈동자의 흰자위에 핏발이 서려 있어서 흉악하게 느껴졌다. 그렇지만 그가 건강을 되찾기 위해서 하루도 거르지 않고 호랑이걸음 걷기 수련에 열중하는 것으로 보아 고집이 셀 뿐더러 의지가 대단하다는 것을 느낄 수 있었다.

"영우야, 너 마침 잘 만났다. 호보를 열심히 수련해야 한다. 이것만 열심히 수련해도 무림에 나가면 천하무적의 고수가 될 수 있거든. 그렇지! 주먹으로 돌멩이를 깨트리고 나무칼로 쇠를 자르는 비법도 전수해서 너를 천하제일의 고수로 만들 테다. 너, 장풍이라고 아니? 손에서 세찬 바람이 나가는 거 말이야. 그것도 너만 특별히 가르쳐주겠다."

약장수가 따쭈리는 거들떠보지도 않고 소년에게 수작을 걸었다. 호랑이 먹이는 뚱뚱한 따쭈리가 푸짐할 성싶은데, 도토리만 한 자기에게 눈독 들이는 이유에 대해서 소년은 궁금했다. 소년의 입가에 장난스러운 웃음이 잠시 매달렸다.

'히힛, 혹시 고기가 부드럽기 때문일까.'

하지만 소년은 금세 정색하며 단호한 어조를 내뱉었다. 약장수의 수작에 자칫하여 넘어가게 되면 날이면 날마다 두 손과 발로 호랑이걸음 흉내를 내는 신세가 되고 말 터였다.

"싫어요! 저는 무술에 관심이 별로 없거든요."

"영우야, 무림은 어지럽고 험난한 곳이야. 힘이 없으면 잡아먹혀. 너는 기수련을 충실히 하면서 절세무공을 터득해야 된다. 어서 아래로 내려와라."

약장수가 다가와서 따쭈리 어깨에 앉아 있는 소년을 끌어내리려고 했다.

"약장수야, 터럭손 함부로 대지 마라. 여우는 내 동생이다."

"따쭈리, 내가 어떤 사람인지 잘 알고 있지? 인마, 나는 주먹으로 돌멩이를 두부처럼 부셔버리는 절세고수야."

"나는 무공이 뭔지 눈곱만큼도 모른다. 여우는 소중한 내 동생이다. 너 같은 장돌뱅이 약장수한테 내 동생을 절대로 내줄 수 없다. 무조건 안 된다."

따쭈리가 고개를 좌우로 흔들며 뒷걸음쳤다.

"어쭈구리, 누구 앞에서 감히 깝죽거려. 험한 꼴을 당해 봐야 정신 차리겠어?"

약장수가 따쭈리의 가슴팍에 두 손바닥을 밀착시키고 힘껏 밀었다. 힘자랑으로 상대를 굴복시키려는 속셈이었다. 그런데 이해하기 힘든 일이 벌어졌다. 따쭈리를 밀치던 약장수의 콧속에서 끙끙거리는 소리가 흘러나왔다. 약장수가 이번에는 기합까지 넣으면서 밀쳤다. 따쭈리는 거대한 바위처럼 여전히 꿈쩍하지 않았다.

"이런, 그냥 두면 안 되겠군."

약장수가 두어 발쯤 물러서더니 주먹을 불끈 쥐고 공격 자세를 취했다. 얼굴빛이 붉으락푸르락 달아올랐다. 눈빛은 독살스럽게 변해 있었다.

소년은 약장수의 정권에 돋아난 굳은살을 보고 진저리를 쳤다. 그건 손가락 뼈마디가 아니라 쇠구슬이었다. 약장수는 자기 집 마당에 새끼줄로 감은 말뚝을 세워놓고 정권에 피가 나도록 주먹을 단련했다. 그렇게 만들어진 주먹이라서 맹수도 한 방에 나가떨어질 수 있을 것 같았다.

"형, 나를 땅바닥에 내려주고 편하게 겨뤄 봐. 누가 이기게 될지 정말 궁금하단 말이야."

이 세상에서 싸움구경과 불구경이 최고라고 하지 않던가. 소년은 힘과 기술이 겨루게 되면 어느 것이 더 우세한지 알아보고 싶었다. 따쭈리는 천하장사였다. 약장수는 싸움기술이 뛰어난 고수였다.

"싸우게 되면 네가 위험하다. 동생은 그냥 앉아 있어라."

"야, 따쭈리, 어린 영우를 어깨에 메고 있으면 내가 공격하지 못할 줄 알고 있지. 천만에 나는 절세고수야. 영우는 털끝 하나 건드리지 않고 너만 박살낼 수 있어. 따쭈리, 네가 영우를 데리고 있으면 오히려 불리할 걸. 그러니까 홀가분하게 내려놓고 나한테 덤벼보란 말이야. 결투를 해서 내가 이기게 되면 영우를 순순히 내놓는 거야. 무슨 말인지 알겠지?"

"난 싸우는 것이 싫다. 여우를 내주는 것도 싫다. 밥을 많이 먹는 것은 많이많이 좋다."

따쭈리가 도리머리를 했다. 그런데 대결을 가로막는 상황이 느닷없이 발생했다. 돌팔이가 산 위에서 나타났던 것이다. 따쭈리가 약장수를 완전히 무시해버리면서 돌팔이를 향해 쪼르르 달려갔다. 따쭈리는 주인에게 달려가서 바짓가랑이를 물고 잡아당기며 낑낑대는 강아지였다. 소년은 거대한 덩치와 전혀 어울리지 않는 따쭈리의 귀여운 행동을 보며 그만 까르르 웃고 말았다.

"어허, 애들처럼 왜 이러는 겁니까."

돌팔이가 던진 한마디가 약장수를 무안하게 만들어버렸다. 약장수가 그냥 물러설 위인이 아니었다. 자기의 무술을 뽐내기라도 하듯 허공을 향해 주먹을 연거푸 내질렀다. 공중으로 높이 뛰어 올라 360도 공중회전 발차기를 선보였다. 그게 끝이 아니었다. 고양이 울음소리 같은 기합소리를 질러댔다. 곧이어 엄지로 코를 쓰윽 문지르고 야릇하게 일그러지는 표정을 지었다. 홍콩 영화배우, 이소룡의 흉내였다.

"감히 누구에게 훈계를."

약장수가 턱을 하늘로 치켜들며 거만을 떨었다.

"그거 참, 나이를 먹을 만큼 먹은 분이 왜 어리석게 구십니까. 오만과 자만은 살심을 낳게 되고, 결국 남도 해치고 자신도 해치게 된다는 것을 모른단 말입니까."

돌팔이가 혼잣말처럼 나지막이 중얼거렸다.

"흡사 보름달 보고 짖어대는 똥강아지 같구먼. 그런 개소리 집어치워요."

"어리석군요. 바로 그 껍질을 깨트려야만 비로소 활법이 보일 것입니다."

"활법이든 살법이든, 당신이 주둥아리를 나불거릴 문제가 아니요. 나는 학교에 가지 못하는 영우가 불쌍해서 절세무공을 전수하려고 했소. 내 무술을 수련하면 신체가 단련되어 질병이 함부로 침범할 수 없을 뿐더러 학식도 갖출 수 있거든. 숲 속에 있는 모든 식구들도 나를 따라서 기공을 수련하고 무술을 연마하면 죽음에 이르는 암도 앗싸리 치료할 수 있다는 이야기요. 알겠소."

"너무나 오만한 발언입니다. 함부로 이야기하지 마세요. 하늘 높은 줄 모르고 천둥벌거숭이처럼 날뛰게 되면 결국 스스로 무너지고 깨지기 마련입니다. 뇌성과 번개가 칠 때 무서운 줄 모르고 날뛰는 철부지처럼 말입니다."

"흥, 별 볼 일 없는 돌팔이가 고수 행세를 하는구먼. 좋소. 그렇다면 누가 더 훌륭한지 내기해 봐요."

"느닷없이 무슨 내기를 하자는 겁니까?"

"당신이나 나나 불치병을 치유하자고 여기에 들어왔지 않소. 그러니까 서로 잘났다고 입씨름만 할 것이 아니라, 누가 자기 병을 완치시켜서 씩씩하게 걸어 나가는지 쇼오부를 보잔 이야기요. 그리고 대결해서 지는 사람은 이 숲에서 앗싸리 떠나기로 합시다. 만약에 내가 지면 숲을 떠나는 것만 아니라 비수로 할복자살 하겠소. 이거 좋은 밥 먹고 구라치고 싶지 않아. 그럼, 그럼!"

소년은 약장수의 기술과 따쭈리의 힘이 맞붙으면 누가 이길지 궁금했다. 그런데 엉뚱하게도 대결이 누구의 의술이 우월한지 겨루는 쪽으로 옮겨가고 있었다. 전혀 예상하지 못한 흥미로운 일이 발생한 셈이었다. 소년이 입맛을 다셨다.

4
인생의 목적지

　당산나무 아래 공터에 사람들이 모였다. 누가 나서서 지시하지 않았지만 저마다 적당한 자리를 골라서 청처짐하게 주저앉았다. 일찍이 이렇게 많은 사람들이 한자리에 모인 적은 없었다. 생활용품 보따리장수가 찾아왔을 때도, 지난해에 한 사람이 투병 끝에 목숨을 잃었을 때도 이렇게 많이 모이지 않았다.
　"도대체 무슨 일이 있어서 모이자고 했던 거야? 한가위 잔치라도 벌리겠다는 거야, 위문공연이라도 온다는 거야?"
　케세라 아저씨가 주변을 힐끗 둘러보더니 눈을 지그시 감았다. 그는 아코디언의 건반을 누르듯이 오른쪽 손가락들을 가슴팍 위에서 놀리고 있었다. 왼쪽 발끝을 연신 들었다 놨다 하는 자세가 장단을 맞추고 있는 듯싶었다. 그것으로도 무료함을 이기기 힘들었던지 콧노래를 흥얼거렸다.

"흥, 위문공연은 무슨 개뿔이나 위문공연. 혹시 누가 나타난다면, 우리한테 이젠 병들고 쓸모없으니 연기처럼 꺼지라고, 국가경제에 아무런 도움이 되지 않으니까 곱게 떠나달라고 개나발을 불지도 몰라. 그렇지만 나는 절대로 이렇게 못 떠나. 만약에 눈을 감을 수밖에 없다면 이놈의 세상을 몽땅 끌어안고 불구덩이 속으로 함께 뛰어들 거야."

케세라를 곁눈질로 살펴보던 울보 아저씨가 목청을 높였다. 그는 울보를 아예 거들떠보지도 않고, 자기의 18번인 '청춘의 꿈'이라는 가요를 나지막한 목소리로 부르기 시작했다.

"케세라 양반, 도대체 정신이 있는 게요 없는 게요. 곧 죽게 될 원통하고 비참한 운명에 놓여 있으면서 뭐가 그리 좋다고 노래를 부른단 말이요. 오늘이 추석인데 성묘는커녕 가족들과 함께 있지도 못하는 서글픈 처지잖소. 나는 당신이 밤낮으로 노래를 흥얼거리는 게 도무지 이해가 되지 않소. 혹시 나를 약 올릴 속셈으로 노래하는 건 아니겠지요?"

"어허, 내 인생 즐기는 것도 시간이 부족한데 당신을 약 올릴 틈이 어디에 있단 말이요. 생사는 하늘의 뜻이라지만, 즐기고 노래하는 것은 오로지 내 뜻일 뿐이오. 그래도 이렇게 깔딱깔딱 숨을 쉴 때가 좋은 법이거든."

"니미럴, 개똥하느님이 하필이면 나한테 이런 불치병을 주다니 말이야. 이럴 줄 알았으면 차라리 태어나지 않았으면 좋을 텐데. 어휴, 이런 베러먹을 세상을 확 뒤집어엎어버리든지 해야지 원!"

울보가 코를 훌쩍이기 시작했다. 닭똥 같은 눈물이 금세 떨어지려고 했다.

케세라가 노래를 중단하며 자리에서 일어났다. 그리고 울보를 내려다보며 한 소리했다.

"돌팔이 양반이 뭐라 했는지 아시죠? 암과 싸우지 말라고 했잖아요. 암이란 놈이 야속하고 철천지원수라는 것은 맞지만 그놈을 증오하다가 스트레스라도 받게 되는 날이면 인체의 밸런스가 깨지게 되고 면역력도 약해진다잖아요. 그러니까 암에서 작대기 하나를 빼고, 그놈을 '임'으로 여기며 함께 살아가야 한다는 말을 잊어버린 것은 아니겠지요."

"원수를 사랑하라고? 난 싫어. 니미럴, 이런 몹쓸 원수의 암이 하필이면 나한테 찰거머리처럼 달라붙었느냐, 이 말이요."

케세라는 울보의 깐죽거리는 꼴이 보기 싫었던지 다른 곳으로 자리를 옮기고 말았다. 그럴 즈음, 두 손을 가슴 앞에 모으고 땅바닥에서 무릎을 여태 꿇고 있던 할렐루야 아저씨가 벌떡 일어나며 외쳤다.

"형제자매님들! 자, 자, 내 이야기 좀 들어보세요. 전지전능하신 주님께서 우리에게 영생을 약속하셨습니다. 요한복음에 '하나님이 세상을 이처럼 사랑하사 독생자를 주셨으니 이는 저를 믿는 자마다 멸망치 않고 영생을 얻게 하려 하심이니라' 고 기록되어 있습니다. 할렐루야! 우리 모두 영생을 위해 찬양합시다."

할렐루야의 목소리는 병자라고 믿어지지 않을 만큼 우렁찼다. 말이 끝나자마자 그가 찬송가를 부르면서 두 팔을 하늘로 추켜올리고 요란하게 휘두르거나 손뼉을 치곤했다. 몇 사람이 그를 따라 노래했다. 할렐루야는 항암치료 후유증으로 머리카락이 거의 빠졌다가 다시 자라고 있는 중이었으며 피골이 상접한 얼굴이었다. 하지만 뭔가를 갈구하는 눈빛만큼은 사뭇 초롱초롱했다.

뜬금없는 상황이 벌어지자, 누군가가 콧방귀를 연신 뀌었으나 찬송가 속에 금세 묻히고 말았다. 노래를 끝낸 할렐루야가 무릎을 땅바닥에 덜퍼덕 다시 꿇으며 기도를 올리기 시작했다.

"주여! 저의 죄를 용서하여 주시옵소서. 이 죄인이 계율을 어기며 살다가 이런 암 덩어리를 키웠습니다. 주여, 저의 몸에 숨어든 사탄을 쫓아내주시옵소서. 그리고 여기에 모인 우리 형제자매님들을 괴롭히는 사탄 또한 쫓아내주시옵소서……."

할렐루야의 기도는 절규에 이어 통곡으로 이어졌다.

다인 이모는 그런 기도 속에서도 아무런 흔들림 없이 명상 자세를 취하고 있었다. 아마 평소처럼 단전호흡을 할 거라고 소년은 짐작했다.

복순네라고 부르는 아주머니가 다인 이모를 힐끗힐끗 보며 명상 자세를 따라하느라고 애썼다. 그는 반년밖에 살지 못한다는 진단을 받고 나서 이 숲 속으로 들어왔다. 그런데 한 해가 지났지만 여태 아무런 불행한 사태도 발생하지 않았다.

할렐루야의 일행이 부르는 찬송가와 기도가 극에 달할 무렵에 숲 속 사람들이 더욱 술렁거리기 시작했다.

"약장수와 돌팔이가 여기서 모이자고 했다지, 아마? 그런데 그 사람들은 왜 아직까지 코빼기도 보이지 않는 거야."

"이미자처럼 최고 인기가수는 마지막에 나와서 노래 부르는 거잖아. 내 말이 틀려? 좀만 기다려봐. 곧 나오겠지 뭐."

소년이 와글거리는 사람들을 둘러보며 능청스러운 웃음을 날렸다. 자기는 이 숲 속의 사람들이 모이게 된 이유를 이미 알고 있었다.

일전에 약장수가 소년을 따쭈리로부터 빼앗으려고 다툴 때였다. 그 다툼에 돌팔이가 끼어들어서 약장수와 입씨름이 벌어지게 되었다. 그러다가 약장수가 자기의 병을 완치하게 되는 자가 누구인지 겨루자는 제안을 했다.

돌팔이는 약장수의 도전을 받아들이지 않았다. 약장수가 돌팔이를 거머리처럼 물고 늘어지기 시작했다. 자기가 제안한 도전을 거부하면 패배를 스스로 인정하는 꼴이나 다를 바 없다고 약을 올린다거나, 주둥이만 반질반질한 사이비는 이 숲에서 쫓아내야 한다는 협박까지 서슴지 않았다.

"좋소. 그렇다면 숲 속 사람들이 모두 모여서 각자 숨겨놓고 있는 치유비법들을 털어놓도록 해봅시다. 누가 대단한지 비교해보겠다는 자리가 아니라 각자의 건강 정보를 공유해보자는 취지입니다."

돌팔이가 이런 식으로 마지못해 승낙했다.

"그렇다면 내 도전을 받아주는 것으로 여기겠소. 그런데 하나 더 이야기할 것이 있소."

"뭡니까?"

"그날 사람들이 모두 모이면 우리들이 갖고 있는 기술이나 학식을 저 어린 영우에게 아낌없이 전수해주자고 건의해보는 겁니다. 우리가 죽으면 모든 게 사라져버리게 되어 아깝잖소. 그래서 장래가 창창한 저 아이에게 물려주자는 겁니다."

그날, 소년은 은근히 놀랐다. 약장수가 자기를 언제부터 그렇게 아끼고 있었는지 예전에 미처 몰랐기 때문이다. 아무튼 그런 까닭에 숲 속 사람들이 모이게 된 거였다.

한가윗날 오후였는데 명절 분위기는 찾아볼 길이 전혀 없었다. 목숨이 경각을 다투는 말기 암 환자가 우글거리는 숲 속이고, 게다가 명절이라서 쓸쓸한 기운이 더욱 짙을 수밖에 없었다.

소년은 흥미로운 일이 벌어지기를 기대하는 눈빛으로 공터를 지켜보는 중이었다. 모인 사람들이 쑥덕대기 시작했다.

"약장수가 돌팔이한테 도전했다는 소문이 나돌던데."

"무슨 도전을?"

"누구의 암 치유법이 더 우월한지 겨루어보자고 했대."

"약장수가 돌팔이를 이길 수 있을까? 내가 보기에는 하나마나한 게임이야."

"어허, 길고 짧은 것은 대봐야 안다고 그랬잖아. 그리고 말이야, 대결을 해서 패한 자는 이 숲을 떠나자고 했다는구먼. 약장수가 단단히 믿는 구석이 있는 모양이야. 근래에 기적의 치유비법을 연구했는지도 모르겠고 말이야."

"기적의 비법! 나도 그 비법을 알아야겠네."

"그런데 이거 우습게 되어버렸어. 대결하자고 제안했던 약장수가 어제 산을 내려가더니 아직까지 돌아오지 않고 있거든. 아마 큰소리를 쳐놓고, 대결에서 질까 봐 꼬리를 사린 건 아닐까."

말을 끝낸 사람이 까르르 웃었다.

소년이 그 이야기를 듣자마자 허망하고 못마땅했다. 코를 씰룩이고 입술을 일그러트리며 "치!"라는 소리를 내뱉었다. 두 사람의 대결이 본격적으로 시작되기도 전에 한쪽이 자취를 감췄으니 김샌 꼴이었다. 실망스러워서 집으로 들어가 낮잠이라도 자려고 자리에서 일어났다가 다시금 눌러앉았다. 다인 이모의 얼굴이 소년의 눈동자 속으로 빨려 들어왔기 때문이다. 심장이 남모르게 두근거렸다.

다인 이모는 오늘따라 볼이 발그스름해서 더욱 예뻤다. 소년에게만 그렇게 보이는 것은 아닐 터였다. 케세라의 표정을 얼른 살펴보았다. 그 역시 다인 이모를 곁눈질로 힐끗힐끗 훔쳐보고 있었다.

약장수와 소년의 아버지가 이 자리에 있었다면 곁눈질 정도가 아니라 침을 질질 흘렸을 것이다. 그들 모두 다인 이모를 좋아했다.

"길가의 개똥참외는 따먹는 사람이 임자야."

약장수와 아버지가 마주 서서 이렇게 낄낄거린 적이 있었다. 그뿐만 아니라 이모에게 노골적으로 찝쩍거리기도 했다. 소년의 아버지는 다인 이모의 집 담에 붙어서 안쪽을 훔쳐보곤 했다. 소년은 그들과의 경쟁에서 지지 않겠다고 다짐했다.

다인 이모는 40대였지만 아직 결혼하지 않은 노처녀로 알려져 있었다. 그는 얼굴이 예쁘고 해몽을 잘 하지만 그것 외에도 재주가 많았다. 무덤산 기슭의 약초는 손바닥 안을 들여다보는 정도의 수준이었다.

사람들은 다인 이모가 이곳으로 들어온 이유를 몹쓸 암이 아닌 신병神病 때문일 거라고 짐작하고 있었다. 장차 신칼을 들고 춤을 덩실덩실 추거나 날카로운 작두 위에 맨발로 올라서는 무당이 될 거라는 이야기도 떠돌았다.

소년은 이모에 대해서 아는 것이 조금 있었다. 그는 이른 봄이 되면 야생 차나무의 새순을 따서 장작불을 지핀 솥뚜껑 위에 올려놓고 덖어놓았다가, 그것을 끓인 물에 우려내어 마시곤 했다. 숲 속 사람들은 그 우린 물이 기적의 단방약일지도 모른다며 비법을 캐내려고 했다. 그런데 돌팔이 아저씨가 그것은 '녹차' 라는 음료수라고 가르쳐주었으며, 그가 차를 좋아하는 사람이라고 해서 '다인' 이라는 별명을 붙여주게 되었다.

소년은 다인 이모의 특별난 취미를 하나 더 알고 있었다. 그는 틈만 나면 옥을 반달과 비슷한 형태로 다듬었다. 그리고 머리 쪽에 구멍을 뚫고 가죽 끈을 꿰어서 목걸이를 만들곤 했다. 무척 욕심나는 물건이었다.

"이모, 이건 뭐야?"

소년이 묻자, 다인 이모가 목걸이 가죽 끈을 붙잡고 소년의 눈앞에 내밀었다. 가죽 끈에 매달린 반달 비슷한 모양의 옥이 살아 있는 것처럼 꿈틀댔다.

"응, 이건 곡옥 목걸이라고 한단다."

다인 이모는 더 이상 다른 설명을 하지 않았다.

"그냥 이렇게 앉아 있지 말고, 누가 앞으로 나와서 장기자랑이라도 해보쇼."

누군가가 좌중에서 소리쳤다. 그 소리가 끝나기도 전에 소년의 집 사립문에서 요란한 소리가 났다. 소년의 아버지가 헐레벌떡 뛰어나왔다.

"자, 날이면 날마다 찾아오는 사회자가 아닙니다. 지금 막 동남아 순회공연을 마치고 돌아온 백여우가 여러분께 인사 넙죽 올리겠습니다."

소년 아버지의 걸쭉한 입담이 계속되었다.

"문화와 예술을 사랑하시는 여러분! 오늘도 투병생활을 하느라 얼마나 고생이 많으십니까. 옛말에 더도 말고 덜도 말고 한가위만 같아라, 했는데 우리는 더도 말고 덜도 말고 건강했을 때만 같아라, 이렇게 외치고 싶습니다. 예, 좋습니다. 병든 것은 병든 것이고, 오늘만큼은 신나게 놀아봅시다. 아참, 조금 후에는 여러분들의 독특한 치유비법을 솔직히 공개하는 시간을 갖도록 하겠습니다. 기적의 비법이 있으신 분들은 아낌없이 공개해주세요. 나만 살겠다고 욕심 부리지 말고 우리 모두 살아보자는 이야깁니다. 좋은 세상을 놔두고 눈 감는다는 게 억울하잖아요? 자, 조금 후에 약장수 양반이 나타나면 흥미진진한 일이 벌어질 테니까 기대해주시기 바랍니다. 그 흥미진진한 게 뭐냐? 세기의 대결이라고 말해도 틀리지 않는 숲 속의 대결이 벌어질 것입니다. 자, 그러면 누가 먼저 앞으로 나서서 흥을 돋아보겠습니까."

말이 끝나자마자 아코디언을 멘 케세라가 앞으로 나왔다. 언제 집으로 달려가서 그 악기를 가져왔는지 모르지만, 물고기가 물을 만난 듯했다.

"명절에 신바람을 일으키는 것은 뭐니 뭐니 해도 가요 콩쿠르가 최곱니다. 우리 고향에서는 해마다 명절만 되면 노래자랑이 열렸거든요. 내가 반주를 해드릴 테니까 한 곡조씩 뽑아보세요."

말을 끝낸 케세라가 사람들을 부추기려고 아코디언으로 노래 한 곡을 꿍짝, 꿍짝, 연주했다. 신나는 행진곡 풍의 노래였다. 사람들이 케세라부터 노래를 부르라고 외쳤다. 케세라가 기다리기라도 한 것처럼 곧바로 목청을 뽑았다. 소년은 잘 알고 있었다. 사람들이 그에게 노래를 시킨 것은 울고 싶은 사람의 뺨을 때려준 것이나 마찬가지라는 것을.

"……희망의 대지여, 새파란 지평천리. 백마야 달려라. 갈거나, 갈거나. 갈거나, 갈거나. 잔디의 사랑아. 저 언덕 넘어가자. 꽃피는 마을로."

케세라가 노래를 끝냈다. 이어서 '빈대떡 신사'를 연주하기 시작했다. 그건 소년의 아버지가 기분 좋을 때면 즐겨 부르는 노래라서 소년도 따라 부를 수 있었다. 숲 속 사람들이 입을 맞춰 노래했다. 더러는 자리에서 벌떡 일어나 어깨춤을 추었다.

소년은 대결에 나설 두 사람이 공터에 도착했는지 찾아보았다. 언제 왔는지 모르겠지만, 돌팔이가 당산나무에 등을 기댄 채 팔짱을 끼고 놀이판을 응시하고 있었다. 그러나 약장수의 모습은 코빼기도 보이지 않았다. 완전 실망이었다.

두 번째 노래가 끝나자마자 사람들이 입을 모아 "앙콜! 앙콜!"하고 외치는 바람에 '엽전 열닷냥'이라는 노래가 흘러나오기 시작했다.

놀이판이 자동으로 진행되면서 사회자가 그다지 필요 없게 되어버렸다. 소년의 아버지는 그냥 서 있기 머쓱한지 바가지를 셔츠 뒤쪽에 쑤셔 넣고 '곱사춤'을 추기 시작했다. 지산 양반이 아버지와 마주 서서 그 춤을 따라 추었다. 춤추는 모습이 익살스러워서 사람들이 배꼽을 움켜잡았다.

숲 속 사람들이 노는 광경을 누가 보았다면 말기 암 환자들의 놀이판이라는 것을 믿으려 하지 않았을 것이다. 사람들의 몰골이 해쓱한 것을 제외하고 바깥세상 사람들이 질펀하게 노는 것이나 하나도 다르지 않았다.

노래의 힘은 놀라웠다. 공터가 단숨에 후끈 달아올랐다. 처음에는 아무래도 서먹서먹했지만 땀방울이 돋아나고 서로의 호흡이 섞이면서 너와 나의 경계가 허물어지기 시작했다.

케세라가 다인 이모의 손목을 잡고 앞으로 끌어냈다. 감히 이모의 손목을 잡다니, 소년의 기분이 썩 좋지 못했다. 이모가 빙그레 웃고 있어서 소년의 속이 더 상했다. 다인 이모는 평소에 표정이 별로 없고, 간혹 혼자서 무슨 사진인가를 보며 눈물을 닦아내곤 했다. 그런데 밝은 웃음을 짓자 더 없이 아름다웠다. 다인 이모가 '꽃반지 끼고'라는 노래를 불렀다.

"생각난다. 그 오솔길. 그대가 만들어준 꽃반지 끼고, 다정히 손잡고 거닐던 오솔길이. 이제는 가버린 가슴 아픈 추억……."

이상한 일이었다. 소년이 그 노래에 흠뻑 빠져들었다. 케세라가 이모의 손목을 잡아서 생긴 불쾌한 감정이 어디론지 사라져버렸다.

다인 이모가 다음 노래할 사람으로 소년의 어머니를 지목했다. 어머니는 노래하기를 한사코 거절했다.

　소년은 알고 있었다. 소년의 아버지가 신명나는 곱사춤을 추면서 웃음을 터트리고 있긴 하지만, 오전 중에만 해도 흉악한 얼굴로 어머니를 괴롭혔다. 흡사 가마솥의 누룽지를 긁듯 박박 긁어댄 정도가 아니라 손찌검까지 했던 탓에 어머니의 우그러트려진 기분이 아직 펴지지 않은 상태였을 것이다.

　그리고 소년의 아버지가 어머니를 끈질기게 괴롭히며 웬 놈하고 붙어먹었냐고 야단을 쳤기 때문에 노래하러 나가게 되면 혹시 어떤 아저씨가 손을 붙잡기라도 할까 봐 지레 겁을 먹는 듯했다.

　소년의 어머니는 아버지가 의심하고 괴롭히기 전까지만 해도 항상 편안한 얼굴을 하고 지냈다. 그런데 아버지의 닦달을 받기 시작한 후부터 다른 사람들과 눈빛을 마주치는 것조차 꺼려하거나 불안하게 여겼다. 덩달아서 표정도 바위처럼 굳어져버렸다.

　다인 이모가 소년의 어머니 대신에 오 시인을 지목했다. 그는 갑상선암 때문에 목청이 좋지 못해서 평소에는 말수가 없었다. 그런데 놀이판의 분위기에 휩쓸려서 입을 여는 것 같았다. 오 시인이 노래를 부르지 않고 시를 낭송했다. 워즈워드 롱펠로우라는 미국 시인의 '인생찬가'라는 시라고 그가 설명했다.

　"슬픈 곡조로 내게 말하지 말라. 인생은 한낱 헛된 꿈에 불과하다고. 잠자는 영혼은 죽은 것, 사물은 겉모습 그대로가 아니다. 인생은 참된 것! 삶은 진지한 것! 무덤이 인생의 목적지가 아니다……. 우리 함께 몸을 일으켜 행하자. 어떠한 운명도 마주할 심장을 가지고, 끊임없이 성취하고 추구하면서 노력과 기다림을 배우자."

　시 구절에서 '죽은 영혼'과 '무덤'이라는 단어가 나오자 분위기가 숙연해졌다. 그런데 '무덤이 인생의 목적지가 아니다' 라는 구절이 들려오자 사람들이 손뼉을 치며 환호했다.

평소에는 조용하고 조신한 여자들이 놀이판에 텀벙 뛰어들자 모닥불에 기름을 끼얹은 상황이 되어버렸다. 게다가 울보까지 노래하고 춤추었으니 더 이상 설명하지 않아도 놀이판의 분위기가 어떤지 짐작될 것이다.

노래 부르기를 주저하거나 마다하는 사람이 없었다. 어깨를 들썩거리지 않는 사람이 없었다. 모두가 하나로 어울리면서 그동안 닫혀 있던 마음을 열어보려 했고, 맺혀 있던 가슴을 풀어보려고 노력하는 눈치였다.

그 놀이판이 언뜻 보기에는 무질서한 것 같지만, 기본이나 원칙에서 어긋남이 없었다. 큰 목청으로 소란을 떠는 것 같지만 리듬을 적절히 타고 있었다. 숲 속 사람들이 태풍을 만난 숲정이처럼 심하게 흔들리며 금세 쓰러지려는 것 같았지만 사실은 율동에 따라 움직이고 있었다.

소년도 앞으로 나가서 동요를 불렀다. 숲 속 사람들 중에서 노래를 부르지 않았던 사람은 약장수와 소년의 어머니뿐이었다. 약장수는 여태 모습을 두러내지 않아서 노래할 수 없었고, 소년의 어머니는 사람들이 흥청거리는 틈을 타서 자리를 슬그머니 뜨고 말았기 때문이다.

5
제5의 숲은 경계가 없다

"자, 준비됐습니까? 그렇다면 서로 겨뤄볼까요. 이 앞에 앉아 있는 사람들이 증인이요 심사위원이나 마찬가지니까 우열이 제대로 가려질 것입니다. 마음 단단하게 먹으세요. 알았죠?"

"마음을 단단히 먹고 말 것이 있겠습니까."

돌팔이는 눈을 지그시 감고 있었다.

"돌팔이 양반아, 자칫하면 한 방에 나가떨어져서 영영 골로 가는 수가 있으니 중심 잘 잡으라고."

약장수가 대결 상대인 돌팔이의 눈을 뚫어지라고 바라보며 이죽거렸다. 자신감이 가득 찬 말투와 표정이며, 이미 승리를 차지한 것 같았다. 그 반면에 돌팔이는 패자인 것처럼 눈을 줄곧 감은 채 어깨를 내려트리고 있었다. 그러다가 눈을 조심스럽게 뜨더니 애꿎은 필기장을 만지작만지작하기 시작했다.

소년은 두 사람이 맞닥트리면 우열을 쉽게 가리기 힘들 것으로 예상하고 있었다. 이 숲 속에서 돌팔이가 최고라는 사실은 누구나 다 인정하고 있었다. 약장수가 약간 염려되긴 했지만, 장터를 돌며 단방약 종류를 파는 사람이라서 의학상식이 만만치 않을 거라고 소년은 계산했다. 그런데 뚜껑을 막상 열어보니 염려했던 약장수가 오히려 자신감 넘치는 말투와 눈빛으로 기선을 완전히 제압해버려서 대결이 싱겁게 끝나버릴지도 모른다는 느낌이 들었다.

"어허, 잠깐! 잠깐! 발언권을 얻지 않고 입씨름하는 것은 반칙입니다. 각별히 주의하세요. 두 분 모두 잘 아시겠죠? 자, 그러면 시작하겠습니다. 이번 겨루기는 누구의 암 치유비법이 최고인지 가리는 게임의 전초전이라고 할 수 있겠습니다. 이제부터 이 사회자가 두 분께 똑같은 질문을 드리고 답을 들을 텐데, 우선 발언 순서를 정하기 위해 십 원짜리 동전을 이용하겠습니다. 자, 어느 쪽을 택하겠습니까?"

소년의 아버지가 동전을 내밀었다. 약장수가 다보탑을 선택했다. 돌팔이는 아무런 이의를 제기하지 않았다. 동전이 허공으로 던져졌다. 사람들의 시선이 동전을 따라갔다. 땅에 떨어진 동전에 다보탑 문양이 드러났다.

"우리는 숲의 신비한 기운을 받아 암을 치유해보겠다고 이 숲 속으로 들어왔습니다. 그렇다면 두 사람은 암을 어떻게 생각하고 있는지 자신의 견해를 차례로 들어보도록 하겠습니다. 그럼 약장수 양반부터 말해보세요."

약장수가 기다렸다는 듯이 나무의자에서 벌떡 일어나 목청을 높였다.

"암이란 놈이 뭐냐? 본론으로 들어가기 전에 앗싸리 말해둘 게 있어요. 우리 모두 죽으면 끝입니다. 돈이나 지식을 저승으로 가져갈 수 없다는 소리예요. 문자 좀 써서, 공수래공수거다, 이겁니다. 그래서 우리가 갖고 있는 재주나 지식을 저기에 있는 영우한테 물려주고 떠나자는 겁니다. 자, 그럼 본론으로 들어갑니다. 암이란 놈은 우리 모두에게 원수요 악마입니다. 기적의 예방법을 연구하여 우리 근처에 얼씬거리지도 못하게 만들어야하고, 만약에 도둑놈처럼 슬그머니 기어들어오면 인정사정 보지 말고 격퇴해야 합니다. 어떠세요, 여러분?"

약장수가 좌중을 둘러보며 자기의 주장이 옳다는 것을 확인받고 싶어 했다.

"옳소! 그놈의 암은 찍소리도 못하게 때려잡아야 합니다. 도대체 지금 우리들 꼬락서니가 뭡니까. 왜 우리가 그놈 때문에 눈물과 한탄으로 세월을 보내야 하느냔 말예요. 너무나 억울해요."

울보가 벌떡 일어서서 분노를 터트렸다. 지산 양반이 가세하여 눈에 보이지도 않는 암을 향해 삿대질까지 해댔다.

"진정하세요. 그리고 이 사회자에게 발언권을 얻지 않고 넋두리를 늘어놓으면 안 됩니다. 자, 약장수 양반, 암에 대해서 못다 한 이야기가 있으면 마저 해보세요."

"에또, 암이 인간들에게 가장 무서운 적이라는 것은 누구나 잘 알고 있소. 이젠 암과의 전쟁을 벌여서 그놈을 초전 박살내야 해요. 초전 박살이 뭔지 모르시는 분들을 위해서 본인이 시범을 보여드리겠소."

약장수가 맥주병 다섯 개를 가방에서 꺼냈다. 그 병에는 위암, 간암, 대장암, 폐암, 자궁암, 이런 글자가 적혀있었다. 약장수가 손날이나 이

마를 이용해서 병을 격파하기 시작했다. 모든 병들이 차례로 산산조각 났다. 우레 같은 손뼉소리가 공터를 가득 채웠다.

어스름이 내려앉을 무렵이었다. 전기가 이 숲속마을까지 들어오지 않았다. 다른 날이라면 플래시나 횃불을 준비하든지 아니면 모임을 해산할 수밖에 없었을 것이다. 그런데 오늘은 한가위며 하늘이 맑아서 불을 준비하지 않아도 되었다.

해가 지자마자 보름달이 떠오르기 시작했다. 숲을 뚫고 땅으로 뻗어 내리는 달빛이 명주실처럼 더 없이 매끄럽고 아름다웠다.

"자, 약장수 양반이 말을 다 했으면, 돌팔이 양반에게 발언권을 넘기도록 하겠습니다."

약장수가 나무의자에 앉아 있는 돌팔이 주변을 빙글빙글 돌기 시작했다. 그리고 손가락을 빳빳하게 세워서 상대의 눈알이라도 찌를 듯 가리키며 입을 또 열었다.

"본인은 저 늙은이가 화타나 편작처럼 행세하는 꼬락서니를 눈 뜨고 못 보겠소. 저 왕돌팔이가 우리에게 뭐라고 했소. '암에서 작대기 하나만 빼면 임이 된다. 암을 임처럼 사랑하라' 고 했잖아요? 염병하고 지랄하다가 입에 거품 물고 뒤로 벌러덩 나자빠질 소리예요. 초전 박살내버려도 시원치 않을 판국에 사랑하라고? 허참, 이 숲 속에서 사랑의 예수님이 재림하시고 자비로운 부처님이 환생하셨소이다, 그려. 여러분! 저 왕돌팔이는 병원과 약국의 앞잡이나 마찬가지예요. 그의 말처럼 암을 사랑하는 사람은 결국에 수술 받아야 하고, 매일 한 주먹씩 약을 먹어야 하고, 그 비싼 항암주사 몽땅 맞을 거고, 구렁이알 같은 돈을 바리바리 싸서 병원과 약국의 아가리에 처넣게 될 거고, 여러분의 가족들은 알거지로 변할 거요."

"잠깐, 상대의 인격을 존중해줍시다. 인신공격성 발언은 안 됩니다. 아셨지요."

소년의 아버지가 약장수에게 경고를 주었다. 소년은 이번 겨루기 과정에서 아버지가 제법이라는 것을 알게 되었다. 예전에는 그저 싸돌아다니면서 입담이나 늘어놓고 밥만 축내는 한량인 줄 알았다. 그런데 몹쓸 암만 걸리지 않았어도 엄마를 고생시키지 않을 만큼 똑똑하게 보인 것이다.

이번에는 돌팔이에게 발언권이 돌아갔다. 소년은 그의 반격을 기대했다.

"본론으로 들어가기 전에 저는 형편없는 돌팔이라는 것부터 밝혀둡니다. 이 별명은 제 스스로 지어서 붙였습니다. 진짜 돌팔이라는 것을 제가 너무나 잘 알고 있기 때문입니다. 그건 그렇고, 오늘 저는 이 숲에 관한 이야기부터 하고 싶습니다. 여러분들 대다수는 암 말기를 뜻하는 4기 판정을 받고 이곳으로 들어왔습니다. 세상 사람들이 암 4기는 인생의 마지막으로 생각합니다. 그렇다고 여러분께서 낭떠러지에 서있는 것처럼 절망하지 마시기 바랍니다. 저는 이 숲을 '제5의 숲'이라고 부르고 싶습니다. 이 숲은 암 4기를 극복해낼 수 있는 제5의 희망적인 숲이요, 삶과 죽음의 경계가 따로 없는 곳이기 때문입니다."

좌중에서 박수소리가 터져 나왔다. 돌팔이의 이야기가 이어졌다.

"저는 병원이나 약국에 돈을 바치자고 했던 적이 결코 없습니다. 그리고 암을 임처럼 사랑하라는 말 때문에 병원이나 약국의 앞잡이로 단정하는 것은 지나친 논리적 비약입니다. 암을 사랑하자고 했던 이유는 암과 내가 둘이 아니기 때문입니다. 암이 내 몸 속에서 자라고 있으면 그것도 내 몸의 일부임에 틀림없습니다. 너와 내가 없는 판국에 너 죽고 나 살자 식으로 덤벼드는 것은 바보입니다. 그래서 저는 암과 전쟁하지 말고 아름다운 동거를 하라는 것입니다……."

돌팔이의 이야기가 끝나기도 전에 울보가 또 벌떡 일어나며 고함을 질러댔다.

"돌팔이 양반, 아름다운 동거라고요? 쳇, 그렇게 너그럽게 이야기하거나 아부하면 암이란 놈이 당신만큼은 특별히 봐줄 거라고 생각하는 모양인데 그 계산은 틀렸어요. 삼 년 전에 판문점에서 도끼만행 사건이 벌어지자 우리 박통께서 '미친개에게는 몽둥이가 약'이라고 말씀하셨잖소. 암이란 놈은 몽둥이로 그냥 콱……."

소년의 아버지가 사회자 자격으로 울보를 저지했다. 돌팔이의 이야기가 계속되었다.

"우리는 암의 실체를 제대로 알아야 합니다. 사람들 대부분은 암을 과대포장해서 이야기한다거나 그렇지 않으면 그 실체를 전혀 모르고 있습니다. 암은 어느 날 갑자기 어딘가에서 우리 몸속으로 침투한 게 아닙니다. 암은 원래 우리 몸속의 정상적인 세포였습니다. 그런데 원인을 알기 힘든 어떤 계기로 인해 그 정상적인 세포들이 소리 없는 폭동을 일으키면서 암세포로 변한 것입니다. 하루에도 셀 수 없이 많은 세포들이 태어났다가 죽곤 합니다만, 암세포는 죽지 않고 무럭무럭 자라는 괴물입니다."

복순네가 궁금함을 참지 못했던지 돌팔이의 말을 자르고 끼어들었다.

"외람되지만, 제가 한 가지 물어보겠는데 암은 불사신인가요? 절대로 죽지 않고 무럭무럭 크는 괴물이란 말예요?"

"정상세포와 달리 죽지 않는다는 것입니다. 암은 욕심꾸러기라서 다른 세포의 영양분을 도둑질하여 무럭무럭 자라납니다. 하지만 암세포도 영원히 사는 건 아닙니다. 암은 자기의 주인이 죽게 되면 따라서 죽게 되는 거죠. 그건 그렇고, 하던 이야기를 마저 풀어놓겠습니다. 이 암세포는 어제 오늘 갑자기 나타난 게 아니라 오백만 년 전에 원시인류가 출현할 때부터 존재했다고 합니다. 그런데 의학계에서 암의 실체를 알게 되고 또 치료하기 시작한 것은 불과 몇십 년밖에 안됩니다. 여러분들은 암 환자이면서도 암이 어떻게 생겼는지 모르시죠? 그 녀석들은 생김새가 일정치 않은데, 대체적으로 우둘투둘하고 딱딱합니다. 한마디로 말씀드려서 징그럽고 흉악하게 생겼습니다. 수술할 때 암세포가 있는 부분은 메스가 잘 나가지 않습니다. 메스 끝에서 딱딱한 감각이 전해질 때면 괴물을 건드리는 것 같아서 자기도 모르게 손이 움찔거리기도……."

돌팔이가 말을 갑자기 멈추며 비틀거리기 시작했다. 그의 손에 들려있던 필기도구가 땅바닥으로 떨어졌다. 눈동자의 초점도 흐려져 있었다.

의자에 앉아 있던 약장수가 벌떡 일어서면서 "돌팔이 당신이 암세포를 직접 봤어? 못 봤지? 그러면서 왜 멋대로 구라를 까는 거야"라고 거칠게 따졌다.

소년은 돌팔이가 먼저 비틀거린 것인지 약장수가 먼저 따지기 시작한 것인지 구별할 수 없었다. 어쩌면 동시에 그런 일이 발생했다고 보는 게 옳을 것이다. 다만 확실한 것은, 돌팔이가 위태하게 비틀거리고 있어도 약장수의 거친 항의가 계속되고 있다는 점이었다.

"여러분! 돌팔이가 공갈협박을 일삼고 있습니다. 죽는다는 게 얼마나 두려운 일입니까. 본인은 저승사자가 찾아와서 황천으로 끌고 가는 상상만 해도 바짓가랑이가 척척해집니다. 본인은 절대로 죽고 싶지 않아요. 죽는다는 이야기는 재수대가리 없으니까 하고 싶지도 않아요. 그런데 돌팔이가 암이 어떻게 생겼다는 둥 어쩌고저쩌고하면서 우리를 불안에 떨게 만들고 있습니다."

상대가 거세게 비난하는 바람에 분통을 이기지 못해서 깨어난 것인지 모르지만, 돌팔이가 정신을 되찾고 있었다. 그가 병 속의 물을 따라 마시며 눈을 지그시 감았다. 그때까지 약장수의 항의와 비난이 계속되었다.

"여보게, 약장수 양반의 말이 좀 심하지 않아? 저것 봐. 돌팔이 양반이 충격을 많이 받은 모양이네. 아직도 손끝이 바르르 떨리고 있잖은가."

누군가가 나지막이 말했다.

"오소리감투가 둘이니 어쩔 수 없이 벌어진 일이네. 약장수가 돌팔이를 밀쳐내고 최고의 자리에 오르려는 야심을 품은 모양이야. 약장수가 사람들을 만날 때마다 돌팔이를 헐뜯었어. 의학상식이 별로 없고, 신분도 불확실해서 장차 예기치 못한 사고가 터질 게 틀림없다고 말일세."

"신분이 불확실하다고? 돌팔이 양반이 워낙 신비롭게 행동하니까 그런 소리가 나올 만했겠지. 그렇지만 의학상식이 별로 없다는 것은 억지소리처럼 보이네. 돌팔이 양반은 대단해. 저번에 나에게 침이랑 뜸을 놓아주어서 좋아진 적이 있거든. 그리고 주사도 잘 놔. 그러니까 서양의학이고 한의학이고 모르는 게 없이 빠삭하단 말일세. 그 정도면 병원 의사를 뺨칠 정도야."

소년도 잘 알고 있었다. 이 숲 속 사람들 대다수가 돌팔이에게 의지했다. 그가 기적의 암 치유비법을 갖고 있어서가 아니라 의학상식이 해박했기 때문이다.

"그건 그런데, 약장수가 입에 게거품을 물고 공격하는 이유가 따로 있어. 일전에 돌팔이가 약장수를 무시했거든. 그러니까 약장수의 기수련, 호보, 뱀탕이 암 치료에 큰 효과가 없다고 말했어. 그래서 약장수의 독기가 바짝 오른 거라고."

"암 환자들이나 모여 사는 이런 숲에서 최고가 되면 뭐해. 숲 기운 잘 받아서 치유 잘 하고 살아서 나가는 게 장땡이지 뭐."

이 숲 속 사람들의 공통된 목적은 숲의 신비한 기운을 빌어서 자기의 병든 몸을 치유하는 것이었다. 그런데 숲의 기운을 받는 것 외에도 저마다 신봉하고 있는 특유의 암 치유비법을 갖고 있었다. 또 암 치유에 특별한 효험이 있다는 약초를 저마다 비밀로 간직하고 있기도 했다.

그런데 돌팔이가 다인 이모에게 했던 이야기에 따르면, 그런 암 치유 비법이나 특효가 있다는 약초들은 임상실험을 전혀 거치지 않았을 뿐더러 항간에 떠도는 소문이나 개인적인 경험을 무조건 믿고 따르는 것이라서 위험할 수 있다고 했다. 그리고 사람의 생사가 달린 문제를 그런 불확실한 치유법이나 검증되지 않은 약초에 맡긴다는 것은 매우 어리석은 소행이라고 했다.

"여러분, 잠시 실례했습니다. 갑자기 현기증이 몰려왔거든요. 그건 그렇고, 죽음에 관한 이야기가 자꾸 나와서 하는 말인데요, 그 죽음이라는 것을 두려워하면 안 됩니다. 우리는 어차피 죽을 운명이거든요. 암에 걸려서 죽는 게 아니라 우리는 태어나면서부터 죽을 운명을 타고난 것입니다. 그래도 암에 걸린 사람들은 불행 중 다행입니다. 살아가다가 횡사나 급사를 하는 경우에는 작별인사도 하지 못하고 떠나게 됩니다. 그렇지만 암 환자 대부분은 자기 자신을 진정시키기만 하면 지난

날을 차분하게 정리할 시간적 여유를 가질 수 있거든요……."

돌팔이가 눈을 살포시 감은 채 혼자서 중얼거리듯 말했다. 사람들은 죽음이라는 단어가 나오기 시작하자 침을 소리 내어 삼키지도 못할 만큼 침묵에 갇혀버렸다. 그런데 약장수가 그 견고한 침묵을 깨트렸다.

"어허! 어허! 암을 임으로 여기자더니 이번에는 죽음을 두려워하지 말자고 개수작을 부리는구먼. 그러면 우리 모두 집단자살이라도 할까요? 여러분, 돌팔이가 이런 괴이한 이야기로 우리를 혼란에 빠트리는 꼼수를 쓰는데, 다들 정신 바짝 차리고 절대로 홀리지 않아야 합니다."

그가 돌팔이를 날카롭게 쏘아보더니 좌중을 향해 다시 소리쳤다.

"암 걸렸다고 무조건 죽는 거 아녜요. 겁먹지 마세요. 건강한 육체에 건전한 정신이 깃든다는 이야기를 아시죠? 의사가 본인한테 뭐라고 말했지 아세요? 글쎄, 말기 암이라서 몇 달을 넘기기 힘들다고 했소. 그런데 이렇게 건강한 몸으로 단련해 놓으니까 아직까지 밥 잘 먹고, 숨 잘 쉬고, 똥 잘 싸고 있소. 여러분! 본인을 지켜봐주세요. 본인은 암을 초전 박살내고 깨끗하게 완치된 몸으로 이 숲에서 당당히 걸어 나가게 될 거요."

약장수가 자기의 팔뚝을 걷고 알통을 자랑했다. 아침마다 호랑이걸음 걷기로 단련을 해서 마른 몸피와는 달리 애호박만 한 알통이 달려 있었다. 그가 예전에도 여러 번 보여주었던 이소룡의 절권도 흉내를 몇 차례 내고 나서 입을 다시 열었다.

"어떠세요? 이런 강인한 무술을 연마하는 사람에게 어떤 병균이 감히 침범할 수 있단 말이오. 그래서 여러분도 본인과 함께 호보와 기수련을 하자는 겁니다. 아셨죠? 그리고 본인이 어제 또 다른 무술을 연마하려고 산을 내려갔다가 올라오느라 이 자리에 어쩔 수 없이 늦게 참석

했는데, 바로 지금 그 위대한 무술을 보여드리겠소."

약장수가 권법자세를 취하더니 오른 손을 입에 대고 뭔가를 마시는 동작을 취했다. 마신 것이 아마 술이라도 되는지 취한 사람처럼 좌우로 비틀거리다가 느닷없이 주먹질과 발차기를 했다. 그리고 스스로 발라당 넘어졌다가 손을 땅에 짚지도 않고 벌떡 일어나서 술 취한 사람처럼 또 비틀거렸다.

숲 속 사람들이 웃음을 터트렸다. 소년도 참지 못하고 깔깔거렸다. 처음에는 약장수가 사람들을 웃기려고 장난치는 것으로 여겼다. 그런데 그가 워낙 진지한 표정을 지으며 비틀거리고 있어서 사람들의 입이 점점 닫히기 시작했다.

"지금까지 이소룡의 절권도가 최고 무술이었소. 그러나 장차 이 취권이 최고의 자리에 오를 거요. 비틀비틀하면서 강해지고 흔들리면서 공격하는 아주 희한한 권법, 이게 바로 취권이라는 거요."

시범을 끝낸 약장수가 주먹을 불끈 쥐고 돌아다니면서 좌중의 시선을 끌어 모았다. 고개를 끄덕거린다거나 박수를 치는 사람이 나타났다. 그때, 돌팔이가 나무의자에서 일어났다.

"암을 극복하기 위해서 건강한 육체도 중요하고 영양섭취도 중요합니다만, 각자 자기의 생활습관 및 식습관 등 지난날을 반성하면서 면역력을 키우는 게 최우선입니다. 그리고 기적의 건강식품이니 뭐니 하는 것에 너무나 집착하는 분이 있던데 그건 위험하기 짝이 없는 행위입니다. 누군가가 뭔가를 먹고 암을 완치했다는 신화가 여기저기 널려 있긴 합니다만, 실제로 건강식품의 효과가 미미하다는 것을 아셔야 합니다……."

돌팔이의 말이 채 끝나기도 전이었다. 울보가 또 다시 벌떡 일어서서 밤하늘을 올려다보며 악다구니를 질러대기 시작했다.

"달빛은 저렇게 공평하게 비치는데, 하필이면 우리만 그 못된 암이라는 놈에게 고통받아야 하는 이유가 뭡니까. 이런저런 이야기만 늘어놓다가 때를 놓치고 맙니다. 지금 당장 암이란 놈을 초전 박살냅시다! 내 당장 그놈의 원수……."

오늘은 울보가 울음 대신에 거친 항의로 맺힌 한을 풀겠다고 작정한 듯싶었다. 그런데 울보의 악다구니가 별안간 중단되었다. 그가 뼈 없는 사람처럼 흐느적거리기 시작했다. 곧이어 썩은 고목처럼 옆으로 넘어졌다.

여자들이 돌연한 사태에 놀라서 비명을 질러댔다. 돌팔이가 재빠르게 달려가서 울보를 살펴보았다. 달빛을 받아서 그런지, 울보의 얼굴이 더욱 창백했다. 이마가 식은땀에 젖어 번들거리면서 끈적끈적해 보였다.

그 바람에 두 사람의 열띤 대결이 자동적으로 중단될 수밖에 없었다. 한 사람이 죽느냐 사느냐 하는 판국인데 한가하게 입씨름이나 할 수 없었기 때문이다. 사람들이 울보 주위를 보름달처럼 에워쌌다. 다른 특별한 수는 없었다. 그저 혀를 끌끌 차며 안타까워할 뿐이었다.

돌팔이는 달랐다. 가장 먼저, 울보의 콧구멍에 손바닥을 대보았다. 이어서 목 부근에 손바닥을 대고 진맥을 했다. 돌팔이의 얼굴에는 표정이 없었다. 그렇지만 울보의 상태가 몹시 나쁜지 손을 다급하게 놀리고 있었다. 돌팔이가 점퍼 속에서 플래시를 꺼냈다. 울보의 좌우 눈꺼풀을 까뒤집고 불빛을 비쳐보았다.

"혹시 숟가락 놓아버린 거 아니요? 하, 이거 참!"

약장수가 머리를 내밀며 돌팔이에게 물었다. 그 목소리가 의외로 담담했다. 이 숲속마을에서 죽어나간 사람을 많이 보아서 큰 충격을 받지 않았을 것이다. 어쩌면 자신에게도 죽음이라는 것이 턱 밑에 와 있는 신세라서 담담하게 바라보는지도 모를 일이었다.

　울보가 먹은 것을 울컥, 울컥, 게워내기 시작했다. 역한 냄새가 삽시간에 번졌다. 돌팔이가 울보의 몸을 옆으로 굴렸다. 예전에도 이런 환자가 있었다. 그래서 울보의 몸을 옆으로 굴린 이유가 숨을 제대로 쉴 수 있도록 조치했던 것임을 소년은 알고 있었다.

6
숲 속에는 요정이 살고 있을까

    숲속마을에 큰 변화가 일어났다. 숲 속 사람들의 얼굴에서 죽음의 빛을 헤치고 생기가 솟아나기 시작했다. 그리고 돌팔이 아저씨가 제안한 것처럼 이 숲을 '제5의 숲'이라고 부르기 시작했다.
    한가윗날, 돌팔이가 제5의 숲이 희망의 숲이요 생사의 경계가 따로 없는 곳이라고 말한 게 이런 큰 변화를 가져다줄 것이라고 예상한 사람은 없었을 것이다. 아무튼 사람들의 눈에서 회생의 의지가 엿보이기 시작했고, 예전보다 풍욕을 더 열심히 하는 등 저마다 독특한 방법으로 노력하기 시작했다.
    풍욕은 옷을 모두 벗은 상태에서 담요를 덮고 피부를 통한 배출과 흡수기능을 강화해주는 거였다. 이 자연요법은 체내에 축적된 독소를 제

거해준다거나 체액을 중화시켜주는 등의 효과를 본다고 했다.

풍욕을 열심히 하는 것 외에도 말발이 좋은 약장수의 주장과 권유에 따라 무술을 배우고, 호랑이걸음 걷기를 하고, 뱀탕을 사먹는 사람도 생겨났다. 한때 숲길 산책을 게을리 한 사람들도 마음에 맞는 짝을 구해서 규칙적으로 걷기 시작했다.

약장수는 이소룡의 절권도 수련을 뒷전으로 밀쳐두고 비틀비틀하면서 강해진다는 취권에 매달려서 구슬땀을 흘렸다.

소년은 약장수가 이런 희한한 무술을 누구에게 어디에서 배웠는지 알고 싶었다. 그리고 과연 취권이 번개 같은 절권도를 누르고 최고의 무술 자리를 차지할 수 있을지 지켜보기로 했다.

또 하나의 놀라운 변화는 울보에게 나타났다. 그는 한가윗날 혼수상태에 빠졌다가 깨어나는 위험한 고비를 넘긴 후로 울거나 분노하지 않았다. 한 번 울기 시작하면 장마가 진 듯했고, 화를 내기 시작하면 숲이 흔들리고 무덤산이 무너질 정도로 악다구니를 질러댔다. 그런데 그날 이후로 유순한 짐승처럼 변해버렸던 것이다.

숲 속 사람들은 "땅내가 고소해지기 시작하니까 울보의 풀이 죽은 거야"라고 소곤댔다. 소년은 어른이 된 후에야 '땅내가 고소하다' 라는 말이 죽을 때가 되었다는 뜻임을 알게 되었다.

울보는 소년이 자기의 집 근처를 지나가는 줄 알고 있으면서도 부른다거나 손목을 붙들고 억지로 끌어당기지 않았다. 그런다고 해서 소년을 전혀 못 본 체하는 것은 아니었다.

소년은 갑자기 풀이 죽어버린 울보가 측은했고, 사실은 돈 한 푼이라도 얻을 속셈으로 그의 집을 가끔 들락거렸다. 그럴 때면 울보는 소년의 얼굴을 이드거니 바라보며 입술을 이상야릇하게 꿈틀거렸다. 그건 울음도 웃음도 아니었다. 하지만 언제나 매달고 있던 울음을 뚝 떼어낸 것만 해도 놀라운 일이었다. 말투도 예전과 많이 달라졌다.

"영우야, 너를 볼 날이 많지 않을지도 몰라. 나는 네가 무척이나 그리울 거야. 한 번 떠나게 되면 다시는 돌아오지 못하는 것이거든……."

예전에는 '하필이면 내가 왜 불치병에 걸렸단 말이냐'라는 말을 앞세우며 거칠게 외쳤는데 그날 이후로 목소리가 낮아지고 쓸쓸함까지 묻어난다는 게 믿어지지 않았다. 그럴 때면 소년도 울보의 분위기에 전염되어 쓸쓸하고 우울한 표정을 짓고 말았다.

가장 큰 변화는 제5의 숲에서 일어났다. 제5의 숲이란 당산나무가 있고 가옥들이 주로 모여 있는 아름드리 소나무 숲, 숯가마로 가는 길목에 펼쳐진 참나무 숲, 암자로 올라가기 전의 단풍나무와 잡목으로 이루어진 숲, 이 세 지역을 합친 곳이었다. 그런데 바로 그 숲들이 단풍으로 물들고 낙엽이 흩날리기 시작하면서 다른 옷을 입기 시작했다.

소나무 숲은 늘 푸른 것처럼 보이지만, 밑동을 살펴보면 묵은 솔방울과 갈색의 솔가리가 켜켜이 쌓여 있었다. 그건 소나무가 변하지 않은 듯 변하고 있다는 증거였다. 참나무 숲은 정확히 말해서 상수리나무 숲을 말하는데, 이파리들이 노란 갈색으로 물든 채 바람이 불어도 악착같이 달라붙어서 깃발처럼 나부끼곤 했다. 단풍나무 숲은 제철을 맞아서 불타오르는 듯했다.

오 시인은 단풍들을 바라보면서 향기가 난다고 말했다. 소년이 순 엉터리라며 입을 비쭉거렸더니, 단풍의 향기는 곧 '사색의 향기'라고 했다. 그리고 숲 속에 요정이 살고 있다는, 소년의 눈이 번쩍 뜨이는 이야기를 해주었다.

소년은 오 시인이 꿈을 꾸는 사람처럼 보였다. 아니, 꿈속에서 꿈을 또다시 꾸는 사람임에 틀림없다는 생각이 들었다. 그는 치마폭이 나팔꽃처럼 벌어지는 스커트를 주로 입었다. 폭이 매우 넓고 기다란 그 스커트에는 헤아리기 힘들 만큼 수많은 꽃문양이 새겨져 있었다. 꿈을 꾸는 사람이기 때문에 이런 '공주옷'을 입고 좋아하는 것일 터였다.

소년은 숲의 요정이 자기 앞에 나타나주기를 간절히 바랐다. 그 요정은 동굴에서 주로 살고 있다는데, 덩치가 인간의 손바닥만 하며 어깨에는 날개를 달고 있다고 했다. 그리고 장난꾸러기지만 아름답고 귀여우며 영원히 죽지 않는 존재였다. 잘 믿어지지 않는 이야기이지만, 요정이 가루를 뿌려주면 사람이 하늘을 날 수 있다거나 병을 치유할 수 있다고도 했다.

그런 이야기를 들은 이후, 소년은 요정이 나타날 만한 외딴 숲길을 혼자 거닐곤 했다. 그럴 때면 소년은 자기가 알고 있는 동요를 하나도 빼놓지 않고 콧노래로 흥얼거렸다. 오 시인이 요정은 노래를 좋아한다고 이야기해주었기 때문이다.

소년은 자기가 부른 동요를 듣고 날개 달린 요정이 어깨에 내려앉아서 "그동안 많이 심심했지? 이젠 내가 너의 영원한 친구가 되어줄 거야. 나한테 소원을 말해보렴. 너를 만난 기념으로 소원 하나 들어줄게"라고 속삭여주기를 기다렸다. 그런데 요정이 소년의 꿈속에서 딱 한 번 나타났을 뿐 실제로 만난 적은 없었다.

요정의 꿈을 꾼 날 그냥 가만히 있을 소년이 아니었다. 다인 이모의 관심을 끌고 싶었고, 한 번이라도 얼굴을 더 보고 싶어 안달하고 있었던 터라 곧장 달려가서 해몽을 부탁했다. 그랬더니 소년이 원하고 있는 일이 암암리에 해결될 수 있게 만들어줄 꿈이라고 알려주었다.

소년은 다인 이모가 해준 이야기에 용기와 희망을 얻고 숲길을 더욱 열심히 거닐었다. 다리통이 알 밴 보리붕어처럼 변할 지경이었지만 두 다리를 뻗고 덜퍼덕 주저앉은 적이 없었다. 숲의 요정을 만나기만 하면 요정 가루를 뿌려달라고 부탁해서 그때부터 걷지 않고 하늘을 날면 되기 때문이다.

그날도 소년은 숲길을 걷고 또 걷다가 어떤 골짜기로 들어갔다. 여태 한 번도 가보지 못한 가파른 오르막길을 발견했다. 낙엽이 지지 않았으면 발견하기 힘들 만한 동굴이 그 길 끄트머리에 커다란 열매처럼 매달려 있었다.

요정에 대한 이야기를 듣지 않았더라면, 소년은 그 동굴을 무섭게 느꼈을 것이다. 그런데 전혀 무섭지 않았다. 요정이 동굴 속에 산다는 말을 오 시인에게 들은 적이 있어서 오히려 호기심이 풍선처럼 부풀어 오르기 시작했다.

혹시 요정이 놀랄까 봐 발밑에서 바스락거리는 소리조차 들리지 않도록 조심하며 위로 올라갔다. 동굴 입구에 도달한 소년이 그만 놀라서 비명을 지를 뻔했다. 그가 만나고 싶은 요정은 그 동굴 속에 없었다. 뜻밖에도 돌팔이 아저씨가 벽을 바라보며 책상다리를 틀고 있었다.

그런데 소년이 돌팔이를 보고 놀랐던 게 아니었다. 동굴 벽면에 걸려 있는 해골과 대낮에 켜놓은 촛불이 너무 괴이해서 놀랐던 것이다. 부풀었던 호기심이 일시에 꺼져버렸다. 그 대신에 소름이 발끝에서 정수리로 치솟았다. 일단 동굴로부터 멀리 도망치는 게 상책이었다.

지름길을 골라서 마을로 내려갔다. 약장수가 질러대는 기합소리가 들려왔다. 보나마나 취권이라는 무술을 수련하느라 바쁠 터였다. 약장수의 집으로 다가가서 마당의 상황을 훔쳐보았다.

약장수의 기합소리에 맞춰서 케세라와 지산 양반 그리고 복순네가 취권을 연마하는 중이었다. 대낮에 술 취한 사람처럼 비틀거리고 있는 모습들이 그야말로 꼴불견이었다. 특히 케세라는 아코디언도 뜸하게 연주하면서 취권 수련에 여념이 없었다.

약장수가 소년을 절세고수로 만들어주겠다고 큰소리쳤지만 아직까지 부르지 않았다. 아마 어른 제자들을 가르치는 게 우선인 듯싶었다. 소년은 동굴 속의 상황을 약장수에게 털어놓으려다가 그만두기로 했다. 약장수가 돌팔이를 무자비하게 몰아세울 게 뻔했다.

다인 이모에게 이런 사실을 말해볼까 생각하다가 머리를 좌우로 흔들었다. 그는 돌팔이를 은근히 좋아하고 있었다. 그래서 소년의 고자질을 무시해버릴 가능성이 많았다. 어쩌면 그런 사실을 돌팔이에게 일러바쳐서 소년을 난처하게 만들지도 모를 일이었다.

소년이 아버지와 어머니에게 말하게 되면, 요정이니 해골이니 하는 허황된 이야기를 늘어놓는다며 믿어주지 않을 게 뻔했다. 따쭈리가 옆에 있으면 소년의 말을 믿어줄지도 몰랐다. 그런데 찬찬히 생각해보니 여의치 않을 성싶었다. 그가 유일하게 존댓말을 하며 공손하게 모시는 사람이 돌팔이였기 때문이다.

오 시인이 퍼뜩 떠올랐다. 요정 이야기를 처음 해준 사람이고, 요정을 찾아다니다가 그런 일이 발생했기 때문에 자기의 이야기를 들어주어야 할 의무와 책임감 같은 게 있었다. 소년이 그의 집을 향해 잰걸음을 놀렸다.

오 시인은 툇마루에 앉아서 손을 가슴 앞에 모으고 기도하는 중이었다. 소년은 고양이걸음으로 다가가서 그를 깜짝 놀래주려고 했다. 그런데 기도하는 그에게서 감히 범접할 수 없는 기운이 흘러나와 함부로 장난칠 수 없었다. 사립문 앞에서 걸음을 그만 멈추었다.

"영우야, 너 요즘 숲길을 자주 거닐면서 노래를 부르더구나. 그래, 요정은 만났니?"

오 시인이 눈을 번쩍 뜨더니 소년을 바라보며 꽃처럼 빙그레 웃었다.

"요정이 정말 있긴 하는 거예요?"

소년이 다짜고짜 입술을 삐죽 내밀며 뾰로통하게 굴었다.

"네가 요정을 여태 만나지 못해서 심통이 단단히 난 게로구나. 아이 어쩌나, 우리 영우가 요정을 꼭 만나게 해달라고 내가 기도까지 드렸는데 아직 그런 행운을 붙잡지 못한 모양이구나."

"요정이라는 게 원래 없으니까 만나지 못한 건 당연하죠. 솔직히 말해주세요. 이 세상에 요정은 없는 거죠?"

"영우야, 골짜기에서 들려오는 메아리소리를 너도 들은 적이 있을 거야. 사람들이 야호, 라고 외치는 소리를 요정이 그대로 따라하기 때문에 그런 메아리가 들려오는 거야."

"정말요! 그렇다면 숲 속에 요정이 살고 있는 게 분명하잖아요. 그런데 왜 이렇게 요정을 만나기 힘들죠?"

"너는 눈에 보이지 않는 것도 중요하다는 것을 알아야 해. 숲의 요정을 정말 보고 싶다면 마음의 눈으로 바라보면 돼. 그건 그렇고, 너는 어쩌면 이렇게 어린왕자를 닮았니. 나는 어린왕자가 우리 숲으로 찾아온 것처럼 느껴지거든."

오 시인이 소년의 볼을 가볍게 쓰다듬었다.

소년은 가당치 않은 이야기라고 여겼다. 얼굴에 박힌 게 눈이지, 마음의 눈이라는 소리는 순 엉터리였다. 그리고 소년이 왕자라는 소리를 들으려면 소년의 아버지가 왕이 되어야 했다. 그런데 아버지가 왕은커녕 꼬리 아홉 개 달린 백여우였으며 소년은 꼬리가 두 개쯤 달린 새끼

여우였다. 소년은 며칠 동안 숲길을 바람처럼 싸돌아다녔어도 요정은 커녕 해골바가지만 봤던 터라 배알이 뒤틀려서 오 시인에게 빈정거렸다.

"치, 저한테 거지왕자라고 하셨어요?"

"우리 영우가 심통이 단단히 난 게로구나. 아참, 너는 어린왕자라는 책을 읽어보지 못했겠지. 잠깐 기다려 봐."

오 시인이 방으로 쪼르르 달려가더니 책 한 권을 가지고 나왔다. 『어린왕자』라는 책이었다. 그 책표지에는 머리카락이 황금빛인 소년 또래의 사내아이가 양 어깨 위에 별이 달려 있는 긴 망토를 입고, 가죽 장화를 신고, 초승달처럼 휘어져 있는 멋들어진 검을 손에 쥐고 있었다. 그 모습이 상상 속의 사내아이 요정과 흡사했다. 소년의 눈빛이 책표지 그림에 엿가락처럼 달라붙어서 떨어질 줄 몰랐다. 제5의 숲에서 이런 어린왕자와 함께 살아간다면 심심할 턱이 없을 듯했다.

"영우야, 이 어린왕자는 집채만 한 크기의 별에서 산단다. 너무나 귀엽지 않니. 영우 너도 이 왕자랑 똑같이 생겼어. 이건 우리 제5의 숲에서 찾아볼 수 없는 바오밥나무라는 거야. 오천 년까지 산다고 하는 아주 유명한 나무야. 자, 이 동화책을 집에 가져가서 읽어 봐라."

그가 동화책을 건네주었다.

그 책을 받아든 소년이 머리를 재빨리 굴려보았다. 우리나라 역사가 반만년이라고 들었다. 그건 오천 년이나 마찬가지였다. 그런데 우리나라 역사와 같은 나이를 먹은 나무가 있다는 게 놀라웠다.

작년에 군청에서 나온 직원이 당산나무가 오백 년 가까이 되었다며 사진 촬영하고 줄자로 나무 둘레를 측정했다. 그 직원은 당산나무를 귀신이 붙은 신목이라고 말했다. 그렇다면 당산나무보다 열 배 이상의 나이를 먹은 바오밥나무는 '하느님나무'라고 부르는 게 마땅하다고 생각했다.

소년은 오 시인이 거짓말을 한다기보다 꿈속에서 꿈을 다시 꾸는 사람이기 때문에 신비한 이야기를 많이 하는 거라고 여겼다. 요정이나 어린왕자 이야기도 그런 상황에서 나왔을 성싶다.

소년은 산 아랫마을의 아이들이 산타클로스 할아버지가 있느냐 없느냐로 말다툼하는 것을 흥미롭게 지켜본 적이 있었다. 결론은 없다는 거였다. 이젠 요정이 없다는 것을 알았으니까 다리품까지 팔면서 찾으러 다닐 필요가 없으리라. 그리고 요정을 만나려고 싸돌아다닌 꿈같은 상황에서 재빠르게 빠져나오며 잠시 잊고 있던 돌팔이 아저씨와 해골바가지를 떠올리기 시작했다.

"저, 말예요, 할 이야기가 있거든요. 말해도 돼요?"

"무슨 이야긴데 이렇게 망설이는 거니?"

"이야기해도 괜찮겠죠? 그런데 놀라면 절대로 안 돼요. 손가락 걸고 약속해요."

"도대체 뭔데 그래. 아무 걱정하지 말고 이야기해 봐."

소년이 입을 잠시 오물오물하다가 동굴 속의 돌팔이에 대해 털어놓았다. 해골바가지 이야기를 해주면 그가 깜짝 놀라면서 자기의 팔을 붙들고 벌벌 떨 것으로 예상했다. 그런데 어찌된 일인지 미소를 짓기만 했다.

"어! 어! 제 이야기가 이상하고 무섭지 않으세요?"

"우리 영우는 커서 소설가가 되면 좋겠다. 명석할 뿐더러 상상력이 매우 풍부하니까 말이야. 사람들의 상상력은 어떤 경계라도 넘나들 수 있단다. 그래서 요정이나 도깨비도 만들어냈던 거지. 이 어린왕자도 어떤 소설가의 상상력 속에서 나온 이야기란다."

야속하고 답답한 일이었다. 소년이 자기 눈으로 해골바가지를 진짜 봤다고 몇 번을 반복해서 말해도 그는 빙그레 웃을 뿐이었다. 소년은 상상력이 풍부한 어린이가 아니라 바보 취급받는 어린이가 되어버린 것 같아서 더 이상 오 시인의 집에 머물고 싶지 않았다.

그런데 이번에 아무런 소득이 없는 것은 아니었다. 숲의 요정을 찾아다니는 동안 심심하지 않았다. 그리고 오 시인이 자기를 어린왕자 같다고 말해서 기분이 은근히 좋았다. 사람들의 눈이 비슷하다고 보면, 다인 이모도 자기를 귀여운 어린왕자로 여길 테니까.

솔바람이 무시로 불었다. 소나무 숲길을 거닐게 되면 헝클어진 머릿속이 가지런해지곤 했다. 송진 냄새 덕분인지 모르지만 피로도 말끔히 풀렸다.

소나무들은 저마다 독특한 자세를 취한 채 하얀 구름을 머리에 이고 있었다. 땅으로 쏟아질 듯 가지를 늘어트린 낙락장송은 다인 이모가 요가를 한다거나 살풀이춤을 추는 모습과 다르지 않았다. 소나무나 다인 이모가 취하는 자세와 춤사위들은 모두 아름다우면서도 외로움과 슬픔이 배어있었다.

소년은 요정이 존재하지 않는다는 것을 알고도 크게 실망하지 않았다. 이 무덤산에 산신령이나 요정이 없다고 해서 하루를 심심하게 보내게 되는 것은 아니었다.

숲길에 다람쥐 두 마리가 나타났다. 그들은 소년의 소중한 친구이기도 했다. 그 친구들이 거북등 같은 소나무 줄기를 타고 기어오르더니 이 나무에서 저 나무로 앞다투어 건너뛰는 재주를 부리며 소년을 즐겁게 만들어주었다. 걸음을 멈추고 다람쥐들이 시야에서 사라질 때까지 쳐다보며 미소 짓다가 그만 시큰둥해져버렸다.

　소년은 집이 가까워지자 아버지와 어머니가 떠올랐다. 다인 이모가 말하기를 부부싸움은 칼로 물 베기라고 하면서 금세 좋아질 거라고 했다. 하긴, 그 말이 틀리지는 않았다.

　며칠 전, 소년의 아버지는 어머니에게 병든 자기가 죽기를 손꼽아 기다리고 있는 샛서방이 누구냐며 화를 내고 집을 나가더니 며칠 밤을 묵고 돌아왔다. 그런데 아버지의 손에 지푸라기로 묶은 고등어가 들려 있었고, 소년과 어머니에게 단팥빵을 하나씩 나눠주기도 했다.

　그날 밤, 소년은 안방이 유난히 소란스러워서 한겨울처럼 이불을 머리까지 푹 뒤집어쓰고 잠을 자야 했다. 아침 밥상은 장난이 아니었다. 군 고등어, 잘 익은 김치를 넣어서 만든 고등어조림이 밥상 한가운데 떡억 버티고 있었다. 그것만으로도 입이 떡 벌어질 정도였는데, 달걀 프라이가 쌀밥 위에 부처님처럼 버티고 앉아 있어서 누구의 생일이라도 되는 건 아닌지 어리둥절하게 만들었다.

　밥을 배불리 먹는 동안 안방에서 웃음꽃이 만발했다. 소년의 아버지는 "내가 살면 얼마나 더 살겠어"라고 운을 뗀 뒤에 "사는 동안 후회 없이 즐겁게 살아야지"라며 너털웃음을 연신 터트렸다. 소년의 어머니는 좋은 약초를 구해서 아버지를 기필코 완치시킨다는 장담을 거듭 이야기했다.

　즐거운 하루가 지나가자마자 집안이 냉랭해지기 시작했다. 소년의 아버지가 입버릇처럼 말하는 '내가 살면 얼마나 더 살겠어'를 앞세우며 어머니에게 돈타령을 시작했기 때문이다. 그리고 산나물과 약초를 팔아서 모아둔 돈을 어찌어찌해서 받아내더니 조금 후에 뻣성을 내기 시작했다.

결국 한바탕 부부싸움이 벌어졌다. 그 다음 벌어진 상황은 뻔했다. 소년의 아버지가 부부싸움을 핑계 삼아 집을 나갔다. 아버지는 주머니에 돈이 조금이라도 담겨 있으면 발바닥이 간지러워서 집안에 남아 있지 못하는 성미였다.

소년은 짐작하고 있었다. 어머니한테 거의 빼앗듯이 받아낸 돈을 갖고 도박판을 찾아가거나 읍내 술집들을 기웃거릴 터였다. 그러다가 돈이 떨어질 즈음이면 집으로 찾아들곤 했다.

소년은 집으로 돌아가는 발걸음이 무거워서 신발을 질질 끌다가 그만 눈동자가 왕 솔방울처럼 부풀어 올랐다. 집 근처의 숲 속 개울가에서 환한 빛이 번져 나왔던 것이다. 소나무 숲이 물안개로 덮여 신비로운 분위기를 자아내고 있는 게 아니었다. 물안개보다 훨씬 선명하고 깨끗한 새하얀 빛살이 번지고 있었다.

오 시인이 마음의 눈으로 바라보면 보이게 된다던 숲의 요정이 소년의 눈동자 속으로 빨려 들어왔다. 소년은 산신령이나 요정이 존재하지 않는다는 결론을 이미 내렸다. 그런데 그 숲의 요정이 개울가를 거닐다가 소년에게 허락도 받지 않고 가슴속으로 사뿐사뿐 걸어 들어오기 시작했던 것이다.

혹시 꿈을 꾼 것은 아닌지 눈꺼풀을 빠르게 깜박거려보았다. 현실이 틀림없었다. 요정이 거닐고 있는 모습은 흡사 너울너울 날갯짓하는 것 같았다. 유난히 새하얀 드레스가 솔바람에 표표히 나부끼고 있었다. 소년의 몸이 장승처럼 굳어버렸지만 심장 박동만큼은 천방지축 내달리는 부룩송아지처럼 야단스러웠다.

7
초롱꽃, 어스름 속에 걸린 하얀 등불

 어이없게도 늦잠을 잤다. 여태 이런 적이 한 번도 없었다. 어머니가 바람벽을 두드리며 밥 먹으라고 소리치지 않았다면 해가 중천에 뜰 때까지 소년은 잠들었을 것이다. 새벽녘이 되어서야 가까스로 눈을 붙인 게 그 이유였다. 짧은 시간 동안 얼마나 곤하게 잠들었던지 꿈을 한 토막도 꾸지도 못했다.
 소년은 잠에서 깨어나자마자 바짝 긴장하기 시작했다. 귀를 바람벽에 붙이고 곁방의 동정부터 살폈다. 아무런 인기척이 느껴지지 않았다. 문틈으로 마당을 살펴보았다. 거기에도 없었다. 점방에서 사용하는 의자를 끌어당겼다. 그 위에 올라서서 봉창 밖을 살펴보았다.
 새하얀 드레스를 입고 골무를 닮은 새하얀 니트 모자를 쓴 그 요정이 당산나무 아래에서 바장이고 있었다. 소년은 요정이 다른 곳으로 떠나지 않았다는 사실을 확인했다. 자신도 모르게 안도의 한숨을 내쉬었다. 그렇지만 흐트러진 머리칼과 씻지 않은 얼굴로 숲의 요정과 마주칠 용기가 없어서 밖으로 나가지 못했다.

지난밤, 소년은 도무지 잠들 수 없었다. 어제 저녁 무렵이었다. 산을 내려갔다 올라온 소년의 어머니가 소년에게 선물보따리를 안겨주었다. 예전에는 이런 선물을 받아본 적이 없었다. 보따리 속에는 자야, 쫀디기, 뽀빠이, 아폴로 같은 여러 종류의 과자들이 듬뿍 들어 있었다. 특히 아폴로 과자는 포도당 맛, 초코 맛, 딸기 맛, 바나나 맛이 모두 구비되어 있었다. 그런 과자 외에도 봉지라면보다 서너 배 비싼 컵라면이 두 개나 들어있었다.

"애야, 한 번 신어보자."

소년의 어머니가 운동화 한 켤레를 불쑥 내밀며 자랑스러운 웃음을 지었다. 소년의 운동화는 숲길을 많이 걷고 오래 신기도 해서 뒤축이 많이 닳아져있었다. 그동안 소년은 새 신발을 간절히 원했다. 그런데 막상 눈앞에 새 신발이 놓여 있어도 무덤덤했다.

"맘에 들지 않니? 네가 쑥쑥 자라고 있기 때문에 문수가 큰 것을 고르긴 했다만, 그래도 심하게 헐렁대지는 않을 것이다. 그리고 이게 요즘 가장 유행하는 운동화라고 하더라."

소년의 어머니는 신발 문수가 커서 못마땅하게 여기는 줄 알았던지, 소년의 발을 끌어당겨 운동화를 신기고 엄지로 운동화코를 연신 누르곤 했다. 소년은 운동화의 모양새나 크기를 따지고 있지 않았다. 과자에도 큰 관심이 없었다. 게다가 어머니가 무슨 돈으로 이렇게 많은 선물을 해주는 것인지 궁금하지도 않았다.

소년의 관심은 요정에게 온통 빠져 있었다. 더군다나 그 모녀가 소년의 집 곁방에서 하룻밤을 보냈기 때문에 소년이 지난밤에 잠을 이루지 못했던 것은 당연한 일이었다.
 소년이 어머니에게 선물로 받은 과자들과 운동화는 방 윗목에 대충 밀쳐놓았다. 한마디로 말해서 찬밥 신세였다. 그 대신에 곁방의 분위기를 놓치지 않으려고 신경을 곤두세웠다. 온갖 상상을 다하느라 밤이 깊어가는 줄도 몰랐다. 그리고 새벽녘이 되자 피곤해서 이불도 덮지 못한 채 곯아떨어졌던 것이다.
 당산나무 아래에서 바장이던 숲의 요정이 시야에서 사라졌다. 날개를 하느작거리며 숲 속으로 날아가 버렸는지도 모른다. 안달이 났다. 소년이 의자에서 뛰어내렸다. 밖으로 나갔다. 혹시 그 요정이 어디선가 자기를 지켜보지 않나 둘러보았다. 집 옆으로 흐르는 개울로 달려갔다. 우선 세수부터 깨끗이 했다. 양치질 대신에 몇 움큼의 물을 떠서 입을 개운하게 헹궜다.
 "우리 영우가 이젠 철이 제대로 들었구나."
 소년의 아버지가 흐뭇한 표정을 짓고 있었다.
 "오랜만에 돼지고기찌개가 밥상에 올라왔더라. 왕거니가 몽땅 들어 있어서 소복을 제대로 했다. 요즘 체력이 약해졌는데 그 찌개를 먹으니까 힘이 불끈 솟는 것 같다."
 소년의 아버지가 이를 쑤시며 위쪽으로 올라갔다.
 소년이 밥상을 받았다. 밥과 기름기가 둥둥 떠다니는 돼지고기찌개를 앞에 두고도 젓가락으로 깨지락거리기만 했다. 소년의 어머니에게 지청구를 들었다.
 "밤새 과자를 다 먹었던 모양이구나. 그러니까 귀한 돼지고기로 끓인 찌개가 있어도 밥맛이 안 나는 게지. 소진이 엄마가 과자와 운동화를 네게 주라고 사주었다. 돼지고기도 두 근이나 사주었다. 이거 너무나 고마워서 어떻게 보답해야 할지 모르겠다. 소진이는 국민학교를 졸업할 나이가 되었으니 너한테 누나뻘이다. 그리고 소진이 엄마는 여기서 계속 머무를 수 없어 왔다 갔다 하게 될 거다. 네가 소진이를 많이 도와주도록 해라. 어린 것이 가엽게도 악성 림프종인가 뭔가 하는 혈액암에 걸렸단다."

소년의 어머니가 혀를 끌끌 찼다. 소년은 그때서야 요정의 이름이 소진이라는 것을 알았다. 어제 받은 선물에 대한 내막도 알게 되었다. 또 일전에 어머니가 "암 환자가 또 들어올 모양이에요"라고 아버지에게 하던 말이 되살아나기도 했다.

어머니의 계속된 이야기에 따르면, 숲의 요정은 산 너머의 큰 도시에서 살았는데 소녀의 어머니와 함께 곁방에서 한동안 머물며 요양하게 될 거라고 했다.

소년은 숲의 요정이 몹쓸 암에 걸렸다는 게 믿어지지 않았다. 또 요정을 많이 도와주어야 한다는 어머니의 말이 귓속에서 메아리로 남아 영영 사라지지 않을 기세였다. 가슴이 야릇하게 설레었다.

그런데 느닷없이 들려온 호랑이 울음소리가 소년의 정신을 흩뜨려 놓았다. 그 울음소리가 무덤산 기슭이 아닌 소년의 집 마당에서 들려와서 더욱 괴이했다.

"영우야, 밥 다 먹었으면 밖으로 빨리 나오너라."

호랑이 울음소리에 이어 소년 아버지의 목소리가 들려왔다. 이상한 예감이 덮쳐서 젓가락을 던지다시피 했다. 방문을 밀치고 밖으로 나갔다.

호랑이 한 마리가 땅바닥에서 어슬렁거리고 있었다. 백여우는 뭐가 그렇게 만족스러운지 마당을 기어 다니고 있는 호랑이를 내려다보며 낄낄거리고 있었다.

"영우야, 어제 국민학교에 찾아가서 취학유예 사유서를 또 제출했다. 이번에는 미리 작성하여 제출했으니 면 직원이 찾아와서 까탈을 부리지 못할 것이다."

소년은 아버지의 목소리에서 '신체발육 미비'와 '정신발달 부진'이라는 단어가 뒤엉키는 것을 느꼈다. 육신이 말짱함에도 불구하고 올해에 이어 내년에도 '모자란 놈'으로 살아야 하는 신세가 되어서 소년은 화가 났다.

"내년에는 학교에 꼭 가야 해요."

"어허, 내가 너를 학교에 안 보내려고 하는 게 아니다. 숲길을 혼자 다니는 게 위험해서 그러는 거지. 그 대신에 네 스승을 모시고 왔다. 호보도 배우고, 요즘 최고 유행이라는 취권도 배워라. 아참, 케세라 양반이 너한테 주산 놓는 것과 아코디언을, 오 시인은 글짓기를, 다인 이모는 영어를, 돌팔이 양반은 천자문과 동의보감을 가르쳐주기로 했다. 너는 천운을 타고난 아이야. 훌륭한 스승들 밑에서 배울 수 있게 되었으니 말이다."

"싫어요. 그런 공부보다 학교에 들어가서 공부하고 싶어요."

"이런, 이런, 네가 호강에 겨웠구나. 그 스승들은 세상에서 둘째가라면 서러워 할 분들이다. 네가 스승들의 주특기를 모조리 물려받는다면 최고 중에서 최고가 될 것이다."

"저는 최고가 되지 못해도 좋아요. 내년에는 꼭 학교에 다니게 해주세요."

"취학유예 사유서를 이미 제출해버렸으니 이젠 안 된다. 그리고 생각 좀 해봐라. 도시에서는 이런 스승들을 모시려면, 특히 일대일 지도를 받으려면 월사금을 바리바리 싸서 가져다 드려야 한다. 태권도장만 해도 그래. 회비를 매달 꼬박꼬박 내야하거든. 그런데 여기에서는 완전 공짜로 취권을 가르쳐준다니까 복덩어리가 넝쿨째 굴러온 셈이다. 그게 모두 이 양반 덕이야. 너를 가르치자고 가장 먼저 말을 꺼냈으니까 말이다."

소년의 아버지가 약장수를 쳐다보며 다시금 껄껄거렸다.

"영우야, 내가 저번에 뭐라고 하든. 우리가 죽게 되면 하나도 가져가지 못하니까 너한테 아낌없이 물려주겠다고 그랬잖아. 나는 너를 절세 고수로 만들고 싶다. 그리고 무술뿐만 아니라 의술도 가르쳐줄 거야. 그러면 돈도 엄청나게 벌 수 있고, 끼니마다 배터지게 먹을 수 있을 것이다."

호랑이걸음 걷기를 계속하던 약장수가 상대를 공격하듯 펄쩍 뛰어올라 똑바로 선 뒤에 했던 말이었다.

소년은 무술을 연마하라는 소리에 실쭝머룩해졌다. 약장수의 약을 올리고 싶은 장난기가 슬그머니 치솟았다. 그래서 터지려는 웃음을 가까스로 참아내며 말했다.

"의술은 돌팔이 아저씨가 최고잖아요. 사람들은 돌팔이 아저씨를 의술의 신이라고 불러요."

소년의 예상이 그대로 적중했다. 약장수의 얼굴이 시뻘겋게 변하며 말이 빨라지기 시작했다.

"어허, 너는 완전 잘못 짚었어. 저번에는 울보가 훼방을 놓아버린 바람에 대결이 어정쩡하게 끝나버려서 무척 아쉬웠다. 그 추석날, 이노키와 투스카의 세기적인 격투기 대결을 티비시 텔레비전에서 중계방송해주기로 했거든. 그런데 돌팔이 코를 납작하게 만들고 싶어서 그 세기의 대결도 보지 않고 산으로 올라왔는데, 안타깝게도 돌팔이를 혼내주지 못했다. 영우야, 얼마 후면 우리가 다시 겨루게 된다. 그때 두고 봐라. 누구의 의술이 최고인지 확실히 가려질 것이다. 그날은 돌팔이의 제삿날이야. 알았지?"

"나는 무술이나 의술이 필요한 게 아니에요. 학교에 다니면서 제 또래의 친구들을 사귀고 싶단 말예요······."

소년의 말이 채 끝나기도 전에 아버지가 근엄한 표정을 지으며 끼어들었다.

"영우야, 너는 열심히 공부해서 우리 장씨 가문의 기둥이 되어야 한다. 나는 언제 죽을지 모르잖아. 내가 죽으면 네가 우리 집 호주가 되는 거야."

"호주가 뭔데요?"

"뭐라고 설명해야 할까? 응 그렇지. 쉽게 말하자면, 우리 집의 대장이 되어서 가족들을 먹여 살리고 책임질 의무 같은 게 있는 사람이 호주이다."

소년은 현재 호주인 아버지가 그런 역할이나 의무를 제대로 하고 있는지 따지고 싶었으나 참았다. 아버지는 한량처럼 놀고 어머니만 뼈 빠지게 일한다는 게 소년은 늘 못마땅했다. 그리고 자기를 학교에 보내주지 않는다는 것도 무척이나 불만스러웠다.

"영우야, 홍길동이나 전우치 이야기 들어봤겠지? 어느 산속에 들어가서 좋은 스승님을 모시고 무술과 도술을 닦은 다음에 세상 밖으로 나와서 악의 무리들을 쳐부수는 통쾌한 이야기 말이다."

"들어보긴 했어요."

"바로 그거다. 너도 절세무술을 터득한 다음에 이 세상에서 이름을 널리 떨치는 영웅이 되어야 할 것이다."

"호주가 되는 것도 어려운 일 같은데 어떻게 영웅이 될 수 있단 말예요. 그런 것은 차차 생각해볼게요."

소년이 뒷전으로 물러섰다. 소년의 아버지가 소년의 손목을 붙들었다.

"고얀 놈, 스승이 너를 이렇게 끔찍이 생각하는데 고마워할 줄 알아야지. 영우야, 내 눈에 흙이 들어가기 전에 네가 공부하는 모습을 봤으면 좋겠다. 어렵게 모셔왔다. 냉큼 스승의 예를 갖추어라. 어서!"

소년의 아버지가 뇌성벽력 같은 고함을 질렀다.

소년은 허리가 끊어질 듯 아팠다. 약장수의 집 마당에 널린 목검이나 목봉 그리고 격파용 돌멩이들을 가지런히 정리해놓으려면 밥 한 끼 먹을 시간은 족히 걸렸다. 약장수의 뒤치다꺼리도 버거운데, 취권을 배우는 제자들이 흩뜨려놓은 것까지 청소하고 정리하고 나면 힘이 모조리 빠지고 말았다.

마당을 치운 다음에 약장수가 거처하는 방을 정리하게 되었다. 그의 방은 소년의 눈에 쓰레기 창고처럼 보였다. 뱀을 담근 소주병이 수십 개나 놓여 있고, 정체를 알 수 없는 상자들이 수없이 쌓여 있었다. 약장수 이야기에 따르면, 그 가루들은 불치병을 치유해주는 기적의 단방약 재료들이라고 했다.

방바닥 여기저기에는 겉표지가 누렇게 탈색되거나 떨어져나간 만화책과 무협지가 제멋대로 나뒹굴거나 쌓여 있었다. 소년의 입맛을 제법 당기게 만드는 책들이었지만 만화책 외에는 펼쳐볼 기회를 아직 갖지 못했다.

　약장수의 방 바람벽에는 그림들이 나붙어 있었다. 돌팔이 방에는 동서양의 인체해부도가 붙어있는데, 약장수 방에는 인체 모형에 까만 점이 무수히 찍혀 있는 '인체경락도'라는 게 붙어 있었다.

　그런데 소년은 경락도보다 그 옆에 붙어 있는 영화 포스터에 관심이 훨씬 끌렸다. 이번 추석 특선영화, 〈취권〉의 포스터였다.

　영화의 주인공은 더벅머리 사내이고, 웃통을 훌러덩 벗은 채 한 손으로 술항아리를 끌어안고 한쪽 다리로 서 있었다. 소년은 포스터를 꼼꼼히 살펴보면서 모르는 한문이나 영문 몇 자는 그림을 그리듯 적어두었다가 다인 이모에게 물어서 그 뜻을 알게 되었다.

　그 포스터 사진 상단에는 '이 젊은이가 속을 확! 뚫어 놓는다'라는 큰 글씨가 적혀 있었다. 그 아래 우측에는 약장수가 한가윗날 취권을 시범보이면서 '비틀비틀할수록 강해지고 흔들흔들하면서 해치우는 희한한 취권'이라고 말한 내용이 그대로 적혀 있었다.

　모든 것을 알게 된 소년이 탄성을 내질렀다. 약장수가 취권이라는 신종 무술을 누구에게 어디서 배웠는지 무척 궁금했는데 그 의문점이 시원하게 풀렸던 것이다. 모든 것을 정리하고 추리해보니, 약장수가 한가윗날 돌팔이와 겨루기로 해놓고서 늦게 나타난 이유는 추석 특선영화인 〈취권〉을 보다가 그렇게 된 듯싶었다. 그리고 취권이라는 무술은 어느 누구에게 배웠다기보다 이 영화에서 나온 동작들을 원숭이처럼 흉내 내고 있는 것 같았다.

　그 포스터에는 '취팔권의 다양한 메뉴'라고 해서 허허실실, 퉁소불기, 항아리, 공중놀이, 히프댄스, 과부이별, 호두까기, 꾸냥화장, 이렇게 여덟 가지가 적혀 있었다. 요즘 약장수의 제자들이 그런 동작들을 연습하고 있었다. 그리고 소년이 먼발치에서 취권 동작들을 따라하다가 걸린 적이 있었다.

"이놈, 하라는 청소는 제대로 안 하고 뭘 하는 거냐!"

"청소 다 했단 말예요."

"어허, 이 녀석이 하늘같은 사부에게 몹시 오만불손하구나."

약장수가 소년에게 꿀밤을 먹였다.

"엄청나게 고생해서 청소했는데 칭찬은 못해줄망정 꿀밤은 왜 때려요. 나 집에 갈래요."

소년이 토라져서 밖으로 나가려고 했다. 약장수가 억센 손아귀로 옴짝달싹 못하게 만들었다. 이어서 소년을 옆구리에 끼더니 이번에는 딱밤을 때렸다. 머리가 얼얼하면서 수많은 별이 왔다 갔다 했다. 눈물이 빙그르 돌았다. 약장수의 처벌이 이것으로 끝난 것은 아니었다. 그가 손가락 하나를 빳빳하게 세웠다.

"네가 말을 잘 듣지 않으니까 혈도를 짚어서 고통 받도록 만들어주마. 백회혈, 태양혈, 견정혈, 천도혈, 장문혈······."

약장수가 소년의 몸을 이리저리 뒤집으며 혈 자리를 연이어 짚었다. 어느 곳은 숨 막힐 정도로 아팠다.

소년은 분했다. 그는 약장수처럼 혈 자리를 찌를 줄 모르지만 똥침 놓는 것은 문제가 없었다. 어느 때든지 기회가 생기기만 하면 똥침으로 후련하게 복수해주리라 다짐했다.

"맛이 어때? 앞으로는 사부 말을 잘 듣겠지?"

소년이 폭력을 이겨내지 못하고 고개를 끄덕거렸다. 그렇지 않으면 또 다른 무시무시한 처벌이 뒤따를 것만 같았다. 약장수가 소년을 풀어주었다.

"쳇, 가르쳐준다고 했던 무술은 언제부터 시작할 거예요?"

"요 맹랑한 녀석 봐라. 진정한 무술의 길이 멀고도 험하다는 것을 아직 모르고 있구나. 인마, 너는 무술 무 자도 말할 자격이 없어. 홍길동이나 전우치 이야기 들어봤다고 했지. 그들이 무술과 도술을 처음 배울 때 무엇부터 시작했는지 아냐? 인마, 장작 패고, 물 떠다 나르고, 마당 쓸고, 그런 것부터 시작했던 거야. 자식, 쥐 불알만 한 게 어디서 까불고 있어!"

약장수가 소년에게 대꾸할 말을 잃도록 만들어버렸다. 하지만 호락호락 넘어갈 소년이 아니었다. 약장수의 비밀을 어느 정도 알고 있었기 때문이다.

"그런데 취권은 어디서 배운 거예요?"

"중국에 건너가서 직접 배웠다. 왜?"

"그럼 누구한테요?"

"그야, 소화자 사부님께 직접 배웠지. 그 사부님은 무술을 가르칠 때 인정사정없기로 소문난 분이셨고 천하의 기인이었다. 특히 술을 좋아하셔서 루돌프 사슴 코처럼 코가 빨갰어."

소년은 약장수가 허풍떨고 있다는 것을 이미 알아채고 있는 상황이었다. 〈취권〉 영화 포스터에서 코가 빨간 노인이 한 손에 표주박을 들고 낄낄거리는 것을 보았다. 그 사람이 곧 소화자 사부였다.

"난 알아요. 취권은 소화자 사부님에게 배운 것이 아니고 영화를 보고 나서 엉덩이가 빨간 원숭이처럼 흉내를 냈던 거죠? 내 말이 맞죠?"

소년은 말을 끝마치기도 전에 사립문 밖으로 냅다 도망쳤다. 자칫하여 붙잡히게 되면 이번에는 눈물을 펑펑 쏟게 될지도 몰랐다.

"네 이놈, 입을 함부로 놀리면 혈도를 눌러서 벙어리로 만들어버릴 테다!"

약장수의 목소리가 덜미를 움켜잡는 것 같아서 소년은 무서웠다. 자칫하면 평생 말을 못하는 벙어리가 될지도 몰랐다. 그런데 다행히도 뒤따라오지 않았고 그의 모습도 보이지 않았다. 그때서야 소년은 약장수의 집 쪽을 바라보며 놀려대기 시작했다.

"약장수 아저씨는~ 원숭이래요. 엉덩이가 빨간~ 원숭이래요. 얼레리꼴레리! 얼레리꼴레리!"

한바탕 소리치고 나니 분이 어느 정도 풀렸다.

깊은 산속은 저녁이 빨리 찾아오곤 했다. 땅거미가 삽시간에 지기 시작했다. 집으로 돌아가는 소년의 발걸음이 빨라졌다. 정리정돈과 청소를 하느라 배가 홀쭉해진 탓도 있지만 숲의 요정을 보고 싶었기 때문이다.

당산나무 우듬지에 노을빛이 걸렸다. 그 아래쪽 가지에는 어스름이 살짝 뿌려져있었다. 그런데 당산나무 밑동 부근이 환했다. 새하얀 드레스와 새하얀 니트 모자를 쓴 숲의 요정이 턱을 괸 채 당산나무 밑동의 뿌리 위에 앉아 있었던 것이다.

숲의 요정은 백색 초롱꽃 같았다. 또 어스름 속에 걸린 하얀 등불이었고, 소년의 가슴속에 남몰래 매달아놓은 등불이기도 했다.

8
여우야, 여우야, 뭐하니

　제5의 숲이 발칵 뒤집혔다. 한가윗날로부터 열 사나흘쯤 흘렀고, 숲의 요정이 소년의 집에 머문 지 삼 일째 되는 날이었다. 자기 집의 의자에 앉아 있던 울보 아저씨가 고통스러운 신음을 토해내다가 정신을 잃고 쓰러졌다는 거였다.
　윗집에 사는 케세라 아저씨가 울보를 제일 먼저 발견했다. 그가 돌팔이 아저씨를 데려왔다. 돌팔이가 응급조치를 취하기도 전에 울보가 제 스스로 깨어났다. 그리고 오만상을 찡그리고 있다가 진통제 주사를 맞고 삼십여 분이나 지난 후에 평상시 모습을 되찾았다. 그렇지만 울보의 움푹 들어간 눈동자와 창백한 피부, 그리고 그의 얼굴에 '죽음꽃'이라고 하는 검버섯이 더욱 번져 있어서 숨을 쉬고 있긴 하지만 죽은 사람이나 마찬가지처럼 보였다.

오 시인이 울보의 집 마당 한쪽에 꼼짝하지 않고 서서 그가 무사하기를 기도드리고 있었다. 소년은 그런 진지한 모습을 보자 코끝이 찡해졌다. 이 숲에 들어와서 서로 알게 된 사이에 불과하지만, 이웃의 고통을 함께 나누려는 모습이 아름다우면서도 애처롭게 보였던 것이다.

울보의 집 토방 앞으로 다가와서 바장거리던 사람들이 손발을 부들부들 떨었다. 울보의 심각한 상태가 남의 일처럼 전혀 느껴지지 않았을 것이다. 얼마간의 시간이나 날짜만 차이가 있을 뿐, 내남없이 이런 상황이 곧 닥쳐오게 될 수밖에 없기 때문이었을 것이다. 사립문 앞에 멀찍이 서서 안쪽의 동정을 궁금하게 여기던 사람들이 쑥덕대기 시작했다.

"울보가 떠나게 되면 다음 순서는 누구일까."

"정해진 순서는 없네. 땡감과 홍시 중에서 어느 것이 먼저 떨어질지 아무도 모른단 말이야. 어느 누구라도 오라고 부르면 속절없이 끌려가야 하는 게 우리네 인생이잖아. 알고 보면 우리네 인생만큼 허무하고 덧없는 게 없어."

"그래그래, 순서 없이 가야 한다면 아등바등할 필요가 전혀 없을 것 같아. 케세라 양반처럼 즐겁고 맘 편하게 띵까띵까, 하면서 '날 잡아 잡수쇼' 하다가 붙들려 가면 그만 아니겠나."

"어허, 모르는 소리. 나도 케세라 양반처럼 맘 편하게 살아보려고 했는데 그게 쉽지 않더란 말일세. 케세라는 속세를 초월한 도인이나 마찬가지야. 내공이 보통이 아닌가 봐."

"하루같이 띵까띵까, 하는 케세라가 도인이라니? 에헤, 도인은커녕 인생을 자포자기해 버린 사람처럼 보이잖아?"

"어허, 어허, 맘 편하게 살아보자는 소리가 입에서는 나오는데 실제 그렇게 해보려면 그만큼 어려운 게 없더라니까 글쎄. 암 치유에 특효가 있다는 약초를 꼬박꼬박 먹고 숲길 산책을 꼬박꼬박 하는 것보다 더 어려운 게 바로 맘 편하게 먹고 살아가는 것일세."

그들이 쑥덕거리고 있을 때였다. 할렐루야 아저씨가 허둥지둥 달려왔다. 울보가 위급하다는 소식을 늦게 들었던 모양이었다. 그가 사람들을 제치고 토방 위로 올라서더니 흙바닥에 무릎을 꿇고 기도하고 찬송하며 울보의 회생을 기원했다. 지산 양반은 신앙생활을 하지 않았지만 할렐루야 옆에 서서 두 손 모우고 고개를 연신 조아렸다.

돌팔이가 울보의 안방에서 나오려다가 뒤돌아보며 입을 열었다.

"제가 주제넘은 소리를 한다고 여길지 모르겠습니다만, 마음을 다부지게 먹고 주변을 잘 정리하는 게 좋을 듯합니다. 무슨 말인지 아셨지요?"

돌팔이의 목소리에는 아무런 감정도 실려 있지 않았다. 소년은 그의 목소리가 로봇에서 흘러나오는 소리와 흡사하다고 느꼈다. 그래서인지 소름이 오싹 끼치는 듯했다.

"종착역에 다 왔다는 이야기지요? 이젠 끝이라는 거죠? 허허, 때가 되면 누구든지 갈 수밖에 없는 법."

두 사람이 약속이라도 한 것처럼, 울보의 목소리에도 감정이 전혀 실려 있지 않았다.

"죽어가는 것이 살아가는 것이고, 살아가는 것이 죽어가는 것입니다. 죽음을 두려워한다거나 거부하지 말고 차분하고 겸허한 마음을 먹으세요."

"이젠 미련 따위는 갖지 않기로 했어요. 그런 마음을 먹으니까 화도 나지 않고 눈물도 멈추게 되더군요."

"사람들은 암이 걸렸다는 진단을 받게 되면 처음에는 반신반의하면서 그런 사실을 부정하기 시작합니다. 그러다가 암이 걸린 것을 인정하는 단계에 이르면, 하필 자기가 왜 병에 걸리게 되었느냐며 분노하기 시작합니다. 그 분노가 수그러들게 되면 타협 단계로 들어서기 시작합니다. 그러니까 지푸라기라도 잡으려는 심정이 되어 생명을 연장하려고 아등바등하게 되는 거죠. 그런데 건강을 되찾기 어렵다는 것을 알고 나서 상실감과 극도의 우울증에 빠지게 됩니다. 마지막 단계를 '감정의 공백기'라고도 말하는데 여태까지 일삼았던 분노, 상실, 우울, 심지어 타협까지 던져버리고 자신의 운명을 수용하게 되죠."

"그렇다면 나는 운명을 수용하는 단계니까 죽음이 턱밑에 와 있는 셈이로군요. 허허, 이 사회에 보탬이 되려는 생각은 하지 않고 아주 쩨쩨하게 돈이나 긁어모으려고 눈동자에 핏발이나 세웠던 지난날이 부끄럽기만 해요. 그리고 죽음이 턱밑에 있다니 두렵기도 하고요."

"당신이 지금 느끼고 있는 죽음의 이미지는 원래 당신의 것이 아닙니다. 그 이미지는 당신이 아닌 남의 죽음에서 생겨난 망상이나 다를 바 없습니다. 암자의 노스님께서 그러셨습니다. 삶과 죽음은 하나라고 말입니다. 그런 것을 깨닫고 나면 여태 시달렸던 근심이나 걱정 그리고 두려움에서 해방될 수 있을 것입니다. 이젠 밝고 차분한 눈빛으로 죽음을 바라보세요. 죽음은 삶의 연속이라고 했거든요."

사람들이 하나둘 흩어지기 시작했다. 그럴 무렵, 울보가 소년을 가까이 다가오라고 손짓하더니 말했다. 소년의 어머니에게 이야기해서 자기의 가족들에게 연락해달라는 부탁이었다. 그리고 심부름 값을 소년의 호주머니에 미리 찔러 넣는 것도 잊지 않았다.

한참 후, 소년이 울보의 부탁 내용과 수고비를 어머니에게 전달했다. 그리고 일전에 숲의 요정이 앉아 있던 당산나무 밑동의 뿌리 위에 걸터앉았다. 가슴이 스산했다. 깊은 산중의 숲 속이라서 추위가 빨리 찾아오기 시작한 탓만은 아니었을 것이다.

단풍이 예쁘게 물들었던 당산나무는 며칠 동안의 거센 바람 때문에 홀라당 발가벗겨지고 말았다. 그렇지만 산 위쪽의 참나무 숲은 갈색 잎들이 악착같이 매달린 채 질긴 목숨처럼 반짝이고 있었다.
당산나무 아래로 나온 사람들이 "기어코 울보가 황천으로 갈 모양이네요"라고 수군대고 있을 때였다. 약장수가 뒷짐을 지고 나타났다.
"울보 양반이 내 말을 잘 따라서 여태 숨을 쉬고 있지 그렇지 않았으면 벌써 깨꼴락, 했을 거요. 당신들도 내 말을 잘 들어야 오래 버텨요. 명심하쇼."
"그게 정말이오? 그럼 어떻게 하는 게 좋을까요?"
"심신 단련을 위해서 기수련과 취권을 연마하는 게 중요해요. 돌팔이가 죽음을 두려워 말라고 하던데 그런 황당한 구라가 세상천지 어디에 있단 말이요. 죽음이 두렵지 않다면 자기가 먼저 깨꼴락, 하고 숨이 끊어져보라지 뭐. 그리고 당신들한테만 특별히 해주는 이야기인데, 암 치유비법이나 신비의 약초는 분명히 존재해요. 그런데도 돌팔이가 그런 게 없다고 헛소리를 지껄였던 거요."
"왜 그랬을까요?"
"그야 뻔할 뻔 자죠. 자기한테 의지하고 매달리며 살아라, 그런 속셈이죠. 그러니까 자기를 신처럼 떠받들고 살아가라는 것이나 마찬가지라고요. 허참, 진짜 신께서 콧방귀를 뀔 노릇이야."

"일전에 돌팔이가 울보에게 마음 다부지게 먹고 주변을 정리하라고 했잖아요. 아니, 마음 다부지게 먹고 살아볼 궁리를 하라고 말해주어도 서운할 판국인데, 그렇게 이야기하다니 뭔가 이상야릇한 냄새가 나긴 하더라고요. 돌팔이가 혹시 병원과 약국의 앞잡이 노릇만 하는 게 아니라 장의사나 저승사자하고 모종의 거래를 하고 있는 것은 아닌지도 몰라요. 혹시 내가 너무나 이상하게 생각한 건 아닌가?"

말을 끝낸 사람이 머리를 긁적이다가 낄낄거렸다.

"그렇게 많이 이상하게 생각한 건 아니니까 부끄럽다거나 미안해하지 마쇼. 돌팔이는 근본 자체가 이상하고 불순한 사람이거든요. 혹시 간첩일지도 몰라요. 이 숲속마을에서 라디오를 듣는 사람을 그 자뿐이잖아요. 철사로 거미줄처럼 만들어놓은 안테나를 감나무 꼭대기에 매달아놓고 말예요. 봤죠, 그 안테나 말예요?"

"에헤, 설마 간첩이려고요. 예전에 내가 머리 아프고 배 아프고 팔다리가 쑤셔서 찾아갔는데 주사 놔주고 약을 주어서 금세 거뜬히 나았거든요. 그 양반의 의술은 정말 대단해요."

"어허, 어허, 그 사꾸라한테 속으면 안 된다고 말했잖소. 본인이 장터를 돌며 약을 팔아봐서 빠삭하게 잘 아는데 아마 마약 종류를 돌팔이가 주사했을 거예요. 그러니까 금세 거뜬히 나았던 게지."

"헤헤, 그 주사약은 내가 읍내 약방에서 사다 주었던 것이고, 돌팔이 양반은 주사만 놓아주었기 때문에 마약이 아닌 건 확실해요."

"그게 그렇게 되나. 응, 바로 그거야! 당신이 가져다 준 주사약에다가 양귀비에서 빼낸 모르핀 같은 것을 살짝 섞을 수도 있소. 본인이 누구요. 이래봬도 장터를 돌며 산전수전 다 겪은 빠꿈이 아니겠소. 그 엉큼한 자의 수상한 행동을 본인이 직접 본 적도 있소. 어느 날 아침, 돌팔이가 조그만 배낭을 메고 무덤산 골짜기 어디론가 들어가던데, 저녁이 되어서야 나오더라고요. 어딘가에 숨어서 마약을 재배한다거나 북으로 무전을 친다거나 그랬을 수도 있어요. 아무래도 수상한 사람이니까, 돌팔이가 하는 말은 콩으로 메주를 쑨다고 해도 절대로 믿지 말아요. 얼마 후면 본인이 그 자의 가면을 확 벗겨내서 만천하에 공개해드릴 테니까 말예요."

약장수가 입에 게거품을 물다시피 하면서 돌팔이를 공격했다. 그리고 며칠 후면 누구의 의술이 최고인지 밝혀지게 될 테니까 한 사람도 빠지지 말고 모이라고 했다.

얼마 전에 소년의 집 마당에서도 약장수가 그와 비슷한 이야기를 한 적이 있었다. 그가 말하기를, 두 사람이 대결하는 날은 돌팔이의 제삿날이 될 거라며 매우 자신 있는 모습을 보이기도 했다. 도대체 얼마나 믿는 게 있어서 그렇게 말하는지 소년은 궁금했다.

당산나무 아래에 모인 사람들이 흩어졌다. 소년은 당산나무 밑동에 앉은 채 자기의 집 곁방 쪽을 흘깃흘깃 바라보았다. 숲의 요정이 연이틀 밖으로 나와서 숲길을 산책했는데 오늘은 아예 모습조차 드러내지 않고 있었다.

'혹시 몸이 많이 아파서 그러는 것일까? 내가 찾아가서 어디가 얼마나 아픈지 알아볼까?'

소년은 숲의 요정에게 말을 붙여보고 싶으나 왠지 용기가 치솟지 않았고, 아직까지 그런 기회를 마련하지도 못했다. 숫기가 없다는 이야기를 남들로부터 들어본 적이 없었다. 그런데 막상 까놓고 보니까 자기는 부끄럼쟁이요 겁쟁이에 지나지 않았던 것이다.

사내대장부답게 용기를 내어 곁방 문을 노크하고 필요한 것은 없는지 아픈 곳이 어디인지 물어보고 싶었다. 그런 생각이 들 때마다 가슴이 조마조마해지면서 다리가 후들거렸다. 소년은 자기가 새가슴인 모양이라고 생각하며 한숨을 내쉬었다.

소년이 심호흡을 하려고 자리에서 벌떡 일어났다. 두 팔을 벌리자 찬 공기가 가슴 속으로 빨려 들어왔다. 초조한 마음이 약간 가라앉기 시작했다. 소년은 누구에게 말을 건넬 일도 없으면서 큼큼거리며 목청까지 가다듬었다. 그러다가 그만 얼음처럼 굳어버리고 말았다.

언제부터인지 모르지만 곁방 문이 열려 있고, 숲의 요정이 머리를 빼쭉이 내민 채 소년을 바라보고 있었던 것이다. 아름드리 소나무가 아니래도 상관없었다. 손가락만 한 소나무 묘목이라도 좋으니까 재빨리 그 뒤로 숨어버리고 싶었다. 숨어야 할 이유는 딱히 없었다. 그저 부끄러웠기 때문이다. 그런데 굳어버린 몸이 말을 전혀 듣지 않았다.

다행이었다. 숲의 요정이 안으로 들어가고 방문을 곧장 닫았다. 요정에게는 짧은 시간인지 모르지만 소년에게는 하루처럼 긴 시간이었다. 굳었던 몸이 얼음 녹듯 풀리기 시작해서 다행이었다. 자칫 잘못했으면 아기 돌장승이나 눈사람이 되어버릴 뻔했다.

그때, 따쭈리가 거대한 몸을 뒤뚱거리며 숲길을 따라 위로 올라오는 게 보였다. 소년은 놀아줄 상대가 나타나서 눈이 번쩍 뜨여야 하는 게 정상인데 오늘은 그저 그런 기분이었다. 그런 이상한 현상은 다인 이모를 바라볼 때도 나타났다. 예전에는 이모를 만날 때마다 남몰래 가슴이 콩닥콩닥 뛰곤 했다. 그런데 요즘은 반응이 시원찮았다. 그게 모두 다 숲의 요정이 나타난 이후에 생긴 변화였다.

"형, 산길을 올라오느라 힘들었지?"

"여우야, 나는 산길 걸어 다니는 거 하나는 자신 있다. 나는 이 숲에 올라오는 것이 재미있다. 내 동생 여우가 있고, 돌팔이 선생님이 있으니까 말이다."

"형, 돌팔이 아저씨를 선생님이라고 부르면서 말을 높이는 이유가 뭐야? 형이 그 아저씨한테 글이라도 배운 적이 있어?"

소년이 궁금한 점을 질문했다.

"아차차, 네가 그렇게 말하니까 나도 이상하다는 생각이 든다. 내가 돌팔이 선생님한테 국어나 셈본을 배운 적이 없는데 왜 선생님이라고 부르게 되었을까? 거참. 하늘만큼 땅만큼 이상타."

"형은 사람들의 제사 날을 잘 기억하잖아. 그러니까 잘 생각해 봐. 뭔가 이유가 있긴 분명히 있을 거야. 혹시 천자문을 배웠는지도 모르잖아."

"아니다, 배운 게 하나도 없다. 도대체 왜 선생님이라고 부르는 걸까? 아, 이젠 알았다. 큰 도시에서 남들이 선생님이라고 부르니까 나도 따라서 부른 것이다. 여우야, 그런 거 따지지 말고, 내가 신나게 해줄 테니까 이리 와라."

따쭈리가 소년을 두 팔로 안아들고 '동그랑땡' 사설을 읊기 시작했다.

소년이 낄낄거리다가 눈을 지그시 감았다. 눈을 감긴 했지만 이번에는 잠에 곯아떨어지는 실수를 하지 않으려고 단단히 벼렸다. 무덤산 너머의 큰 도시를 상상해보면 잠이 올 리 없었다. 사람도 많고 큰 건물도 많은 그 도시를 상상해보는 것은 수백수천 번이라도 싫증나지 않는 일이었다.

"여우야, 산길을 오르다가 네 엄마를 만났다. 어떤 아주머니랑 산을 내려가더라. 그러면서 소진이가 많이 아파서 힘들어하니까 신경써주고 산책도 함께하라고 그랬다. 그런데 많이많이 아프다는 소진이가 도대체 누구냐?"

소년은 따쭈리가 숲의 요정을 거론하자 신나는 상상을 깨고 현실로 되돌아왔다. 혹시 요정이 따쭈리에게 안겨 있는 자기를 훔쳐보면서 갓난아이 같다고 깔깔대지는 않을까 하는 염려가 들었다.

"형, 그만 내려줘."

"아직 안 끝났다. 하다가 중지하면 아니한 것만 못하다고 그랬다. 그대로 가만히 있어라."

"그게 무슨 귀신 씨나락 까먹는 소린지 모르겠는데, 좌우지간 내려줘."

소년이 몸을 뒤틀며 팔다리를 흔들었다. 따쭈리가 영문을 몰라 하며 소년을 땅에 내려주었다. 그런데 소년의 발이 땅바닥에 닿기 전, 까르르 웃는 소리가 함박눈처럼 쏟아졌다. 숲의 요정이 아니면 그런 웃음을 날릴 사람이 없었다. 언제 밖으로 나왔는지, 요정이 두 사람 가까이 서 있었다.

"너는 누구냐? 처음 본 아이로구나. 꽃처럼 예쁘다."

"한소진이라고 해요."

"아하, 네가 많이많이 아프다는 소진이로구나. 그런데 안 되겠다."

"뭐가요?"

"너는 키가 워낙 커서 내가 얼러주며 동그랑땡 할 수 없다. 너는 키가 작아진 다음에 이 따쭈리를 찾아와라. 아참, 내 동생 여우랑 산책이나 하는 게 좋겠다."

"이 애가 여우라고요? 꾀 많은 여우? 재미있다."

숲의 요정이 소년을 빤히 쳐다보며 까르르, 또 웃었다. 소년의 얼굴이 홍시처럼 변했다.

요정이 "여우야, 여우야, 뭐하니? 잠잔다. 잠꾸러기. 여우야, 여우야, 뭐하니? 세수한다. 멋쟁이. 여우야, 여우야, 뭐하니? 밥 먹는다. 무슨 반찬? 개구리 반찬. 죽었니, 살았니"라고 노래하며 개울 쪽으로 천천히 걸어갔다. 원래 신나는 노래인데, 요정이 노래하자 왠지 슬프게 느껴졌다.

소년은 마술에 걸린 것처럼 요정의 뒤를 졸졸 따라갔다. 나란히 걷고 싶지만 뜻대로 되지 않았다. 따쭈리가 돌팔이를 만나러 간다며 위쪽으로 성큼성큼 올라가버렸다. 그가 가고 단둘이 남게 되자 소년이 자꾸만 굳어졌다. 이러다가 바위로 변해버릴지 모른다는 생각이 들었다.

아버지가 베개와 이불을 들고 소년이 있는 점방으로 불쑥 들어왔다. 잠을 함께 자려는 모양이었다. 그런데 뭔가 신나는 일이 있는지 콧노래를 연신 흥얼거렸다. 소년은 어떻게 된 일인지 물어보려다가 입을 다물어버렸다. 그 대신 베개를 베고 벌러덩 드러누워서 곁방의 소리에 귀를 기울였다.

웬일인지, 숲의 요정이 머무는 곁방에서 소년 어머니의 목소리가 들려왔다. 어머니와 요정이 하룻밤을 함께 보내려는 것 같았다.

숲의 요정은 특별한 하숙생이었다. 소년의 어머니는 무덤산에서 뜯고 캔 약초를 소녀에게 먹였고, 옷을 세탁해주었고, 병원 약을 제때에 먹도록 알려주거나 감시하고 있었다. 그러니까 소년의 어머니는 식사만 제공하는 하숙집 아주머니라기보다 병원의 간호사나 마찬가지인 셈이었다.

"영우야, 네가 엉덩이에 뿔난 못된 송아지처럼 굴었다며? 너 그러면 못 써."

아버지가 소년에게 군밤을 먹였다. 소년은 옆방에서 들려오는 소리에 귀를 기울이느라 무슨 소리가 들려왔는지, 군밤을 먹었는지조차 모르고 있었다. 두 번째 군밤을 먹을 즈음에 정신을 가까스로 차렸다.

"영우야, 넋이 빠진 사람처럼 왜 이래? 정신 차려 인마!"

"왜 그러세요?"

"네가 약장수 스승한테 뺀질뺀질하게 군다며. 그러다간 나한테 혼난다. 영우야, 그 양반은 보기보단 대단한 양반이다. 나는 처음에 시답잖은 자로 여겼는데 만나면 만날수록 훌륭한 양반이라는 것을 알게 되었다. 그는 우리의 영웅이야."

"아빠, 그 사람은 그저 그런 장돌뱅이 약장수예요."

"어허, 아니다. 그 양반은 다른 약장수와 완전히 다르다. 부모를 일찍 여의어서 밑바닥을 전전하게 되었지만, 그런 환경과 역경을 꿋꿋하게 딛고 일어서서 남들이 존경하는 위치에 올라섰다. 그 양반 이야기를 들어보니까 중국에 어찌어찌 가서 무술을 배웠다더구나. 싸움 잘 하려고 배운 무술이 아니라 의술을 연구하는 차원에서 무술을 배웠다는 거야. 그리고 자기는 이곳저곳을 떠돌며 신통한 의술과 약으로 병자들을 고쳐주는 강호낭중이라고 하더구나."

소년은 '강호낭중'이 무슨 뜻인 줄 몰랐고, 설마 약장수가 중국까지 가서 무술을 배웠을까 하는 생각도 들었다. 약장수의 취권은 추석 특선 영화를 보고 배운 게 거의 확실하지만, 이소룡의 절권도는 그런 식으로 배운 거라고 함부로 단정할 수 없었다. 그래서 아버지의 이야기를 묵묵히 듣기만 했다.

소년의 아버지가 약장수 이야기를 더 해주었다. 그는 중국 무당산에서 무술을 배웠고, 무덤산에서 오랫동안 수련을 하고 있기 때문에 자기의 별호를 '무산산인'으로 정했다. 그러니까 무당산과 무덤산에 공통으로 들어 있는 무 자와 산 자를 땄고, 도사라는 뜻을 갖고 있는 '산인'이라는 단어를 붙였다는 것이다.

"그 양반도 나처럼 시한부 인생이라는 진단을 받았단다. 그런데 자기의 병을 완벽하게 고쳐서 정상인으로 돌아갈 테니까 지켜봐달라고 하더라. 그렇지, 조금만 있으면 완쾌된다고 그러더라. 나한테 구라를 치지 못할 것이다. 조금 후면 드러나게 될 텐데 어찌 그런 장담을 했겠느냐. 나는 그의 당당한 모습이 무척 부러웠다. 그리고 말이다, 얼마 전부터 그 양반이 처방해주는 약을 나 외에도 몇 사람이 먹고 있는데, 나는 몸이 몰라보게 힘이 생기는 것을 느끼는 중이다. 그 신비한 약효를 내 몸이 먼저 알고 있다는 이야기다. 약장수가 겉보기에는 꾀죄죄하지만 장차 우리 의학계를 떠들썩하게 만들 위인이다. 이런 좋은 기회에 열심히 배워라."

소년의 아버지가 호주머니에서 지폐 몇 장을 끄집어내더니 손가락에 침을 발라 세어보고 다시 호주머니에 넣었다. 그리고 베개를 베고 곧바로 코를 골았다. 코골이 소리가 요란했다.

옆방에서 들려오던 소리가 그쳤다. 한동안 궁싯거리던 소년이 천장을 멀뚱멀뚱 바라보았다. 빗물이 약간 샌 것인지 쥐 오줌 자국인지 모르지만 세계지도가 그려져 있었다. 먹을 것이 넘쳐난다는 미국이라는 나라에 가보고 싶었다. 약장수가 무술을 배웠다는 중국이라는 나라도 가보고 싶었다. 그러다가 고개를 내저었다. 소년은 무덤산 너머의 큰 도시는 물론이고 아직 읍내에 가본 적도 없었다.

별안간, 마당이 시끌벅적해지면서 곁방 문이 벌컥 열리는 소리가 들려왔다. 소년의 어머니가 호들갑 떠는 소리가 들려왔다. 소년이 궁금증을 이기지 못하고 밖으로 나갔다.

남녀 네 명이 소년의 집 안방으로 들어가고 있었다. 언젠가 본 듯한 얼굴들이었다. 어머니에게 살짝 물어보았다. 울보 아저씨의 가족들이라고 했다. 어머니가 부엌으로 허둥지둥 달려갔다. 한 시간 전쯤에 오동통한 토종닭들을 무쇠 솥에 삶았다. 그들이 주문했던 음식인 모양이다.

곰곰이 생각해보니, 예전에 그들이 울보 병문안을 왔을 때도 소년의 집 곁방에서 하룻밤을 묵고 갔다. 아침 일찍 도보로 산을 올라와서 잠시 지체하다보면 밤이 금세 찾아오기 일쑤였다. 그래서 서두르지 않는 사람들은 하룻밤을 보내고 산을 내려가야 했다.

그런데 병문안을 왔다가 환자의 집에서 함께 잠자는 사람들이 거의 없었다. 소년은 그런 점을 이해하기 힘들었다. 암은 전염병이 아니라고 하던데 왜 그렇게 꺼려하는지 모를 일이었다.

안방으로 들어간 울보의 가족들도 마찬가지였다. 울보가 살고 있는 집이 소년의 집보다 넓고 좋지만 그곳에서 하룻밤을 보내지 않고 아까운 돈을 허비하면서까지 여기에서 묵는 거였다. 물론 돈 많은 사람들에게 이깟 하룻밤의 숙식비는 아무것도 아닐 테고, 어머니가 돈을 벌어서 좋으니 소년은 더 이상 따지고 싶지 않았다.

소년의 어머니가 삶은 닭발 네 개와 똥집 두 개 그리고 내장을 사발에 담아서 소년에게 건네주고 곁방으로 갔다. 아버지가 깨어나기라도 하면 **빼앗길까** 봐 소리 죽여 먹었다. 시장한 참이라서 꿀맛이었다.

안방이 소란스러워졌다. 백숙을 먹으려면 대화할 틈도 없을 텐데 뭔가 이상했다. 손바닥으로 밥상을 치는 소리가 들려왔다. 접시가 바람벽에 부딪치며 박살나는 소리도 들려왔다. 그렇지만 소년의 아버지는 안방에서 전쟁이 일어나거나 말거나 잠에 곯아떨어져 있었다.

"그게 모두 형님 거야? 그렇게 욕심 부리면 형도 암에 걸려서 죽게 될 거야."

"야, 이놈아, 빈말이라도 암에 걸려 죽는다는 악담은 하지 마라. 야, 내가 누구냐? 우리 집을 대표하는 장남 아니냐. 조상님들 제사도 모셔야 하고, 선산 관리도 해야 하는데 유산을 똑같이 나누자는 게 말이나 되니. 너 알고 보니까 순전히 도둑놈이구나."

"형님이야 말로 날강도예요."

뺨 때리는 소리가 들려왔다.

"이 자식, 현재 네가 갖고 있는 재산으로도 떵떵거릴 수 있잖아. 그런데 걸신들린 놈처럼 왜 이렇게 야단이냐."

"큰형님, 작은형님과 저도 생각해줘야죠. 큰형님이 독식하면 안 되죠. 그러다가 형제 사이 끊어진다고요. 그리고 저는 아직 자립하지도 못했는데 공평하게 나누어주지 않으면 장차 어떻게 살아갈 수 있겠어요. 어머니 그렇죠? 말씀해보세요."

"어허, 이 녀석들이 어머니까지 자기편으로 끌어들여서 늑대들처럼 떼거리로 공격하는구나. 만약에 너희들이 그렇게 나온다면 내가 먼저 형제의 인연을 끊고 말 테다. 앞으로 나를 형이라고 부르지도 마라."

"독식하려는 사람이 인간이에요, 괴물이지. 우리 법대로 하자고요."

"뭐라고! 법 좋아하네, 이 자식들이."

또다시 사발이 바람벽에 부딪치며 깨지는 소리가 들려왔다. 밥상이 엎어지는 소리도 들려왔다. 소년은 이러다가 집이 무너질지도 모른다는 불안감 때문에 밖으로 나갔다. 소년의 어머니가 마당에 서서 어찌할 바를 모르고 손바닥만 비비고 있었다. 소년의 아버지는 잠에 깊이 곯아떨어져서 일어날 줄 몰랐고, 소년은 어머니를 도와줄 힘도 방법도 없었다.

　소년이 밤하늘을 올려다보았다. 수많은 별 가족들이 초롱초롱한 눈망울로 깜박대고 있었다. 아기자기한 이야기를 두런두런 주고받는 밤하늘이었다.

9
어떤 죽음

　토요일 오후였다. 제5의 숲에서는 요일을 구별한다거나 관심을 갖는 사람이 없었다. 직장에 출근할 어른이나 등교할 학생이 없어서 평일이나 반공일 그리고 온공일이 매한가지였기 때문이다. 그런데 그날은 매우 놀랍고 엄청난 사건이 벌어져서 어느 누구라도 오랫동안 기억할 수밖에 없게 되었다.
　여느 때와 다름없는 평범한 가을 날씨였다. 맑은 가을 하늘에 구름이 살짝 드리워졌다가 다시 맑아지는 변화를 보여주었다. 세찬 바람이 난데없이 불어와서 겨울이 가까워졌음을 피부로 느끼게 해주었다.
　숲 속 사람들이 당산나무 아래의 공터에 모였다. 시월이 가기 전에 약장수와 돌팔이 중에서 누가 최고인지 다시 겨루는 날이었다. 지난 한

가윗날의 대결은 울보가 기절하는 바람에 결과가 흐지부지 끝나서 재대결을 하게 된 셈이었다.

이번 모임은 두 사람의 재대결만 계획된 게 아니었다. 어느 누구라도 자기의 암 발병에서부터 투병 과정의 파란만장한 사연을 솔직히 공개할 수 있는 자리도 마련되었다. 그건 자기만의 특별한 치유비법이 있으면 숨겨놓지 말고 만인에게 털어놓도록 하려는 뜻이었다.

소년은 방문을 열어놓고 싸리울 너머 공터에서 벌어지는 상황을 유심히 지켜보다가 밖으로 나왔다. 일전에 약장수 아저씨가 말하기를 다시 대결하는 날이 곧 돌팔이의 제삿날이라고 했던 게 생각났다. 도대체 약장수가 뭘 믿고 그런 장담을 했는지 궁금하여 발걸음이 저절로 움직였던 것이다.

케세라 아저씨가 제일 먼저 공터에 나와 있었다. 그는 한가윗날 재미를 톡톡히 봤던 터라 이번에는 아코디언을 아예 메고 나타났다.

"오늘도 신나게 놀아보자는 겁니까? 그거야 정말 좋지요. 노래 부르면서 놀다보니까 무거운 마음이 눈 녹듯이 풀리고, 기분도 상쾌해지더라고요. 난 오늘도 신바람내서 놀아볼랍니다."

지산 양반이 깨춤을 추며 앞으로 나왔다. 그런데 얼굴을 자세히 살펴보면 그다지 밝지 못했다. 노래하며 신나게 노는 것도 호주머니가 빵빵하고, 육신이 편안해야지 가능할 터였다.

케세라가 연신 껄껄거리며 자기만의 독특한 웃음치료법을 자랑하기 시작했다.

"노세, 노세, 젊어서 노세, 무작정 이러자는 게 아닙니다. 많이 아프면 놀고 싶어도 놀 수 없으니까 등짝에 욕창 생기기 전에 실컷 놀고 웃어보자는 겁니다. 우리 인간의 뇌는 기분 좋아서 웃는 것과 일부러 웃는 것을 구별 못한답니다. 웃으면 면역기능이 높아지고, 암과 세균을 처리하는 감마 인터페론, 엔케이세포 등이 증가한대요. 나는 독한 항암치료보다 신명나는 웃음치료가 더 좋거든요. 난 이 항암치료비법으로 효과를 톡톡히 보고 있거든요."

"케세라 양반, 인터페론이나 엔케이세폰이 뭔가는 처음 들어본 소리라서 잘 모르겠지만, 고사 지낼 돼지머리는 웃고 있어야 값이 나간다는 건 알아요. 밑져봤자 본전이고 돈 드는 일이 아니니까 많이 웃어보죠, 뭐."

지산 양반이 하늘을 올려다보며 호탕한 웃음을 터트렸다. 그때 산 아래쪽에서 낯선 사람들이 올라왔다. 케세라가 아코디언을 멈추고, 지산 양반도 웃음을 멈췄다.

"어디서 오셨습니까? 누구를 찾으시나요?"

케세라가 물었다.

"황상호 형제를 만나러 왔습니다. 폐암 투병 차 이 숲에 들어온 형제인데······."

"아, 할렐루야 양반 말이군요. 저 개울 건너에서 살고 있습니다만, 이곳으로 곧 나올 거예요. 잠시만 기다리세요."

제5의 숲 사람들은 서로의 이름을 잘 몰랐다. 그 대신에 별명으로 통하고 있었다. 그런데 케세라는 낯선 사람들이 말했던 '형제'라는 단어에서 할렐루야의 이름이 황상호라는 것을 금세 알아차렸던 모양이다. 그건 할렐루야가 기도를 올릴 때마다 '우리 형제자매'라는 단어를 약방의 감초처럼 사용했기 때문에 가능할 것이다.

낯선 사람들과 이야기를 끝낸 케세라가 지산 양반을 돌아보며 입을 열었다.

"당신이 약장수한테 취권을 배우는 이유가 뭔지 모르겠소만, 나는 그게 재미있고 우스꽝스러워서 배웁니다. 신바람 나는 일은 뭐든지 암을 치유하는 데 좋거든요. 그건 그렇고, 지산 양반은 꽃 중에서 무슨 꽃을 제일 좋아합니까?"

"뭘까? 응 그렇지. 나는 요즘 오 시인의 집에 많이 피어 있는 국화가 제일 좋더라고요. 향기도 좋고 꽃도 예쁘고……."

"그런 꽃도 좋지만, 꽃 중에서 가장 아름답고 소중한 꽃은 뭐니 뭐니 해도 웃음꽃이에요. 이렇게 활짝 웃는 웃음꽃 말예요. 나는 웃음으로 암을 꼭 치료하고 말 거예요."

케세라가 너털웃음을 지었다.

울보가 지팡이에 의지한 채 몸을 질질 끌고 공터로 나왔다. 그는 예전과 전혀 다른 사람으로 변해 있었다. 그가 울고 화낸 행위들이 곧 살아 있음을 증명해주는 것이나 마찬가지였던 듯싶다. 요즘 말이 별로 없어지고 풀 죽은 모습으로 변해버린 울보는 오래전에 세상을 떠나버렸다든지 이 숲에서 아예 살고 있지 않는 사람처럼 느껴질 정도였다.

울보가 지팡이로 땅을 몇 차례 두드리고 기침을 터트렸다. 자기가 아직 죽지 않았다는 것을 은근히 알리는 행동처럼 보였다. 케세라가 노래를 연주하려고 아코디언을 만지작거리다가 흠칫 놀라며 뒤돌아봤다.

"울보 양반, 몸은 괜찮으세요? 이따가 사람들이 다 모이면 지난 가요 콩쿠르 때처럼 노래 한 곡 뽑으셔야지요. 뭐가 좋을까? 눈물 질질 짜는 노래보다 배꼽잡고 깔깔 웃을 수 있는 노래를 뽑아야 합니다. 알았죠?"

"케세라 양반 말이 옳아요. 이 양반의 이야기를 들어보니까 웃음이 좋다는 게 일리가 있더라고요. 암이란 놈이 지랄을 떨든 말든 즐겁게 생활해버리면, 그 놈도 이게 어떻게 된 노릇인가 헷갈리고 어리벙벙해져서 기를 펴지 못할 것 같아요."

지산 양반이 말을 해놓고 깔깔거리며 자기의 말이 어떠냐는 투의 눈빛으로 울보를 바라보았다.

"드디어 내가 암을 간단히 해결하는 방법을 찾아냈어요."

울보의 입에서 뜻밖의 소리가 튀어나왔다. 지산 양반의 눈이 휘둥그레졌다.

"그게 무슨 소립니까?"

"암의 숨통 끊는 비법을 알아냈단 말입니다."

"정말입니까? 설마 좋은 밥 먹고 실없는 소리를 하는 건 아니죠?"

"……."

"도대체 그 비법이란 게 뭡니까? 입을 다물고 있지만 말고 속 시원하게 알려주세요. 나도 암이란 놈의 숨통을 끊어놓고 싶어요."

지산 양반이 애원이라도 하듯 울보의 팔을 붙들었다. 그때 낯선 사람 일행 중에서 양복을 말쑥하게 차려입은 자가 입을 열었다.

"형제님들, 저는 구세주로 강림했습니다. 형제님들, 암을 치유하는 건 간단합니다. 암은 사탄이고 마귀거든요. 그러니까 그것만 내쫓으면 깨끗이 치유됩니다."

"암이 사탄이건 아니건 몸에서 내쫓기만 하면 깨끗이 치유가 된다는 것을 모르는 사람이 없죠. 그런데 어떤 방법으로 내쫓을 수 있느냐 그게 문제죠."

지산 양반이 붙잡고 있던 울보의 팔을 놓았다. 그 대신에 양복 입은 사내를 강렬한 눈빛으로 붙들었다.

"딱 한 가지 방법뿐입니다. 구세주인 저한테 안수기도를 몇 번 받으세요. 다른 사람의 안수기도는 효과가 없습니다만 저의 기도는 확실해요."

"안수기도라? 머리 위에 손 얹고 하는 기도 말이죠? 뭐, 이야기는 많이 들었습니다만……."

"바로 그렇습니다. 우리가 이런 깊은 산속까지 올라왔던 이유는 고난 받는 형제자매들에게 안수기도를 해주어서 암을 퇴치하려는 겁니다. 야고보서 4장 7절에 '마귀를 대적하라. 그리하면 너희를 피하리라'고 했습니다. 우리 형제자매님들이 성경의 말씀에 순종하고, 하나님의 자식이 되면 하나님 나라의 권세를 갖게 되니, 한 길로 왔던 사탄이 일곱 길로 도망치게 된다는 말이 있습니다."

"그럼 저 같은 사람도 안수기도를 받을 수 있을까요?"

"오늘 황상호 형제가 안수기도를 받게 될 것입니다. 선생님은 구세주인 저를 만났으니 정말로 운이 좋으십니다. 이따가 황상호 형제의 안수기도 때 특별히 끼워드리도록 하겠습니다. 안수기도를 한 번 받아보면 효과가 얼마나 대단한지 아시게 될 겁니다."

숲 속 사람들이 하나둘 몰려나와 공터를 채우기 시작했다. 그런데 대결을 벌이게 될 약장수와 돌팔이의 모습이 아직도 보이지 않았다. 이번에도 사회를 맡게 될 소년의 아버지가 무슨 자루 하나를 손에 들고 숲속에서 헐레벌떡 뛰어나오더니 소년의 집 마당으로 들어갔다. 그리고 소년의 어머니에게 자루를 맡기더니 공터로 황급히 나왔다.

소년은 아버지가 어머니에게 맡긴 자루의 정체를 짐작하고 있었다. 그 속에는 틀림없이 뱀이 들어 있을 터였다. 요즘 약장수가 비싼 가격으로 뱀을 사주어서 아버지의 돈벌이가 제법 쏠쏠했다. 며칠 전에 아버지랑 점방에서 잠을 잘 때, 콧노래를 부르던 모습과 꾸깃꾸깃한 지폐를 침 발라 세고 나서 호주머니에 넣는 모습이 소년의 머리에 연이어 떠올랐다.

찬송가가 공터에서 우렁차게 울려 퍼졌다. 할렐루야와 지산 양반이 양복 사내 앞에서 무릎을 꿇어앉았다.

"하느님께 바치는 정성이 필요합니다. 많으면 많을수록 간절한 기도가 하늘에 닿을 수 있으니까 그리 아세요."

양복 입은 사내의 이야기에 할렐루야가 어리둥절하면서도 난처한 표정을 지었다.

"미리 알지 못해서 갖고 나오지 못했습니다. 안수기도가 끝난 후에 집에 가서 내놓겠습니다."

양복 입은 사내가 어쩔 수 없다는 듯이 안수기도를 시작했다. 그의 일행들과 평소에 할렐루야와 함께 찬송하고 기도하는 사람들이 세 사람을 가운데 놓아두고 둥그렇게 에워싸기 시작했다.

양복 사내가 무릎을 꿇고 있는 할렐루야 머리 위에 두 손을 얹고 기도하기 시작했다. 잠시 후에 할렐루야가 "할렐루야!"를 연속적으로 외치다가 뒤로 벌러덩 넘어지는 기이한 현상이 벌어졌다. 양복 사내가 뭐라고 중얼거리면서 할렐루야의 가슴팍을 손바닥으로 힘차게 때리기 시작했다.

소년은 똑똑히 보았다. 고통을 이기지 못한 할렐루야가 몸을 뒤틀며 앓는 소리를 내고 있었다. 그런데 양복 사내나 주위를 에워싼 사람들은 할렐루야의 고통을 아랑곳하지 않고 안수기도에 열중이었다.

옆에서 무릎을 꿇고 있던 지산 양반이 불안한 눈동자를 데굴데굴 굴리고 있었다. 약장수가 언제 나타났는지 모르지만 "흥, 지랄하고 자빠졌네. 저렇게 해서 암이 낫는다면 뭐가 문제야"라고 비아냥댔다. 돌팔이도 나타나서 "저건 올바른 종교를 미신으로 만들어버리는 사이비 종교인들의 짓이야."라고 중얼거렸다. 그런데 그런 말에 주의를 기울이는 사람은 거의 없었다.

자칭 구세주라고 했던 사내가 손바닥으로 할렐루야의 가슴팍을 세차게 치기 시작했다. 폐암을 고치는 시술인 모양이었다. 그러니까 할렐루야의 폐에 들어온 사탄을 때려서 내쫓는 거였다. 그런데 사탄이란 놈이 폐에서 머리나 다리 쪽으로 도망치고 있는지 양복 사내의 손바닥이 할렐루야의 전신을 때리기 시작했다. 할렐루야가 더욱 심하게 몸을 뒤틀었고, 고통을 참지 못하며 질러대는 소리도 커졌다.

"오메! 암 잡으려다가 사람 먼저 잡겠네! 그리고 난 땡전 한 푼도 없어!"

안수기도를 받으려고 무릎을 꿇고 있던 지산 양반이 후다닥 일어섰다. 숲 속에서 웅크리고 있던 꿩이 갑자기 솟구치는 것 같았다. 그가 에워싸고 있는 사람들을 황급히 뚫고 걸음아 날 살려라, 하며 숲 속으로 냅다 도망쳐버렸다.

안식기도가 끝났다. 축 늘어진 할렐루야가 누군가에게 업혀서 그의 집으로 돌아갔다. 양복 사내의 일행들이 할렐루야의 집으로 모두 가버리자 공터에는 야릇한 분위기만 감돌았다. 그때 사회를 맡은 소년의 아버지가 앞으로 나섰다.

"자, 자, 정신 잘 붙들어 매시고, 이쪽으로 주목해주세요. 지난 한가윗날 어쩔 수 없이 중단된 대결을 다시 이어가도록 하겠습니다. 오늘은 대결에 앞서 자기의 암 발병부터 투병에 이르기까지 모든 상황을 털어놓으실 분이 있으시면 주저하지 마시고 이 사회자에게 신청해주세요. 그러면 케세라 양반의 아코디언 연주부터 먼저 들어볼까요. 박수 부탁드립니다!"

케세라가 아코디언을 들고 앞으로 나섰다.
"자고로 노래가 운명을 좌우하는 법입니다. 제가 흥겨우면서도 배꼽 잡는 노래 한 곡 불러볼 테니까 들어보세요."

오빠는 풍각쟁이야, 머.
오빠는 심술쟁이야, 머.
난 몰라, 난 몰라, 내 반찬 다 뺏어 먹는 거, 난 몰라
불고기 떡볶이는 혼자만 먹고
오이지 콩나물 나한테 주구
오빠는 욕심쟁이, 오빠는 심술쟁이
오빠는 깍쟁이야…….

케세라의 말마따나 곡조나 가사가 배꼽을 잡고도 남음이 있어서 사람들은 조금 전의 안수기도에 대해서 까마득히 잊어버린 표정이었다.
연주와 노래가 모두 끝나자, 오 시인이 앞으로 나섰다.
"처음 들어본 노래인데 경쾌하고 재미있군요. 하지만 사이비 종교인들의 술수에 넘어가지 말기를 바랍니다. 몸이 아파서 지푸라기라도 잡고 싶어 하는 사람들의 등을 치는 자들이 적잖거든요. 이젠 제 이야기를 할 게요. 저는 갑상선암에 걸렸다는 것을 알고 나서 생식과 신앙심을 통해서 암을 치유하고 있답니다. 인간이란 존재는 나약하기 짝이 없어요. 그래서 역경에 처하게 되면 굳게 믿고 따를 수 있는 무언가가 필요하기 마련입니다. 저는 우리 주 예수님을 굳게 믿고 있어요. 주님께서 저의 암을 치유해주시기 바라는 게 아니라 투병생활을 하는 동안 절대로 흔들리지 않도록 붙잡아주시기를 바라는 거죠. 저는 신앙심을 통

해서 아직까지 쓰러지지 않고 이렇게 건재합니다. 신앙심이란 것이 참으로 불가사의하죠?"

오 시인의 말이 끝나자 다인 이모가 앞으로 나왔다. 그의 가슴에 매달린 곡옥 목걸이 위에서 맑은 햇살이 부서지고 있었다.

"저는 위암에서 림프절로 암이 전이되었던 환자예요. 세상 사람들은 암에 걸리면 곧바로 죽는다고 생각해요. 하지만 오진인 경우도 많아요. 그리고 죽음을 극복하고 살아남은 사람들이 얼마든지 있어요. 이 세상 사람들은 살아난 그들에게 성공이나 부활이라는 단어를 붙여주죠. 그런다고 해서 죽음이 실패는 결코 아니에요. 우리의 삶은 죽음이 마지막이 아니고, 죽음이라는 또 다른 삶을 새롭게 시작하게 되는 거라고 이야기 들었어요. 아무튼 사후세계 문제는 다음 기회로 미루고, 여러분은 지금 눈앞의 삶을 열심히 사랑해야 합니다. 그러면 자기 삶의 진정한 주인이 될 수 있을 거예요……."

다인 이모의 목소리가 차분했다. 그리고 숲 속 사람들 대부분은 그가 암이 아니라 신병 치료 차 이곳에서 머무는 것으로 알고 있었는데 그게 잘못이라는 것을 알게 되었다.

그는 초기에는 위암에 걸렸다는 느낌을 전혀 받지 못했다. 그러던 어느 날, 체중이 급격히 감소되고 있다는 것을 알아차렸다. 그런데 체중 감소 현상을 이상하게 여기기는커녕 몸매가 날씬해지고 있다는 생각이 들어서 좋아했다. 때로 식욕 부진이나 소화 불량 현상을 느끼곤 했으나 제때에 식사를 하지 못하는 등 불규칙한 생활을 해왔기 때문에 그런 증상은 당연하다고 여겼다.

그런 안일한 자세가 병을 키운 것 같았다. 어느 날, 오른쪽 윗배에 통증이 느껴져서 만져보니 이상한 덩어리가 잡혔다. 그래서 병원을 부랴 부랴 찾게 되었는데 조직검사 결과 위암 4기 판정을 받았다.

담당의사가 수술과 항암치료를 권했다. 수술 성공률은 절반에 지나지 않는다고 했지만 살아야겠다는 마음으로 수술대 위에 누웠다. 그리고 항암치료도 받았다. 그 후, 항암치료 여파로 탈모현상을 겪다가 정상적인 머리카락으로 돌아올 즈음에 다시금 진단을 받아보니 암이 재발되었다고 했다. 그러자 그는 식이요법과 자연치유법으로 암을 극복해보겠다며 모든 것을 떨쳐버리고 이 숲으로 들어왔다고 했다.

"물론 다른 분들도 저랑 비슷하겠지만, 주사를 워낙 많이 맞아서 혈관을 찾기 어려웠고, 코에 꽂은 고무호수 때문에 침을 삼키기 어려웠고, 자고 일어나면 빠진 머리카락으로 뒤덮인 베개가 너무나도 흉측하게 보였고, 입안이 헐어서 음식을 제대로 씹지 못했고, 어렵사리 넘긴 미음마저 아깝게도 토해버리는 어려움을 겪어야했습니다."

다인 이모의 이야기가 공터 분위기를 숙연하게 만들었다. 그런데 숲속으로 도망쳤던 지산 양반이 언제 다시 돌아왔는지 모르지만 그런 분위기를 깨트렸다.

"암 증상은 누구나 다 비슷하게 겪었던 거고, 암에 좋은 식품이라든지 기적의 치유법 같은 게 있으면 더 털어놓으세요."

"한가윗날 모임에서도 그런 이야기가 나왔습니다만, 기적의 치유법이나 식품이 있다는 신화 아닌 신화가 도처에 널려 있어요. 하지만 그 실체는 존재하지 않는 것 같아요. 다시 말해서 '특효'라는 단어가 붙은 식품이나 약초는 많지만, 부작용으로 병세를 악화시키지 않는다면 그나마 다행이라는 거죠. 저는 지구상 모든 식품이 암에 좋다고 생각합니다. 그러니까 골고루 잘 드시고 영양섭취 잘하는 게 최고라는 이야기입니다."

"다인 씨, 잘 먹게 되면 암세포가 그 영양분을 빨아들여 병세를 악화시킨다고 하던데, 그렇게 책임감 없이 말해도 되는 건가요?"

"그건 잘못 알려진 상식이랍니다. 영양섭취를 잘 해야 면역력이 높아져서 암을 이겨낼 수 있다고 해요."

다인 이모의 말이 끝나자 공터가 술렁거렸다. 그의 이야기가 옳다는 측과 잘못되었다는 측이 입씨름을 벌였다. 사회를 맡은 소년의 아버지가 장내를 진정시키려했으나 소용이 없었다.

옳고 그름을 따지던 사람들이 이번에는 항암식품에 대해서 자기가 갖고 있는 상식을 앞다투어 늘어놓기 시작했다.

헛개나무, 비파나무, 명태 기름, 유황오리 진액, 장뇌삼, 숯, 녹차, 마늘, 겨우살이, 민들레, 은행, 다슬기, 올리브유, 아스파라거스, 부처손, 버섯 종류 등등 지구상의 모든 먹을거리들이 다 등장해서 약이 아닌 것이 없을 정도였다. 그뿐만 아니라 암을 기적적으로 치유할 수 있다고 저마다 내세우는 특이한 비법도 이루 헤아릴 수 없을 만큼 다양했다.

소년의 아버지가 케세라에게 아코디언 연주를 부탁했다. 음악이 혼란스러운 좌중을 정리해주었다. 음악이 끝남과 동시에 우레와 같은 손뼉소리가 울렸다.

약장수가 앞으로 나왔다. 그는 사회자를 무시하고 제멋대로 이야기를 시작했다. 소년의 아버지는 꼬리 아홉 개 달린 여우답지 못하게 입술을 몇 번인가 달싹거리기만 했을 뿐 끝내 약장수의 발언을 저지하지 못했다.

"여러분, 일전에 울보 양반이 쓰러지는 바람에 누구의 의술이 최고인지 가리는 대결이 중단되고 말았어요. 사실 말해서 그때 확실히 쇼오부를 봤으면 좋을 텐데 여태껏 질질 끌다보니 뒷간에 갔다가 밑을 닦지 않고 나온 사람처럼 께름칙하기만 합니다. 여러분, 암이 무엇이냐, 죽음이 무엇이냐, 이런 것을 입씨름하는 것은 시간 낭비예요. 본인은 여러분의 눈앞에 앗싸리 보여주려고 해요. 돌팔이는 환자를 주둥이로만 치료한다거나, 때로 적당히 얼버무리고 맙니다. 하지만 본인은 앗싸리 보여준다, 이런 이야깁니다."

"그렇다면 돌팔이 양반과 어떻게 다른지 보여주세요."

소년의 아버지가 맞장구를 쳐주었다.

"좋아요. 울보 양반이 아직까지 목숨이 붙어 있는 이유가 있어요. 그 양반이 쓰러졌던 날 밤에 본인이 찾아가서 기적의 약을 돈도 받지 않고 드렸소. 울보 양반, 내 말이 맞죠? 그리고 케세라 양반과 지산 양반 그리고 복순네가 취권을 연마하고 있어요. 그래서 요즘 건강하게 살아가고 있는 겁니다. 또 우리의 유능한 사회자도 요즘 본인이 준 기적의 약을 복용하고 있어요. 그러면 사회자에게 그 효능을 직접 물어볼까요? 사회자 양반, 요즘 건강이 어떻소?"

"아 그거 말이죠, 이 양반이 지어준 약을 먹었더니 몸이 먼저 알더라고요. 요즘 가뿐합니다. 그래서 뱀 잡으러 다니는 데 불편함이 전혀 없어요. 가을 독사는 약효가 좋고, 돈벌이도 짭짤해서 신바람이 납니다."

소년의 아버지가 미리 준비해놓은 것처럼 매끄럽게 대답했다.

"바로 이렇습니다. 본인이 약을 팔아먹으려고 선전 나팔을 분다는 사람이 있을지 모르겠는데 그건 절대로 아니니까 오해하지 마세요. 그리고 제가 개발한 약을 복용하고 있는 다른 분께 여러분들이 직접 물어보고 확인해보세요. 자, 본인이 누굽니까. 입으로 개나발이나 불어대는 돌팔이와 본인은 근본적으로 다르지 않습니까? 그런데 저 돌팔이가 본인을 시기하고 질투하여 호보, 기수련, 뱀탕 등이 효과가 없니 어쩌니

어떤 죽음 135

하면서 헐뜯고 있소. 여러분이 똥인지 된장인지 제대로 가릴 줄 안다고 믿기 때문에 더 이상 주둥아리 아프게 말을 늘어놓지 않겠소."

약장수의 이야기가 끝났다. 사회자가 돌팔이의 반론을 듣겠다며 앞으로 나오라고 했을 즈음이었다. 공터 아래쪽 숲길에서 따쭈리가 위쪽으로 헐레벌떡 올라오면서 다급하게 외쳤다.

"여러분, 큰일, 큰일이 났습니다! 박통이 죽었습니다! 어제 저녁에 박통이 총을 맞고……."

박정희 대통령을 줄인 말이 '박통'이었다. 그 돌연한 외침에 숲 속 사람들은 물론이고 무덤산이 벌떡 일어설 지경이었다. 눈을 지그시 감은 채 앉아 있던 돌팔이도 용수철이 튀어 오르듯 벌떡 일어섰다. 그리고 따쭈리가 가져왔던 신문을 재빠르게 훑어보기 시작했다.

신문에는 '박정희 대통령 서거'와 '전국 비상계엄'이라는 내용이 대문짝만한 활자로 찍혀 있었다. 돌팔이의 어깨 너머로 신문을 보던 누군가가 기사를 소리 내어 읽기 시작했다. 목소리가 심하게 떨렸.

"본인은 필설로 형용할 수 없는 비통한 마음으로 국민 여러분에게 애국심과 지혜와 단합을 호소합니다. 민족중흥의 지도자이신 박정희 대통령 각하께서 졸지에 서거하심에 그 충격과 비통함을 가늠 길이 없습니다. 그러나 우리는 망연자실하고 있을 때가 아니며 이 국가적 비상시국에 결연히 대처하여 나가야 하겠습니다. 3천7백만 대한민국 국민은 침착하게 합심 협력하여 국가를 보위하고 우리 스스로의 생존을 수호하기 위해 최선의 노력을 다해나가야 하겠습니다……."

10
지구소풍과 하늘소풍

 국장을 치르는 9일 내내 제5의 숲 분위기가 침통했다. 게다가 초조와 불안감에 휩싸였다. 숲 속 사람들은 이런 혼란을 틈타서 혹시 전쟁이 벌어질지도 모른다고 걱정했다. 만에 하나라도 그런 불행한 사태가 벌어지게 되면 힘없는 백성들만 엄청나게 죽음을 당하게 될 거라며 불안에 떨었다.
 국장이 시작되었을 때 제5의 숲에서 자기의 집 앞에 조기를 내건 사람은 약장수 아저씨가 유일했다. 그는 산을 내려가서 읍내에 마련된 빈소를 찾아가 조문도 했다. 그런데 조문을 다녀왔다는 것은 소년이 직접 목격한 사실이 아니고 약장수가 주장하는 이야기였다.
 약장수는 장터를 돌며 약을 팔 때마다 태극기를 걸기 때문에 자기 집에 조기 게양이 가능했다. 그런데 다른 사람들은 정상적인 생활을 꾸리고 있지 못해서 태극기를 갖고 있지 않았다. 그 대신에 저마다 가슴팍에 검은 리본을 달았다. 소년은 오 시인과 다인 이모가 만들어준 검은 리본을 달고 다녔다. 숲의 요정은 국장 기간 내내 곁방에 틀어박혀 있어서 검은 리본을 달았는지 말았는지 알 수 없었다.

그 돌연한 사태로 인해 약장수와 돌팔이의 대결이 중단되었을 뿐만 아니라 묻혀버렸다. 약장수는 자기가 만든 단방약 효과를 열나게 선전했고, 아버지까지 동원하여 그 효과를 증명하려고 애썼다. 하지만 하늘이 놀라고 땅이 흔들릴 만한 사태 때문에 소용없는 일이 되어버렸던 것이다.

소년은 익모초를 씹은 것처럼 입맛이 썼다. 다른 것 때문이 아니라 대결이 두 번이나 흐지부지되어버렸던 탓이다. 자칫하면 두 사람의 대결이 사람들의 관심 밖으로 밀려날지도 몰랐다.

대결이 더 이상 벌어지지 못하게 되면 소년의 흥밋거리 한 가지가 사라지는 셈이었다. 하지만 소년에게 한 가닥의 희망은 남아 있었다. 약장수의 성격이 찰거머리처럼 악착같아서 쉽게 포기하지 않을 거라고 믿었기 때문이다.

숲 속 사람들은 숲길을 산책하거나 풍욕風浴하는 것조차 빼먹고 날이면 날마다 공터로 모여들어 불안한 기색이 역력한 얼굴을 맞댄 채 수군대곤 했다. 예전 같으면 암 치유비법에 대해 이야기를 나누거나 항암식품에 대한 자기들의 상식을 늘어놓느라 입에서 침이 튀었을 것이다. 그런데 대통령 시해사건이 발생한 이후에 그런 이야기는 꼬리를 완전히 감추고 말았다.

숲 속 사람들이 모이기만 하면 아코디언을 연주하며 즐겁게 노래하던 케세라도 입을 다물어버렸다. 안수기도를 받은 할렐루야 아저씨는 웬일인지 바깥출입을 하지 않아서 얼굴을 마주칠 기회가 없었다. 그뿐만 아니라 예전에는 새벽녘마다 광란에 가까울 정도로 기도하고 찬송했는데 요즘은 쥐죽은 듯 조용했다.

"박통이 암살당했던 날, 라디오에서 정규방송이 들리지 않고 하루 종일 장송곡 비슷한 음악만 흘러나왔대요. 그래서 뭔가 이상하더래요."

"응, 돌팔이 양반한테서 그 이야기를 들었던 모양이군요."

숲속마을에서 바깥소식을 들을 수 있는 사람은 라디오를 갖고 있는 돌팔이뿐이었다. 그 외에 따쭈리와 소년의 어머니가 바깥소식을 간간이 물어오곤 했다.

"그런데 말이죠, 육사 동기이며 심복이었던 김재규가 총을 쏴서 죽였다는 게 이해가 되지 않아요. 혹시 대통령 자리를 넘봤던 걸까요?"

"별의별 소문이 다 떠돈다고 하더라고요. 내 입으로 옮기기는 그렇지만……."

"아무튼 직속상관을 죽였다는 게 이상하거든요."

"나는 총을 쏜 사람이 누구이며 무슨 이유로 그렇게 되었는가 하는 점에 대해서 그다지 중요하게 생각하지 않아요. 사람이 죽었다는 게 큰 충격이거든요. 허참, 세상을 한 손에 움켜쥔 사람이었으면 뭐하나요. 죽어버리면 만사 끝장나는 거 아닌가요."

"그건 그래요. 개똥밭에 굴러도 이승이 좋다고 그랬으니까요. 우리가 비록 암에 걸렸지만 아직 팔팔하게 숨 쉬고 있잖아요. 우리가 더 행복한 거지 뭐."

"그런데 저승이라는 데가 진짜로 있기나 할까요?"

"내가 그걸 어떻게 알겠소. 혹시 당신이 먼저 가게 되면 나한테 꼭 알려주시구려. 천국과 지옥이 있는지 없는지 말이요."

"에끼, 괘씸한 양반 같으니라고. 울보가 저세상으로 가는 번호표를 가장 먼저 받아놓은 것 같으니까 그 양반한테 가서 그런 소리를 지껄여 보세요."

"허허허, 농담이었소. 아참, 돌팔이 양반이 그러던데, 천국이나 지옥 같은 곳이 없을지도 모른다고 하더군요. 그리고 만약에 천국이 존재한다면 현재 우리가 살고 있는 지금 이 세상이 천국일지도 모른다더라고요. 그러니까 이런 좋은 세상을 열심히 그리고 즐겁게 살아가라는 겁니다."

숲 속 사람들의 화제가 대통령 암살 사건에서 사후세계 존재 여부 문제로 넘어갔다. 그들은 모두다 시한부 인생이라서 머지않아 죽음을 맞이하게 될 터여서 죽음 이후에 상황에 대해서 유난히도 궁금하게 여겼다.

국장을 치른 다음 날이었다. 비가 뿌릴 것처럼 흐렸다가 다시 맑아지기를 반복하는 변덕스러운 날씨가 펼쳐졌다.

소년은 제5의 숲 사람들에게 숲의 요정을 인사시키려고 함께 나섰다. 인사가 늦은 이유는 국장 기간 내내 요정의 건강이 좋지 못해서 바깥출입을 할 수 없었기 때문이다. 또 숲속마을의 분위기가 혼란스러워서 인사를 드릴 만한 상황이 아니었다.

먼저 개울 좌측으로 뻗어 올라간 숲길을 걸었다. 오 시인의 집 울타리와 텃밭에는 백일홍과 국화꽃이 흐드러지게 피어 있었다. 그 꽃들은 인간세상의 혼란스러움과 상관없이 맑고 아름다운 자태를 뽐내고 있었다.

오 시인은 공책에 뭔가를 열심히 적고 있었다. 아마 시를 쓰고 있던 것 같았다. 소년이 인사를 꾸벅하고서 숲의 요정을 소개했다.

"네 이름은 뭐니?"

"한소진이에요."

"예쁜 이름이구나. 너는 하얀 코스모스를 닮았구나. 아직 어린데 몹쓸 병을 앓게 되다니……."

오 시인이 요정을 꼭 끌어안아주었다. 그의 눈시울이 촉촉하게 변해갔다.

소년은 아주머니가 예전에 이야기한 바로 그 숲의 요정을 내가 데리고 왔는데 눈앞에 두고도 알아보지 못하냐고 깐죽거리려다가 참았다. 이상한 일이었다. 부룩송아지나 다를 바 없던 소년이 요정을 만난 후에 목매기송아지처럼 얌전해지고 말았던 것이다.

오 시인이 요정에게 하얀 거즈로 만든 손수건을 선물로 주었다. 언뜻 보아서 잘 드러나지 않지만, 그 손수건에는 봄에 피는 노란 민들레꽃이 수놓아져 있었다. 그리고 그가 두 사람에게 글짓기를 가르쳐주겠다고 했다. 매일 일기도 쓰고 동시도 지으면 행복해질 거라고 했다.

울보 아저씨의 집을 찾아갔다. 숲 속 사람들은 그를 가리켜 '골골 팔십'이라고 했다. 금세 떠날 것처럼 보이는데 매우 끈질기다는 뜻이었다. 소년은 그가 평상시처럼 의자에 앉아 먼 산을 바라보고 있을 줄 알았다. 그런데 아니었다. 혹시나 하는 생각이 들었다. 큰 소리로 그를 불렀다.

"영우가 어쩐 일이냐?"

귀가 어찌나 밝던지 부르자마자 방문을 밀치며 고개를 내밀었다. 그리고 안으로 들어오라고 했다. 소년은 울보의 방에 들어간 적이 한 번도 없었다. 그를 만날 때마다 사립문 근처나 토방에 걸터앉아서 그 지겨운 넋두리를 들었다.

울보의 방은 예상한 것보다 깔끔했다. 보통사람이라면 바람벽에 신문지나 꽃무늬 벽지를 발랐을 것이다. 그런데 그는 빛깔이 약간 누르스름한 창호지로 바람벽과 천장을 도배했다. 돌팔이와 약장수는 바람벽에 인체해부도나 인체경락도 등을 붙여놓았는데, 그의 바람벽은 아기 피부처럼 깔끔했다.

큰방 윗목의 손금고 옆에 가족사진 액자가 눕혀져 있었다. 바람벽에서 떼어낸 지 얼마 되지 않은 듯싶었다. 간짓대 좌우를 끈으로 묶어서 걸어놓은 횃대가 바람벽에 붙어 있었다. 그런데 아무런 옷도 걸려 있지 않아서 휑했다. 아마 모든 옷들을 걷어서 따로 정리해둔 모양이었다.

소년은 숲의 요정을 인사시키기 위해 데려왔다고 울보에게 말했다. 그런데 울보는 요정이 그다지 관심이 없는지 얼굴에 표정이 없었다. 그 대신에 소년에게 말을 건넸다.

"영우야, 그동안 왜 찾아오지 않았냐? 나한테 배울 것이 없어서 찾아오지 않았던 거냐? 하긴, 나는 너한테 가르쳐줄 게 없지."

"요즘 워낙 조용하고 보이지 않아서 그만……."

소년은 '조용하고 보이지 않아서 그만 이 세상을 떠난 줄 알았다'는 이야기를 무심코 내뱉으려다가 아차, 하고 입을 다물어버렸다. 만약에 그런 이야기를 했더라면 울보가 몹시 서운하게 여겼거나 화를 냈을지도 몰랐다.

"내가 죽은 줄 알았다 이거냐? 영우야, 너는 죽는다는 게 뭐라고 생각하냐?"

"그거야 뭐 간단해요. 그저 눈에 보이지 않게 되는 거죠 뭐."

"그럼 너는 뭐라고 생각하느냐?"

울보가 요정을 바라보며 질문을 던졌다.

"우리는 지구소풍을 왔거든요. 그렇지만 때가 되면 하늘소풍을 떠나야 해요. 그 소풍을 죽음이라 말하지 않고, 아름답고 환상적인 여행이라고 말하고 싶어요."

요정의 이야기에 울보가 입을 잠시 다물고 신음을 흘려낼 뿐이었다. 그러더니 입을 다시 열었다.

"그래, 어린 네가 나보다 훨씬 낫구나. 나는 말이다, 일평생 돈의 노예로 살았다는 것을 이제야 깨달았단다. 네 말대로 지구소풍을 왔으니까 노래도 부르고 보물찾기도 하면서 행복하게 지냈어야 하는데 뼈 빠지게 돈 버는 것에만 눈이 빨개진 채 살았거든. 이게 바로 그 노예문서야."

그가 호주머니에서 지폐를 꺼내어 흔들다가 공중으로 던졌다. 지폐가 팔랑거리며 마치 도깨비불이나 혼불처럼 일렁거리면서 방바닥으로 내려앉았다.

"나는 수단과 방법을 가리지 않고 돈을 긁어모았다. 이 세상에 없는 돈을 새롭게 만들어서 모았던 게 아니라 남의 호주머니를 털었다는 이야기이다. 무게를 속이고, 부피를 속이고, 내용물을 속이면서까지 벌고 또 벌었으니까 훔치고 빼앗은 셈이나 마찬가지였다. 그게 이제 와서 너무나 후회되고 괴롭다."

울보가 말이 계속 되자, 소년은 걱정이 되었다. 예전처럼 '하필이면 내가 왜 이런 불치병에 걸렸단 말이냐'를 앞세운 넋두리는 아니라지만 언제 또 그런 식으로 바뀔지 모를 일이었다. 소년이 요정의 표정을 재빨리 훔쳐보며 말했다.

"아저씨, 숲 속 사람들을 다 찾아다니며 인사드리려면 시간이 빠듯해요."

"나도 이젠 시간이 별로 없단다."

"간단하게 정리해주세요."

소년이 이처럼 야무지게 잘라 말한 것은 요정을 위해서였다. 울보가 밑도 끝도 없는 넋두리를 펼치게 되면 요정이 힘들어서 쓰러질지도 몰랐다. 자기는 건강한 소년이지만 요정은 암 환자이고 가냘픈 소녀였다.

"그래, 그래. 영우야, 나는 암의 숨통 끊는 비법을 알아냈다. 난 얼마 후면 지긋지긋한 암으로부터 해방될 거다. 그리고 이 숲을 훌훌 떠날 것이다."

일전에 울보가 공터에서 숲 속 사람들에게도 똑같은 소리를 한 적이 있었다. 그때 소년은 그저 그런 소리로만 여겼다. 그런데 지금은 뭔가 말로 표현하기 힘든 느낌이 먹구름처럼 밀려왔다.

집을 나서는 두 사람에게 울보가 천 원짜리 지폐 한 장씩을 쥐어주었다. 소년은 돈을 손에 쥐게 되자 말로 표현하기 힘든 느낌의 정체에 대해서 더 이상 생각해볼 겨를이 없었다. 돈의 위력이 대단한 셈이었다.

"영우야, 아저씨가 이 숲을 곧 떠나려고 하나 봐?"

"아마 그런가 봐."

"만나자마자 이별이네. 그렇다면 헤어지게 될 때 내가 올드 랭 사인이라는 노래를 연주해주고 싶어."

"올드 랭 사인이라는 게 뭔데?"

"아하, 너는 잘 모르는 모양이구나. 그건 이별할 때 부르는 노래인데, 어느 노인이 부른 노래를 어떤 시인이 기록해놓았던 거래. 그래서 가사나 곡 모두다 누가 지은 것인지 정확히 밝혀진 게 없어. 내가 그 곡을 플루트로 불러주고 싶다는 이야기야."

소년은 무덤산 너머의 큰 도시에서 온 요정의 이야기가 신기했다. 요정의 이야기도 그렇지만 한 번도 가본 적이 없는 그 도시는 얼마나 더 신기할까 생각하니 가슴이 설레었다.

"플루트라는 것은 또 뭔데?"

"응, 내가 아프기 전에 자주 불었던 악기야. 우리 집에 놔두고 왔으니까 엄마한테 가져다달라고 해야겠어."

요정의 말이 끝나기도 전에 케세라 아저씨의 집에 당도했다. 그는 한동안 좀이 쑤셨는지 아코디언을 툇마루에 내놓고 먼지를 닦는 중이었다.

"영우야, 요즘 주산 놓는 연습 게을리하지 않지? 그거 잘 튕기면 은행에 취직해서 돈 많이 벌 수 있고, 두뇌 개발에도 그만이야. 내일 당장 주산공부 다시 시작할 테고 시험도 볼 테니까 게으름피우지 말고 연습해야한다. 그런데 함께 온 저 애는 누구냐?"

"우리 집에서 함께 살게 된 한소진이에요. 인사시키려고 찾아온 길이에요."

"애야, 너도 주산 놓는 거 배울 거냐?"

케세라의 시선이 숲의 요정에게 돌아갔다.

"저는 학교에서 특기교육으로 주산 놓는 거 배웠어요."

"그럼 나한테 배울 필요가 없겠구나. 아참, 꾀꼬리처럼 노래를 잘 하게 생겼는데, 실력은 어떠냐?"

"아저씨, 노래 실력은 잘 모르겠는데요, 악기 연주는 끝내주게 잘 한대요."

소년이 숲의 요정에 대해서 알고 있는 내용을 케세라에게 이야기해주었다. 특히 케세라가 음악을 좋아하기 때문에 요정이 플루트를 잘 분다고 강조했다. 하지만 소년은 플루트가 어떻게 생긴 것인지 여태 한 번도 본 적이 없었다.

케세라의 입이 귀에 걸렸다. 아코디언과 플루트를 함께 연주하면 숲 속 사람들이 매우 좋아할 거라고 말했다.

두 사람은 케세라의 콧노래소리를 등 뒤에 두고, 약장수 아저씨의 집으로 올라갔다. 그의 집 앞에는 국장 기간에 내건 태극기가 아직도 걸려 있었다.

소년은 얼마 전부터 그에게 취권을 배우고 있었다. 그는 소년을 열심히 지도했고, 운동복도 선물했다.

"야하, 도복을 입으니까 꼬마도사처럼 의젓하구나. 됐다, 됐어. 열심히 연습해라. 나와 함께 속세로 내려가서 어지러운 세상을 바로잡아보자꾸나."

약장수는 산 아랫마을이나 도시들을 속세라고 했다. 그리고 때가 되면 소년을 데리고 산을 내려가서 무술 시범을 보일 계획이라고 했다. 소년은 하늘을 날아오르듯이 기뻤다. 항상 동경해 마지않던 무덤산 너머의 큰 도시를 구경할 수 있다거나 최소한 읍내 구경이라도 할 수 있는 기회가 생겼기 때문이다.

소년이 숲의 요정을 소개했다. 약장수는 울보처럼 별다른 관심을 보이지 않았다. 그 대신에 소년의 팔을 끄집어 당기며 은근한 목소리로 물었다.

"요즘 사람들의 동태가 어떻던? 아직도 돌팔이를 최고라고 생각하는 것 같았어?"

"대통령 총 맞은 이야기에 빠져서 정신없던데요."

"영우야, 너는 내 수제자다. 그러니까 돌팔이에 대한 정보가 있으면 하나도 빼놓지 말고 이 사부한테 즉시 보고해야 한다. 알았지?"

"왜요?"

"잔소리 말고 하라면 해! 제자는 사부가 까라고 하면 까야 하는 법이야."

"알았어요."

"그런데 영우야, 너는 요즘도 돌팔이 의술이 최고라고 생각하느냐?"

"그건 비밀이에요. 그런데 대결은 이제 완전히 끝난 거예요?"

"응, 한 번은 울보가 훼방을 놓았고, 그 다음은 각하께서 졸지에 서거하여 대결이 중단되었잖느냐. 돌팔이는 천운을 타고난 사람이야. 그렇지만 나, 무산산인이 그대로 두지 않을 것이니 두고 봐라. 또다시 사람들을 모아 놓은 자리에서 돌팔이를 한 방에 박살내고 말 것이다."

약장수가 소년의 등을 토닥거려주었다. 그리고 주먹을 불끈 쥐어 보이며 "파이팅!"이라고 외쳤다.

소년은 약장수에게 무술을 배우긴 하지만 그의 편이 절대로 아니었다. 그리고 두 사람의 대결이 어떻게 끝나게 될지 흥미롭게 지켜보고 있을 뿐이며, 누가 이기고 지든 아무런 상관도 없었다.

이번에는 돌팔이 아저씨의 집을 찾아갔다. 힘차게 불러도 아무런 대답이 없었다. 동굴과 촛불과 해골바가지가 한꺼번에 떠올랐다. 쭈뼛해졌다. 소년이 자기도 모르게 요정의 손목을 움켜잡고 사립문 밖으로 황급히 빠져나왔다.

"갑자기 왜 그래?"

소년의 손이 찌릿찌릿했다. 그때서야 요정의 손목이 자기 손에 붙잡혀있는 것을 알아차렸다. 소년의 얼굴이 화끈거렸다. 심장이 거세게 두

근거렸다.

"영우야, 네 얼굴빛이 이상하다. 도깨비라도 나왔던 거니?"

"아니야, 방금 달걀귀신이 나타났어."

소년이 다급한 김에 거짓말을 했다.

"정말! 어디에?"

"저기 뒷간."

소년은 요정이 뒷간으로 가서 달걀귀신이 진짜 있는지 확인하자고 말할까 봐 서둘러 아래로 끌고 내려왔다. 그때까지 요정의 손목을 놓지 않고 있었다. 몹시 부드럽고 따스한 손목이었다. 징검다리로 놓인 몇 개의 돌멩이를 밟고 개울을 건넌 후에야 손목을 놓아주었다.

이번에는 할렐루야 아저씨의 집이었다. 밖에서 그를 불렀다. 대답 대신에 끙끙거리는 소리가 들려왔다. 그가 방문을 간신히 밀치면서 시르죽은 목소리부터 게워냈다.

"영우로구나, 내 손 좀 잡아다오. 난 주님의 은총을 받아서 간신히 살아서 돌아올 수 있었다."

"괜찮으세요?"

"이젠 좀 괜찮다."

"식사는 제대로 하고 계세요?"

"밥맛이 도무지 없어서……."

문고리를 붙잡고 있던 할렐루야의 손이 마루 위로 스르르 흘러내렸다. 이어서 고개가 풀썩 꺾이며 상체가 무너졌다. 그의 손등과 팔이 푸르스름하게 멍들어 있었다. 얼굴 아래의 목 언저리도 마찬가지였다. 안수기도를 받을 때 맞아서 멍이 든 자국으로 보였다.

11
또 다른 세상

다인 이모가 할렐루야 아저씨의 죽음을 알아챈 것은 아침식사 시간이 끝날 무렵이었다. 그가 가부좌를 틀고 명상에 들어가려고 할 즈음이라고 했다. 할렐루야가 기거하는 윗집에서 말로 표현할 수 없을 만큼 산득산득한 기운이 밀고 내려오는 것을 느꼈다. 처음에는 초겨울로 접어드는 계절이라서 추위가 닥쳐오는 것으로 여겼지만 그것과 질적으로 다르게 모골이 점점 송연해지기 시작했다.

혹시나 하는 마음으로, 할렐루야의 집을 찾아갔다. 몇 번이나 불러도 아무런 대답이 없었다. 다인 이모는 너무나 무서워서 더 이상 서 있지 못하고 소년의 아버지에게 황급히 달려가서 그런 사실을 알렸다.

소년의 아버지와 다인 이모가 할렐루야 집으로 찾아가서 재차 확인했다. 방문을 열자 할렐루야가 안방 바람벽에 붙어 있는 십자가 밑에서 기도하는 자세로 엎드려 있었다.

가까이 다가가서 살펴보았다. 돌팔이 아저씨처럼 손바닥을 코 밑에 대보거나 플래시로 동공반응을 살펴보지 않아도 죽었다는 걸 쉽게 간파할 수 있었다. 물론 숨을 언제 거두었는지 알 수 없었지만, 몸은 벌써 싸늘하게 식었고 사지가 뻣뻣하게 굳은 상태였다.

소년이 생각하기에, 할렐루야의 신은 그의 간절한 기도를 결국 외면했던 것이다. 어쩌면 신이 외면한 게 아닐지도 몰랐다. 그의 신이 고통으로 하루하루를 어렵게 보내는 할렐루야를 불쌍하게 여겨 '생명나무들이 울창한 천국' 이라는 곳으로 인도했을 가능성도 있었다.

돌팔이가 할렐루야의 집으로 왔다. 할렐루야는 암이라기보다 항암치료 후유증으로 생긴 합병증 때문에 죽음이 빨리 찾아왔을 거라고 말했다. 자신을 구세주라고 한 사이비 종교인이 찾아와서 안수기도를 한답시고 전신을 두들겨 팬 것도 나쁜 영향을 미쳤을 거라고 했다.

숲 속 사람들은 울보가 저세상으로 가는 번호표를 가장 먼저 받은 것으로 예상하고 있었다. 그런데 예기치 않게 할렐루야가 새치기라도 하듯 세상을 먼저 떠나고 말았다. 올 때는 순서가 있지만 갈 때는 순서가 없다는 말이 틀리지 않았다.

숲 속 사람들의 얼굴에 짙은 그림자가 깔리기 시작했다. 그 그림자는 곧 슬픔이었다. 죽음 앞에서 비교적 초연하게 행동하던 케세라의 얼굴에도 그림자가 드리우긴 마찬가지였다.

오 시인이 눈물을 글썽거리며 망자를 위해 두 손을 모았다.

"지금까지 강한 신앙심으로 잘 버텨 나오더니만 결국 죽음을 피하지 못하고 말았군요. 할렐루야 아저씨, 삶이 축복이듯이 죽음도 축복이라고 했습니다. 이젠 잠을 자는 듯한 죽음 속으로 걸어감으로써 모든 고통이 말끔히 사라졌겠죠. 이젠 하나님의 품에 포근히 안긴 채 하나님을 찬양하세요."

할렐루야는 암 치유를 위해 끝까지 애면글면하더니 돌아올 수 없는 길을 떠나고 말았다. 그런데 죽음보다 더 안타깝고 슬픈 것은 임종 때 곁에서 손을 잡아줄 유족이 없다는 점이었다. 유족들에게 연락을 취했지만 아무런 반응이 없었다. 그뿐만 아니라 할렐루야의 인연 줄은 모조리 끊겨 있어서 시신을 인수할 사람조차 나타나지 않았다.

"이런 죽음을 두고 고독사요 무연사라고 말하는 거구만."

소년의 아버지가 혀를 끌끌 찼다.

"이건 고독사도 무연사도 아니에요. 현대판 고려장이에요."

다인 이모가 코를 훌쩍였다.

"아 글쎄, 자식 낳아서 키워놓으면 뭐해. 예전에 나타난 사이비 종교쟁이들이 할렐루야 양반의 몸뚱이에 빨대를 꼽아서 단물만 쪽쪽 빨아먹더니 이젠 코빼기도 보여주지 않네, 그려."

그래도 다행이라면 할렐루야의 죽음이 일찍 발견되었다는 거였다. 사람들이 주고받는 이야기에 따르면, 고독사가 늦게 발견되면 시신 썩는 냄새가 진동하게 되고 구더기와 파리가 들끓어서 인간의 존엄성이라곤 찾아보기 힘들 정도로 비참하다는 거였다.

숲 속 사람들이 공터에 모여서 망자를 어떻게 떠나 보내야 할지 의논했다. 예전에 이런 경우가 없었기 때문에 대부분이 당황하는 눈치였다. 돌팔이가 무연사에 대처하는 방안을 알려주었다.

우선, 시신을 멋대로 처리해서는 안 되고 관할 행정기관과 경찰서에 연락을 취해 적법한 절차를 밟아야 했다. 그리고 제5의 숲 사람들이 장례를 치를 수 있도록 당국의 허락도 받아야 했다.

　장례를 치러도 좋다는 허락이 떨어졌고, 장례위원회가 꾸려졌다. 말이 위원회지 돌팔이의 지시에 따라 음식을 마련한다거나 관을 준비하는 등 각자에게 맡겨진 임무를 수행하고 장례식에 참여하면 그만이었다.
　기독교식의 장례를 생각했으나 집례해줄 목회자가 없었다. 절차를 제대로 아는 사람도 없어서 포기할 수밖에 없었다. 그래서 소나무 관에 시신을 안치하고 할렐루야의 손때가 묻은 성경과 십자가를 함께 넣어주기로 결정했다.
　소년은 제5의 숲 사람들이 모이게 되자 장례식보다 약장수와 돌팔이의 대결에 더 관심이 많았다. 두 사람이 마주치면 항상 마찰이 생겨났고, 그게 대결로 이어졌기 때문에 소년의 기대감은 몹시 부풀어 있었다.
　그런데 소년의 기대와 달리 약장수가 시비를 건다거나 대결을 신청하는 일이 벌어지지 않았다. 오히려 약장수가 돌팔이의 지시를 고분고분 따르는 바람에 다른 사람으로 변해버린 게 아닌가 하는 의구심이 들 정도였다. 그건 약장수의 또 다른 모습이기도 했다.
　시신을 염습할 때 염습포로 손발을 묶느냐 마느냐를 놓고 의견이 분분해졌다. 돌팔이가 나서서 이렇게 정리했다.
　"기독교에서는 천상에서 누릴 영생에 비교하여 현세의 삶은 한낱 환상에 지나지 않는 것으로 여깁니다. 그러니까 자신들이 죽게 되면 천상으로 간다고 믿습니다. 그리고 죽은 후에도 움직일 수 있도록 손발을 묶지 않습니다. 그들은 자기의 죽음이 하나님께 영혼을 맡기는 것이라고 여깁니다. 그리고 기독교의 장례 의식과 절차는 목회자의 집례 아래

거행됩니다. 그러니까 임종에서부터 입관, 발인, 하관에 이르기까지 목회자가 주도하는 예배로 이루어진다는 것입니다."

이번에는 지산 양반이 우리의 전통장례 이야기를 늘어놓기 시작했다.

"망자의 몸뚱이를 씻을 때는 향나무를 잘게 쪼개어 삶은 물을 사용합니다. 그리고 물에 불린 생쌀을 망자의 입안에 넣어주게 되는데, 그걸 '반함'이라고 하지요. 망자가 먼 저승길을 갈 때 필요한 식량이에요. 우리 전통장례에서 염습포로 손발을 묶는 것은 반듯한 모습으로 떠나게 해주려는 겁니다. 차후에 육신이 썩어도 유골이 흩어지지 않도록 해주는 역할도 하고요……."

다인 이모, 오 시인, 복순네, 숲의 요정이 양지바른 곳에 나란히 쪼그리고 앉아서 할렐루야의 집 쪽을 바라보고 있었다. 다인 이모가 눈을 지그시 감고 목에 매달린 곡옥 목걸이를 만지작거리며 알아듣기 힘든 목소리로 중얼거리고 있었다.

소년이 다인 이모 곁으로 다가가서 쪼그리고 앉았다. 그리고 사람이 죽으면 영혼은 살아남는 것일까, 아니면 돌팔이가 말했던 것처럼 죽으면 육체와 영혼이 모두 사라지는 것일지 생각해보았으나 답이 나오지 않았다.

소년뿐만 아니라 제5의 숲 사람들 모두가 사후세계가 있느냐 없느냐에 대해 관심이 많았다. 그리고 그런 문제에 대해 의견이 서로 엇갈렸으며, 입씨름도 심심찮게 벌어지곤 했다. 하지만 언제나 입씨름으로 시작해서 입씨름으로 끝났을 뿐 결론이 난 적은 없었다.

소년은 숲의 요정과 함께 할렐루야 아저씨의 집으로 찾아간 상황을 되짚어보았다. 할렐루야는 자기가 주님의 은총으로 간신히 살아서 돌아온 거라고 했다. 소년은 그게 무슨 소리인지 아리송했다.

할렐루야가 문지방에 가슴을 걸치고 한참이나 가쁜 숨을 내쉬다가 힘을 되찾았는지 두 팔로 상체를 일으키면서 말했다.

"영우야, 내가 이렇게 살아서 돌아왔단 말이다. 나는 어젯밤에 또 다른 세상을 보았다. 정말 신기했어. 오, 할렐루야!"

할렐루야의 고개가 다시 풀썩 꺾이면서 상체가 무너졌다. 소년이 문지방에 가슴을 걸친 채 가쁜 숨을 몰아쉬고 있는 그를 부축해주었다.

"정신 차리세요. 그날 안수기돈지 뭔지 받으면서 매를 너무나 많이 맞아 엄청 아팠죠? 그래서 이렇게 힘든 거죠?"

"영우야, 그런 이야기를 할 때가 아니야. 내가, 내가 말이다⋯⋯."

"아저씨, 하고 싶은 이야기가 있으면 해보세요. 그런데 무척 피곤하신 것 같아요. 방 안으로 모셔드릴까요?"

"그래, 저 십자가 아래로 나를 데려다주려무나. 오 할렐루야!"

소년과 숲의 요정이 힘을 합쳐서 할렐루야를 윗목으로 간신히 데려갔다. 그가 십자가 아래에서 엎드린 자세로 기도하듯 중얼거렸다.

"오, 주님이시여. '네가 오늘 나와 함께 낙원에 있으리라'고 말씀하시면서 구원의 손길을 이 죄인에게 내미셨습니다. 이 죄인은 주님의 인도에 따라 어두운 터널을 지나 태양보다 더 밝은 빛을 보았고, 생명나무들이 울창한 천국을 구경하게 되었습니다. 할렐루야! 할렐루야!"

소년은 할렐루야의 중얼거림을 들으면서 혹시 정신이상을 일으킨 것이 아닌가 하고 걱정했다. 그가 말했던 또 다른 세상, 낙원, 생명나무들이 울창한 천국은 동일한 곳인 듯했다. 소년은 말로만 들은 적이 있는 그런 곳에 그가 다녀왔다는 이야기를 듣고 이해하기 힘들었다. 하지만 심각한 환자에게 질문을 하긴 그랬다.

"아저씨, 정신 차리세요. 물 좀 떠다 드릴까요?"

소년이 물을 뜨기 위해 밖으로 나가려고 했다. 숲의 요정이 먼저 움직였다. 그리고 물 한 사발을 가져왔다. 할렐루야는 물을 스스로 마실 수 없었다. 소년이 부축해주고 숲의 요정이 물을 먹여주어야 했다.

"영우야, 너는 무조건 믿어야 된다. 나는 또 다른 세상을 보았단 말이다. 그 세상은 말로 표현할 수 없을 만큼 아름다운 세상이었다."

할렐루야가 그 말을 끝으로 눈을 스르르 감았다. 소년은 혹시나 하는 생각이 들어서 겁이 났다. 그런데 숨을 편안하고 고르게 쉬는 것으로 보아 잠이 든 것 같았다. 소년이 그의 머리 밑에 베개를 괴어드리고 이불을 덮어드렸다. 그리고 머리맡에 자리끼도 떠다드린 후 밖으로 나왔다.

날씨가 갑자기 추워지면서 진눈깨비가 흩날리기 시작했다. 그걸 보고 첫눈이라고 말하는 사람이 있었고, 이건 첫눈으로 볼 수 없다고 손사래 치는 사람도 있었다. 그런데 다인 이모가 그 진눈깨비를 보고 말하는 것이 독특했다. 눈도 아니고 비도 아닌 진눈깨비가 중음신이랑 흡사하다는 거였다.

"다인 씨, 중음신이 뭐래요?"

복순네가 물었다.

"중생은 생유에서 본유 그리고 사유를 거쳐 중유가 되는 거래요. 그리고 다람쥐 쳇바퀴 돌듯 또다시 생유로 태어난다고 해요. 그런데 중음신이란 중유였을 때를 말하는데, 육신의 죽음 이후에 다음 생을 기다리는 영적인 상태를 말하는 거예요."

"나는 이해하기 좀 힘드네요. 그러니까 다음 생이 있다는 말은 죽은 후의 세상이 있다는 것이고, 사람이 죽어도 끝장이 아니라는 이야기가 되겠네요?"

"그렇게 생각하셔도 별 무리가 없을 것 같아요. 많은 사람들이 육신의 죽음을 생명의 죽음, 다시 말해서 생명의 끝이라고 생각하고 있는데 그렇지 않아요. 몸이나 정신은 생명의 본질이 아니라 겉모습일 뿐이거든요."

두 사람이 그런 이야기를 나누고 있을 때였다. 돌팔이가 언제 다가왔는지 두 사람의 대화에 끼어들었다.

"저의 생각은 좀 다릅니다. 죽음이 끝은 아니라고 봅니다만 그렇다고 해서 다음 생애가 또 있다는 것은 인정하고 싶지 않습니다."

"죽음이 끝은 아니라고 하면서 다음 생이 없다고 하는 것은 모순되는 이야기가 아닌가요?"

다인 이모가 따졌다.

"불가에 제행무상이라는 말이 있듯이, 이 세상에서 영원한 것은 없습니다. 그러니까 사람은 태어나면서부터 죽음을 향해 달려가기 마련이거든요. 그 죽음을 누구도 피할 수 없고요. 그런데 모든 생명체의 죽음은 우리가 생각하는 끝이 아닐 수 있습니다."

"무슨 이야기인지 혼란스러워요."

"잘 들어보세요. 곰팡이들은 제 몸의 일부가 불룩 부풀어 나와 떨어지는 출아법으로 번식합니다. 짚신벌레는 단세포로 되어 있는데 둘로 나눠지는 이분법으로 끊임없이 살아갑니다. 그런 방법으로 자기와 똑같은 유전자를 지닌 생물체를 만들어내는 것입니다. 암세포도 마찬가지입니다. 그 녀석들은 세포분열의 조건만 갖춰지면 무한정 분열합니다. 그뿐만 아니라 다른 장소로 이동하여 계속 분열하기도 합니다. 그러니까 얼핏 보기에는 하나의 생명이 때가 되면 죽어버리는 것처럼 보입니다만 사실은 분열을 통해서 생명을 한없이 이어가는 것입니다."

"선생님, 그건 세포에 국한된 이야기가 아닐까요?"

"동식물도 마찬가지입니다. 식물은 때가 되면 시들어 죽는 것처럼 보이지만 씨앗을 통해 다시 살아납니다. 사람도 마찬가집니다. 사람은 죽음을 통해 사라지는 것처럼 보이지만 자식에게 살과 뼈와 피를, 다시 말해서 유전인자 등을 그대로 물려주어 자식이라는 이름으로 또 살아가는 것입니다. 그런데 저는 종교에서 주장하는 사후세계, 즉 다음 생애가 없다고 봅니다. 혹시 세포분열이나 씨앗 등을 통한 종족번식에 의해 살아가고 있는 또 다른 자기의 생존기간을 사후세계라고 말한다면, 그건 부정하지 않겠습니다. 그래서 저는 이렇게 생각했던 적이 있습니다. 모든 생명체가 자손을 조건 없이 사랑하고 보호하는 행위는 자기 자신과 원초적인 생명을 사랑하기 때문이라고 말입니다."

돌팔이가 말할 때 다인 이모가 처음에는 눈을 끔벅거리더니 이내 지그시 감아버렸다. 뭔가 골똘히 생각하는 것처럼 보였다. 그가 한참 후에 눈을 뜨더니 입을 열기 시작했다.

"선생님, 사람이 죽으면 '혼'은 하늘로 올라가서 '신'이 되고, '백'은 땅으로 내려가서 '귀'가 되기 때문에 '혼백'이라고 한다잖아요. 그건 어떻게 된 거예요?"

"혼백 이야기는 고대 중국 사람들의 관념에서 나온 것입니다."

"기독교, 불교, 힌두교 등 중요한 모든 종교들이 내세사상을 갖고 있잖아요. 그런데도 내세를 부정하는 거예요?"

"다인 씨, 내세사상은 종교가 만들어낸 최고의 걸작이요 히트상품이라고나 할까요. 아참, 이런 경우도 있습니다. 대한불교 편집국장이 춘성 스님을 생전에 인터뷰했던 기사가 생각나는군요. 그 편집국장이

'스님께서는 죽음 뒤의 저쪽 세상을 믿으시나요' 라고 물었습니다. 그때 '필요 없다. 군더더기다' 라고 말했답니다."

"아, 만해 스님의 상좌였으며 육두문자 잘 하기로 유명했고, 바람처럼 구름처럼 이 세상을 거침없이 살았던 그 유명한 춘성 스님 말이죠? 그런데 선생님께서는 내세가 없다는 것을 증명할 수 있나요?"

소년은 다인 이모와 돌팔이가 평소에 잘 통하는 사이라서 생각도 같을 거라고 보았다. 그런데 서로 다른 부분이 많다는 것을 알게 되었다.

"그렇다면 다인 씨는 내세가 있다는 것을 증명할 수 있나요? 그런 게 있느냐 없느냐는 우리 관념에서 나온 것일 뿐이지 밝혀진 게 없습니다. 과학이 더 발전되면 뭔가 밝혀지겠지요."

돌팔이가 껄껄 웃었다. 소년은 그가 웃는 모습을 거의 본 적이 없다. 그는 항상 말이 적었고 무표정했다.

"그렇다면 죽음의 본질이나 의미는 무엇이라고 생각하세요?"

"몹시 어려운 문제로군요."

"그래서 묻는 거예요."

"저는 이렇게 생각합니다. 죽어버린 당사자에게는 죽음의 본질이나 의미 같은 게 없을 거예요. 저는 사후세계를 믿지 않기 때문인데, 사람이 죽게 되면 육신과 함께 영혼이 소멸되어버리고 따라서 죽은 자는 생각하는 기능도 잃어버리게 된다고 봅니다. 그렇다고 해서 죽음의 의미가 전혀 없다는 건 아닙니다. 한 사람의 죽음에 대한 본질이나 의미는 당사자가 아닌 주변 사람들의 몫으로 남습니다. 그들은 죽은 자를 통해서 발생한 슬픔, 허무, 외로움, 상실감 등등을 짊어지게 되니까 말입니다."

"선생님, 아무튼 저는 죽음의 본질이나 사후세계에 대해서 확실하게 말씀드리거나 증명할 것이 없어요. 하지만 저는 사후세계의 존재를 굳게 믿고 있어요. 만약에 이 지구가 모든 것의 종착역이라면 얼마나 허무하겠어요. 저는 이 세상에서 못다 한 것들을 다음 세상에서는 꼭 해보고 싶어요. 이 세상에서 맺혔던 한도 다음 세상에서는 풀어야 하지 않겠어요."

소년은 죽은 다음에 또 다른 세상이 있느냐 없느냐 하는 주장들이 무승부로 끝났다고 여겼다. 다인 이모나 돌팔이나 자신들의 주장을 믿게 할 만한 아무런 증거도 내놓지 못했기 때문이다.

"다인 씨, 우리가 죽음의 본질이나 의미를 이야기하기보다 현재의 삶을 어떻게 영위할 것인지에 대해 논하는 것이 훨씬 보람되고 건강하겠지요. 그래서 하는 말인데, 저는 제5의 숲이라는 공간이 죽음을 피하거나 거부하기 위한 도피처가 되어서는 안 된다고 봅니다. 저는 여기가 삶의 진정성을 회복시키는 공간이 되었으면 하는 바람이거든요."

돌팔이가 말을 끝낸 뒤 징검다리를 밟고 개울을 건너갔다.

당산나무 앞 공터에서 노제가 열렸다. 꽃상여를 만드는 것은 엄두도 내지 못했다. 소나무 관을 가까스로 구해서 시신을 안치했다. 그래도 다행이라면 소년과 숲의 요정이 야생화를 한 아름씩 꺾어서 관 속에 넣어준 거였다.

따쭈리가 천을 어디선가 구해 와서 명정을 어렵사리 제작했다. 그는 여태까지 고인의 명정을 들고 상여행렬의 맨 앞에 서서 걸었을 뿐이지 명정으로 쓸 천을 몸소 준비한 것은 생전 처음이라고 했다. 그가 중얼거렸다.

"누구나 한 번 왔다가 한 번 가게 되는 법이여. 할렐루야, 먼저 가고 나중에 가는 것만 다르니까 슬퍼하지 말더라고. 아차, 그렇지. 죽으면 아무것도 느끼지 못하겠지. 아무튼 편안하게 잘 가라. 안녕."

헐벗은 당산나무 아래에 노제 음식 몇 가지와 관이 덩그렇게 놓여 있어서 썰렁하기 그지없었다. 진눈깨비가 흩날려서 외롭고 서글픈 분위기가 한층 짙어졌다.

간소한 제의가 끝났다. 새하얀 드레스에 하얀 니트 모자를 눌러쓴 숲의 요정이 앞으로 걸어 나왔다. 손에는 은색 플루트가 들려 있었다.

"아휴, 가여워서 어쩌나. 저 어린 것이 혈액암에 걸렸다는구먼."

"일전에 저 애 어머니가 '왜 나한테 암이 생기지 않고 저 어린 것에게 암이 생겼냐'며 한탄하는 소리를 듣다 보니까 나도 모르게 눈물이 쏟아지더라고요."

"쯧쯧쯧, 저 예쁜 애의 꿈이 발레리나였대요. 백조처럼 춤추는 무용수 말예요. 매사에 모범생이었고 학교공부도 엄청 잘 했대요."

숲 속 사람들이 수군댔다. 하지만 플루트 연주가 시작되면서 공터의 분위기가 자연스럽게 정리되기 시작했다. 소년은 그 곡을 처음 들었지만, 일전에 숲의 요정이 말한 '올드 랭 사인' 일 거라고 보았다.

요정의 플루트 연주를 듣던 사람들이 숙연해지면서 눈물을 참느라 코를 훌쩍였다. 이른 아침마다 할렐루야가 울부짖는 목소리로 기도와 찬송을 해서 지겹고 넌더리나곤 했다. 하지만 이젠 그런 소리를 더 이상 들을 수 없게 되었다고 생각하니까 서운한 마음이 들긴 했으나 슬픔까지 느끼지는 않았다.

하늘을 올려다보았다. 진눈깨비가 요란하게 춤추다가 소년의 눈을 찔렀다. 하늘 어디에 이런 진눈깨비들이 모여 있다가 무슨 이유로 이처럼 어지럽게 흩날리고 있는지 모를 일이었다.

소년은 할렐루야가 어두운 터널을 지나 태양보다 더 밝은 빛을 만났고, 생명나무가 울창한 천국을 보았다고 한 말을 떠올렸다. 그곳이 하늘 어디쯤 있는지 두리번거리고 있을 때 지산 양반의 껄껄거리는 웃음소리가 들려왔다. 장례를 치르는 중에 그렇게 웃는다는 게 너무나 이상스러워서 그를 향해 시선을 돌렸다.

"여러분, 코를 훌쩍이거나 눈물을 찔끔찔끔 짜시는 분들이 있는데, 고소한 참기름은 짜도 좋지만 눈물은 짜지 맙시다. 우리 고향에서는 장례 치를 때면 '다시래기'라고 해서 북을 치고 춤을 추고 끈적끈적한 음담패설까지 늘어놓으며 망자를 즐겁게 떠나보내거든요."

그가 앞으로 나와서 육자배기를 부르더니 상의를 들추고 바가지 하나를 쑤셔 넣어 임신한 사람처럼 꾸몄다. 그리고 배를 불쑥 내민 채 뒤뚱뒤뚱 걸으며 춤을 덩실덩실 추었다. 그뿐만 아니라 숲 속 사람들을 닥치는 대로 붙들고 춤을 추어서 침울하고 서글펐던 노제가 웃음판으로 바뀌었다.

죽음은 영영 다시 돌아오지 못하는 길을 떠나는 게 틀림없었다. 그리고 이젠 다시 만날 수 없기 때문에 서운하고 슬픈 것임에 분명했다. 그런데 사람들이 서운함이나 슬픔을 깡그리 무시하고 흥겹게 춤추면서 웃음을 터트리고 있었다.

소년은 그런 상황이 너무나 의아해서 놀이판을 멍하니 바라볼 뿐이었다. 하지만 할렐루야의 죽음으로 눈물을 흘리지는 않았다. 그리고 다음 차례는 누가 죽게 될 것인지 숲 속 사람들의 얼굴을 하나씩 뜯어보았다. 그런데 웬일인지 모르지만 차례를 점쳐보는 것도 은근히 흥미로웠다.

12
하늘 천, 따 지, 가마솥에 누룽지

　약장수 아저씨의 집 앞으로 흐르는 물줄기를 따라 십여 분쯤 올라가면 자그마한 폭포가 있었다. 말이 폭포이지 장마철에만 제 구실을 할 뿐 평소에는 소년의 오줌발 같은 물줄기가 몇 가닥 떨어지는 정도였다. 하지만 폭포 아래에는 너럭바위가 넓고 깊게 패어 있어서 물이 상당히 괴어 있고 물의 깊이도 깨나 되었다.
　약장수가 웃통을 훌러덩 벗었다. 근육이 울퉁불퉁하여 감기 정도는 함부로 침범하지 못할 성싶었다. 그가 합장하듯 두 손을 모으다가 기합 소리와 함께 폭포 쪽으로 장풍을 쏘았다. 십여 보나 멀리 떨어진 폭포의 물줄기가 살짝 휘어졌다. 혹시 바람이 불었기 때문은 아닐까?
　소년은 약장수가 장풍 쏘는 연습을 할 때면 너무나 신기해서 숨을 죽이고 바라보곤 했다. 그런데 함부로 따라하다간 꿀밤이나 딱밤을 맞기 십상이라서 호기심 반 부러움 반으로 구경할 수밖에 없었다.

언젠가 소년이 자기의 집 점방 안에서 촛불을 켜놓고 장풍을 연습해 본 적이 있었다. 결과가 영 신통치 않았다. 기가 부족하다는 생각이 들어서 하단전에 힘을 무리하게 주다가 방귀를 요란하게 뀌었다. 숲의 요정이 그 소리를 혹시 들었을까 봐 이불 속으로 숨어버렸다.

소년이 약장수에게 장풍 쏘는 법을 가르쳐달라고 조른 적이 있었다. 그런데 함부로 따라하게 되면 주화입마에 빠져든다고 겁을 왕창 주었다.

"에이, 주화입마, 그게 뭐가 그렇게 무섭다고 야단이세요?"

"무공을 수련하는 과정에서 욕심을 부려 기와 내공을 움직이다 보면 기혈이 흐트러지면서 정신과 신체 모두가 크게 상하게 되느니라. 그러면 암에 걸린 것과 마찬가지로 인생 끝장이니라."

약장수는 소년이 무술을 본격적으로 배우기 시작할 무렵부터 아예 도사 행세를 하면서 말소리까지 그럴싸하게 바꾸었다.

"아하, 알았다. 사부님은 욕심쟁이로구나. 그러니까 사부님은 욕심을 너무 많이 부려 기와 내공을 움직이다가 주화입마에 빠지고, 결국 암이 발생했던 거죠? 그리고 암을 고치려고 이 숲으로 들어오게 되었던 거구요?"

"뭐야? 이 사부가 주화입마에 빠져들었다고. 허허, 이놈 보게, 주둥이가 달렸다고 못하는 소리가 없구나. 인마, 이 사부는 주화입마랑 거리가 머니라."

"치, 그럼 암은 왜 걸렸어요?"

"어허, 이놈 보게. 다른 사람이 옆에 없어서 하는 말인데, 이 사부는 무술을 닦아서 저승사자도 얼씬거리지 못한다. 그런데 이런 강철 같은 사람에게 암이란 놈이 감히 어찌 덤벼들겠느냐."

"정말요? 그렇다면 이 숲에 들어와서 고생을 사서하는 이유가 뭐예요? 진짜 도사나 신선이 되려고요?"

"야 인마, 너는 쓸데없는 호기심이 많아서 문제니라. 그런 잘못을 버리지 못하면 절세고수가 될 수 없을 것이야. 앞으로 이상한 질문을 조잘거리면 혈도를 짚어버릴 테니까 무술 수련만 열심히 하여라."

약장수가 눈을 부릅떴다. 소년이 입을 조개처럼 다물었다. 계속 조잘거리게 되면 그의 말처럼 혈도를 찔려 벙어리가 되어버릴지도 몰랐다.

장풍 쏘는 연습을 끝낸 약장수가 바지를 벗고 팬티까지 거침없이 내리더니 물속으로 텀벙텀벙, 걸어 들어갔다. 찬바람이 무덤산을 할퀴고 있었다. 밖에 있는 소년이 오히려 한기를 느끼며 몸을 부르르 떨었다.

"뭐하느냐. 어서 이 사부를 따라서 물속으로 들어오지 못할까."

"싫어요."

"어허, 사부의 명을 거역하다니 혼쭐이 나야겠구나."

그가 물 밖으로 성큼성큼 걸어 나오더니 소년의 손목을 꼼짝 못하게 움켜쥐었다.

"싫다니까요. 그런데 사부님은 춥지 않으세요?"

"어허, 이 사부는 이미 금강불괴의 몸이 되어서 이깟 추위는 문제가 없느니라. 그뿐만 아니라 상대의 칼이나 화살도 이 사부에게 상처를 입힐 수 없느니라. 그런 몸으로 변한 것은 기수련을 열심히 했기 때문이야."

"그럼 총을 쏴도 사부님을 쓰러트릴 수 없단 말예요?"

"인마, 이 세상에서 총을 맞고 살아날 사람은 없어. 빈총을 맞아도 삼 년은 재수 없다고 했는데 내가 그런 무시무시한 총을 어떻게 이길 수 있겠느냐."

소년은 약장수가 총을 이기지 못한다고 해도 괜찮았다. 차가운 물속으로 텀벙텀벙 들어갈 수 있는 것만 해도 대단할 지경이었다. 아무튼 소년도 금강불괴의 몸으로 변하고 싶긴 했다. 하지만 그를 따라서 발가벗고 물속에 들어가는 수련만큼은 하고 싶지 않았다.

그런데 그 모든 것은 소년의 잘못된 계산이나 헛된 소망에 지나지 않았다. 벌써부터 소년의 의지와 전혀 상관없이 약장수의 억센 손에 의해 옷은 이미 발가벗겨졌고, 그에게 안겨 물속으로 들어가고 있었다.

"제자야, 이 사부한테 배운 대로 하단전에 기를 모으고 정신집중을 하여라. 그러니까 운기행공을 시작하란 말이다. 그러면 이깟 추위쯤은 쉽게 물리칠 수 있게 될 것이니라."

소년은 약장수가 알려준 것처럼 복식호흡을 하며 정신집중을 하려고 노력했으나 종아리와 아랫배가 가시에 찔린 듯 아려서 뜻대로 되지 않았다. 게다가 윗니 아랫니가 딱딱, 마주쳤다. 누가 그 소리를 들었다면 암자의 노스님이 목탁 치는 줄 알았을 것이다.

"제자야, 아직 운기행공이 서툴구나. 이 사부의 이야기를 똑똑히 들어라. 우주의 모든 것은 보이지 않는 기운에 따라 움직이고 있느니라. 우리 인간 역시 기가 혈맥을 따라 움직이고 있다. 그리고 운기행공을 통해 만들어진 기를 너의 몸 바깥에 두르게 되면 그게 바로 호신강기가 되는 것이며, 추위쯤은 감히 범접할 수 없게 되느니라. 자, 경락이 꼬이지 않도록 조심하면서 운기행공이 잘 되도록 모든 정신을 집중하여라."

"열심히 노력해도 춥기만 한 걸요."

"게을리하지 말고 운기행공에 열심이다 보면 마침내 임독양맥이 터지는 소주천과 대주천이라는 지고무상의 경지에 오르게 될 것이다. 그렇게 되면 칼이나 창도 네 몸을 침범하지 못할 것이니라."

소년은 약장수의 목소리가 귀에 잘 들어오지 않았다. 물속에 있는 동안 오들오들 떨면서 힘들어했다. 시간이 조금 지나자 처음보다 춥지 않아서 그럭저럭 참을 만했으나 그래도 다시는 이런 곳에 따라오지 않을 생각이었다.

얼마 후, 물속에서 나왔다. 물기를 닦는 둥 마는 둥하고 옷을 재빨리 입었다. 약장수는 옷을 벌써 챙겨 입고 책상다리를 한 채 눈을 감고 기수련에 빠져 있었다. 소년은 약장수가 지시한 운기행공을 하지 않고 콩콩콩, 제자리 뛰기를 했다. 온몸에 달라붙은 추위를 툭툭, 털어버리려면 기수련을 하는 것보다 제자리 뛰는 방법이 훨씬 효과적으로 생각되었다. 소년의 몸에 온기가 돌기 시작했다.

"제자야, 오늘은 절세무공 중의 하나인 차력을 전수할 것이니라."

약장수가 어른의 주먹만 한 돌멩이 하나를 집어든 채 소년을 보며 빙그레 웃었다. 그리고 그 돌멩이를 바위 위에 올려놓고 기합을 지르는 것과 동시에 손날로 박살내버렸다.

소년의 눈동자가 부풀어 오르면서 자신도 모르게 박수를 쳤다. 그가 소년의 손바닥만 한 돌멩이 하나를 건네주면서 비법을 전해주기 시작했다.

"격파는 강도와 속도가 중요한 법이니라. 잘 들어봐라. 바위를 나무막대기로 격파할 수 없지만 쇠막대기로는 가능하지 않느냐. 그런데 아무리 쇠막대기라고 해도 빠른 속도로 치지 않으면 격파가 되지 않는다. 이제 원리를 알았으면 이 돌멩이를 격파해보아라."

"이런 건 배워서 뭐해요?"

"며칠 후에 너랑 함께 속세에 내려갈 것이니라. 그때 네가 그동안 수련한 무술을 선보이게 될 텐데, 취권만으로는 아무래도 부족하다는 생각이다."

속세라면 무덤산 너머의 큰 도시라든지 최소한 읍내는 될 터였다. 소년은 그곳을 상상하는 것만으로도 행복해졌다. 그런데 손에 들린 돌멩이가 두려워서 양미간을 찡그리며 고개를 가로저었다.

"이 사부의 말을 믿고 힘껏 내리치거라. 그 돌멩이를 격파할 줄 알아야 속세에 데려갈 것이야."

소년은 약장수의 최면에 걸리기라도 하듯 돌멩이를 바위 위에 올려놓고 손날로 내리쳤다. 그 순간 소년의 눈에서 번갯불이 번쩍거렸다. 깨끗이 속았다는 생각이 들자 부아가 치밀어야 했으나 눈물부터 왈칵 쏟아졌다. 그런데 약장수는 뭐가 재미있는지 키득거렸다.

"꼬마도사가 그깟 일로 눈물을 보이면 안 되느니라. 강해져야 하느니라. 자, 이 사부가 가르쳐준 대로 따라해 보아라."

약장수가 돌멩이 하나를 바위 위에 올려놓았다. 그리고 왼손으로 돌멩이를 붙잡고 살짝 들어 올려 바위와 약간의 틈을 만들어준 다음에 손날로 내리쳤다. 그러자 돌멩이가 또 박살났다.

그의 설명에 따르면, 돌멩이를 살짝 들어 올렸다가 손날로 치는 것과 동시에 돌멩이를 놓아서 바닥의 바위에 부딪치도록 하면 쉽게 깨진다고 했다. 그건 손날이 아니라 바닥의 단단한 바위로 돌멩이를 깨트리는 눈속임의 일종이었다.

언젠가 소년이 산 아랫마을로 내려갔을 때였다. 눈이 파랗고 코가 큰 사람들이 걸어가면서 "씨부렁씨부렁, 쏼라쏼라"라고 지껄이는 소리를 들은 적이 있었다. 알고 보니 그들이 지껄였던 이상한 소리가 바로 영어였다. 소년은 다인 이모에게 혀 꼬부라진 소리를 배우게 되리라곤 꿈에도 생각하지 못했다. 영어는 그와 별로 어울리지 않았기 때문이다.

다인 이모가 알파벳을 가르치기 전, 이 세상은 상상할 수 없을 만큼 넓다는 이야기를 해주었다. 지구상에 수많은 나라가 있고, 사람이 있고, 우리와 다른 말을 쓴다고 했다.

매우 부끄러운 일이지만, 소년은 그런 이야기를 듣기 전만 해도 세상이 별로 크지 않을 거라고 생각하고 있었다. 기껏해야 무덤산 너머의 도시와 서울 그리고 이상한 소리를 지껄이는 코 큰 사람들의 나라가 하나쯤 있을 거라고 봤던 것이다. 그런데 이모의 이야기를 들어보니까 제5의 숲은 코딱지만 했던 것이다.

이모는 소년이 알파벳을 모두 익히자 영어로 인사하는 것을 가르쳐 주었다. 우리가 살고 있는 동양이나 코가 큰 사람들이 살고 있는 서양이나 인사를 잘 하는 게 매우 중요하다는 이야기도 빼놓지 않았다.

다인 이모가 코 큰 사람들의 아침인사라며 "굿 모닝!"이라고 말했을 때, 소년은 밤새 배가 고파서 '굶었니?'라고 말하는 줄 알았다. 그런데 그게 우리말로 '좋은 아침'이라는 것을 알고 얼마나 키득거렸는지 모른다.

소년은 오 시인에게 글을 배웠을 때 너무나 신기하고 자랑스러워서 숲길 여기저기에 나뭇가지나 숯으로 글자를 괴발개발 끼적거렸던 적이 있었다. 그런데 영어를 배우면서 만나는 사람뿐만 아니라 숲 속의 친구인 다람쥐와 새들을 보기만 해도 '굿 모닝'과 '굿 바이'라는 인사를 했다. 심지어 골짜기를 향해 여러 가지 인사를 큰 소리로 외치기도 했다.

그러면 메아리가 들려오는데, 누군가가 응답을 해주는 것 같아서 심심하지 않고 재미있기도 했다.

소년은 케세라 아저씨가 가르쳐주는 주산 놓은 법이 어디에 쓰일지 궁금했다. 간단한 숫자만 알고 있어도 세상을 살아가는 데 아무런 불편이 없을 듯했다. 그런데 더하고 빼고 곱하고 나누는 일이 무슨 소용이랴 싶었다. 또 감히 상상하기도 어려운 '억'이라는 숫자도 어디에 쓰랴 싶었다.

소년의 아버지가 이렇게 말한 적이 있었다. 일억 원이라는 돈은 "억!" 하고 비명을 지르며 기절할 만큼 큰돈이라서 그렇게 부른다고 했다. 요즘 달걀 열 개에 오백 원이고, 소년의 어머니가 사다준 운동화 한 켤레가 일천 원이었다. 아버지의 계산에 따르면, 일억 원은 멋진 운동화를 자그마치 십만 켤레나 살 수 있는 돈이었다. 그 정도라면 제5의 숲 사람들이 골고루 나눠서 죽을 때까지 신어도 남을 만한 운동화라는 거였다.

케세라는 주산 연습을 시킬 때도 신바람을 잃지 않았다. 그가 마치 노래하듯 "일전이요, 이전이요, 삼전이요……"라고 외치다가 합이 얼만가 물어보고 답을 맞히면 주판알을 털게 하고 다시 연습시켰다. 그렇지만 틀리기라도 하면 주판을 빼앗아들고 소년의 머리에 드르륵, 긁으면서 낄낄거리곤 했다.

소년에게 가장 먼저 공부를 가르쳐준 사람은 오 시인이었다. 그동안 소년은 글을 열심히 배워서 읽고 쓰는 데 아무런 지장이 없었다. 그는 소년의 까막눈을 면하도록 만드는 일에만 신경을 썼던 것이 아니라 글짓기와 일기 쓰기를 통해 꿈과 상상력을 키워주었다. 그건 시인이나 소설가를 만들겠다는 목적보다 가리사니를 깨우쳐주려는 것이라고 했다.

그런데 소년의 가리사니를 깨우치게 해준 인물은 오 시인이라기보다 돌팔이의 영향이 더 컸다.

돌팔이 아저씨는 평소에 무표정하고 말이 별로 없었다. 그는 소년에게 천자문을 항상 큰 소리로 읽으라고 시켰다. 소년은 천자문을 소리 내어 읽다가 '하늘 천, 따 지, 검을 현, 누르 황, 가마솥에 누룽지, 박박 긁어서……' 라는 노래를 떠올렸다. 산 아랫마을의 아이들이 이 노래를 부르며 깔깔거렸는데, 그들도 자기처럼 천자문을 배우는 모양이었다.

그런데 돌팔이는 천자문이 천 자로 나누어진 것이 아니라 여덟 글자를 한 문장으로 하는 125개로 되어 있다며 '천지현황하고 우주홍황이라' 는 식으로 읽어야 한다고 가르쳤다. 그건 산 아랫마을 아이들이 천자문을 읽는 방식과 많이 달랐다.

소년은 방 안에 틀어박혀서 천자문을 읽다보면 좀이 쑤셔서 견딜 수 없었다. 괜히 머리나 가슴팍이 근지러워서 박박 긁는다거나 엉덩이를 시도 때도 없이 들썩거리면서 몸을 꽈배기처럼 배배 꼬곤 했다.

천자문을 수없이 읊조려도 무슨 뜻인지 알 수 없었다. 그래서 한 눈으로 천자문을 보고 다른 한 눈으로 방 안을 둘러보며 뭔가 흥미로운 일은 없을까, 해골바가지가 숨겨져 있지 않나 살펴보았다. 다행히도 소름끼치는 물건은 보이지 않았다.

돌팔이 안방의 좌측 벽면에는 꼬부랑글씨로 된 서양서적들이 쌓여 있었다. 그런 것으로 보아 그가 영어도 잘 가르칠 수 있을 거라는 생각이 들었다. 소년은 그가 무슨 일을 하다가 암에 걸려서 제5의 숲까지 들어오게 되었으며, 그게 무슨 암인지도 궁금했으나 물어보지 못했다.

일주일이 지났다. 소년의 옆에서 책을 열심히 읽든지, 라디오 소리를 조그맣게 켜놓고 방송을 듣곤 하던 돌팔이가 비로소 입을 열었다.

"영우야, 천자문의 처음 여덟 자를 소리 내서 읽어봐라."

"천지현황하고 우주홍황이라."

"그건 하늘이 검고 땅은 누렇고, 우주는 넓고도 거칠다는 뜻을 갖고 있다."

호기심 많은 소년이 그의 설명을 그냥 듣고 있을 리 없었다.

"이건 뭔가 이상해요. 아저씨가 푸른 하늘을 검다고 말했잖아요. 혹시 밤에 올려다봐서 검은색으로 보인다는 건가요?"

"좋은 질문이었다. 네가 방금 읽었던 여덟 글자는 하늘과 땅 그리고 우주가 어떻게 생겼는지 알려주고 있다. 그리고 하늘이 검다고 표현했던 것은 인간이 알 수 없는 세계라서 그렇게 표현했던 것이다."

"알 수 없다니요. 사람이 죽어서 가는 곳이 하늘이잖아요."

"나는 죽은 사람이 하늘로 간다고 생각하지 않는다. 그건 그렇고, 하늘이라는 곳은 매우 신비한 곳이란다."

"아하, 방금 하늘이라고 말했던 곳이 우주죠? 그렇다면 우주의 끝은 어디에요?"

제5의 숲 밤하늘에는 별들이 엄청 많았으며 초롱초롱하게 떠 있었다. 소년은 보석처럼 아름다운 그 별들을 한 아름 따서 장난감으로 삼고 싶은 게 평소의 꿈이었다. 그래서 하늘은 관심이 유별나게 많은 곳이었다.

"우주는 끝없이 팽창하고 있어서 어느 누구도 그 끝을 모른다. 그리고 천자문에서 방금 나왔던 우주는 그런 우주하고 다르다."

"우주도 여러 가지 종류가 있는 건가요?"

소년은 그가 동굴 속에서 촛불을 켜두고 해골바가지를 걸어놓고 책상다리를 한 채 눈을 감고 있던 일은 까마득히 잊고 있었다. 우주 이야기가 너무나 흥미로워서 푹 빠져버렸기 때문이다.

"천자문 속의 우주는 우리가 살고 있는 지구 바깥의 우주와 다른 뜻을 갖고 있다. 어떤 책을 보면, 응 그래, 『회남자』라는 책에서 '우'는 위아래와 사방을, '주'는 옛날부터 오늘에 이르는 것이라고 되어 있거든."

돌팔이가 말하기를 소년이 천자문을 제대로 익히려면 삼 년 이상이 걸릴 거라고 했다. 그래서 소년이 학교에 다니게 되더라도 천자문을 계속해서 공부할 필요가 있다고 했다.

소년은 돌팔이에게 많은 것을 배웠다. 하나의 예를 들자면, 천자문 중에서 용지약사容止若思하고 언사안정言辭安定이라는 사자성어가 나오는데, '행동거지는 생각하는 듯이 하고, 말투는 조용하고 안정되어야 한다'는 뜻을 담고 있었다.

돌팔이는 군자와 소인배에 대해서 자주 설명했다. 그리고 군자가 되려면 갖춰야 할 것이 많이 있는데, 그중에서 마음가짐과 말투의 중요성을 강조했다.

군자가 되기 위해서 '재물을 대할 때는 구차하게 얻고자 하지 말고, 어려움에 처할 때는 구차하게 피하려 하지 말며, 싸움이 벌어지면 이기고자 하지 말고, 물건을 나눌 때는 많이 가지려 하지 않는다'는 것이 중요하다고 했다.

소년은 돌팔이가 암에 걸려서 제5의 숲에 들어온 게 아니라 군자가 되려고 공부하고 있는 것은 아닌가 하는 생각이 들었다. 그는 사람들을 치료해주거나 약을 나눠주기도 하면서 돈을 받은 적이 없었다. 약장수가 시비를 걸 때마다 이기려고 하는 마음이 별로 없어 보였다.

돌팔이는 한자가 사물의 모양을 본떠서 만들어진 것이라며, 날 일日, 달 월月, 메 산山, 내 천川이 모두 그러하다고 자세히 가르쳐주었다. 그리고 천자문에 끼어 있는 한자는 아니지만, 죽을 사死는 목숨이 다하여 뼈만 남은 상태를 본뜬 거라고 설명해주기도 했다.

어느 날, 소년은 천자문을 배우던 중에 '강호낭중'이라는 말이 생각나서 그게 무슨 뜻인지 물어보았다. 돌팔이가 껄껄 웃었다.

"누가 강호낭중이라는 말을 하더냐?"

"아빠가 그랬어요."

"약장수 양반을 강호낭중이라고 불렀겠지?"

"맞아요, 맞아. 그런데 족집게처럼 어떻게 그리 잘 아세요?"

소년은 그 상황을 손바닥 들여다보듯 훤히 알고 있는 돌팔이가 더욱 신비스럽게 느껴졌다.

"중국 송나라 때 떠돌아다니면서 약을 팔고 병을 치료해주는 사람들이 있었는데 그들을 멋지게 부르려고 강호낭중이라고 했단다. 그들은 무술이나 마술을 한다거나 관상이나 점을 쳐주기도 하면서 민간처방에 따른 약을 팔았다고 한다."

소년은 돌팔이의 설명을 들어보고 나서 장돌뱅이 약장수가 자기 자신을 왜 강호낭중이라고 말했는지 알 수 있었다.

아무튼 소년은 많은 상식을 갖게 되었고 생각도 깊어지게 되었는데 그건 돌팔이를 비롯한 여러 사람들의 가르침이 있었기 때문이다. 그리고 제5의 숲에서 벌어지는 악착같은 생존과 죽음의 현장 등을 지켜보면서 생각의 폭과 깊이가 점점 달라져가고 있었다.

13
속세로 나가다

 읍내의 밤은 제5의 숲과 비교해볼 때 엄청나게 소란스러웠다. 특히 오일장이 열리곤 하는 장터 언저리는 술 취한 사람들이 고함을 고래고래 질러대고, 그들끼리 멱살을 움켜쥐고 싸움질하고, 화장을 예쁘게 한 여자들이 꼬리 없는 엉덩이를 야릇하게 흔들어대는 등 그야말로 요지경 속이었다.
 약장수 아저씨가 장터 옆 여인숙에 숙소를 잡았다. 그리고 소년을 방 안에 혼자 남겨둔 채 바람난 강아지처럼 밖으로 나가버렸다. 소년이 그를 '바람난 강아지'라고 하는 이유가 있었다. 화장을 짙게 한 여자들을 찝쩍거렸기 때문이다. 그뿐만 아니라 예전에는 다른 여자들도 찝쩍거린 적이 있었다.

약장수가 음탕한 눈빛을 느실난실 던진 상대는 소년의 어머니였다. 그는 산을 뒤지며 약초 캐는 어머니를 발정 난 수캐처럼 따라다니곤 했다. 소년의 어머니가 약장수를 거들떠보지도 않았다. 약장수는 아직 임자가 시퍼렇게 살아 있는 어머니를 어떻게 할 수 없었는지 단념하고 말았다.

그 후, 약장수가 본격적으로 찝쩍거린 대상은 다인 이모였다. 오래전의 일이었다. 약장수가 이모의 집 주변을 얼쩡거리며 방 안을 힐끔거리곤 했다. 알고 보니 풍욕과 좌선을 하려고 거의 발가벗다시피 한 이모를 훔쳐보았던 것이다.

그 사건보다 더 본격적인 일이 벌어졌다. 소년이 다인 이모의 집 툇마루에 앉아서 야생화 이야기를 듣고 있던 어느 날이었다. 누군가가 사립문 앞에서 기웃거리더니 안으로 다짜고짜 들어왔다. 약장수였다. 그가 땅바닥에 한 쪽 무릎을 꿇고 다인 이모를 올려다보았다.

"다인 씨, 오래전부터 사모해왔습니다. 진심으로 사랑하는 저의 마음을 받아주세요."

다인 이모의 얼굴빛이 시퍼렇게 질렸다. 숨이 멎은 사람처럼 몸뚱이가 그대로 굳어버렸다. 사실은 소년이 더 놀랐다. 멧돼지처럼 저돌적인 경쟁자가 눈앞에 나타난 터라 소년은 바짝 긴장할 수밖에 없었다.

약장수가 툇마루에 앉아 있는 소년을 완전히 무시한 채 별의별 달콤한 소리를 늘어놓기 시작했다. 아마 소년이 아직 어려서 아무것도 모를 거라 여기는 모양이었다. 하지만 소년은 알 것 다 안다고 자부하는 애늙은이였다.

약장수는 자기가 부자라고 떠벌였다. 다인 이모가 자신의 사랑을 받아주기만 하면 전 재산을 모두 주겠다고 했다. 그리고 무덤산이 모두 닳아지고 바닷물이 다 마를 때까지 사랑할 것을 맹세한다고 말했다.

곧이어 약장수가 새끼손가락을 깨물었다. 소년은 잔인한 장면을 차마 지켜볼 수 없어서 눈을 질끈 감았다. 하지만 너무나 궁금하여 실눈을 뜨고 상황을 슬그머니 지켜보았다. 약장수의 손가락에 붉은 피가 흐르고 있었다. 그는 아무렇지도 않은지 태연한 표정을 짓고 있었다.

약장수가 점퍼 속에서 꺼낸 습자지 위에 혈서를 끄적거렸다. 멀리서 보니, 그 글자들이 비온 후 마당 위를 기어 다니는 지렁이처럼 보였다. 소년이 툇마루에서 쪼르르 내려가 습자지를 보며 글을 읽었다.

"다인 씨, 죽도록 사모합니다."

소년이 글을 소리 내어 읽으면서 다인 이모의 표정을 살펴보았다. 그의 굳었던 몸뚱이가 서서히 풀리기 시작했다. 입가에 비웃음이 맴돌았다.

"나도 옛집으로 돌아가면 황금 송아지 여러 마리가 있으니까 그깟 재산 따위는 전혀 부럽지 않다고요. 되지도 않는 흰수작부리지 말고 빨리 나가세요. 어린 영우가 보고 있는데 부끄럽지도 않으세요?"

다인 이모의 말뜻을 제대로 이해하지 못한 약장수의 입이 헤벌쭉 벌어지더니 웃음을 실실 게워내기 시작했다.

"사모하는 다인 씨, 그러면 마침 잘 됐습니다. 우리 두 사람의 재산을 합치면 부자가 아니라 갑부 소리를 들을 수 있겠어요."

"쌩! 개소리 말고 썩 나가지 못해요! 창피당하고 싶지 않으면 썩 꺼지라고요!"

다인 이모가 약장수의 개수작에 호락호락 넘어갈 사람이 아니었다. 조신하게 보이는 다인 이모가 화통이라도 삶아먹은 듯 호통을 내질렀다. 약장수가 순간 어깨를 움찔거리더니 실실 물러갔다.

소년이 다인 이모를 졸라서 듣게 된 이야기이지만, 그 후로도 약장수가 서너 번 찾아와서 찝쩍거렸다고 했다. 그때마다 다인 이모가 호통을 날리며 조금치도 빈틈을 보이지 않았다. 그러자 약장수가 화를 벌컥 내며 '바늘로 찔러도 피 한 방울 안 나올 년'이라는 독설을 퍼붓고 나서 발길을 끊었다.

약장수가 두 번째 찝쩍거린 상대는 오 시인이었다. 어느 날 늦은 오후였었다. 저녁밥을 먹은 소년이 무료함을 달래려고 숲길에서 발밤발밤 걷고 있었다. 그러다가 뱃속이 갑자기 보깨어 야트막한 언덕 아래의 개울가로 내려가 바지춤을 깠다. 한참이나 시원하게 볼일을 보고 있었다. 그런데 누군가의 다급한 뜀박질소리를 듣게 되었다.

'이게 뭐지? 또 누가 기절하거나 세상을 떠나기라도 한 것일까?'

소년이 밑도 닦지 못한 채 엉거주춤 일어섰다. 꿩처럼 목을 빼들고서 숲길 쪽을 바라보았다. 오 시인이 자기 집 사립문 안으로 황급히 들어가고 있었다.

소년은 무슨 일인지 궁금했다. 볼일을 재빨리 마치고 오 시인의 집으로 가려고 했다. 그런데 숲길 위쪽에서 약장수가 나타났다. 오 시인의 집 사립문을 거칠게 밀치고 안으로 들어갔다.

뭔가 분위기가 이상야릇했다. 하지만 약장수에게 무슨 일이냐고 물어볼 수 없는 노릇이었다. 소년이 도둑고양이처럼 살금살금 걸었다. 오 시인의 집 울타리 구멍에 눈을 대고 안쪽의 동정을 살폈다.

약장수가 방문을 어서 열라고 성화였다. 안으로 뛰어 들어갔던 오 시인이 방문을 걸어 잠근 모양이었다. 오 시인의 가냘프고 겁에 질린 목소리가 방 안에서 흘러나왔다. 당장 돌아가지 않으면 이웃 사람이나 경찰을 부르겠다는 거였다.

"경찰? 당신이 무슨 수로 짭새를 불러. 그리고 사람들도 모두 집 안으로 들어가 버려서 당신 목소리를 듣지 못할 걸. 외치고 싶으면 맘대로 외쳐 봐. 당신의 그 잘난 목청이 헌 고무신짝처럼 너덜너덜하게 변해도 나타날 사람이 없을 걸."

약장수의 콧방귀 소리가 들려왔다. 연이어서 방문을 거칠게 잡아채는 소리도 들려왔다.

"제발 돌아가세요. 그러면 아무 일도 없었던 것으로 덮어둘 테니까요."

"어허, 내가 당신에게 사랑을 고백했는데 왜 이렇게 콧대를 세우시나. 그리고 당신의 암도 내가 반드시 완치시켜주겠다고 했잖아. 나를 믿고 어서 문을 열어. 그러지 않으면 이까짓 방문쯤이야 이 주먹으로……."

약장수가 무자비한 공갈협박을 일삼고 있었다. 소년의 처지가 난감했다. 그는 어른을 상대할 힘이 없었다. 그리고 사랑한다, 어쩌고저쩌고, 하는 판이라서 함부로 중뿔나게 굴 수 있는 상황이 아니기도 했다. 남녀 간의 사랑싸움에 끼어들었다가 잘못되어 핀잔을 바가지로 얻어먹고 싶지 않았다.

상황을 조금 더 지켜보았다. 약장수와 오 시인은 사랑싸움을 하고 있는 게 아니었다. 약장수의 목소리가 갈수록 맹수처럼 변해갔다. 오 시인은 겁에 질린 연약한 짐승이 되어 말을 제대로 하지 못했다.

소년은 사방을 둘러보았다. 누군가가 나타나서 이런 위급한 상황을 해결해주었으면 하는 바람이었다. 어느새 숲이 어둠에 완전히 덮여 있었다. 사람이 아니라 맹수가 튀어나올 분위기였다. 이런 시각에 숲길을 지나갈 사람이 거의 없었다.

안달이 나서 발을 동동 굴렸다. 그러다가 기발한 생각이 떠올라서 내심 쾌재를 불렀다.

"옳지! 그렇게 하면 깜빡 속아 넘어가겠지……."

소년이 침착한 자세를 취하며 조심스럽게 목청을 가다듬은 후에 "천지현황하고 우주황홍이라. 일월영측하고 진수열장이라"며 우렁차고 의젓하게 읊었다. 그리고 오 시인 집의 사립문을 밀치며 안으로 들어갔다. 약장수는 소년이 갑자기 나타나자 당황하기 시작했다.

"어, 영우 아니냐. 네가 여긴 웬일이냐?"

"공부하려고 왔어요. 저녁마다 한글을 배우거든요. 그런데 아저씨는 웬일이죠?"

소년은 오전에 이미 한글 공부를 끝마쳤지만, 위급 상황이 발생했기 때문에 어쩔 수 없이 거짓말을 꾸몄다.

"응, 그거 말이다. 오 시인이 약을 가져다달라고 해서 찾아왔는데, 이젠 일을 다 봤으니 돌아가야겠다."

약장수가 헛기침을 몇 번 터트리더니 비실비실 물러갔다.

그날 이후, 오 시인의 집 처마에는 놋쇠로 만들어진 종이 매달렸다. 오 시인이 숲 속 사람들에게 말하기를 자기의 건강상태가 갑자기 나빠지면 그 종을 두드릴 테니 찾아와달라고 했다. 소년은 그 종이 걸리게 된 이유를 잘 알고 있었다.

소년이 그날의 사건을 떠올리며 웃음을 참지 못하고 연신 피식거렸다. 길을 지나가는 사람들이 혼자서 웃고 있는 소년을 실성한 아이로 보았던지 혀를 끌끌 차며 지나갔다.

소년은 약장수가 술을 마시고 있는 선술집 앞의 평상에 걸터앉았다. 읍내 여기저기를 둘레둘레 살펴보았다. 한마디로 실망이었다. 무덤산 너머의 큰 도시는 어떨지 모르지만, 처음 와본 읍내는 사람들이 들끓어서 머리가 어지러웠다. 시외버스 엉덩이에서 뿜어져 나오는 검은 연기가 읍내를 오소리 굴로 만들 기세였다. 2층짜리 적산가옥은 금방이라도 무너질 것처럼 불안했다.

지금쯤 제5의 숲은 부엉이 친구가 적막함을 해소시키기라도 하듯 "부엉, 부엉, 부엉"하고 울어댈 터였다. 소년은 밤하늘을 바라보며 보석 같은 별들을 따고 싶어 안달한다거나 떨어지는 별똥별을 보며 소원을 빌었을 것이다. 그런데 이 읍내는 정신이 혼란스러워서 밤하늘을 올려다볼 여유가 없었다.

"아잉, 그동안 어디서 무얼 하느라 코빼기도 보여주지 않으신 거예요."

"나, 무산산인이 도 닦지 않으면 무얼 하고 있었겠어."

"도가 뭐예요? 도가 돈이나 마찬가지예요? 그걸 닦으면 돈이 저절로 굴러들어오기라도 하나요?"

화장이 짙은 여자가 까르르 웃었다.

"아하, 그렇구나! 그러고 보니 도가 곧 돈이구먼."

"아잉, 장난치지 말고 확실히 알려주세요."

"에구, 귀여운 것. 그래그래, 알려주고말고. 그대도 암이라는 것을 알 거야. 걸렸다 하면 숟가락 놓고 황천 가는 거 말이야. 내가 불철주야 도를 닦아서 그런 암을 말끔히 고칠 수 있는 비법을 터득했어. 그래서 돈이 왕창 굴러들어오는 중이야."

"암을 고쳐요! 돈이 왕창 굴러들어오는 중이라고요! 어머머, 대단하시다."

"너무 좋아서 까무러치지 마. 암을 고치는 거 외에도 말이야, 정력

좋아지게 만드는 비법을 갖고 있거든. 여자들을 홍콩으로 보내주는 바로 그 비법 말이야. 어때 입안이 마르면서 아랫도리가 촉촉해지기 시작하지?"

"정말로 홍콩 보내주는 비법이 있어요? 어머머, 도대체 그게 뭔데요?"

화장이 짙은 여자가 약장수의 팔에 머리를 기대며 교태를 부렸다.

"어험! 땡중인지 신선인지 정체를 알 수 없는 양반한테 배운 건데, 탄트란가 뭔가 하는 방중술이야. 그 특이한 방중술을 따라하면 홍콩 구경뿐만 아니라 모든 불치병도 자연스럽게 고칠 수 있어."

소년은 약장수가 허튼소리를 하는 게 아니라 술에 취한 거라고 보았다. 그의 중심이 무너지면서 여자의 젖가슴에 자기의 머리통을 묻었다가 뗐다 반복하며 너털웃음을 터트렸기 때문이다.

그런데 느닷없는 일이 발생했다. 불량배처럼 보이는 청년 두 명이 나타나서 약장수에게 시비를 걸었다.

"어이 양반아, 당신이 다 빨아먹으면 다른 사람은 어떻게 해. 그 아가씨 닳아지지 않게 조심히 갖고 놀다가 제자리에 얌전히 갖다 놔. 알았지."

"젊은 친구들, 나는 산에서 절세무공을 닦은 무산산인이야. 다치고 싶지 않으면 그냥 가던 길이나 마저 가는 게 좋을 걸."

"어디서 굴러먹던 개뼈다귀가 절세무공 어쩌고저쩌고 공갈을 치는 거야."

이대 일의 싸움이 벌어질 상황이었다. 소년은 걱정을 전혀 하지 않았다. 약장수는 칼이나 화살로도 다치게 할 수 없는 금강불괴의 몸이라고 했다. 그런데 그 믿음이 무참히도 깨지고 말았다.

약장수가 자리에서 일어나려고 할 때 불량배들이 구둣발로 머리통을 걷어찼다. 그 바람에 약장수가 벌러덩 나뒹굴었다. 약장수의 코에서 피가 쏟아졌다. 화장을 짙게 한 여자가 외마디 비명을 질렀다.

"야, 네놈들이 나를 겁 없이 폭행해. 오냐, 대한민국의 법이 얼마나 무서운지 전혀 모르는 모양이구나. 돈 많이 벌어 놨다 이거지. 좋아, 쳐봐!"

약장수가 무술로 상대하기는커녕 소리부터 질렀다. 그리고 여자에게 경찰서에 신고해달라고 부탁했다. 그의 '법'이라는 한마디가 절세무공보다 더 대단했다. 우쭐대던 불량배들이 쏜살같이 도망치고 말았다.

약장수는 밤이 깊도록 여인숙으로 돌아오지 않았다. 소년은 약장수가 흘리던 코피를 걱정했다. 혹시 병원으로 실려 가지 않았는지 걱정되기도 했다. 그러다가 잠이 들었다.

"꼬마도사야, 어서 일어나야 하느니라."

약장수의 목소리를 꿈결에 들은 것 같기도 했고, 그가 질러대는 호랑이 울음소리를 들은 것 같기도 했다. 소년이 벌떡 일어났다. 약장수가 책상다리를 한 채 기수련을 하고 있었다. 소년은 코피를 쏟았던 약장수의 콧구멍부터 얼른 살펴보았다. 다행히 아무렇지 않은 듯했다.

오일장이 열리는 아침이었다. 별의별 장사치들이 다 몰려들었다. 한복 바지저고리에 흰 고무신을 신은 엿장수가 사람들을 불러 모았다. 그가 엿 위에 끌을 댔다. 가위다리로 끌을 쳐서 맛보기를 쪼개더니 나눠 주기 시작했다. 읍내 조무래기들이 우르르 몰려들었다. 서로 받아먹으려고 아우성쳤다.

"자, 울릉도라 호박엿, 둥기둥기 찹쌀엿, 떡 벌어졌구나 나발엿, 허리가 잘쑥 장구엿, 울긋불긋 대추엿, 네모야 반듯 수침엿, 이것저것 떨어진 것, 운동화 백 켤레 밑 떨어진 것도 좋고, 신랑 각시 첫날밤에, 오줌 누다가 빵꾸난 놋쇠요강도 좋다. 에헤라, 좋구나, 좋다…….″

장터의 최고 명물은 뭐니 뭐니 해도 엿장수였다. 그는 어른들까지 엿판 앞으로 몰려들자 신바람을 내며 사설을 늘어놓기 시작했다.

″세상만사 엿장수 맘대로 한다지만, 엿만 먹고 살 수 있나. 밥도 먹고 술도 먹고 임도 먹고 뽕도 따고 그래야지…….″

어른들이 까르르 웃었다.

약장수의 기세도 만만치 않았다. 그는 장터 초입에 자리를 잡고 대나무 하나 곧게 세우더니 태극기부터 게양했다. 그리고 뱀은 물론이고 개구리 말린 것에서부터 정체 모를 약까지 진열했다. 그 옆에 차력 도구를 가져다놓았다.

그가 소년에게 도복을 입으라고 했다. 커다란 뱀 한 마리를 손에 들고 옆에 서 있도록 지시했다. 약장수가 지나가는 사람들을 향해 사설을 날리기 시작했다.

″자, 날이면 날마다 오는 게 아니여. 하체에 힘이 없고 발등에 오줌을 지리는 저기 저 아저씨, 이 비암 댓 마리만 잡숴 봐. 오줌발이 담장을 넘겨. 담벼락에 함부로 쏘지 마. 담벼락 벌러덩 넘어가! 밤이 되어도 거시기가 흐물흐물해서 고민이 많은 분들도 한 번만 잡숴 봐. 다음 날 아침 밥상이 백팔십도 바뀌어. 어이, 애들은 가라! 정력제로 이거 따라올 만한 게 없어. 신경통, 위장병, 간질, 당뇨, 각종 암에 걸린 사람들은 이거 먹으면 직빵이야. 한 번 잡숴 봐!″

소년은 손바닥 안의 뱀이 꿈틀거릴 때마다 징그럽고 소름이 끼쳤다. 게다가 읍내 아이들이 몰려들자 부끄러웠다. 그런데 약장수가 아이들은 가라, 소리치면서 내쫓아주는 바람에 그나마 다행이었다.

건너편 십여 보 떨어진 곳에 또 다른 약장수 팀들이 자리를 잡았다. 그들이 약장수 아저씨의 기세를 눌러버리기라도 하겠다는 듯 요란을 떨기 시작했다.

그들은 사내 두 명에 여자 한 명으로 구성되어있었다. 사내 한 명은 등에 커다란 북을 메고 목에는 하모니카를 달고 손에는 꽹과리까지 들고 혼자서 모든 장단을 치기 시작했다. 한복을 곱게 차려입은 여자가 장단에 맞춰 덩실덩실 춤추었다. 나머지 사내는 핸드마이크를 들고 사설을 늘어놓느라 입에서 침이 튈 지경이었다.

"이게 뭐냐? 비암이여 비암, 하지만 다 같은 비암이 아니야. 그리고 이 비암을 잡숴보지 않은 사람들은 말을 하지 마. 신사라고 해서 다 같은 신사가 아니야. 바짓가랑이 속 물건은 축 늘어져 있는데, 넥타이만 맸다고 신사가 아니야. 아가씨들은 저리 가. 비암들은 구멍을 좋아해. 거기 대머리 아저씨, 한 번만 잡숴 봐. 그리고 요강에 쉬야 하면 박살날 수도 있으니까 조심해서 발사해……."

구경꾼들이 약장수 팀 쪽으로 우르르 몰려가버렸다. 그것 때문에 약장수 아저씨가 골이 났는지 차력 도구를 거칠게 펼쳤다. 추운 날씨인데 웃통을 홀라당 벗더니 무심코 지나가던 사내를 붙잡아 세웠다.

"여보쇼, 이 철사로 내 팔을 꽁꽁 묶어 봐요. 나, 무산산인이 단숨에 끊어버리고 말 테니까."

그 사내가 철사와 펜치로 약장수의 알통 부근을 묶었다.

"자 여러분, 날이면 날마다 오는 차력이 아니야. 이 철사를 단숨에 끊어버릴 테니까 잘 봐. 으라차차!"

약장수가 팔을 구부리자 철사가 보기 좋게 끊어지고 말았다. 구경꾼들이 박수를 쳤다. 약장수는 이런 기회를 절대로 놓치지 않았다.
 "나, 무산산인이 왜 무산이냐? 중국 무당산에서 무술을 배웠고 저기 보이는 무덤산에서 수십 년 동안 수련했다고 해서 무산산인이야. 자, 그러면 본인이 중국에 직접 가서 배운 취권을 선보이고 싶은데, 아직 내 차례는 멀었어. 본인의 애제자, 꼬마도사가 하는 것부터 구경해 봐. 박수 많이 치면 취권을 끝낸 뒤에 돌멩이 격파까지 시범보일 거야. 자, 박수부터 쳐!"
 약장수가 턱짓으로 소년을 가리켰다. 소년은 자루 속에 뱀을 집어넣고 얼떨결에 앞으로 나갔다. 막상 앞으로 나서자 땅바닥이 뒤뚱거리는 것 같았다. 파란 하늘도 노랗게 변해버렸다.
 "꼬마도사야, 뭘 하고 있느냐. 취권을 시범보이도록 하여라. 여러분, 박수!"
 구경꾼들의 손뼉 치는 소리가 들려왔다. 소년이 최면에 걸린 사람처럼 몸을 유연하게 놀리며 비틀대기 시작했다. 사람들이 "성룡의 취권이다!"라고 소리치며 몰려들었다. 소년은 취권의 인기가 이렇게 좋을 줄 몰랐다. 어제 저녁에 읍내를 거닐 때 보니까 추석 특선영화였던 취권이 아직도 상영 중이기도 했다.
 "꼬마도사가 귀엽기도 하고 짠하기도 하구먼."
 "쯧쯧쯧, 얼마나 연습했으면 저렇게 잘 할까. 성룡이 저 꼬마를 사부님으로 모셔야겠어."
 구경꾼들이 감탄사를 연발했다. 소년은 시범을 보이기 위해 앞으로 나설 때만 해도 귀가 먹먹하고 하늘이 노랗게 보였다. 그런데 시간이 지날수록 평상심을 되찾았다.
 "자, 그러면 이번에는 본인의 애제자인 꼬마도사의 돌멩이 격파 시범이 있겠습니다."

 약장수가 소년의 손바닥만 한 돌멩이를 구경꾼들에게 만져보고 두드려서 조사하도록 했다. 속임수가 없다는 것을 확인시켜주는 거였다. 그리고 그 돌멩이를 두꺼운 철판 위에 올려놓았다.

 소년은 오랫동안 연습을 해서 일격에 격파할 자신이 있었다. 그런데 약장수가 곧바로 격파하지 말고 뜸을 들여 구경꾼들의 애간장을 녹이는 게 중요하다고 알려준 적이 있었다. 그대로 따르기로 했다.

 돌멩이를 손날로 깰 듯 말 듯 반복했다. 구경꾼들이 빨리 격파하라고 야단이었다. 그럴수록 소년은 뜸을 들였다. 그러다가 기합을 지르며 손날로 돌멩이를 내리쳤다. 돌멩이가 두 쪽으로 갈라졌다. 탄성이 우박처럼 쏟아졌다.

 "땡큐! 땡큐!"

 소년이 감사하다는 뜻을 영어로 표현했다. 탄성과 우레와 같은 박수 소리에 취해서 자기도 모르게 튀어나온 영어였다.

 "여러분 잘 보셨죠. 우리 꼬마도사는 무공만 높은 게 아니라 코쟁이가 놀라자빠질 만큼 영어도 잘 해요. 그러면 자기소개를 영어로 부탁해 볼까요?"

 "하이! 아이 엠 어 영우-장. 탱큐! 땡큐!"

 소년은 영어 실력이 들통날까 봐 더 이상 입을 열지 않았다. 절을 꾸벅 한 뒤 재빨리 물러섰다. 또다시 우레와 같은 손뼉소리가 울려 퍼졌다. 소년의 취권과 돌멩이 격파 시범이 효과를 봤던 모양이다. 건너편 약장수 팀 앞으로 몰려간 구경꾼들이 소년이 있는 쪽으로 다시 몰려왔다.

 "나, 무산산인은 한때 몹쓸 대장암에 걸렸으나 무덤산에 들어가서 기수련을 하고 치료약을 직접 연구 개발하여 복용한 다음에 앗싸리 나앗어요. 위암, 간암, 폐암, 대장암, 자궁암, 혈액암 등등 본인이 직접 연구 개발한 만병통치약 몇 번만 잡숴 봐! 한 방에 오케이야!"

그때, 누군가가 구경꾼 속에서 비아냥댔다. 건너편에 자리 잡은 또 다른 약장수 팀이었다.

"당신의 대장암이 나았다는 진단서라도 갖고 있어? 진단서 있냐고? 어디 내놔봐. 그래야지 믿든지 말든지 할 거 아니겠어. 당신 사기꾼이지. 우! 우! 우!"

순간, 약장수가 당황하는 눈빛을 보였다. 그건 잠시였을 뿐이다. 그가 호탕한 웃음을 날렸다.

"여러분, 하룻강아지 범 무서운 줄 모른다는 옛 속담이 있습니다. 본인은 천하를 떠돌아다니면서 병든 사람들을 치료해주고 약을 지어주는 의리의 강호낭중입니다. 그런데 그런 일만 하느냐. 그게 아니죠? 못된 놈들을 혼내주기 위해 절세무공을 닦았다, 이겁니다. 괜히 트집 잡고 시기하는 놈들은 한 주먹에 박살내버리겠소."

말이 끝나기가 무섭게 병을 꺼내 들고 손날과 정권으로 격파해버렸다. 이어서 야유한 약장수 사내들을 싸늘하게 흘겨보더니, 각목으로 약장수 자신의 팔을 사정없이 내리쳤다. 뭔가 부러지는 소리가 들려왔다.

구경꾼들의 눈빛이 한군데로 모아졌다. 팔이 아니라 각목이 두 동강 나버렸다. 그게 끝이 아니었다. 이번에는 약장수가 커다란 돌멩이를 손날로 연거푸 내리쳤다. 돌멩이가 박살나며 사방으로 튀어나갔다.

소년이 구경꾼들의 표정을 살펴보았다. 약장수의 괴력에 놀라 입을 다물지 못하고 있었다. 얼이 빠져 박수칠 생각도 못하는 듯했다. 조금 전에 야유를 놓은 건너편의 약장수 팀들이 보이지 않았다. 그들이 판을 벌린 곳을 바라보니 짐을 서둘러 꾸리는 중이었다.

"여러분, 본인은 날이면 날마다 오는 사람이 아니야. 전국 오일장을 한 번씩 찾아다니려면 이삼 년이나 걸려. 우리가 다시 만나려면 떡국 세 번이나 먹을 때까지 기다려야해. 그러니까 이번 기회 놓치면 끝이야. 망설이다가 떠나고 난 뒤에 발등 찧고 후회하지 마."

약장수가 약병을 담은 소쿠리를 들고 한 바퀴 돌았다. 여기저기서 돈을 내밀며 약을 달라고 했다. 그의 입이 귀에 걸렸다.

"어! 따쭈리 형이다!"

구경꾼들을 둘러보던 소년의 입이 붕어처럼 벌어졌다. 따쭈리도 소년을 발견하고 입이 함지박만 해졌다.

"여우야, 지금 여기서 무슨 지랄을 하고 있냐?"

소년은 그를 만나자 너무나 반가웠다. 긴장감이 스르르 풀어지면서 장난기가 발동하기 시작했다.

"지랄이 아니다. 밥 먹는다. 무슨 반찬? 개구리 반찬."

"여우야, 지금 그런 소리하고 있을 때가 아니다. 어떻게 된 거냐. 지금 여기서 뭐하고 있냔 말이다."

"약장수 아저씨 따라왔지 뭐."

"여우야, 너는 야바위꾼이 되면 안 된다. 어서 이리 빠져나와라."

"싫어. 약장수 사부가 전국의 큰 도시를 다 구경시켜주기로 했거든."

"너는 하늘만큼 땅만큼 바보다. 어서 나랑 집으로 돌아가자."

따쭈리가 안쪽으로 성큼성큼 걸어 들어왔다. 소년의 손목을 잡아끌었다. 그 광경을 본 약장수가 따쭈리에게 화를 벌컥 냈다.

"야 따쭈리! 너 남의 밥상에 왜 재를 뿌리는 거야! 이런 반푼이, 썩 꺼지지 못해!"

"내가 반푼이라면 너는 어린 여우나 꼬드기는 쥐알봉수다. 여우는 착한 내 동생이다. 절대로 꼬드기지 마라. 그러다가 죄받는다."

따쭈리 때문에 김이 빠지고 말았다. 에워싸고 있던 구경꾼들이 하나둘 흩어지기 시작했다. 약장수가 구경꾼을 붙잡으려고, 소년을 빼앗기지 않으려고 우왕좌왕했다. 그러더니 눈빛이 돌연 굳어버렸다. 약장수의 시선이 멈춘 곳을 바라보았다. 경찰 두 사람이 장터를 향해 바쁘게 걸어오고 있었다. 호루라기 소리가 매서웠다.

"씨펄, 아까 그놈들이 신고했구먼. 에라이, 똥물에 튀길 놈들!"

약장수의 말이 채 끝나기도 전이었다. 경찰들이 들이닥쳤다.

"경범죄처벌법 위반입니다."

"어허. 왜 이래. 난 죄가 하나도 없어요."

"이러다가 의료법 무면허의료행위 처벌까지 추가로 받게 될 수 있어요."

"경찰 양반, 살짝 눈감아주쇼. 여길 보세요. 본인은 태극기 달아놓고 장사하는 애국자입니다. 그런데 나를……."

"신고가 들어왔어요. 일단 경찰서까지 갑시다. 짐을 어서 꾸리고 따라오세요."

경찰들이 약장수를 몰아치는 동안이었다. 따쭈리가 소년을 번쩍 들어 목말을 태웠다. 그리고 장터를 유유히 빠져나갔다.

14
봄꽃 속에 피고 지고

 그해 겨울 내내 약장수 아저씨의 모습을 볼 수 없었다. 갖가지 소문이 나돌았다. 그가 전국을 떠돌며 약을 팔러 다닐지 모른다고 했다. 누군가는 교도소에 들어갔을지 모른다고 했다. 또 누군가는 암이 갑자기 악화되어 세상을 이미 떠났을지도 모른다고 했다. 아무튼 약장수는 '속세'라는 산 아래 세상으로 내려간 후에 연기처럼 사라져버렸다.
 약장수가 없는 제5의 숲은 싱겁다고나 할까, 조용하다고나 할까. 그가 사라짐으로 해서 새벽마다 들려오던 호랑이 울음소리가 뚝 그치고 말았다. 할렐루야도 이미 저 세상으로 떠나버려서 요란하게 기도하고 찬송하는 소리가 들려오지 않았다. 그래서 제5의 숲 아침은 항상 조용하면서도 신비하게 열리곤 했다.

소년은 약장수와 할렐루야가 요란법석을 떨 때면 뭔가 흥미로운 일이 곧 벌어질 것 같은 기대감에 사로잡히곤 했다. 그런데 앞으로 백지장 같은 날들만 연속적으로 펼쳐질 것 같았다. 특히 약장수와 돌팔이의 대결이 승부를 가리지 못한 채 끝나버려서 아쉽기 그지없었다.

약장수가 신주단지처럼 떠받들던 취권과 호랑이걸음 걷기 그리고 기수련이 자동으로 중단되고 말았다. 그 바람에 케세라 아저씨는 예전처럼 아코디언 연주와 노래에 흠뻑 빠져들었다. 지산 양반과 복순네는 제법 다정스러운 짝꿍으로 변해서 하루에 세 번씩 숲길 산책에 나섰다. 물론 눈이 내려서 숲길이 보이지 않거나 꽁꽁 얼어붙으면 공터에 나와서 눈을 말끔히 치우고 약장수가 가르쳐준 취권을 연마한다거나 맨손체조를 했다.

소년도 취권 수련을 중단했다. 그건 무술이 아니고 영화를 보고 원숭이처럼 동작을 따라한 것에 지나지 않았다. 또 금강불괴의 몸이라던 약장수의 코에서 코피가 쏟아지는 것을 목격했던 것도 취권에 정나미가 떨어진 이유 중의 하나였다.

소년은 또 하나의 사실을 알게 되었다. 약장수가 제5의 숲 사람들에게 소년을 가르쳐보자고 말한 것은 어느 무협소설에서 나온 이야기를 그대로 따라한 거였다. 그 무협소설에서 주인공이 여러 명의 무림고수들을 사부로 모시고 독특한 무술을 모두 전수받아 절세고수가 되었다. 그 후, 강호에 나가 악을 쳐부수고 마침내 무림지존의 자리에 앉게 되었던 것이다.

그날, 따쭈리가 읍내에서 소년을 목말 태워 집으로 데려오는 도중에 이렇게 말했다.

"약장수는 굴뚝처럼 속이 시커멓다. 착하고 어린 내 동생, 여우를 꼬드겨서 자기의 졸개로 만들려고 했다. 약장수는 하늘만큼 땅만큼 나쁘다. 틀림없이 죄받을 거다. 여우야, 약장수가 없으니 속이 시원하다."

"형, 그게 아니야. 약장수 아저씨가 나를 꼬드겼던 게 아니라 읍내나 무덤산 너머 큰 도시를 구경하고 싶어서 내가 따라나섰던 거야. 약장수 사부가 전국을 다 구경시켜준다고 그랬거든."

"그렇게 바보처럼 속기만 하면 우리 여우도 나중에 장돌뱅이 약장수가 된다. 약장수는 가짜 약만 판다. 그래서 순전히 사기꾼이다. 약장수 잔머리에 절대로 속으면 안 된다."

"형, 사기꾼이라는 게 뭔데?"

"착하게 살지 않는 것이다."

"착하게 살려면 어떻게 해야지?"

"사기꾼이 되지 않으면 된다."

"엥, 그게 무슨 소리야. 다람쥐 쳇바퀴 돌 듯 뱅뱅 돌다가 제자리로 돌아왔잖아."

"흔들리지 말고 제자리를 지킬 줄 아는 사람이 진짜배기다. 영우야, 너는 절대로 사기꾼을 따라다니지 말고 네 자리를 꼭 지켜라, 나랑 약속을 하자."

따쭈리가 새끼손가락을 내밀었다. 달빛을 받은 그의 손가락이 유난히 빛나서 보석으로 착각할 지경이었다. 소년이 새끼손가락을 걸었다. 그건 약속을 어기지 않겠다는 사나이 대 사나이의 맹세 표시이기도 했다.

소년의 아버지는 약장수가 자취를 감추자 제일 아쉬워했다. 여러 가지 이유가 있었다. 약장수가 소년을 가르쳐주지 못하게 되었고, 뱀을 비싸게 사줄 사람이 사라졌고, 약장수의 단방약을 더 이상 공짜로 얻어

먹을 수 없었기 때문이다.

"하, 약장수는 살아 있는 전설이었어. 정말 신기했어. 내가 뱀을 엄청나게 많이 먹었어도 그만큼 효과를 본 적이 없거든. 그런데 약장수의 단방약을 먹기만 하면 몸이 먼저 알더라니까. 그 비법이나 가르쳐주고 떠나지 원."

소년의 아버지가 혼잣말로 중얼거렸다. 소년이 물었다.

"아빠, 몸이 어떻게 알았어?"

"인마, 넌 몰라도 돼."

소년은 바로 무시당해버렸다.

겨울이 지나가고 봄빛이 완연해졌다. 제5의 숲에 활기가 돌기 시작했다. 산나물과 약초를 뜯으러 다니는 소년 어머니의 발길이 더욱 바빠졌다. 숲길을 산책하는 사람들의 발걸음 또한 부산해졌다. 케세라 아저씨도 아코디언을 뒷전으로 잠시 밀치고 지산 양반과 복순네를 친구 삼아 숲길을 산책하느라 여념이 없었다.

숲길을 규칙적으로 산책하는 것을 신선놀음처럼 쉬운 일로 여기는 것은 큰 착각이었다. 우선 규칙적으로 뭔가를 한다는 일이 힘들었다. 또 숲길의 오르막과 내리막을 걸어 다니려면 다부진 근력이 절대적으로 필요했다. 사람들은 숲길을 한 바퀴 돌고나면 계절에 관계없이 땀투성이로 변해버렸다.

따스한 어느 날이었다. 할렐루야 아저씨가 살았던 집에 새로운 사람들이 이사를 왔다. 이번에는 암 환자가 아니라 치매 환자였고 늙은 부부였다. 그런데 그들이 숲 속 사람들과 잘 어울리지 않아서 둘 중에 누가 치매 환자인지 소년은 구별하기 힘들었다. 아무튼 빈집에 사람이 들어온 것만 해도 활기를 북돋는 일이었다.

  울보 아저씨는 추운 겨울을 보내고 해가 바뀌었어도 세상을 떠나지 않았다. 그가 죽기를 바라는 사람이 있을 턱은 없었다. 그렇지만 사람들은 목숨이 끈질긴 것을 매우 신기하게 여겼다. 울보가 지난해에 장담한 것처럼 암의 숨통 끊는 비법을 연구해낸 것인지도 모를 일이었다.

  소년은 올해도 학교에 갈 수 없어서 심심하고 속상했다. 그래도 숲의 요정이 가까이 있다는 게 다행이고, 위안이 되어주었다. 소년이 요정에게 개울로 놀러가자고 제안했다. 두텁게 얼어붙은 개울이 완전히 녹아서 활기차게 흐르고 있기 때문에 가재나 징거미새우를 잡아줄 요량이었다.

  요즘 요정의 건강이 많이 나빠진 듯했다. 말을 하면서 입술이 벌어질 때면 치아가 거무스름하게 변색된 것을 발견할 수 있었다. 숲길을 산책하던 요정이 나무를 붙든 채 얼굴을 찡그리며 고통스러워한 적도 여러 번 있었다. 그런데 요정은 그런 고통의 시간이 끝나면 언제 그랬냐는 듯 방긋 웃었다.

  요정의 어머니가 요정에게 건강 상태를 물을 때도 제5의 숲에 들어온 후로 많이 좋아졌다고 둘러대기 일쑤였다. 그럴 때도 함박웃음을 짓는데, 그게 거짓말이요 거짓 표정이라는 것을 소년은 잘 알고 있었다.

  며칠 전의 밤이었다. 통증을 견디지 못해 끙끙대는 요정의 가냘픈 신음이 곁방에서 들려왔다. 소년은 잠을 이루지 못하고 안달할 수밖에 없었다. 요정에게 아무것도 해줄 수 없는 자기가 바보스럽고 미웠다.

  개울물이 아직 차가웠다. 하지만 요정을 위하는 일이라면 이런 차가움 따위는 아무런 문제도 없었다. 소년이 용감하게 양말을 벗었다. 겨우내 햇빛을 보지 못해 유난히 하얗게 변한 맨발이 안쓰럽게 보였다.

못 본 체해버렸다. 맨발을 개울물 속에 넣자 복숭아뼈가 시렸다. 오싹하는 기운이 척추를 타고 머리끝까지 치솟았다. 일부러 웃음을 지었다. 소년이 돌멩이를 들추며 가재나 징거미새우를 열심히 찾기 시작했다. 그런데 한 마리도 잡지 못했다.

어쩔 수 없이 개울물 밖으로 나왔다. 소년은 한 마리도 잡지 못한 것이 미안스럽기도 하고 멋쩍기도 하여 고개를 떨어뜨렸다. 조약돌이 눈에 들어왔다.

"내가 예전에 차력을 배웠거든. 시범을 보여줄게."

소년은 요정이 기뻐할 수 있는 일이라면 뭐든 하고 싶었다.

"차력이 뭔데?"

"신령스러운 힘으로 몸을 강하게 만들어서 이 돌멩이를 맨손으로 깨트릴 거야. 잘 봐!"

소년이 약장수에게 배운 대로 큼직한 바위 위에 자기의 손바닥만 한 돌멩이를 올려놓았다. 손날로 내리쳤다. 돌멩이가 두 동강났다. 어깨를 한 번 으쓱거렸다. 양 어깨가 무덤산 꼭대기에 걸릴 정도였다.

요정의 큰 눈동자가 더욱 크게 부풀어 올랐다. 소년의 손바닥을 붙잡고 이리저리 살펴보았다. 그 순간, 소년의 온몸이 따스해지면서 짜릿해지기까지 했다.

소년은 손이 약간 아팠다. 그렇지만 요정에게 남자의 힘을 보여주었다는 것이 무척 자랑스러웠다. 그런데 그것만으로 부족했다. 요정에게 취권을 아느냐고 묻고 나서, 시범을 보여주기 시작했다.

읍내 장터에서 구경꾼들이 우레와 같은 박수를 보내며 열광했던 장면을 다시 떠올려보았다. 몸뚱이가 둥실둥실 떠오르는 듯 기분이 좋았다. 요정이 손바닥으로 입을 가리고 깔깔대며 좋아했다. 그 웃음은 숲길 좌우에 지천으로 피어 있는 봄꽃이었다.

　보름 전쯤이었다. 복순네가 제5의 숲을 떠났다. 암을 이기지 못하고 세상을 떠난 게 아니었다. 자식들이 몰려와서 그를 억지로 데려갔다. 그들은 어머니를 병원에 입원시키지 않고 숲 속에 버렸다고 비난하는 소리를 주변 사람들에게 듣고 싶지 않았다고 했다. 그러니까 주변의 눈초리가 무서워서 집으로 모셔갔던 것이다.
　6개월을 넘기기 힘들다던 복순네였다. 그런데 제5의 숲으로 들어와서 1년 넘게 버텼다. 사람들은 그가 오랫동안 버틸 수 있었던 것이 숲의 신비한 효과 때문이라고 믿었다.
　제5의 숲 사람들은 복순네가 숲을 떠나는 것이 무척 안타까웠고 못내 서운했다. 이런 좋은 치유의 숲을 놔두고 혼잡한 도시로 돌아가게 되면 건강이 급격히 나빠질 수 있었다. 또 사람이 죽어서 이 숲을 나가건 살아서 나가건 더 이상 눈에 보이지 않고 만날 수 없다는 것은 서운한 일일 수밖에 없었다.
　복순네가 제5의 숲을 떠나던 날, 다인 이모가 산을 함께 내려갔다. 전부터 받아오던 정기검진을 위해 병원을 찾아갔던 것이다. 그런데 검진 결과, 다인 이모의 위암이 현저하게 좋아졌다고 했다.
　숲 속 사람들이 술렁대고 들뜨기 시작했다. 다인 이모의 식이요법과 자연치유법이 특효가 있었을 거라며, 자세한 내막을 캐내려고 야단이었다. 그러자 다인 이모가 말하기를, 특별한 비결은 없고 숲의 기운을 받으면서 잘 먹고 긍정적인 마음자세로 생활한 것이 효과를 본 것 같다고 설명했다.
　숲 속 사람들이 숲의 신비한 기운을 듬뿍 받기 위해 숲길 산책을 더욱 규칙적으로 나섰다. 그리고 돌팔이가 말한 것처럼 이곳은 4기 암을 극복할 수 있는 제5의 숲이라는 것을 철석같이 믿으며 회생하기 위한 모든 노력을 쏟아 부었다.

오늘도 숲길 산책을 다녀온 사람들이 공터에 모여서 마무리운동으로 맨손체조를 했다. 얼굴을 일그러트리고 있는 지산 양반을 향해 케세라 아저씨가 입을 열었다.

"건강 잃으면 모든 걸 잃은 것이고, 내가 이 세상에 존재하지 않으면 그 어떤 것도 의미를 잃고 말아요. 그래서 목숨이 붙어 있는 동안 웃으면서 즐겁게 사는 게 중요하다니까요."

"온몸이 짜개지는 것처럼 진통이 덮치면 웃고 싶어도 웃어지지 않아요. 그래도 몸이 편안하니까 웃음을 지을 수 있는 거라고요. 난 말입니다, 우리 가족들을 힘들게 하고 있다는 생각이 들기만 하면 자다가도 벌떡 일어나곤 해요. 괴로워요. 가족들에게 아무런 피해를 주지 않고 훌쩍 떠날 수 있었으면 좋겠어요."

소년은 일전에 지산 양반의 가족들이 병문안 온 것을 다시금 떠올려 보았다. 큰아들 내외와 작은아들이 산을 올라왔다. 그들이 가져온 보자기에는 삶은 닭 두 마리와 알사탕 봉지가 들어 있었다. 지산 양반은 닭을 몇 조각으로 나누어서 제5의 숲 사람들에게 돌렸다. 알사탕도 공평하게 나눠주었다.

지산 양반은 자식들과 며느리에게 시간을 많이 빼앗고 돈을 많이 쓰도록 한 것에 대해 몹시 미안하고 죄스럽게 여기고 있었다. 그도 그럴 것이 하루 벌어 하루 먹는 서민들에게는 이런 깊은 산속을 찾아오는 것만 해도 상당한 부담이 될 터였다.

"지산 양반, 악착같이 살려고 노력해야 합니다. 긍정적으로 생각하고 웃으면서 말입니다. 당신이 살아서 버티는 것도 가족들에게 힘이 되어주는 일이에요."

"에헤, 나 같은 거 살아봤자 자식들에게 아무런 도움이 되지 못하고 기생충처럼 영양분만 빨아먹는 걸요."

"단순하게 생각하면 안 돼요. 무능력하고 병든 부모일지라도 자식들에게는 정신적인 기둥이거든요. 혹시 그런 사실을 깨닫지 못한 자식이 있다면 부모가 돌아가신 후에라도 깨닫게 될 테고, 그 빈자리를 보며 가슴 아파하게 될 겁니다."

"그래요. 케세라 양반 말대로 웃을 겁니다. 허탈한 웃음일지라도 마음껏 웃어볼 거예요. 그러다가 건강이 좋아지면 얼씨구나고요."

지산 양반이 말을 끝내더니 산 아래를 이드거니 바라보았다. 육자배기를 부르기 시작했다. 다정한 짝꿍이 되어 숲길을 함께 산책했던 복순네가 그리운 모양이었다.

"성성제혈 염화지에 애를 끊은 저 두견아, 허다 공산 다 버리고 요내 문전 왜 와 우느냐, 나도 임 이별하고 수심 만단 쌓였구나……."

무덤산 여기저기에 진달래가 피었지만 지산 양반의 육자배기에 등장하는 두견이는 아직 찾아오지 않았다. 이제 곧 5월이 시작되면 그들이 찾아와서 피를 토하듯 노래할 터였다.

"영우야, 소진이가 저번에 연주했던 곡이 애간장을 녹이더라. 그 곡 다시 들어보게 소진이를 데려올 수 없겠냐?"

지산 양반이 말했다.

"안 돼요."

"네가 소진이 친동생도 아니면서 안 된다고 잘라 말할 건 없잖아."

"안 된다니까 그러세요."

소년은 요정의 건강이 급격히 나빠지기 시작해서 가슴이 아팠다. 그리고 파리하게 변해버린 요정의 모습을 남들에게 보여주기 싫었다.

"지산 양반, 어둡고 슬픈 노래를 너무나 좋아하면 못써요. 불세출의 가수 배호, 한국의 엘비스 프레슬리 차중락, 이런 가수들이 왜 안타깝게도 요절한 줄 아세요? 슬픈 노래를 많이 부르다보니까 그렇게 된 거라고요. 좌우지간 노래는 흥겨운 것으로 골라서 어깨 들썩이고 엉덩이 흔들고 스트레스 팍 날려버리면서 불러야합니다. 또 우리처럼 암에 걸린 사람들은 무조건 잘 먹어야 해요. 자, 내 집으로 갑시다. 내가 맛있는 거 대접해드리고 아코디언으로 즐거운 곡 연주해서 건강을 되찾을 수 있도록 만들어드릴 테니까 말입니다."

케세라가 지산 양반을 끌고 자기의 집으로 갔다.

소년은 당산나무 아래 공터에 혼자 앉아 있기가 머쓱했다. 집 근처의 숲길을 거닐었다. 길 가장자리에 보랏빛 제비꽃이 앙증맞게 피어 있었다. 노란 민들레꽃이 눈에 띄었다. 다른 꽃과 달리 피고 지는 모습을 확연하게 보여주고 있었다. 노란 꽃망울이 벌어지면서 주변까지 노랗게 물들이다가 꽃이 시들면 은색 갓털이 동그랗게 모여서 솜방울처럼 다닥다닥 매달렸다. 그리고 바람이 불면 은색 갓털들이 손을 흔들면서 건너편 산자락으로, 산 아랫마을로, 하늘나라로 날아갔다.

제5의 숲 좌측 편에 다섯 기의 무덤이 모여 있었다. 소년이 그 무덤 옆에 앉았다. 그 묘역과 주변에는 먹거리가 지천으로 널려 있었다. 소년은 마땅한 주전부리가 없을 때면 봉분 위로 솟아난 뺄기를 뽑아먹는다거나 근처에 있는 찔레순과 진달래꽃을 따먹곤 했다. 그러다가 여름이 되면 산딸기도 따먹을 수 있었다.

"영우야, 학교 못 가서 무척 심심하지?"

봄바람처럼 따스한 목소리가 소년의 목덜미를 감쌌다. 약초와 산나물을 뜯으러 간 어머니였다. 소년이 어머니의 품 안으로 텀벙 뛰어들며 어리광을 피웠다. 그러다가 이상하다는 것을 느꼈다. 어머니의 배가 약간 튀어나온 듯했다. 그뿐만 아니라 산에서 내려올 때가 아직 아닌데 벌써 나타났던 것이다.

소년은 어머니가 산나물이나 약초를 캐기 위해 온종일 고생이 많았을 거라는 생각이 들었다. 소년이 장차 집안을 책임질 호주가 되어야한다는 아버지의 이야기가 떠올랐다.

"엄마, 산나물 보따리는 내가 들고 갈게. 엄마는 고생 많이 했잖아. 내가 좀 더 크면 엄마 일 많이 도와줄 거야. 그리고 아빠가 엄마를 못 살게 굴지 않도록 막아주기도 할 거야."

"오메, 내 새끼가 벌써 어른이 다 되었구나. 하지만 너는 아직도 어려서 무거운 것을 들기 힘들다."

"어리지 않아요. 학교에 제대로 갔으면 벌써 이학년이나 되는데요, 뭘."

소년의 어머니가 못 이기는 체하며 산나물 보따리를 건네주었다. 그리고 무덤 옆에 털썩 주저앉았다. 소년이 풀밭에 벌러덩 드러누워 호드기를 불었다. 어머니가 옆에 있으면 이렇게 편안하고 행복했다. 하늘에는 뭉게구름이 떠 있고, 시나브로 부는 봄바람에 봄꽃향기까지 실려 와서 더할 나위 없이 좋았다.

"영우야, 엄마가 멀리 가게 되더라도 절대로 울지 않겠다고 약속할 수 있겠지?"

소년은 어머니가 무슨 뜻으로 그런 이야기를 뜬금없이 하는지 알 수 없었다. 푸른 하늘에 떠있는 뭉게구름이 바위로 변해 굴러 떨어질 듯한 불길한 예감이 들어서 벌떡 일어났다.

"엄마, 어딜 가는데? 아주 멀리 있다는 서울 같은 데 갔다 올 거야? 엄마, 혼자 가면 안 돼. 나도 따라갈 거야."

소년의 어머니는 대답하지 않았다. 잠시 침묵이 이어졌다.

별안간 오목눈이가 "찌르르, 찌르르"하고 울기 시작했다. 근처 어딘가에 오목눈이 새끼들이 있을 테고, 그들에게 조심하라고 당부하는 울음소리가 틀림없었다. 또 새끼들을 보호하기 위해 자기 위치를 일부러 드러내려고 유난히 울어댄다는 것을 소년은 알고 있었다.

"아니, 웬 사람들이 산길을 올라오는 것일까?"

어머니의 목소리에 소년이 산 아래 숲길로 눈을 돌렸다. 화사한 한복을 입은 여인네가 숲길을 걸어오고 있었다. 자세히 살펴보니, 보름 전쯤에 제5의 숲을 떠난 복순네를 닮은 듯싶었다. 소년의 어머니가 소년의 손목을 움켜쥐고 빠른 걸음으로 내려갔다. 당산나무가 있는 공터에 도착했다. 복순네가 얼굴에 함박웃음을 매단 채 나타났다.

"그동안 잘 있었지요, 영우 엄마. 나, 복순네여, 복순네라고. 여기 사람들이 눈에 선해서 이렇게 다시 찾아온 거여. 오메, 이곳 사람들 얼굴이 보고 싶어서 죽는 줄 알았어."

복순네가 산을 함께 올라온 지게꾼에게 석작들을 내려놓으라고 지시했다. 석작 하나에는 시루떡, 인절미, 백설기 그리고 수정과까지 담겨 있었다. 다른 석작 속에는 돼지고기 편육, 새우젓, 김치가 가득했다.

"도대체 이 음식은 뭐예요?"

"여기 사람들을 다 부르세요. 잔치판을 벌리고 싶어요."

"도대체 뭔 일인데요?"

"다 모이게 되면 이야기할게요."

잠시 후에 숲 속 사람들이 공터로 몰려들기 시작했다. 지산 양반은 복순네가 찾아왔다는 말에 맨발로 뛰어나오다시피 했다. 복순네가 떠날 때 손수건으로 눈물을 찍어낸 오 시인도 나타났다. 특별한 경우를 제외하고 숲 속 사람들과 잘 어울리지 않는 돌팔이도 모습을 드러냈다.

"대형 종합병원을 두 곳이나 찾아가서 검사를 해봤는데, 아 글쎄, 암이 깨끗하게 나았대요. 원 세상에, 육 개월밖에 못 산다더니 이젠 아무렇지도 않대요."

복순네의 목소리가 들떠 있었다. 예전에 암 진단을 잘못한 것인지, 숲의 신비한 효과를 제대로 보게 된 것인지, 따질 필요가 전혀 없었다. 죽음을 떨치고 살아났다는데 그것보다 더 좋은 일이 있을 수 없었다. 지산 양반이 '춘향가' 중에서 사랑가를 부르기 시작했다.

"이리 오너라. 업고 놀자. 이리 오너라, 업고 놀자. 사랑, 사랑, 사랑, 내 사랑이야. 사랑이로구나, 내 사랑이야……."

판소리가 끝났다. 케세라의 아코디언이 출렁대면서 '감격시대'를 연주하기 시작했다. 그가 노래를 불렀다.

"거리는 부른다. 환희에 빛나는 숨 쉬는 거리다. 미풍은 속삭인다. 불타는 눈동자다. 불러라. 불러라. 불러라……."

소년은 고기며 떡을 배가 터질 정도로 먹었다. 그래도 인절미 몇 개를 종이에 따로 쌌다. 공터에 나타나지 않은 울보가 생각났던 것이다. 숲 속 사람들은 너무나 즐겁고 기분 좋은 나머지 공터에 나타나지 않은 사람들에 대해서 까마득히 잊고 있는 듯했다.

소년의 아버지는 요즘 매일이다시피 산 아랫마을로 내려가서 시간을 보내기 때문에 찾을 필요가 없었다. 하지만 울보가 모습을 드러내지 않으면 한 번쯤 챙겨보는 게 좋을 터였다. 사람들은 울보가 조용하게 지내고 있어서 그와 함께 살아가고 있다는 것 자체를 아예 잊어먹었던 모양이다.

소년은 어제 오후에 울보를 보았다. 돌팔이에게 천자문을 배우려고 올라가는 중이었다. 울보가 의자에 앉아서 과녁빼기에 있는 산을 바라보고 있었다. 그 산의 골짜기마다 노란 안개가 모람모람 피어올랐다. 춘삼월의 송홧가루였다.

울보의 집으로 갔다. 오늘은 그가 의자에 앉아있지 않았다. 소년이 토방 앞에서 여러 번 불러도 대답이 없었다.

예감이 이상했다. 안방 문을 열어보았다. 울보가 누워 있었다. 일전에 소년이 숲의 요정을 인사시키려고 찾아올 때처럼 안방은 깔끔했다. 다른 것을 굳이 찾자면 머리맡에 종이 한 장이 놓여 있었다는 것이다.

소년의 머리카락이 쭈뼛쭈뼛 솟았다. 산득산득하여 뒷걸음쳤다. 할렐루야가 죽었을 때도 그런 기운이 밀려왔다던 다인 이모의 이야기가 퍼뜩 떠올랐다. 소년은 종짓굽아 날 살려라, 하며 울보의 집에서 빠져나왔다. 당산나무 앞 공터 쪽으로 허둥지둥 달려갔다.

15
녹색 눈의 괴물

복순네가 벌인 잔치판이 가차 없이 중단되었다. 시한부 생명 진단을 받은 사람이 무사하다는 것은 깜짝 놀랄 만한 소식이요 더없이 기쁜 일임에 틀림없었다. 그런데 울보가 저세상으로 떠난 사건만큼 크지 못했다. 잔치판이 서리 맞은 남새처럼 변해버렸다.

생활력이 악착같은 울보였다. 늙마에는 편하고 행복하게 살아보겠다며 뼈 빠지게 일하고 돈을 모았다. 그러던 어느 날, 몸이 아파서 병원을 찾아갔다. 췌장암 4기에 가까워서 치유가 어렵다는 진단을 받았다.

울보는 그 진단을 믿으려 하지 않았다. 용하다는 의사들을 연이어 찾아다니며 진찰을 받고 또 받았다. 첫 진단이 오진이라는 소리를 듣고 싶었다. 그런데 극적인 반전은 벌어지지 않았다.

암에 걸린 소문이 퍼져나가자 주위 사람들이 죽기 전에 얼굴이나 한 번 본다며 울보를 찾아왔다. 그럴 때마다 울보는 자기가 걸린 암이 대수롭지 않은 것이라고 이야기하거나, 마치 다른 사람이 암에 걸리기라도 한 것처럼 태연한 표정을 지었다. 그리고 잠시 기다리면 저절로 치유될 것이라는 막연한 믿음도 갖고 있었다. 하지만 끔찍한 통증만큼은 견뎌낼 방도가 없었다.

울보가 병원을 찾아갔다. 췌장절제술에 이어 방사선치료가 시작되었다. 울보, 가족, 의사, 이렇게 셋이 하나가 되어 최선의 노력을 다했다. 울보는 그럴 즈음에야 자기가 병에 걸린 것을 인정했다. 그리고 의료진들의 지시대로 따라하면 무난히 완치될 수 있을 거라고 믿었다. 또 예전에는 신앙생활을 전혀 하지 않은 그가 신에게 매달리는 모습을 보이기도 했다.

수술이나 방사선치료도 잘 마쳤다. 그런데 몇 달 후에 받은 진찰 결과에서 암이 간과 복강으로 전이되었고 했다. 게다가 합병증이 발생하여 몇 개월 살지 못한다는 날벼락이 떨어졌다.

울보가 급변하기 시작한 것은 그때부터였다. 그는 의사와 병원 직원에게 불만과 분노를 터트렸다. 그리고 가족들과 심지어는 한때 간절히 매달린 신에게까지 분노를 터트리기 시작했다. 자기가 암에 걸리고 또 재발된 것을 남의 탓으로 돌렸던 것이다.

숲의 신비한 치유력에 대한 소문을 듣고, 그가 이곳을 찾아왔을 때도 남을 탓하는 마음이 사라지지 않은 상태였다. 세상을 활보하고 다니는 건강한 모든 사람들은 울보에게 질투와 저주의 대상이 되고 말았다.

울보는 항상 '하필이면 내가 왜……' 라는 말을 입에 달고 살았다. 열심히 살아왔고 악착같이 돈을 모은 죄밖에 없는 자기가 시한부 생명이 된 게 원통했을 것이다. 그는 죽지 않으려고 발버둥 쳤다. 우울증에 빠졌다. 눈물을 하염없이 쏟아내기도 했다. 그 때문에 울보라는 별명을 얻었다.

돌팔이는 울보를 만날 때마다 살아 있는 동안 마음을 편하게 먹고, 죽음을 겸허하게 바라보라고 말했다. 그 말이 영향을 끼쳤던 것일까, 아니면 유행가처럼 '세월이 약'이었던 것일까. 그가 억센 기를 누그러트리기 시작했다. 예전처럼 눈물을 자주 흘리지도 않았다.

저세상으로 곧 떠날 것 같던 울보였다. 그런데 해를 넘기고도 4개월 이상 목숨을 이어왔다. 울보는 저세상으로 떠나기 전에 자기가 '암의 숨통 끊는 비법'을 알아냈다고 여러 번 말했다. 그가 남긴 유서에도 자기의 손으로 직접 암을 죽이겠다는 이야기가 적혀있었다.

사람들은 울보가 암을 직접 죽이는 비법을 알아냈다. 그건 자살이었다. 돌팔이가 말한 것처럼, 자기가 죽으면 암도 따라 죽을 수밖에 없었다. 아무튼 울보의 죽음과 함께 끈질기게 달라붙은 암도 깨끗이 죽고 말았다.

이젠 울보가 떠났다. 숲 속 사람들의 기억 속에서 서서히 잊혀져갈 터였다. 그런데 울보는 숲 속 사람들이 오랫동안 잊지 못할 사건 하나를 남겨두고 떠나갔다. 유언장을 통해서, 제5의 숲 사람들에게 제법 많은 돈을 남겨두었던 것이다.

소년은 울보가 떠난 것을 못내 아쉬워했다. 울보가 멀리 떠나게 되면 '올드랭 사인'을 연주해주겠다고 숲의 요정이 말한 적이 있었다. 그런데 울보가 저세상으로 떠났으나 그 곡을 연주해줄 수 없었다. 그가 죽자마자 가족들이 기다렸다는 듯이 시신을 운반해 가버렸기 때문이다. 소년은 숲의 요정이 가르쳐준 '올드랭 사인'을 콧노래로 흥얼거리며 숲길을 걷곤 했다.

 소년이 잠을 자다가 무슨 소리에 소스라치게 놀라서 눈을 떴다. 뙤창문을 살펴보았다. 새벽 기운은 아직 느낄 수 없었다. 그렇다면 밤이었다.
 누군가의 야단치는 소리가 들렸던 듯싶다. 뭔가 부러지는 소리도 나는 듯했다. 그리고 비명인지 울음인지 알 수 없는 괴이한 소리도 들은 것 같았다. 꿈속에서 일어난 일인지, 진짜 그런 소리가 들려온 것인지 분간하기 힘들었다. 소년은 정신을 똑바로 차리지 못하면 망신을 또 당할지도 모른다는 생각이 들었다.
 일전에 낮잠을 자다가 꿈속에서 약장수 아저씨를 만난 적이 있었다. 그가 왜 자기를 따라오지 않느냐며 소년의 머리통에 꿀밤을 먹이고 딱밤을 때렸다. 잘 익은 수박 소리와 함께 통증이 덮쳐서 눈물을 펑펑 쏟아냈다. 그가 어서 가자고 성화를 부렸다.
 소년은 따쭈리와 새끼손가락 걸고 약속한 것을 깜박 잊고 약장수를 따라가려고 했다. 그런데 운동화가 잘 신어지지 않았다. 그때 누군가가 소년의 어깨를 두드리며 말했다. 요정의 목소리였다.
 "영우야, 왜 울고 있니? 어디 아프니? 어디 가려고 그래?"
 그때서야 소년이 정신을 번쩍 차렸다.
 요정이 그간의 상황을 설명해주었다. 소년이 눈을 게슴츠레하게 뜬 상태로 훌쩍거리며 방에서 나오더니 운동화를 제대로 신지 못한 채 허우적거렸다고 하면서 키득거렸다. 그날 소년의 자존심은 뒷간에 가져간 신문지 쪼가리처럼 완전히 구겨지고 말았다.
 소년은 숲의 요정이 아파서 고통스러운 소리를 지른 것은 아닌지 염려되었다. 바람벽에 귀를 대고 곁방의 동정을 살폈다. 조용했다. 혹시나 하는 생각에 안방의 동정도 살폈다. 역시 조용했다. 멧돼지란 놈이 누군가의 텃밭을 엉망진창으로 만들어버린 것일지도 모른다며 입을 삐쭉거렸다. 다시 잠을 청하려다가 오줌이 마려워서 밖으로 나왔다.

반달이 떠 있어서 제5의 숲이 우련하게 드러났다. 산 아래에서 밀려오는 아카시아 꽃향기가 아직 덜 걷힌 잠을 씻어냈다. 소년의 입안에 군침이 괴었다. 아카시아 꽃을 한 움큼 따서 씹으면 향기롭고 다디달았다.

뒷간으로 가는 게 무서웠다. 바지춤을 내리고 텃밭 싸리울에 오줌을 시원스레 갈기며 몸을 부르르 떨었다. 부스럭거리는 소리가 들려왔다.

'멧돼지? 달걀귀신? 도깨비?'

소년이 신경을 바짝 곤두세웠다. 소리가 들려온 곳을 바라보았다. 어머니가 사립문 앞에 쪼그리고 앉아 있었다. 어깨가 들썩거리는 것으로 보아 울고 있는 게 틀림없었다. 3일 전의 일이 자연스레 떠올랐다.

해거름 녘이었다. 산 아랫마을로 내려간 소년의 아버지가 돌아오지 않았다. 어머니와 소년이 손을 잡고 마중을 나갔다. 집에서 밥 한 끼를 바삐 먹을 시간만큼 내려가면 두 갈래 길이 나왔다. 좌측은 면 소재지로 가는 길이었다. 우측은 읍내로 통하는 길이었다. 두 사람은 그 갈림길에서 기다렸다.

5월이라고 하지만 소소리바람이 사나웠다. 더군다나 산중의 밤은 산꼬대로 인해 겨울처럼 매서웠다. 어머니가 소년에게 겨울 점퍼를 입혀주어서 다행이었다. 그렇지 않으면 소년은 인간 고드름이 되어버렸을 것이다. 요란하게 울부짖는 소쩍새들도 그날따라 입이 얼어붙었다. 사위가 조용했다.

소년의 어머니와 소년은 온기 한 점 없고 희미하기 짝이 없는 플래시 불빛이나마 소중하고 고맙게 여기며 산 아래를 내려다보았다. 너무나 오랫동안 기다려서 목이 빠질 지경이었다. 숲길 비탈에서 간간이 굴러 떨어지는 흙부스러기나 돌멩이 소리가 두려움으로 덮쳐들었다. 소년은 그럴 때마다 어머니 손을 으스러지게 쥐었다. 어머니가 동요를 가르쳐 주었다.

"아가야 나오너라. 달마중 가자……."

소년이 한 소절씩 따라 불렀다.

"앵두 따다 실에 꿰어 목에다 걸고……."

달마중하고 전혀 관계없는 흐린 밤하늘이었다. 그렇지 않으면 반달과 별이 보였을 것이다. 동요처럼 아름다운 밤으로 기억될 수도 있을 터였다. 그런데 밤하늘도 검고 땅도 검었다. 오로지 산 아래의 먼 곳에서 깜빡거리는 등불 몇 개만이 자기의 색깔을 간신히 지키고 있었다. 그나마 다행이라면 달콤한 아카시아 꽃향기가 어둠에 젖은 채 흐르고 있다는 거였다.

소년은 어머니가 심심하지 않도록 해주고 싶었다. 어쩌면 기뻐할지도 모른다는 생각이 들었다. 천자문을 읊조리기 시작했다. 소년의 어머니가 기특하다며 자기 머리를 쓰다듬어줄 것으로 예상했다. 그런데 전혀 딴판이었다. 어머니는 슬픔이 복받치는지 코를 훌쩍이며 코맹맹이 소리를 냈다.

"영우야, 내년에는 어떤 일이 있더라도 학교에 꼭 보내주마."

소년의 어머니는 소년이 천자문 읊조리는 것을 듣고 학교에 보내지 못한 것을 떠올렸던 모양이다. 학교에 가지 못해서 심심하고 속상한 소년보다 어머니의 마음이 훨씬 아프다는 것을 그때서야 알아차렸다.

"아빠 병이 빨리 나았으면 좋겠다. 그렇게 되면 우리도 산 아래로 이사 갈 수 있을 테고, 내가 학교에 다닐 수도 있잖아."

소년의 어머니는 아무런 말이 없었다. 그날 밤은 천지가 검은색이었다. 소년의 어머니와 소년도 검은색이었다. 소년은 어머니가 멀리 가게 되더라도 울지 않는다고 약속할 수 있냐고 물어본 말이 불쑥 떠올랐다.

"엄마, 아무 데도 가지 마."

소년이 어머니를 껴안았다.

"우리 영우를 두고 내가 어디를 가겠니. 암, 갈 수 없고말고. 아참, 영우야, 이젠 너도 조금만 기다리면 심심하지 않게 될 거야. 네 동생이 엄마 배 속에서 자라고 있거든. 어때? 우리 아가가 노래하는 소리를 들어볼래."

소년의 어머니가 소년의 머리를 배에 밀착시켰다. 겉으로는 잘 드러나지 않았지만 직접 닿으니까 배가 봉긋했다. 소년은 배 속에 있다는 아기의 노랫소리를 듣지 못했다. 그 대신에 천길 만길 두께로 쌓인 어둠 속에서 누군가가 고함치는 것을 들었다. 흡사 상처 입은 맹수가 울부짖는 듯했다. 소년의 아버지였다.

소년의 아버지는 기분 좋을 때면 '빈대떡 신사'를 흥얼거렸다. 입에 침이 마를 정도로 입담을 팔기도 했다. 그런데 뭔가 좋지 못한 일이 있으면 벙어리처럼 입을 다물어버린다거나 뺏성을 내곤 했다.

술 냄새가 향기로운 아카시아 꽃향기를 무참히 짓밟았다. 산을 올라오는 플래시 불빛이 심하게 비틀거렸다. 소년은 손가락으로 어둠의 자락을 잡아채며 산길을 올라오는 아버지가 괴물처럼 느껴졌다. 그런데 잠시 후에는 그 느낌이 틀리지 않은 것을 확인하게 되었다.

"영우 너 먼저 올라가거라!"

플래시가 있긴 했다. 그렇지만 춥고 어두운 산길을 소년 혼자 올라가라고 하는 것은 폭력을 쓰는 것이나 다를 바 없었다. 소년의 어머니가 소년의 어깨를 붙잡고 꼭 끌어안았다.

"먼저 올려 보내라는 내 말 듣지 못했어!"

소년의 아버지가 어머니에게 뻣성을 냈다.

소년이 어머니의 손에 들린 플래시를 빼앗듯이 받아들었다. 산길을 혼자 올라갔다. 뒤돌아보고 싶은 마음이 털끝만큼도 없었다. 주위가 온통 어둠에 묻혀서 보이지 않았지만 소년 아버지의 목소리는 고스란히 들려왔다.

"기분 나빠. 더러워. 저만큼 떨어져서 걸어."

"괜히 왜 트집을 잡으세요. 여보, 이젠 술 그만 드세요. 화투패도 잡지 마시고요."

"어디 감히 서방한테 충고야. 내가 살면 얼마나 산다고 그래. 먹고 싶은 거, 마시고 싶은 거, 하고 싶은 거, 내 맘대로 하도록 내버려둬. 그리고 돈 내놓으란 말이야. 그 돈은 어디에 감췄어?"

"그건 내년에 영우를 학교 보내면서 쓸 돈이에요. 절대로 안 돼요."

처음에는 들릴락 말락 하던 어머니의 목소리가 앙칼지게 변하면서 또렷해지기 시작했다.

소년은 아버지가 어머니에게 기분 나쁘고 더럽다고 말하는 이유를 알 수 없었다. 돈을 내놓으라는 말도 이상하게 들렸다. 아버지가 처음이자 마지막으로 번 돈은 약장수에게 뱀을 팔고 받은 거였다. 그 돈은 어머니에게 한 푼도 넘겨주지 않았다. 오히려 어머니가 산나물이나 약초를 뜯어서 돈을 벌 때마다 용돈으로 꼬박꼬박 가져갔다. 숲의 요정이 낸 하숙비도 아버지가 몽땅 가져간 것으로 알고 있었다. 그런데 무슨 돈이 또 있어서 돈타령을 늘어놓는지 알 수 없었다.

"건방진 년! 죽고 싶어! 누구야? 그거 내 새끼 아니지?"

대나무 빠개지는 소리가 들려왔다. 비명이 뒤따라 들려올 텐데 조용했다. 어머니가 소년이 놀라거나 가슴 아파하지 않도록 아픔을 참았던 모양이다.

소년은 모든 것이 싫었다. 아무것도 보이지 않으면 좋겠다는 생각을 했다. 어두워서 앞이 보이지 않을지라도 플래시를 꺼버렸다. 칠흑 같은 어둠이 오히려 편안했다. 손가락으로 귓구멍을 틀어막았다.

그날의 좋지 못한 기억들을 접었다. 사립문 쪽으로 다가갔다. 소년의 어머니가 쪼그리고 앉은 채 울음을 꿀꺽꿀꺽 삼키다가 입덧 때문인지 헛구역질을 해댔다. 소년은 어찌할 바를 몰라서 어머니의 등을 살포시 껴안아주었을 뿐이다.

옛 사람들은 옥玉을 천지天地의 중심이 되는 요점이요 음양의 순결체로 여긴다고 했다. 그래서 몸에 지니고 다니면 잡귀를 물리칠 수 있다는 거였다. 소년은 다인 이모가 해준 이야기를 온전히 이해하기 힘들었다. 하지만 곡옥이 마치 살아있는 것처럼 꿈틀거리는 것을 보면 재미있고 신기해서 눈을 떼지 못했다.

"개울 속에서 올챙이나 피라미가 헤엄치는 것 같아요."

"아니야. 곡옥을 동물의 송곳니라거나 초승달이라고 하는 사람들이 있는데 나는 어머니 배 속에 있는 아기나 용의 아기씨라고 생각한단다."

"이모, 우리 엄마 배 속에 동생이 자라고 있대요. 그렇다면 그 동생도 이 곡옥처럼 생겼겠네요?"

"아마 그럴 테지. 모든 생명의 씨앗이 곡옥처럼 생겼거든."

"엄마는 배 속에 아기가 있어서 무척 힘들겠죠? 그런데 아빠가 엄마를 괴롭혀요. 이모, 아빠는 엄마를 왜 미워하는 걸까요?"

소년의 질문에 이모가 선뜻 대답하지 못했다. 그러더니 잠시 후에 입을 열었다.

"영우야, 아빠는 언제 죽게 될지 모를 암 환자라서 의심이 더욱 많아지거나 질투가 심해질 수 있단다. 나는 곧 죽게 되니까 아내가 다른 사람을 좋아하게 될지도 모른다, 내가 죽으면 아내가 다른 사람한테 시집갈 것이다, 이런 불안감이 들기 마련이거든."

"이모, 엄마가 저한테 이런 이야기를 했거든요. 멀리 가더라도 울지 않는다고 약속할 수 있냐고 말예요. 엄마는 아빠가 싫어서 멀리 떠날 생각을 하고 있는 게 아닐까요?"

"그건 아닐 거다. 엄마는 너를 사랑하기 때문에 남겨두고 떠날 리 없다. 아마 아빠의 질투와 의심이 심해지니까 힘들어서 그런 이야기를 너한테 무심코 했던 모양이구나."

"이모, 질투와 의심이라는 게 뭐예요? 아빠가 엄마를 왜 질투하고 의심하는 걸까요?"

"뭐랄까, 엄마가 예쁘게 생겼으니까 아빠가 걱정되어서 그러겠지. 아 그리고 너한테는 어려운 이야기지만, 셰익스피어라는 작가의 오셀로라는 글에서 질투와 의심은 '사람 고기를 먹는 녹색 눈의 괴물'이라고 했어. 아무튼 너는 질투나 의심에 대해서 신경 쓸 필요가 없고 건강하게 자라기만 하면 돼."

다인 이모가 사진첩을 가져와서 보여주었다. 그 속에는 여러 가지 형태의 곡옥 사진이 들어 있었다. 그중에서 무령왕릉에서 출토된 것이고 설명되어 있는 '금모곡옥金帽曲玉'은 노란색 모자 같은 것을 쓰고 있었다. '모자곡옥'은 하나의 곡옥에 새끼 곡옥이 붙어 있는 형태였다. 하나의 가죽 줄에 여러 개의 곡옥이 달려있는 목걸이 사진, 용龍 신앙으로 만들어진 거라고 하는 용을 닮은 곡옥 사진도 여러 장 있었다. 금관 사진도 있었다. 자세히 살펴보니 거기에도 상당수의 곡옥이 매달려 있었다. 그런 사진들은 직접 촬영한 것도 있지만 대부분은 신문이나 잡지에 실린 것을 오려놓은 것이었다.

소년이 그 사진첩을 뒤적거리다가 곡옥과 전혀 관계없는 특이한 사진을 발견했다. 다인 이모가 정갈한 한복을 차려입고 무대 위에서 춤추고 있었다. 아마 살풀이춤을 추는지 소복을 입고, 하얀 고깔을 쓰고 있었다. 왕비 옷차림을 한 모습도 있었다.

그런 사진들을 넘기다 보니까 맨 마지막 장에 가족사진이 한 장 있었다. 귀여운 아기를 보듬고 있는 부부 사진이었다. 그런데 사내의 얼굴 부분을 도려내어 누구인지 알 수 없도록 되어 있었다. 옆에 앉아서 아기를 보듬고 있는 여자는 다인 이모였다. 노처녀라고 소문난 다인 이모가 아기를 보듬고 있다는 게 이상했다.

"얘야, 그건 안 돼……."

다인 이모가 사진첩을 황급히 낚아챘다. 소년은 죄라도 진 사람처럼 가슴을 졸였다. 이모의 얼굴은 당황한 기색이 역력했다. 소년은 이모에 대한 또 하나의 비밀을 알게 되었다.

그런데 그때였다. 바깥에서 고함치는 소리와 비명이 들려왔다. 소년은 생각해보고 말 것도 없이 밖으로 뛰쳐나갔다.

개울 건너편, 소년의 집 앞에서 아버지가 어머니의 머리채를 잡아끌고 있었다. 어머니는 맨발이었다. 소년은 아버지를 말리고 싶지만 무서워서 걸음이 떨어지지 않았다. 따스한 봄이라지만, 소년은 자기도 모르게 사시나무처럼 바르르 떨고 있었다. 아버지가 차라리 빨리 죽으면 좋겠다는 생각이 자기도 모르게 떠오르자 또다시 몸을 바르르 떨었다.

16
총銃

 소년의 어머니가 김밥을 싸기 시작했다. 소년은 주변을 서성거리다가 김밥 꽁지를 잽싸게 집어먹는 재미에 푹 빠져 있었다. 다른 사람이라면 퉁바리를 여지없이 맞았을 것이다. 하지만 소년의 어머니는 그런 행동도 마냥 오지게 보이는 김밥을 썰면서 미소 짓곤 했다.
 그 김밥은 참기름과 깨소금을 넣고 잘 섞은 쌀밥을 김 위에 얇게 펼치고 달걀지단, 당근, 미나리를 넣었다. 그뿐만 아니라 취나물과 고사리까지 넣어서 둘둘 말아서 입에 넣자마자 살살 녹았다.
 소년의 부탁으로 그 김밥이 만들어진 게 아니었다. 숲의 요정이 부탁해서 이루어진 일이었다. 그러니까 어제 오후였다. 요정이 소년에게 물었다.

"무덤산 뒤편의 하늘이 너무나도 맑고 푸르지 않니? 저 산에는 뭐가 있을까?"

"숲길을 따라 계속 올라가면 숯가마가 있고, 꼭대기 부근에는 암자가 있어. 그리고 나는 산 너머에 가본 적이 없는데 큰 도시가 있대."

"아하, 그렇다면 나는 전에 살던 도시에서 무덤산을 빙빙 돌아 뒤편으로 돌아왔던 거로구나."

"정말로 그 도시에서 살았어? 거긴 크고 멋있고 굉장하지?"

"너는 내가 살았던 도시가 몹시 궁금한 모양이구나."

"거기에 한 번도 가본 적이 없거든."

이런 대화를 나누다가, 요정이 무덤산 꼭대기까지 올라가보자고 했다. 그 산에 올라가면 큰 도시가 보일 터였다. 그러면 요정이 소년에게 그 도시에 대해서 자세하게 설명해주기로 했던 것이다.

소년의 어머니가 김밥을 보자기로 싸서 소년의 한쪽 어깨에 비스듬히 묶어주었다. 옛날에 책가방이 귀할 때 사내아이들이 책보 매는 방법이라고 했다.

소년과 요정이 집을 나섰다. 사립문 앞에서 케세라 아저씨와 지산 양반을 만났다. 그들의 옷차림으로 보아 숲길을 산책하거나 마무리운동을 하려는 게 아니었다. 케세라는 양복을 걸치고 광나게 닦은 구두를 신고 있었다. 지산 양반은 여행가방을 손에 들고 봄 점퍼를 걸쳤다. 두 사람 모두 예전보다 훨씬 젊게 보였다. 케세라가 말했다.

"영우야, 오늘 주산 공부는 쉰다. 집에서 열심히 연습해라. 알았지? 아참, 아코디언은 마루에 내놓았다. 시간 나는 대로 연습해라."

"아저씨들은 어디 가시는 거예요?"

"응, 검진 받으려고 병원에 간다. 이 숲 속에서 지낸 다인 씨의 병세

몰라보게 좋아졌고, 복순네는 완치되었다고 하잖아. 우리도 이 숲 속에서 열심히 노력했으니까 혹시 건강이 좋아졌을지 모르거든. 그래서 밑져봐야 본전이니까 검진 한 번 받으러 가는 거다. 바깥세상 바람도 쐴 겸 말이다."

케세라가 싱글벙글 좋아했다. 지산 양반도 마찬가지였다. 제5의 숲 사람들은 현대의학에 불신을 갖고 있다거나 자포자기해버린 경우가 많았다 그래서 검진 받는 것을 별로 좋아하지 않았다. 그런데 복순네의 완치에 이어서 다인 이모의 건강이 매우 좋아졌다는 희망적인 소식이 곰비임비 들려오자 제5의 숲이 들뜬 분위기에 휩싸였다.

소년이 아저씨들을 졸라서 따라가면 큰 도시를 마음껏 구경할 수 있을 터였다. 하지만 무덤산에 올라가서 그 도시를 바라보는 게 훨씬 더 좋았다. 왜냐하면 요정과 함께 산을 올라가기로 했기 때문이다. 그런데 은근히 걱정되었다. 자기는 사내아이라서 이를 악물더라도 무덤산 꼭대기까지 올라갈 수 있었다. 하지만 요정은 나약한 여자아이이고 병든 몸이었다.

"혹시 중간에서 포기하는 건 아니겠지?"

"내가 여자라고 깔보는 거야? 걱정 마. 건강도 이렇게 좋거든."

요정이 건강하다는 것을 증명해보이기라도 하듯 공터에서 춤을 추기 시작했다. 그 춤은 다인 이모가 추는 살풀이춤과 상당히 달랐다. 요정이 한 발로 서서 다른 발을 뒤쪽으로 구십도 이상 치켜 올리고 상체를 뒤로 젖히는 동작을 했다. 그것이 '발레'라는 무용의 '아라베스크'라고 요정이 알려주었다.

숲의 요정이 하얀 드레스를 입고 있어서 그런 느낌이 들었던 것일까. 소년은 오 시인이 이야기해준 적이 있던 전설의 백조가 눈앞에 나타난 줄 알았다. 소년은 요정을 하얀 초롱꽃으로 생각한 적이 있었다. 그런데 발레 동작을 보는 순간에 요정이 초롱꽃에서 백조로 변해버렸다.

지난여름 저녁이었다. 오 시인이 은하수 가운데 큰 십자가 형태를 하고 있는 다섯 개의 별을 가리키며 '백조자리'라고 알려주었다. 서양인들은 그 별자리를 '키그누스'라고 불렀다. 그건 친구를 사랑하는 어떤 소년의 이름이라고 했다.

오 시인이 백조의 전설을 들려주었다. 키그누스의 친구가 죽었다. 그가 친구의 죽음을 너무나도 슬퍼했다. 신들이 그런 모습을 가엾이 여겨 백조로 만들어주었다. 그런데 이 백조가 평소에는 노래를 부르지 않다가 죽기 직전이 되자 아름다운 노래를 불렀다고 했다.

두 사람은 오 시인의 꽃밭에 피어 있는 모란꽃과 튤립을 구경하면서 위쪽으로 올라갔다. 울보 아저씨의 집에는 새로운 사내가 들어왔다. 암환자인 그는 울보처럼 눈물을 자주 쏟아내곤 했다. 그래서 울보가 또 찾아왔다고 해서 '또보'라는 별명이 붙게 되었다.

소년은 개울 두 가닥이 만나는 곳에 도달하자 신바람을 내기 시작했다. 요정이 플루트 연주를 잘하고 발레라고 하는 춤을 잘 춘다. 하지만 야생화에 관한 한 요정이 신발 벗고 뛰어도 소년을 따라잡기 힘들 터였다.

"저건 은방울꽃, 저 보라색 꽃은 벌깨덩굴이야. 저기 보이지. 하얀 꽃잎 네 장이 붙어 있는 꽃이 있잖아. 저건 산딸나무꽃이라고 한단다."

"그럼 저 꽃의 이름은 뭐니?"

요정이 계곡의 돌무더기 사이에서 피어 있는 담홍색 꽃을 가리켰다. 소년이 전혀 머뭇거림 없이 대답했다.

"응, 금낭화인데 꽃말은 '당신을 따르겠습니다'야. 금낭화가 비단 복주머니를 많이 매달고 있어서 쓰러질 것처럼 위태위태하게 보이지? 그런데 전혀 걱정 마. 겉보기보다 강해서 쓰러지는 일이 없거든. 그리고 말이야, 금낭화는 뭔가에 맞거나 부딪쳐서 멍들었을 때 치료해주는 약이지만 종기가 났을 때도 사용한대. 또 봄에 어린잎은 먹을 수 있는데, 독이 있기 때문에 잘 삶아서 독기를 빼내고 먹어야 해."

"우와! 너는 그 많은 것들을 누구에게 배웠니? 나는 너처럼 많이 알고 있는 야생화 박사를 처음 봤다."

"응, 여기 사람들이 모두 내 스승님이야. 야생화 이야기는 다인 이모가 해주었던 거야. 그리고 금낭화 전설도 이야기해주었어. 그리고 나는 심심할 때면 숲길을 산책을 하면서 야생화를 자세히 살펴보거든."

소년이 요정에게 금낭화 전설을 이야기해주었다.

착하고 순한 어떤 왕자가 한 소녀를 사랑했다. 그 소녀는 예쁘지만 콧대가 너무 높고 거만했다. 왕자가 토끼를 선물하며 결혼을 청했다. 소녀가 거절했다. 다음에는 고급 귀걸이를 선물했다. 이번에도 쌀쌀맞게 거절했다. 그래서 왕자가 슬픔을 이기지 못하고, 자기 가슴을 창으로 찔러 죽고 말았다. 그 후, 왕자의 무덤에서 꽃이 피어났다. 그 꽃이 바로 금낭화였다.

"영우야, 이 세상의 거의 모든 꽃들은 사람이 죽어서 새롭게 태어난 것인가 봐. 꽃 전설을 들어보면 하나같이 사람이 죽은 곳이나 무덤에서 새롭게 피어났다고 하거든. 그런데 난 죽으면 무슨 꽃으로 피어나게 될까?"

"죽다니, 무슨 말도 안 되는 소리를 하는 거야. 복순네도 다인 이모도 오래 살지 못한다고 했지만 지금은 말짱하잖아. 너는 숲의 요정이야. 요정은 영원히 죽지 않는다고 했어."

소년은 요정에게 금낭화의 슬픈 전설을 괜히 들려주었다고 후회했다.

"나는 병을 꼭 완쾌해서 세계적인 발레리나가 될 거야."

"그래, 그래. 그리고 말이야, 우리가 산을 내려가면 다인 이모를 찾아가서 슬픈 꽃 전설 말고 신나며 재미있는 것으로 들려달라고 하는 게 어때?"

"좋아. 그런데 산은 멀리서 볼 때면 거대한 녹색 덩어리인 것처럼 보이지만 가까이서 보니까 온갖 아름다운 꽃들이 피어 있는 거대한 꽃밭이구나. 여기 좀 봐. 작고 귀여운 비단주머니를 줄줄이 달고 있는 금낭화 모습이 너무나도 깜찍하잖아. 나도 진즉 이 숲으로 들어올 걸 그랬나 봐."

요정이 금낭화에 시선을 빼앗겨 산 위로 올라갈 생각을 전혀 하지 않았다. 소년은 무덤산 꼭대기까지 올라가기만 하면 큰 도시를 한눈에 내려다볼 수 있다는 생각에 조바심이 일었다. 하지만 성급하게 굴지 않았다.

소년과 요정이 숲길을 따라 올라가다가 개울가에 쓰러져 있는 더벅머리 사내를 발견했다. 소나무 숲과 단풍나무 숲 경계쯤이었다. 그 사내가 고개를 슬며시 들며 정신을 잠시 차리는가 싶더니 다시금 쓰러졌.

두 사람은 사내가 살았는지 죽었는지 식별할 능력이나 정신적인 여유가 없었다. 전혀 예기치 못한 상황이라서 당황했다. 한편으로 무섭기도 했다. 우선 그 자리에서 도망치고 싶었고, 어른들에게 얼른 알려야 한다는 생각뿐이었다.

더벅머리 사내가 쓰러진 곳에서 가장 가까운 곳에 살고 있는 사람은 돌팔이였다. 사내의 생사를 진단하거나 치료해줄 수 있는 사람도 그였다. 소년과 요정이 돌팔이 집을 찾아가서 사내가 쓰러져 있다는 사실을 알렸다.

돌팔이가 사내를 부축하고 데려왔다. 그때까지 사내는 깨어날 줄 몰랐다. 소년은 돌팔이가 사내의 콧구멍 앞에 손바닥을 대어본다거나 눈꺼풀을 까고 플래시로 동공을 비쳐볼 것이라고 예상했다. 그런데 사내의 머리 밑에 베개 하나를 괴어주는 것 외에 별다른 조치를 취하지 않았다.

돌팔이는 사내의 건강상태보다 그가 악착같이 보듬고 있는 총에 신경을 더 쓰는 눈치였다. 돌팔이가 총을 빼앗아보려고 슬며시 잡아당겼다. 사내가 정신을 잃은 상태에서도 총만큼은 절대로 놓지 않아서 실패하고 말았다. 돌팔이가 어쩔 수 없는지 총 뺏는 것을 포기했다.

"영우야, 도대체 어찌 된 거냐?"

"저희들은 아무것도 아는 게 없어요. 숲길을 올라가다가 저 형을 발견했을 뿐이거든요."

소년이 사내의 몸을 흔들어보았다. 사내의 눈꺼풀을 슬며시 열렸다. 초점이 몹시 흐렸다. 곧이어 사내가 눈을 다시 감고 말았다.

깊은 잠에 곯아떨어진 것인지, 죽음 직전이라서 정신이 혼미한 것인지 알 수 없었다. 조금 우스운 이야기이긴 하지만, 소년은 더벅머리 사내가 지독한 잠꾸러기라는 생각이 들었다.

"아저씨, 이 사람은 어떻게 된 건가요? 혹시 죽으려고 하는 건 아니겠죠?"

"그래. 기력이 탈진된 상태이고, 무슨 이유인지 모르지만 잠을 며칠간 제대로 못 잤던 것 같구나. 지금은 죽음보다 더 깊은 잠에 빠져 있단다."

"그런데 보듬고 있는 저건 진짜 총이 맞죠? 더벅머리인 것을 보면 경찰이나 까까머리 군인도 아닌 것 같은데 왜 총을 갖고 있는 거죠?"

"글쎄, 그러게 말이다."

돌팔이가 체머리를 앓는 사람처럼 머리를 한동안 흔들었다.

잠시 후, 돌팔이가 총을 다시 빼앗으려고 시도했다. 사내가 잠에 곯아떨어진 상태였음에도 불구하고 총만큼은 악착같이 붙들고 있었다. 이번에는 돌팔이가 사내의 호주머니를 뒤지기 시작했다. 그런데 사내가 그것은 별다른 저항 없이 순순히 응했다.

사내의 점퍼 호주머니 속에서 비닐로 싼 고구마 크기만 한 물체가 튀어나왔다. 펼쳐보니 밥 덩어리였다. 돌팔이가 그것을 주먹밥이라고 했다. 다른 호주머니를 뒤지자 실탄이 여러 발 나왔다. 구릿빛 탄두가 작고 귀여웠다. 하지만 그게 날아가서 몸뚱이에 박혀 생명을 앗아가게 되어 있었다. 점퍼 안주머니를 뒤졌다. 수첩과 볼펜이 있었다. 수첩 속에는 학생증이 들어있었다. 대학생이었다.

돌팔이가 수첩을 뒤적거리며 뭔가를 읽다가 중환자의 신음보다 힘들게 느껴지는 한숨을 토해내곤 했다. 자칫하면 무덤산이 스르르 무너져 내릴 분위기였다. 사내는 총을 꽉 부둥켜안은 채 여전히 태평스레 코를 곯고 있었다.

소년은 이해할 수 없는 분위기가 몹시 껄끄러워서 밖으로 나가고 싶었다. 하지만 이미 호기심에 발목이 붙들려 있어서 그대로 앉아 있는 중이었다.

"영우야. 기다리기 지루하면 김밥이라도 먹자."

요정이 소년의 옆구리를 찔렀다. 무료한 시간이 흐르던 중에 요정이 묘수를 알려주었던 것이다. 소년이 보자기에서 김밥을 꺼냈다. 돌팔이 아저씨에게 김밥을 드렸으나 거들떠보지 않고 고개를 흔들 뿐이었다. 뭔가 깊은 생각에 빠져 있는 듯했다.

　두 사람이 김밥을 다 먹을 즈음이었다. 더벅머리 사내가 벌떡 깨어났다. 그리고 느닷없이 총을 겨눴다. 돌팔이가 흠칫하더니 손을 조심스럽게 내밀었다.

　"젊은이. 그건 위험한 것이네. 이리 주게나."

　"당신은 누구예요. 여긴 어디죠?"

　"여긴 무덤산 뒤편일세. 그 총을 이리 주게나. 그리고 어떻게 된 상황인지 차분하게 이야기해보게."

　"이 총은 절대로 안 돼요! 수많은 시민들이 총을 맞고 죽었어요. 이 총으로 시민들의 생명을 지켜야 해요."

　더벅머리 사내가 자리에서 벌떡 일어났다. 돌팔이가 그를 진정시키려고 팔을 붙들었다. 그가 뿌리치며 오열했다.

　"난 비겁자예요. 그들의 총이 무서워서 여기까지 도망쳐왔어요. 살고 싶었거든요. 그런데 여기 있을 순 없어요. 이 총으로 시민들을 살려야 해요. 그래서 우리가 총을 들었던 거예요. 돌아가야 해요."

　소년은 더벅머리 사내가 횡설수설하는 것 같았다. 수많은 시민들이 총을 맞고 죽었다면서, 그 총으로 시민들을 살려야 한다는 말이 이해되지 않았다.

　세상에서 가장 무서운 것은 무엇일까?

　사람들마다 다르겠지만, 소년은 총을 가장 무서운 것으로 알고 있었다. 약장수 아저씨가 자기의 몸이 금강불괴라고 말하면서 칼이나 화살로도 상처를 내지 못한다고 말한 적이 있었다. 물론 그가 읍내 장터에서 건달들의 발길질에 맞아 코피 쏟는 것을 보고 그 말이 순전히 구라라는 것이 밝혀지긴 했지만 말이다.

 그건 그렇고, 약장수가 빈총을 맞아도 삼 년 재수 없다며 두려워했던 것으로 보아 총이 얼마나 무서운 것인지 짐작하고도 남음이 있었다. 실탄을 넣지 않은 빈총의 위력이 그 정도인데 만약에 실탄을 넣고 쏘게 되면 얼마나 무서울 것인가. 아마 총 앞에서 큰소리칠 수 있는 생명은 하나도 없을 듯싶었다.

 산 아랫마을의 아이들이 병정놀이를 하면서 입으로 "빵!"하고 외치면 덩치가 크든 작든 상관없이 쓰러지는 흉내를 냈다. 사냥꾼들이 엽총을 쏘면 오르막을 평지처럼 달리던 산짐승들도 썩은 고목처럼 나뒹굴고 말았다. 그래서 소년은 세상에서 가장 무서운 것이 달걀귀신, 도깨비, 호랑이 같은 게 아니라 생명을 앗아가는 총이라고 여겼던 것이다.

 소년이 그 무서운 총을 직접 보았다. 고무줄로 만든 새총이나 동물을 사냥하는 공기총이나 엽총 같은 것이 아니었다. 경찰이나 군인이 갖고 다니는 진짜 총을 보았던 것이다.

 물론 어른이 되고나서 확실히 깨달은 것이긴 하지만, 그런 총이 사람을 무조건 죽이기만 하는 게 아니라 살릴 수도 있었던 것이다.

17
강호낭중, 숲으로 돌아오다

건강검진을 받는다며 큰 도시로 나간 케세라 아저씨가 돌아오지 않았다. 함께 나간 지산 양반의 이야기에 따르면, 케세라는 그 도시로 들어가는 도로가 전면 통제되자 가족들을 걱정하며 어느 야산을 넘어 도시로 들어갔다.

지산 양반은 통제 군인들의 살벌한 분위기에 놀라서 그만 발길을 되돌렸다. 그리고 면 소재지의 친척 집에서 하룻밤을 신세진 다음에 숲으로 되돌아왔다. 그런데 군인들의 강압적인 모습에 놀란 가슴이 아직도 풀어지지 않는다며 틈만 나면 혀를 덜렁 내밀곤 했다.

따쭈리가 무덤산 너머 큰 도시에서 벌어진 상황을 전해주었다. 수많은 사람들이 총을 맞아 다치거나 목숨을 잃었다. 그 도시로 들어가는 길목이 여전히 차단되어 지금 안에서 무슨 일이 더 벌어지고 있는지 모른다고 했다.

무덤산 너머의 큰 도시를 동경한 소년은 앞으로 그런 생각을 접기로 했다. 이곳에서 투병 생활하던 사람이 한 명만 세상을 떠나도 마음이 텅 빈 것처럼 허전하고 서운했다. 그런데 그 도시에서 수많은 사람들이 죽었다는 이야기를 듣고 나니 끔찍하지 않을 수 없었다. 더군다나 웃기 잘하고 노래 좋아하고 사람 좋은 케세라 아저씨를 그 괴물 같은 도시가 흔적 없이 먹어치운 듯해서 정나미가 떨어질 뿐만 아니라 소름이 오싹 돋기도 했다.

예전에 따쭈리가 목말을 태워주면서 "큰 도시는 무섭다. 총을 메고 다니는 군인들이 우글거리기도 한다. 또 눈을 감으면 코를 베어가는 곳이다. 내 배도 칼로 짼 곳이다"라고 하던 말이 생생히 되살아났다.

소년은 따쭈리가 약간 모자라다고 생각해온 게 사실이었다. 그런데 어느 면에서는 상당히 똑똑하다는 것을 알게 되었다. 특히 도시가 무서운 곳이라고 미리 알고 있던 것을 보면 앞을 내다보는 능력도 있는 듯싶었다.

따쭈리가 소년을 목말 태워 읍내 장터에서 제5의 숲까지 오면서 "약장수는 나쁘다. 착하고 어린 내 동생, 여우를 꼬드겨서 자기의 졸개로 만들려고 했다. 약장수는 하늘만큼 땅만큼 나쁘다……"라고 한 말도 틀리지 않은 듯싶었다. 만약에 소년이 약장수를 따라다녔다면 제5의 숲으로 아직까지 돌아오지 못했을 터이다. 그뿐만 아니라 어머니도 요정도 더 이상 만나지 못했을 것이다.

'그 도시에서 수많은 시민들이 죽었다는데 무슨 이유로 그런 엄청난 사태가 벌어졌던 것일까?'

다인 이모의 건강 회복으로 한껏 밝아진 제5의 숲 분위기가 가라앉고 말았다. 큰 도시 사람들이 많이 죽었다는 소문 때문이었다. 제5의 숲 사람들은 뭔가 할 말이 있는 듯했다. 그러나 저마다 입을 꼭 다물고 있었다.

따쭈리가 산을 빈번하게 오르락내리락하면서 바깥세상에서 주워온 소문을 세세하게 전해주곤 했다. 하지만 숲 속 사람들은 그런 소문도 귀에 담으면 큰일이 날 것처럼 조심을 떨며 평소처럼 숲길 산책에 나설 뿐이었다.

"어허, 입을 잘못 뻥긋하게 되면 어떤 귀신이 채어갈지 모르는 흉악한 세상일세."

숲 속 사람들이 그렇게 말했다. 소년은 사람들이 왜 이렇게 두려워하는지 이해하기 힘들었다.

침울하고 억눌린 분위기가 보름쯤 흘렀다. 케세라는 그때까지도 돌아오지 않았다. 그동안 그의 가족들이 한 차례 찾아와서 케세라가 행방불명되었다며 통곡을 터트렸다. 그 후, 케세라의 집에는 사람 그림자도 얼씬거리지 않았다.

소년이 요정과 함께 케세라의 집을 찾아갔다. 잡초가 마당을 어느새 뒤덮어서 귀신이라도 나올 것처럼 흉흉했다. 툇마루에는 케세라의 아코디언이 주인을 잃은 채 동그마니 놓여 있었다. 한때 신나는 음악을 연주한 악기라는 게 믿어지지 않을 정도였다.

소년이 주판을 일부러 가져갔다. 케세라의 집 툇마루에 주판을 올려놓았다. 케세라가 지켜보고 있는 것은 아니지만 일전에서 십전까지 놓는 것을 반복했다.

주판알을 튕길 때마다 아직도 돌아오지 않고 있는 케세라의 얼굴이 자꾸만 떠올랐다. 그 바람에 주판알을 잘못 퉁겼다. 만약에 그가 있었더라면 주판을 빼앗아 소년의 머리에 대고 드르륵, 긁으면서 장난꾸러기처럼 낄낄거릴 터였다.

"야, 너희들은 이 마을에서 사냐?"

느닷없는 목소리가 들려왔다. 소년이 깜짝 놀랐다. 그들이 읍내 경찰서의 형사라는 것을 밝혔다. 그리고 케세라의 가족들이 행방불명 신고를 해서 찾아왔다는 거였다.

그런데 형사들이 사람만 찾는 게 아닌 듯싶었다. 텃밭 여기저기를 살피더니 그것도 모자라서 제5의 숲 곳곳의 텃밭을 유심히 살피고 다녔다. 소년은 심심하던 차에 그들을 졸졸 따라다니다가 아무래도 이상하다는 생각이 들었다.

"행방불명 신고라면서 밭은 왜 샅샅이 살펴요?"

"응, 또 다른 신고가 들어와서 그런다."

"무슨 신고요?"

"이 숲 속 사람들이 죽을병을 잘 고치는 게 신통하다는 소문이 나돌아서 특별한 비밀이 있는지 조사해보는 중이다."

소년은 형사들이 총을 찾는지도 모른다는 생각이 들었다. 그런데 엉뚱한 대답을 들었던 것이다. 장난기가 치솟았다.

"형사 아저씨, 사실은 특별한 비밀이 있긴 해요."

"뭐라고! 네가 그 비밀을 알고 있니? 말해 봐라."

"병이 잘 낫는 것은 숲의 신비한 기운 때문이에요."

"꼬마야, 어른을 놀리면 못 써!"

형사가 눈알을 부라렸다. 소년이 뽀로통한 얼굴로 입술을 삐쭉 내밀며 투덜댔다.

"형사 아저씨, 분명히 뭔 일이 있긴 하죠? 그죠?"

"하, 요놈 봐라. 쥐 불알만 한 게 제법 야무지네."

형사가 웃음을 터트렸다. 그리고 양귀비를 불법 재배하는 사람이 있을지 모른다는 신고가 들어와서 조사하는 중이라고 알려주었다.

그들은 아무것도 찾아내지 못하고 돌아갔다.

소년이 다인 이모에게 양귀비에 대해서 물어보았다. 양귀비는 '앵속' 이나 '아편꽃' 이라고 하는데, 진통제로 쓰이지만 중독성 때문에 매우 위험한 식물이라고 했다. 그리고 불법으로 재배하면 잡혀가서 '콩밥'을 먹게 된다고 했다.

양귀비를 불법 재배하고 있을지도 모른다고 신고한 사람이 누구인지 끝내 밝혀지지 않았다. 아마 그 사람은 숲의 신비한 기운을 전혀 모른 나머지 제멋대로 넘겨짚었던 모양이다. 소년은 그 사람에게 '함부로 넘겨짚다가 팔 부러진다' 는 소리를 아느냐고 비아냥거려주고 싶었다.

한동안 소식이 감감했던 그가 홀연히 돌아왔다. 제5의 숲 사람들의 눈동자가 휘둥그레졌다. 별의별 억측을 낳게 한 그가 입술을 빨갛게 칠한 여자까지 옆구리에 끼고 나타났으니 눈동자가 휘둥그레지다가 퐁, 빠져서 솔방울처럼 떼굴떼굴 굴러다닐 지경이었다.

입술이 빨간 여자는 밤낮을 가리지 않고 껌을 질겅질겅 씹었다. 게다가 입술에 칠한 색처럼 빨간 뾰족구두를 신고 씨암탉걸음을 하며 돌아다녔다. 돌멩이나 나무뿌리가 튀어나와 울퉁불퉁해진 숲길이라서 넘어질 것처럼 비틀거리거나 다리가 풀썩 꺾인 적도 있었다. 그래도 여자는 뾰족구두를 끝끝내 고집했다.

미니스커트라고 하는 짧은 치마도 대단한 구경거리였다. 치마 끝이 무릎 위로 올라가서 아슬아슬했다. 뒤태를 보면 씰룩거리는 엉덩이가 치마를 찢고 튀어나올 듯했다. 그 때문에 숲 속 사람들의 심장이 요란하게 벌렁거렸을 것이다. 자칫하면 암으로 눈을 감기 전에 심장마비부터 일으킬지도 모를 일이었다.

돌아온 그의 꼴도 가히 볼만했다. 그는 고급스러운 하얀색의 벨벳 중절모를 쓰고 나타났다. 모자뿐만 아니라 양복도 하얀색이었으며 백구두까지 신어서 밀가루를 온통 뒤집어쓴 듯했다. 시쳇말로 '때 빼고 광낸' 상황이었다. 그런데 그의 매부리코와 숱이 적은 염소수염에서 궁상스러운 느낌이 풍기는 것은 여전했다.

그의 입성이나 타고난 생김새를 놓고 꼴불견이라고 평하는 것은 아니었다. 그는 이런 숲 속에서 거들먹거릴 만한 일이 뭐가 있다고 뒷짐을 진 채 배를 불쑥 내밀고 다녔다. 그의 턱도 구름에 걸쳐놓은 것처럼 한껏 들려 있었다. 타고난 상전이나 양반 행세를 하고 싶은 모양이었다.

그가 돌아왔던 날, 이바지 음식이라도 되는 양 미제 허쉬 초콜릿을 집집마다 한 개씩 돌렸다. 그렇지만 그런 정도로 생색을 내려고 한다거나 상전처럼 굴려고 하면 다람쥐도 비웃을 일이었다.

그가 돌아온 것을 제일 반긴 사람은 소년의 아버지였다. 소년도 기대감이 잔뜩 부풀었다. 그 기대감이란 다름이 아니었다. 흐지부지 끝나고만 대결이 다시 펼쳐질 가능성이 많았기 때문이다.

소년의 아버지는 숲 속 사람들이 얼굴을 찌푸리건 말건 비굴한 웃음을 매단 얼굴로 그를 덥석 껴안으며 기뻐했다. 그리고 숲 속 사람들을 만나기만 하면 입이 마르도록 칭찬하기 시작했다.

"강호낭중이 돌아왔어요. 세상을 떠돌며 아픈 사람들을 고쳐주고 헐벗고 굶주린 사람들을 도와준 우리의 협객이 돌아왔단 말입니다. 나는 그를 우리의 자랑스러운 아들이요 영웅이라고 평가해주고 싶어요."

지산 양반이 소년 아버지의 말을 듣고 핀잔을 던졌다.

"백여우 양반, 약장수가 앞에 없어서 하는 말인데, 장터를 떠돌며 약 팔다 온 사람이 뭐가 대단해서 자랑스러운 아들이고 영웅이란 말입니까. 허참, 그러다가 저 당산나무에 환영 플래카드라도 걸게 생겼습니다 그려."

소년의 아버지는 그런 말을 듣고 부끄러워하기는커녕 플래카드 걸 생각을 못한 자기의 우둔함을 책망하듯 손바닥으로 머리를 치면서 "에라이, 바보야! 내가 왜 그걸 미처 생각하지 못했을까"라고 한탄했다.

"그리고 보니까 파월장병들의 귀국을 환영하기 위해 플래카드 걸고 풍선 날리고 그랬던 게 생각나는군요. 어쩌나? 음, 플래카드는 당장 준비하긴 어렵고 그럼 풍선이라도 불어서 날려볼까요?"

"쳇, 이 깊은 숲 속에 풍선이 어디 있어."

"잠깐만 기다려 보라니까요. 궁하면 통한다고 했거든요."

소년은 꼬리 아홉 개 달린 백여우라는 별명을 갖고 있는 아버지가 왜 이렇게 살살이나 아첨꾼으로 변했는지 알 수 없었다.

소년의 아버지가 집으로 달려가더니 조그만 상자를 가져왔다. 그 속에서 뭔가를 꺼내더니 입으로 바람을 불었다. 커다란 풍선 하나가 만들어졌다. 소년의 아버지는 바람을 불어넣느라 얼굴이 벌겋게 변했으나 그래도 아무렇지 않은지 연신 껄껄거렸다.

"영우야, 네 사부님이 돌아왔잖아. 이 풍선을 날리며 축하해드려야지."

아버지가 소년에게 풍선을 억지로 맡기다시피 넘겨주었다. 이번에는 요정에게 주려는지 바람을 또 불기 시작했다.

그 풍선은 상점에서 파는 것과 많이 달랐다. 상점의 풍선은 빨강, 노랑, 파란색들로 되어있거나 별 문양 같은 것들이 그려져 있었다. 소년의 아버지가 건네준 풍선은 오로지 미색이며 아무런 문양도 없었다.

지산 양반이 키득거렸다. 울보의 옛집에 들어와서 살고 있는 또보가 히쭉대다가 이 사이로 침을 찌익, 갈겼다. 입 바람을 불던 아버지도 웃음을 참지 못해 반쯤이나 부풀어 오른 풍선 주둥이를 놓치고 말았다. 풍선이 주책없이 방귀소리를 냈다.

"에끼, 밤에 쓸 물건을 풍선으로 쓰면 어떻게 해요. 애들이 보는데 민망하지도 않아요. 썩 치워요!"

"강호낭중이 돌아온 것을 축하해주자는 건데요 뭘. 그리고 애들이 재미있게 갖고 놀면 그만이잖아요."

"아, 그래도 그렇지. 공짜로 나눠준 보건소 직원이 알면 야단칠 걸요."

"걱정 마세요. 다 쓰고 나서 풍선으로 불었다고 하면 되죠 뭐."

그때 위쪽에서 약장수가 나타났다. 하얀 벨벳 중절모와 하얀 양복 그리고 백구두를 착용한 모습 그대로였다. 그는 돌아온 지 며칠이 흘렀지만 그 차림을 여전히 고집하고 있었다. 소년이 약장수에게 산 아랫마을로 외출하느냐고 물었다. 그가 고개를 살래살래 내저었다.

"꼬마도사야, 너는 어이하여 매정하게도 이 사부를 두고 떠났던 것이냐. 그래서 네 발로 네 복을 걷어찬 것이니라."

소년이 대답하기 전에 소년의 아버지가 먼저 나섰다.

"강호낭중 양반, 우리 영우가 복을 걷어차다니 도대체 무슨 소리요?"

"생각해 봐요. 영우가 본인을 따라다녔으면 일확천금했을 거요. 그리고 본인이 영우에게 벨벳 중절모와 하얀 가다마이를 입히고 백구두를 신겨서 이 숲으로 데리고 왔으면 사람들이 얼마나 놀랐겠소. 아마 세상 사람들은 물론이고 이 숲의 소나무들도 부러워했을 거요."

약장수가 뒷짐을 진 채 거들먹거렸다.

"많은 돈을 벌어온 모양인데 그 비결이 뭔가요?"

"돈은 버는 게 아니라 쓸어 담아야 하는 거요. 한 푼 두 푼 벌어서 언제 떵떵거리는 부자가 될 수 있겠소. 돈 이거, 알고 보니 아주 좋은 거더라고요. 돈이 많으면 귀신도 종처럼 부릴 수 있어요. 돈이 많으면 처녀 불알도 살 수 있단 말예요. 그런데 정말 영우가 안타깝소. 왕돌팔이가 천자문을 가르쳐준다고 했을 때 거절하고 무조건 나만 따르도록 했어야 해요."

"돌팔이 양반이 천자문만 가르치는 게 아니라 동의보감도 가르쳐주고 있어요. 우리처럼 아픈 사람들에게는 동의보감은 절대적으로 중요하잖아요. 그래서 맡긴 거라고요. 그리고 동의보감은 돌팔이 양반이 고수급이라는 소문이 있어요."

"어허, 어허, 덜 떨어진 돌팔이가 동의보감을 얼마나 알겠소. 동의보감이라면 본인이 단연 최고지. 사람의 몸은 하늘의 모습을 본받은 거요. 그러니까 사람의 머리통이 둥근 것은 하늘을 닮아서 그렇고, 사계절이 있으니까 사람에게도 팔과 다리를 합해서 사지라고 하며, 오행이 있으니 오장육부가 있는 거요. 그런 것 외에도 십이경맥, 이십사 혈 자리, 삼백육십오 관절도 제멋대로 생긴 것이 아니라 하늘의 모습을 본받은 거요. 이만하면 본인의 실력이 어떻소?"

약장수가 장터에서 단방약을 팔면서 읊는 사설이었다. 그리고 소년도 돌팔이에게 배워서 알고 있는 내용이었다. 암을 치료하기 위해 이곳에 들어온 사람이라면 동의보감에 나오는 그런 내용을 한 번쯤 들어보았을 터였다.

"에헤, 그 정도는 나도 알아요."

소년의 아버지가 실실 웃었다.

"동의보감 책이 본인 머리통에서 백 번이나 굴러다녀서 이젠 도사가 되어버린 사람이야. 그래서 무산산인이오, 강호낭중이야. 자, 내가 신기한 것을 알려드리지."

"정력제 비방 같은 건 없나요?"

"어허, 자나 깨나 정력제 타령이로구먼. 백여우 양반, 그런 것은 하빠리야. 자, 내 말을 잘 들어봐요. 동의보감에서 가장 익히기 힘든 게 몇 가지 있어요. 보통 사람들은 도저히 익힐 수 없어요. 그렇지만 본인은 그 비결을 모두 익혔어요. 에도, 영우야, 투명인간이 되고 싶으냐? 내가 그 방법을 잘 알고 있느니라."

"사람들 눈에 보이지 않는다는 투명인간 말예요?"

"영우야, 그걸 '은형법'이라고 하는데 백구의 쓸개, 칡 줄기 말린 것, 계피의 노란 속 부분을 가루로 만든 뒤에 꿀에 반죽해서 알약으로 만들어 먹으면 되는 것이니라. 그리고 동의보감에는 '견귀방'이라고 해서 귀신을 보는 비법도 있느니라. 그건 석창포와 귀구를 꿀에 반죽하고 달걀 노른자위 크기로 알약을 만들어서 매일 아침 해를 바라보고 먹으면 백 일 후에는 귀신을 볼 수 있다. 어때, 이 사부가 대단하지 않느냐?"

약장수가 염소수염을 쓰다듬으며 헛기침을 연신 터트렸다. 소년의 아버지가 믿지 못하겠다는 표정을 보이자 약장수가 입을 또 열었다.

"어허, 사람 함부로 의심하는 거 아니야. 백여우 양반, 본인이 동의보감에 나와 있는 비법을 하나 더 알려주겠소. 여자가 질투하기 시작하면 사내들은 해골이 깨질 것처럼 골치가 아프잖소. 에또, 그럴 때 쓰는 비법을 '거투방'이라고 하는데 천문동과 붉은 기장쌀을 가루로 만든 뒤에 꿀에 반죽하고 알약으로 만들어서 남녀가 함께 복용하면 되는 거요. 그러면 질투 끝, 깨소금 쏟아지는 사랑 시작이야. 그건 그렇고 사람이 달나라를 가는 세상인데 돌팔이한테 케케묵은 천자문을 배워서 어디에 쓴단 말예요. 당장 돌팔이하고 인연 끊어요. 그리고 백여우 양반, 바보 따쭈리가 영우와 본인 사이를 갈라놓았소."

"따쭈리가 그런 못된 일을 저질렀단 말입니까? 난 그런 이야기는 금시초문이오. 도대체 어떤 일이 벌어졌소?"

"따쭈리가 영우를 꼬드겨서 빼갔단 말예요. 뭐라더라? 그렇지! '약장수는 하늘만큼 땅만큼 나쁘다' 이런 말도 안 되는 소리로 꼬드기면서 빼갔다니까 글쎄. 그렇지 않았다면 지금쯤 영우는 꼬마신사가 되어 있을 테고, 영우 아버지는 돈방석에 앉았을 거요. 내가 한 상자나 준 허쉬 쪼코레트 맛있죠? 돈 많으면 그딴 것은 잘 안 먹어요. 생선회 한 사라 시켜놓고, 박통 각하께서 마시다가 저세상으로 갔던 시바스리갈이라는 양주 한 병에 과일안주 한 사라 주문하면 미녀가 나타나서 뽕, 가게 해줘요. 또 탕수육, 양장피, 난자완스, 팔보채를 깔아놓고 빼갈 한 잔 쭈욱 들이키면 온 세상이 모두 내 것처럼 보이거든."

입담 고수인 소년의 아버지가 약장수의 말발에 넋이 빠져서 말하는 도중에 한 번도 끼어들지 못했다. 소년은 약장수의 이야기를 듣다가 헷갈리기 시작했다. 따쭈리와 약장수 중에서 누가 자기를 꼬드긴 것인지 정답을 찾기 어려웠다. 그렇지만 소년은 자기와 잘 놀아주고 순박한 따쭈리 형이 좋았다.

"그날 아저씨가 경범죄랑 무면허의료법인가 뭔가로 읍내 경찰한테 붙들려갈 때 따쭈리 형이 목말을 태워 여기까지 데려왔기 망정이지 그렇지 않았으면 나는 이 숲으로 찾아오지 못했을 거예요. 나랑 따쭈리는 의리로 맺어진 형제고, 그는 착한 사람이니까 욕하지 마세요."

소년의 이야기에 모여 있던 사람들이 깜짝 놀랐다. 약장수도 자기의 부끄러운 부분이 드러나자 적이 당황해하는 눈치였다.

"잠깐, 잠깐, 영우 녀석이 뭔가를 오해하는 모양이네요. 본인이 왜 경찰한테 붙들려갑니까. 경범죄? 무면허의료? 배꼽 잡을 개소리는 하덜덜 마! 본인한테 해당사항 무라니까요. 무면허의료는 저 위에 사는 왕돌팔이가 저지르고 있소. 그런데 앗싸리 까놓고 말해서, 본인이 경찰서에 가긴 했소. 경찰서장이 테니스하다가 팔이 빠졌다고 모셔가지 뭡니까. 그래서 빠진 팔을 한 방에 제대로 박아주었더니, 본인한테 거수경례를 처억 붙이더라고요. 그리고 경찰차에 태워서, 그 빽차 아시죠? 사이렌이 삐뽀삐뽀, 하는 소리를 질러대는 경찰 빽차 말예요. 본인을 거기에 태워서 다음 장이 서는 마을까지 데려다주었다니까, 글쎄."

소년의 아버지가 손뼉을 쳤다. 약장수가 소년의 아버지를 슬쩍 쳐다보면서 매우 흡족한 표정을 지었다. 그리고 입을 다시 열었는데, 장터에서 약을 팔 때에 쓰는 말투로 완전히 변해갔다.

"자, 자, 본인이 고쳐준 사람 중에서 읍내 경찰서장 급은 하빠리에 해당돼. 도지사 알지? 본인이 도지사 영감을 두 명이나 고쳤어. 그래서 도지사가 아니라 '또지사' 야. 그런데 그것도 하빠리에 해당돼. 서울대 위에 육사가 있다고 하잖아. 반짝반짝 빛나는 별을 이마빡에 하나, 둘, 셋, 넷, 이렇게 떠억 붙인 스타 양반들이 본인한테 머리 숙이고 찾아와서 제발 살려주십시오, 손금이 지워질 정도로 빌면서 애걸복걸했어. 그러면 더 이상 이야기하지 않아도 무슨 말인지 알아먹겠지? 그리고 사람 고치는 것만 능사가 아니야. 자고로 사내는 밤일을 잘해야 진수성찬을 받을 자격이 있어. 자, 내 말이 괜찮다싶으면 박수 한 번 쳐 봐!"

소년의 아버지가 손바닥이 깨질 정도로 박수를 쳤다. 경찰서장은 물론이고 도지사 그리고 날아가는 새도 떨어뜨린다는 장군들까지 약장수를 찾아와서 살려달라고 애걸복걸했다는데 손뼉을 치지 않고 배길 수 없었던 모양이다. 지산 양반과 또보가 덩달아 손뼉을 쳤다. 공터에 나와 있는 어머니와 요정의 어머니까지 박수 대열에 합류했다.

"자고로 뱀이 왜 정력제냐? 거시기가 두 개나 되는데다가 한 번 붙었다 하면 하루 종일이고 최대 이틀이야. 그런데 뱀이란 놈만 가지고 되느냐? 천만에 말씀 만만에 콩떡이야. 이따만한 황소란 놈의 교미 시간이 얼만지 알아? 겨우 이삼 초야. 지구상에서 덩치가 제일 큰 코끼리도 삼십 초야. 그런데 지렁이란 놈은 며칠 동안 아무것도 먹지 않고 그걸 계속 즐겨. 물개는 한 달에 무려 천 번 이상 그 구멍을 파. 그리고 수놈이 암놈 백 마리까지 거느리는 경우도 있어. 자랑스러운 물개의 거시기를 유식한 말로 해구신이라고 해. 이런 좋은 것들만 모우고 섞어서 만든 게 바로 이 약이야. 그런데 함부로 따라하지 마. 각각 얼마의 비율로 섞느냐가 엄청나게 중요한 비결이야. 선무당이 사람 잡는다는 소리 알지? 잘못 섞은 약을 먹으면 거시기가 평생 고개를 들지 못해. 마누라 도망간 뒤에 후회하지 마."

약장수가 빨간색 포장지로 싸여 있는 약병을 잠시 내밀더니 양복 안주머니에 도로 집어넣으며 애간장을 태웠다.

"약장수 양반, 아니지, 강호낭중 말이 정말 옳아요. 내가 저 약을 먹어봤는데 몸이 먼저 알더라니까 글쎄. 거참 신기해. 한 번 맛본 사람은 나한테 떨어지지 않으려고 앙탈을 부리더라니까. 지난번에 읍내 장터에서도……."

 소년의 아버지가 입담을 거침없이 쏟아내다가 소년의 어머니와 요정의 어머니가 뒤편에 서 있다는 것을 늦게나마 알아차린 모양이었다. 그 순간 말을 더듬다가 입을 다물어버리고 말았다.

 "자, 정력제도 좋지만 시한부 생명을 살려내는 것이 진짜배기야. 본인은 시한부 선고를 받았지만, 직접 개발한 단방약으로 암을 고친 사람이야. 본인 말을 믿지 못하는 좀생이들이 많을까 봐 아무도 걸고넘어지지 못하게 대학병원 진단서까지 단단히 끊어왔어. 지금 보여줘? 궁금해도 조금만 기다려. 왕돌팔이랑 대결할 때 앗싸리 보여줄 테니까 그때 눈 씻고 잘 살펴 봐. 그날은 틀림없이 왕돌팔이 제삿날이야. 본인이 돌아왔어. 강호낭중이 돌아왔다고!"

 둘러선 사람들이 우레 같은 손뼉을 쳤다. 숲에 있던 새들이 놀라서 다른 데로 날아갈 지경이었다.

18
천기누설

큰 도시에서 사람들이 많이 죽었다는 흉흉한 소문 때문에 찔레꽃머리가 실종되어버렸다. 그리고 보리타작하랴 모를 심으랴 정신없어서 '미끈유월'이라고 하는 달이 시작되었다.

산 아랫마을은 농사일로 분주했으나 제5의 숲은 조용했다. 숲 속 사람들은 여느 때처럼 숲길을 산책하고 공터에 모여서 마무리운동을 했다. 그리고 자기 나름대로의 독특한 치유법으로 투병생활을 변함없이 해나가고 있었다.

소년은 약장수와 돌팔이의 대결이 언제쯤 열릴 것인지 하마하마 기다리는 중이었다. 그런데 아무런 소식도 없었다. 급기야 지치기 시작했다. 소년이 약장수의 집을 찾아가기 시작했다. 어떻게 돌아가고 있는지 껌새를 살펴볼 요량이었다.

또보의 집 앞이었다. 그가 댓돌 위에 걸터앉아서 눈물을 흘리고 있었다. 어쩌면 이렇게 울보를 흡사하게 빼닮을 수 있을까. 울보는 순한 양처럼 생겼는데 또보는 인상이 별로 좋지 못했다. 하지만 행동이나 말투가 울보와 흡사했다. 특히 '하필이면 내가 왜 이런 불치병에 걸렸단 말이냐'를 앞세우는 말투가 울보를 그대로 빼닮아서 그가 다시 살아나 소년의 눈앞에 나타난 것처럼 느껴질 정도였다.

소년은 또보가 울보처럼 자기를 붙잡아놓고 신세타령을 할까 봐 고양이걸음으로 가만사뿐 걸어갔다. 그런데 그는 울보처럼 귀도 밝았다.

"야 꼬마야, 이리 와 봐라."

또보가 손가락을 까닥거렸다. 소년은 도둑질하다가 들킨 사람처럼 움찔대다가 토방 앞으로 다가갔다. 많이 울어서 그의 눈동자가 토끼 눈으로 변해있었다.

"왜 그래요?"

"인마, 너 이름이 뭐냐? 그리고 덩치가 제법인데 학교는 제대로 다니고 있냐? 공부 열심히 해라. 공부 안 하면 나처럼 돼 인마!"

"이름은 영우예요. 장영우. 학교는 내년에 꼭 다닐 거예요. 엄마가 어떤 일이 있어도 보내준다고 했거든요."

"알았다. 그런데 꼬마야, 하필이면 내가 왜 이런 불치병에 걸렸는지 모르겠다. 다른 사람들은 말짱한데 재수 없게 내가 왜 걸려들었느냔 말이다. 씨펄, 의사가 날더러 얼마 가지 않아서 끝장이라고 그러더라. 그러니까 하고 싶은 거 꼴리는 대로 실컷 하라더라. 씨펄, 그래봤자 뭐하냐. 네 다리 뻗어버리면 만사 끝장인데……."

소년은 또보가 뭐라고 지껄이건 말건 신경 쓰지 않았다. 그런데 '하고 싶은 거 꼴리는 대로 실컷 하라'는 말이 귀에 거슬렸다. 소년의 아버지가 그런 식으로 말하면서 살아가고 있었다. 그 바람에 동생을 배 속에 담고 있어서 거동하기조차 불편한 소년의 어머니가 개고생을 하고 있었다.

소년은 별명이 백여우인 소년의 아버지가 약장수 앞에 서기만 하면 살살이나 아첨꾼으로 변하는 이유를 이젠 알게 되었다.

며칠 전이었다. 소년의 아버지가 사립문 근처에서 빨간 포장이 되어 있는 약병 몇 개를 꺼내놓고 오달지게 낄낄거리고 있었다. 아마 약장수에게 정력제 몇 개를 공짜로 받았던 모양이다.

약장수가 돌아왔던 날, 다른 집은 미제 허쉬 초콜릿을 하나씩 받았는데 소년의 아버지는 열 개들이 한 갑이나 받았다. 그런데 소년에게 막상 돌아온 초콜릿은 반 조각뿐이었다. 소년의 아버지가 하나를 반으로 쪼개 어머니와 소년에게 나눠주었다. 그러면 아버지는 남은 초콜릿 아홉 개로 누구를 홀리려고 했던 걸까.

그저께였다. 산 아랫마을로 내려가는 소년 아버지의 바지주머니가 불룩해서 유심히 살펴보니 초콜릿 갑이 살짝 튀어나와 있었다. 아마 그 초콜릿을 누군가에게 주려고 산 아랫마을로 내려가는 모양이었다.

소년의 아버지는 정력제를 선물 받았을 때도 산 아래로 뻔질나게 내려가곤 했다. 그런 날은 소년이 어머니랑 밤중에 마중을 나가도 허탕을 쳤다.

외박을 한 다음 날 점심 무렵이 되어서야 아버지는 터덜터덜 올라와서 밥부터 찾았다. 반찬타령도 어김없이 늘어놓았다. 그리고 닭장으로 들어가서 날달걀을 뒤져내어 생으로 후루룩, 마시고 비릿한 맛을 달래려고 소금을 약간 집어먹었다.

'약장수가 아버지에게 특별대우를 해주는 이유가 무엇일까?'

소년은 어느 정도 낌새를 맡고 있었다. 사람들은 뭔가 선물을 받게 되면 그 사람과 친해지거나 같은 편이 되어주기 마련이었다. 울보가 소년의 호주머니에 돈을 종종 찔러주기 때문에 그의 넋두리를 들어주곤 하는 것과 같은 이치였다.

약장수가 소년의 아버지를 자기 사람으로 만드는 방법은 의외로 간단했다. 뱀을 특별히 비싼 가격으로 사준다거나 정력제를 공짜로 주는 거였다.

"씨펄, 난 죽기 싫다! 검은 옷을 입은 저승사자들에게 끌려간다는 게 자존심 상해. 꼬마야 봐라, 내 주먹 한 방에 쓰러지지 않는 놈들이 없었거든. 씨펄, 난 저승사자가 찾아오면 일대일로 맞장 깔 거다. 혹시 몰라서 이런 것도 준비해두었다. 여차하면 저승사자의 복부에 바람구멍을 내줄 거야."

또보는 울보보다 여러 면에서 한 단계 위였다. 울보가 앙탈을 부리는 어린아이라면 또보는 불량기 많은 고등학생쯤 되었다. 그리고 울보의 넋두리가 어리광이라면 또보는 욕설을 거침없이 내뱉으면서 상대를 은 연중에 쫄게 만들었다. 게다가 또보는 저승사자와 맞서 싸울 요량으로 무기까지 준비해놓았던 것이다.

또보가 손에 쥔 무기의 버튼을 눌렀다. 날카로운 칼날이 튀어나왔다. 그가 칼을 손가락 사이로 옮겨가면서 연신 돌리는 묘기를 부렸다. 소년이 신기해서 무슨 칼이냐고 묻자 호신용 잭나이프라고 했다.

"그런데 아저씨, 난 지금 바빠요. 누구를 만나러 가는 길이거든요."

소년이 핑계를 대고 그 집에서 빠져나왔다.

케세라 아저씨의 집 앞을 지나치기 시작했다. 그의 집은 잡초로 뒤덮

였을 뿐만 아니라 곳곳이 거미줄투성이였다.

소년은 그가 행방불명 된 후에 혹시나 돌아왔을지도 모른다는 생각이 들어서 여러 번 찾아갔다. 그리고 주산을 놓는다거나 임자 없는 아코디언의 건반을 짚어보곤 했다. 그런데 흥이 전혀 나지 않았다.

언제던가, 케세라의 집에 찾아갔을 때였다. 호랑나비 한 마리가 거미줄에 걸려 있었다. 거미가 쏜살같이 달려와서 붙잡힌 호랑나비를 거미줄로 칭칭 동여맸다. 순식간에 벌어진 일이었다. 소년은 호랑나비가 불쌍해서 거미줄을 풀어주려고 손을 내뻗었다. 그런데 말벌 한 마리가 거미줄로 날아왔다. 무서워서 손을 재빨리 움츠리고 말았다. 말벌은 소년의 친구가 아니라 적이었다. 그놈이 침으로 사람을 쏘면 목숨을 잃을 수도 있었다. 그런데 그 말벌의 공격 대상은 소년이 아니라 거미였다.

말벌이 엉덩이에 있는 침으로 거미를 쏘았다. 의기양양하던 거미가 맥을 못 추고 말았다. 그런 광경을 본 후, 소년은 케세라의 집에 가는 것이 싫어졌다.

약장수가 제5의 숲으로 돌아오자마자 취권 수련생들을 다시 소집하려고 애썼다. 그런데 케세라는 행방불명이고, 복순네는 집으로 돌아갔고, 지산 양반은 혼자서 수련하는 게 재미없다며 엉덩이를 뒤로 빼버렸다.

소년도 절세고수가 되고 싶은 마음이 없어서 약장수를 피해 다녔다. 처음에는 소년의 아버지가 소년에게 약장수의 제자가 꼭 되어야 한다며 성화를 부렸다. 그런데 소년의 아버지가 정신을 산 아랫마을에 빼앗겨버린 탓에 요즘은 야단치는 것을 잊어버린 모양이었다. 아마 정력제가 완전히 바닥날 때까지 소년은 꾸지람을 듣지 않을 성싶었다.

약장수의 집은 조용했다. 마당 안으로 슬금슬금 들어갔다. 소년은 취권이 느닷없이 그리워졌다. 취권을 흉내 내는 자기를 보고 깔깔대며 좋아하던 요정의 얼굴이 떠올랐다. 장터 사람들의 우레와 같은 손뼉 소리가 귓전에서 맴돌았다.

"땡큐! 땡큐!"

소년이 예전에 구경꾼들에게 했던 것처럼 고맙다는 인사를 했다. 취권 동작을 펼치기 시작했다. 한참이나 취권을 하던 중이었다. 약장수의 방 안에서 날카로운 목소리가 들려왔다. 취권 동작을 멈추었다.

"이런 사기꾼! 난 산에서 내려갈래!"

"어허, 그게 아니야. 나, 무산산인의 말을 못 믿겠다는 거야? 어허, 어허, 그러다가 굴러온 복을 발로 차버리게 될 걸."

"뭐라고. 임야 십만 평에 그림 같은 호화별장. 치사찬란하게 썰을 풀더니만 정작 까놓고 보니까 웃기고 자빠졌잖아. 이 쓰러져가는 집이 호화별장이야? 그리고 이 산이 다 당신 거야? 어디 땅문서 내놔 봐."

"이 철없는 그대야. 앗싸리 말해서, 돈을 왕창 긁어 이 산을 다 사고, 여기에다가 궁전을 짓고, 그대를 여왕처럼 모시면 되잖아. 나는 천재야. 모든 일이 계획대로 착착 진행되고 있거든. 두고 봐. 입이 떠억 벌어질 테니까."

"야이, 장돌뱅이 약장수야, 생까지 마. 그런 되지도 않은 소리로 수십 수백 명 여자들의 치마를 벗겼지? 안 봐도 훤해. 척하면 삼천 리고 쿵하면 호박 떨어지는 소리지 뭐. 쳇, 어디 그 계획이라는 게 뭔지 털어놓기나 해 봐."

"어험! 이건 비밀이라서 함부로 말하면 안 되는 거야. 꼭 그대만 알고 있어야해. 우선 눈엣가시인 돌팔이부터 쫓아낼 거야. 모든 준비가 끝났으니까 쇼오부를 내는 것은 시간문제라고. 그리고 이곳에 코리아의 최고, 아니 세계 최고의 자연치유장, 그러니까 암을 치료하는 기공

센터를 만들 거야. 나, 무산산인이 연구를 거듭하다가 죽어가는 사람도 살려내는 만병통치약을 개발했어. 생각해 봐. 죽느냐 사느냐 하고 있는 사람들한테 그까짓 돈 몇 푼이 문제겠어? 나한테 무조건 갖다 바칠 수밖에 없는 거잖아. 철없는 그대야, 돈은 버는 게 아니라 긁어모아야 하지만, 그것보다 단수가 높은 것은 저절로 굴러들어오게 만드는 거야. 그게 장땡이라고."

"자기야, 정말로 만병통치약을 개발했어? 정말로 이곳에 세계 최고의 기공센터도 지을 거야? 어머, 자기 너무 멋져잉."

"쉿! 그런 비밀을 함부로 씨부렁대면 못써. 그건 천기누설의 죄를 범하는 것이나 마찬가지거든. 그러니까 그대의 이 탱탱한 가슴 속에만 넣어두고 있으란 말이야."

"어머머, 역시 꿈도 멋지셔, 우리 자기! 우리 서방님!"

"어험! 이젠 날 믿을 수 있겠지? 그럼 오늘은 이빠이 뽕, 가게 해줄 거야. 하늘로 붕붕 뜨는 느낌이 들면서 그대가 선녀인지 천사인지 모를 정도로 만들어주겠단 말이야. 내가 기막힌 방중술을 알거든."

소년은 입술이 빨간 여자의 코맹맹이소리에 이어서 도둑고양이 울음소리가 들려오자 호기심을 이기지 못했다. 창문으로 바투 다가가서 틈새로 안쪽을 엿보았다.

방 안에 수많은 양초들을 둥그렇게 배치해놓고 불을 켜놓았다. 그 안에서 홀라당 발가벗은 남녀가 있었다. 하지만 풍욕을 하는 것 같지 않았다. 약장수는 누워 있었다. 입술 빨간 여자가 말을 타듯 올라앉은 자세로 엉덩이와 젖가슴을 요란하게 흔들며 울부짖고 있었다.

소년의 몸이 뻣뻣해지기 시작했다. 더 이상 훔쳐보다가 아기 돌부처나 장승이 될지도 모른다는 두려움이 치솟았다. 하지만 창문 틈새에서 눈을 떼기 힘들었다.

　요즘 한참인 산딸기를 따먹고 싶었다. 산딸기나무 옆에는 독사가 많이 산다고 했다. 소년은 조심을 떨었다.
　다인 이모의 말하기를, 산딸기 열매를 현구자라고 하는데 그 열매를 햇볕에 말린 다음에 달여서 마시면 간 질환에 좋고, 자양강장제라고 했다. 그건 소년의 아버지가 특히 좋아하는 거였다. 소년은 배가 고프거나 주전부리가 없을 때면 산딸기 열매를 자주 따먹곤 했다.
　제5의 숲 좌측 편, 다섯 기의 무덤이 동그마니 모여 있는 곳으로 갔다. 그 일대는 소년의 주전부리 창고나 마찬가지였다. 해마다 진달래꽃, 삘기, 찔레의 순을 따먹고 나면 산딸기와 청미래덩굴 열매가 기다리고 있었다. 그리고 가을이 되면 머루가 매달려 있고, 늦가을에는 칡을 캘 수 있었다. 그 칡은 입술이 빨간 여자가 시도 때도 없이 질겅대는 껌과 비교할 수 없을 만큼 차지고 달았다.
　소년이 무덤 쪽으로 갔다. 소년의 어머니와 다인 이모가 그곳에 앉아 있었다. 산나물과 약초를 함께 뜯다가 내려온 모양이었다. 그런데 어머니가 얼굴을 찡그린 채 손으로 배를 감싸고 있었다. 다인 이모의 얼굴은 창백했다.
　"영우야, 어서 돌팔이 선생님을 모셔 와라."
　다인 이모가 소년을 보자마자 소리쳤다. 소년은 그가 이렇게 허둥대는 것을 처음 보았다.
　"뭐라고 이야기할까요?"
　"네 엄마가 하혈한다고 그래."
　"하혈이 뭔데요?"

"그건 네가 몰라도 돼. 시간이 없어. 어서."

소년이 산토끼처럼 숲길을 올라갔다. 어머니에게 좋지 못한 일이 생길까 봐 걱정이 태산이었다. 지산 양반이 숲길 산책을 끝내고 아래로 내려오다가 소년을 불렀다. 못 들은 체하고 허겁지겁 달렸다. 숨이 턱을 쳤다. 땀이 비 오듯 쏟아졌다. 어지럼증도 느껴졌다. 제자리에 주저앉고 싶었다. 하지만 이를 악물었다.

"아저씨! 우리 엄마 좀 살려주세요!"

돌팔이의 집 사립문을 붙들자마자 숨을 추스를 여유도 없이 그를 불렀다. 대답이 없었다. 댓돌 위에 신발이 없는 것으로 보아 안방에 없는 것 같았다. 만약에 뒷간에 갔다면 소년이 다급하게 외치는 소리를 들었을 것이다. 그런데 아무런 소리가 들려오지 않는 것으로 보아 외출한 모양이었다.

소년은 어떻게 해야 좋을지 몰라서 발을 동동 굴렸다. 어머니가 걱정되어 무덤이 있는 곳으로 뛰어 내려갔다. 어찌된 일인지 어머니와 다인 이모가 보이지 않았다. 집으로 달려갔다. 어머니가 안방에 누워 있었다. 다리에 이불을 괴어 머리를 낮춘 자세였다. 어머니의 얼굴이 창백했다. 이마에는 식은땀이 맺혀 있었다.

다인 이모와 숲의 요정이 어머니 옆에 앉아서 간호하고 있었다. 소년의 아버지는 보이지 않았다. 아침 일찍 산 아랫마을로 내려갔는데 아직 돌아오지 않았던 모양이다.

"이모, 아저씨가 계시지 않아요. 급하면 약장수 아저씨라도 불러올까요?"

"그 사람은 믿을 수 없어."

"그럼 어떻게 해요?"

"선생님을 꼭 찾아서 모셔와. 아참, 거기 갔을지도 모르겠다."
"거기가 어딘데요? 암자?"
"아니야. 혹시 선생님이 잘 가는 동굴을 알고 있니? 아마 거기에 계실 거야."

소년은 그 말을 듣는 순간 소름이 돋는 것을 느꼈다. 그 동굴에서 본 해골에 대해서 다시 생각나지 않도록 잘 덮어두었다. 그런데 다인 이모가 들쑤셨던 것이다.

"알긴 하지만, 거긴 무서워요."
"혹시 해골을 보았던 거니? 영우야, 무서워하지 마라. 언제 시간이 나면 동굴에 해골을 걸어놓은 사연을 이야기해줄게. 어서 가. 네 엄마가 위독해."

어머니가 위독하다는 말이 소년의 다리를 저절로 움직이게 만들었다. 비탈진 숲길을 다시 올라갔다. 어머니가 혹시라도 잘못되면 어쩌나 하는 불길한 생각이 자꾸만 들었다. 다리가 아픈 줄도 몰랐.

돌팔이의 집을 지나 동굴이 있는 쪽으로 올라갔다. 그때 따쭈리의 '동그랑땡' 이라는 노래가 들려왔다. 소년의 눈이 번쩍 뜨였다. 돌팔이가 앞서 걷고 따쭈리가 뒤를 졸졸 따라 내려오고 있었다. 해골이 걸려 있는 동굴까지 찾아가지 않고도 만날 수 있어서 천만다행이었다.

"우리 엄마가 위독하대요. 하혈을 한대요. 아저씨, 살려주세요."

소년이 돌팔이에게 위급한 상황을 허둥지둥 전하며 그의 손을 잡아 끌었다.

"여우야, 사내는 허둥대는 것이 아니다. 양반은 비가 와도 피하지 않고 에헴, 에헴, 하면서 천천히 걷는다. 밥도 빨리 먹으면 체하는 법이다. 천천히 냠냠 먹어야한다."

따쭈리가 소년의 손을 으스러지도록 움켜잡아주었다.

돌팔이는 평상시처럼 무표정한 얼굴이었다. 그가 숲길을 재빠르게 내려갔다. 머리카락이 하얗게 센 사람이라고 믿어지지 않을 정도였다. 소년과 따쭈리는 돌팔이의 걸음을 따를 수 없었다. 잠시 후, 돌팔이의 모습이 숲에 가려져 보이지 않았다.

소년이 집에 당도했을 때 소년의 어머니는 고통 없는 표정으로 누워 있었다. 하지만 돌팔이와 다인 이모의 얼굴이 상당히 어두웠고, 대화도 무거웠다.

"응급조치로 하혈이 멈춰서 그나마 다행이네요."

다인 이모가 이마에 맺힌 땀을 훔치며 말했다.

"하혈 자체는 큰 문제가 아닐 수도 있어요. 그거 참, 다리가 많이 부어있으며 아랫배와 허리가 아프다니까 혹시 좋지 않은 병이라도 생겼을까봐 염려되는군요. 그거 참, 무엇보다 태아가 무사했으면 좋겠고, 아무튼 병원으로 가서 정밀검사를 받아보는 게……."

돌팔이가 안타깝다는 듯 '그거 참'을 연이어 토해내다가 말꼬리를 흐렸다.

19
집착이 미혹을 낳는다

 소년은 심심할 때면 숲의 요정과 함께 개울로 가서 가재와 게를 잡는다거나 숲길을 산책하며 산딸기를 따거나 야생화 구경을 했다. 그런데 이젠 돌아다니는 것이 싫었다. 어머니 걱정이 몸뚱이를 짓눌렀다.
 당산나무 아래에 앉아서 무덤산 꼭대기 쪽을 바라보며 하루를 꼬박 보냈다. 무덤산 너머의 큰 도시가 보고 싶은 게 아니었다. 병원에 간 어머니가 그립기 때문이었다. 그 도시에 있다는 병원을 찾아가본다거나 무덤산 꼭대기 부근의 암자에 모셔진 부처님을 찾아가서 어머니의 건강이 좋아지기를 기원하고 싶었다. 하지만 소년에게는 그 모든 것이 여의치 않았다.
 배 속의 태아가 문제라던 돌팔이 아저씨의 말이 귓전에서 맴돌았다.

불안감이 매지구름처럼 덮치기 시작했다. 하늘이 어두워지고 산이 검게 변하는 듯했다. 채찍비가 쏟아질 것 같은 느낌에 사로잡히기도 했다.

요정이 언제 다가왔을까. 소년의 무릎 위에 뽀빠이과자 한 봉지를 올려놓았다. 아마 소년의 기분을 짐작하고 있어서 아무런 말도 걸지 않고 과자만 놓은 듯싶었다. 이런 깊은 산중에서 좀처럼 구경할 수 없는 귀한 과자를 선물 받았으니 고맙다고 말하는 게 당연했다. 그렇지만 소년은 입이 잘 열리지 않았다.

저녁노을이 무덤산을 물들이기 시작했다. 얼마 후면 땅거미가 내려앉을 터였다. 소년은 밤하늘에 별이 어서 뜨기를 기대했다. 그 별들이 반짝거리는 것을 바라보고 있으면 마음이 편안해지고 희망이 솟구쳤다.

소년은 별이 반짝거리는 것을 보고 있을 때면 사람의 맥박이 힘차게 뛰는 것을 눈으로 확인하는 느낌이 들곤 했다. 반짝이는 별을 통해서 살아있다는 것을 느끼게 되는 것은 갖가지 죽음이 빈번하게 발생하는 환경에 놓여 있기 때문인지도 몰랐다. 소년은 어머니에게 아무런 일이 없도록 별이 생생하게 깜빡이기를 기원했다.

"영우야, 배고프지? 우리 소꿉놀이 할까?"

한동안 입을 다문 채 소년 옆에 앉아서 팔을 괴고 있던 요정이 팔목을 잡았다. 소꿉장난을 좋아할 나이가 이미 아니지만 순전히 소년을 위해서 그런 제안을 한 것일 터였다.

"그래 좋아."

소년은 그때서야 배가 고팠다. 그리고 자기에게 밥상을 차려줄 사람이 아무도 없다는 것을 알았다. 소년의 어머니는 병원에서 이틀째 머무르는 중이었다. 따라나선 다인 이모도 아직 돌아오지 않았다. 소년의 아버지는 어제 일찍 외출해서 아직까지 돌아오지 않았다.

"내가 밥을 지을 테니까, 너는 땔감을 준비해."

요정이 방긋 웃었다. 찬밥이 대소쿠리 안에 있었다. 아궁이에 불을 지펴서 밥을 새로 지을 이유가 없었다. 하지만 소꿉장난이라서 요정이 그렇게 말했던 것이다.

"헤헤, 내가 남자니까 아빠가 되는 게 맞지?"

"그래. 나는 여자니까 엄마가 되는 거야."

두 사람이 마주보면서 약간은 어색하고 쑥스러운 웃음을 지었다. 소년은 아빠 역할을 멋지게 해내고 싶었다. 저번에 아버지가 소년에게 말하기를, 장차 네가 우리 집의 호주가 될 거라고 했다. 그리고 호주는 가족들을 먹여 살리고 책임질 의무 같은 게 있는 사람이라고 설명해주었다.

소년은 집으로 돌아와서 땔감으로 쓸 솔방울과 솔가리를 열심히 모았다. 그리고 삭정이를 부러트려 불을 지피기 편하도록 만들었다. 요정이 부엌으로 들어가서 뭔가를 준비하느라 한동안 딸그락거리는 소리를 냈다.

"서방님, 저녁 밥상이 준비되었어요. 땔감 장만은 그만하시고 어서 식사하세요."

요정이 개다리소반을 들고 나와서 툇마루에 놓았다. 비록 찬밥이었지만 사발에 먹음직스럽게 담아놓고, 어떻게 찾았는지 모르지만 열무김치를 보시기에 내왔다. 텃밭에 있는 상추와 쑥갓 그리고 당귀 잎을 물로 깨끗이 씻어서 싸리 채반에 가지런히 올려놓았다. 참기름을 섞은 된장도 옆에 있었다. 야채쌈밥이었다. 소꿉놀이라기보다 밥상을 진짜로 차려왔던 것이다.

소년은 전율이 연이어 흐르는 것을 느꼈다. 한 번의 전율은 밥상을 훑어볼 때였다. 두 번째는 자기에게 '서방님'이라고 부르는 요정의 목소리를 들을 때였다.

뭔지 알 수 없는 행복감이 전신으로 퍼졌다. 셀 수 없을 만큼 많은 노란 민들레꽃이 피어있는 숲길을 걸어가는 듯했다. 석양빛이 번지고, 민들레꽃 갓털들이 꿈처럼 피어 날리는 풍경 속에 서있는 기분이었다.

"서방님, 급하게 차리느라 반찬이 별로 없어요. 그래도 많이 드세요."

"밥상이 훌륭하오."

"산중이라서 먹을 게 마땅하지 않아요."

"여보, 당신도 함께 먹읍시다."

소년은 상추와 쑥갓 그리고 당귀 잎을 겹쳐놓고 그 위에 찬밥을 한 수저 떠서 올렸다. 된장도 살짝 찍어 올렸다. 별나게 오달진 웃음이 저절로 흘러나왔다. 소년은 진짜 어른이 되었고, 요정을 자기의 색시로 맞이한 것 같았다.

"맛이 어떠세요?"

"꿀맛 같소. 여보, 그런데 내일은 저 무덤산 꼭대기에 올라가보는 게 어떻겠소?"

"거기는 왜요?"

"지난번에 올라가다가 중간에서 내려오지 않았소. 이번에는 암자의 부처님을 찾아가서 기도드리고 싶소."

"서방님, 좋아요. 그런데 이거 한 번 드셔보실래요."

요정이 상추쌈을 싸서 입에 넣어주었다. 소년은 왕이 된 기분이 들었다. 그렇다면 요정은 왕비가 되는 셈이었다.

두 사람이 알콩달콩 저녁밥을 먹고 있을 때였다. 사립문 쪽에서 다인 이모의 목소리가 들려왔다. 어둠을 흠뻑 둘러쓴 이모가 사립문을 밀치며 안으로 들어왔다.

"영우야! 소진아!"

소년은 잘못을 저지른 것도 없으면서 얼굴에 모닥불을 담아 붓듯 화끈 달아올랐다. 요정의 얼굴도 빨갛게 변해 있었다. 하지만 무안해하며 그냥 앉아있을 상황이 아니었다.

"이모, 엄마는요?"

"응, 걱정하지 마라. 저 밑에서 잠시 쉬고 있으니 곧 올라올 것이다."

다인 이모가 어머니의 이부자리를 깔아야 한다며 안방으로 들어갔다. 소년이 플래시를 찾아들고 어머니가 있는 곳으로 황급히 달려갔다.

제5의 숲 입구 가장자리의 커다란 소나무에 소년의 어머니가 비스듬히 기대어 서 있었다. 한 손에는 지팡이로 사용한 나뭇가지가 들려있고 다른 손은 허리를 받친 자세였다.

"엄마, 괜찮아?"

"오냐, 나는 아무렇지 않다. 어제 오늘, 밥은 제때에 챙겨먹었냐? 배가 고프지는 않았어? 어디 아픈 데는 없고?"

정작 아픈 사람은 어머니였다. 그런데 오히려 소년을 걱정해주었다. 누가 두 사람의 대화를 들었다면 소년이 아픈 것으로 착각했을 것이다.

"그냥 편하게, 주먹밥으로 만들어주세요."

"어머머, 어린 네가 주먹밥을 어떻게 아니?"

"그냥 어쩌다가 알게 되었죠, 뭐."

총을 들고 무덤산을 넘어온 청년에 대해서 다른 사람에게 일체 이야기해서는 안 된다고 돌팔이가 당부한 적이 있었다. 그래서 그날의 사연은 비밀에 붙였다.

"암자에는 왜 올라가려는 거니?"

"부처님께 소원을 빌고 싶어요. 그런데 그 소원이 뭔지 물어보지 마세요. 미리 말해버리면 김이 새버려 부처님께서 소원을 들어주지 않을 수 있거든요."

"나도 부처님께 소원을 빌 게 있다. 함께 올라가도 되겠지?"

주먹밥을 만들던 다인 이모가 소년을 바라보며 미소 지었다.

"이모, 그런데 엄마는 괜찮은 거죠?"

소년의 어머니는 아직 누워 있는 상태였다. 소년이 걱정하자, 동생을 낳으려고 그러는 거니까 염려하지 말라고 다인 이모가 말했다. 소년은 어머니가 아무런 탈 없이 예쁜 동생을 낳기만 하면 아버지가 가정에 충실해질지도 모른다는 기대감에 빠져 있었다.

다인 이모가 주먹밥 만들기를 끝냈다. 그리고 달걀을 삶으면서, 그게 생명을 상징하는 알이라고 했다. 그래서 가톨릭에서는 부활절이 되면 소망을 담은 그림을 그려 선물한다고 이야기해주었다. 소년이 주먹밥과 삶은 달걀을 보자기에 넣고 어깨에 비스듬히 걸치고 묶었다.

"애야, 너는 진짜 애늙은이로구나. 주먹밥도 알고, 옛날식으로 책보를 매는 것도 알고 말이야."

"온통 어른들에게 둘러싸여 사니까 그렇게 된 거죠, 뭐."

"어린이는 어린이다워야 하는 건데……."

다인 이모가 말은 그렇게 했으나 소년이 귀여운지 빙그레 웃었다. 소년은 오늘따라 이모의 웃음이 헤프다는 생각이 들었다.

요정의 표정이 무척 밝았으며 걸음걸이도 힘찼다. 암자까지 무사히 올라갈 수 있을 것 같았다. 소년은 해가 지날수록 종아리가 굵어져서 이젠 무덤산 꼭대기까지 아무런 문제없이 올라갈 자신이 있었다.

또보와 맞닥뜨리지 않고 그의 집 앞을 무사히 지나쳤다. 케세라는 아직도 돌아오지 않아서 여전히 빈집이었다. 돌팔이 아저씨의 집을 지나칠 때였다. 동굴 속에 걸려있던 해골이 생각나서 다인 이모에게 물었다.

"이모, 저번에 해골바가지 사연을 이야기해준다고 말했잖아요."

"응, 그게 무척 궁금한 모양이구나."

"해골바가지 때문에 돌팔이 아저씨가 무섭게 느껴졌어요. 숲 속에는 아름다운 꽃도 많은데 하필이면 그 무서운 것을 걸어놓았는지 모르겠어요."

"그 선생님은 별난 분이시잖니. 그렇지만 암 치료에 대해 모르는 게 거의 없는 분이시다. 서양의학도 대단하지만 민간요법도 많은 자료들을 수집하고 연구하시는 분이야. 그리고 그 선생님한테 들은 이야기인데, 해골을 걸어놓고 생각에 잠기는 이유는 인간의 삶 속에 죽음이 들어 있다는 것을 끝없이 깨닫고 싶어서라는 거야."

"피, 저처럼 나이가 어려도 사람은 누구나 다 죽는다는 것을 아는데 어른이 아직도 그런 것을 아직도 깨닫지 못하고 있다니 바보인 모양이죠."

소년이 입술을 삐쭉 내밀었다. 다인 이모의 이야기는 예상한 것과 달리 싱겁기 짝이 없었다. 물론 이모가 비밀에 붙이는 사연이 있을지도 모르지만, 소년은 때가 되고 늙으면 죽는다는 것을 모르는 사람이 어디 있으랴 싶었다.

단풍나무 숲을 지났다. 참나무 숲으로 들어가자 숯가마가 보였다. 소년은 예전에 여기까지 올라와서 숯가마를 구경한 적이 있었다. 요정은 처음이라서 무척 신기한 모양이었다. 요정이 제법 넓은 공터에 쌓여 있는 까만 숯덩이들을 가리키며 다인 이모에게 물었다.

"요즘에도 숯불로 밥을 짓는 사람이 있나요?"

"그럼. 도시에서는 연탄이나 석유를 쓰지만 아직도 숯을 사용하는 집이나 식당이 많아. 우리 숲 속 사람들만 해도 나무를 때서 밥을 짓잖니. 그런데 숲이 신비한 기운을 갖고 있듯이 숯도 그렇단다."

"그 신비한 기운이라는 게 뭔데요?"

"숯은 '신선한 힘' 이라는 뜻을 갖고 있대. 그리고 생각해보면 숯은 참 재미있어. 저 가마 속에서 뜨거운 불이 되어 활활 타올랐는데, 다음에 또 한 번 뜨거운 불이 되어 활활 타오르게 되거든. 그리고……."

다인 이모는 간장을 담글 때 숯과 붉은 고추를 장독에 넣는다거나, 아이를 낳았을 때 대문의 금줄에 숯이나 고추 등을 매다는 것에 대해 이야기해주었다. 그런 것들은 민속신앙에서 나온 것이며 부정을 타지 말라는 뜻으로 하는 거였다.

그런데 고추를 넣거나 매다는 것이 단순한 미신이 아니라고 밝혀졌다는 것이다. 숯에서 '생명의 빛' 이라고 할 수 있는 원적외선과 음이온이 나온다는 연구 결과가 발표된 적이 있다고 말했다.

숯가마 뒤쪽에서부터 가파른 길이 시작되었다. 소년은 가파른 산길을 오를 자신이 있지만 요정이 염려되었다. 그런 염려가 현실로 나타났다. 얼마쯤 올라가던 요정이 헛구역질을 하면서 불안하게 비틀거리기 시작했다.

소년이 깜짝 놀라서 올라가는 것을 중단하자고 말했다. 요정이 괜찮다며 손사래를 치며 계속 올라가자고 했다. 소년이 앞에서 요정의 손을 잡아 끌어주었다. 다인 이모가 맨 뒤에서 따라오며 만약의 상황을 대비했다.

한참 후, 제법 넓은 공터가 나왔다. 그곳에서는 무덤산 꼭대기가 잘 보였다. 병풍처럼 우뚝 서 있는 바위들과 그 아래에 자리 잡은 그림 같은 암자가 바로 머리 위에 있었다.

소년은 항상 마음에 두고만 있던 암자 구경을 직접 하게 되자 가슴이 설레었다. 암자에 모신 부처님 앞에서 기도를 드릴 수 있다는 것도 좋지만, 신비한 하늘 가까운 곳까지 올라오게 되자 가슴이 마냥 벅차올랐다. 요정이 특별한 문제없이 암자까지 올라올 수도 있어서 더욱 기뻤다.

거대한 바위기둥들이 병풍이나 성벽처럼 서 있었으며 더러는 세월의 무게를 이기지 못해서 비스듬히 누워 있기도 했다. 바위틈에서 자란 소나무와 활엽수들이 끈질긴 생명력을 보여주고 있었다. 그 위에는 파란 하늘이 손에 잡힐 듯 가까이 펼쳐져 있어서 모든 게 신비로웠다.

바람이 불 때마다 들려오는 암자의 풍경소리가 피로를 말끔히 씻어주었다. 암자 처마 끝의 작은 종 아래에 붙어있는 붕어처럼 생긴 구리판이 물이 아닌 바람 속에서 헤엄치고 있었다. 그럴 때마다 풍경소리가 들려왔다.

소년은 이야기로만 들었던 무덤산 꼭대기의 암자에 처음 와봤다. 발아래의 경치가 환상적이었다. 특히 하늘을 손으로 잡을 수 있을 듯한 분위기가 너무나 좋아서 천지사방을 둘레둘레 살펴보느라 여념이 없었다.

암자의 노스님은 어디로 갔는지 보이지 않았다. 법당 문이 환하게 열려있었다. 소년은 불상 앞에서 무릎을 꿇었다. 어머니의 병이 하루 빨리 완쾌되고, 동생이 무사히 태어나기를 기도하고 법당 밖으로 나왔다. 눈이 동그랗게 변한 요정은 법당 안을 기웃거리기만 할 뿐 안으로 들어가지 않았다. 다인 이모는 백팔 배를 올리느라 법당 안에 계속 남아 있었다.

"이 산을 돌아가면 내가 살던 도시가 나온다고 그랬지?"

"그 도시로 돌아가고 싶어서 그래?"

"아니야. 나는 이제 제5의 숲이 더 좋아. 언제부터인지 모르겠지만 정이 너무나 많이 들어버렸거든. 너는 내가 살던 도시에 가보고 싶니?"

"예전에는 꼭 가보고 싶었는데 이젠 마음이 달라졌어. 사람들이 많이 죽었다는 이야기를 듣고 나서 끔찍하다는 생각이 들었거든."

두 사람이 이야기를 나누고 있을 때였다. 노스님이 요사채 안에서 나왔다.

"귀여운 천진불들이 이 높은 산꼭대기 암자까지 어인 일로 오셨을꼬?"

"스님, 안녕하세요. 저는 장영우라고 하는데, 소원을 빌러 왔어요. 저의 어머니가 많이 아프시거든요."

소년은 숲의 요정도 병이 말끔히 낫기를 기도했다. 하지만 그런 이야기는 부끄러워서 차마 밝힐 수 없었다.

"오호, 천진불이라고 생각했는데 알고 보니 목련존자였구먼."

"천진불은 뭐고 목련존자는 뭐예요?"

소년의 호기심과 궁금증이 어김없이 발동했다.

"절에서는 어린이들을 천진불이라 부른단다. 그리고 목련존자는 부처님의 십대 제자 중의 한 분이신데, 지옥에 떨어진 어머니를 구한 효자였지. 효도는 매우 중요해. 만약에 효가 없으면 인간 세상의 질서가 무너지게 되거든."

"스님, 뭔가 이상해요. 스님들은 부모형제들을 내버려두고 산속의 절에 들어가잖아요. 그런데 효도를 이야기할 자격이 있을까요?"

"허허, 맹랑하면서도 총명한 천진불이로군. 내 말을 잘 들어봐라. 『부모은중경』이라는 책을 펼쳐보면 '왼쪽 어깨에 아버지를 오른쪽 어깨에 어머니를 업고 수미산을 백 번 천 번 돌다가, 살가죽이 터져 뼈가 드러나고, 그 뼈가 터져 골수가 비친다한들 부모의 은혜는 갚을 수 없다'고 적혀 있다. 불교는 인간 중심의 종교이기 때문에 효도를 당연시하고 있단다. 그런데 너희들의 집은 어딘데 이 암자까지 올라왔느냐?"

"스님, 저를 모르시겠어요? 저는 바로 밑에 있는 제5의 숲에서 살아요. 스님께서도 저의 마을에 오신 적이 있잖아요."

"제5의 숲이라? 아, 돌팔이 거사님이 거처하는 마을이군."

"스님, 그 아저씨를 잘 아세요?"

"그럼. 잘 알고말고."

"그 아저씨는 아주 이상하고 신비스러워요."

"뭐가 그렇게 이상하단 말이냐?"

"글쎄 말예요, 동굴 속에 해골바가지를 걸어놓고 인간의 삶 속에 죽음이 있다는 것을 끝없이 깨달으려고 한다나 뭐라나. 스님이 생각해도 웃기죠? 어린 저도 사람이 태어나서 늙으면 죽게 된다는 것을 알고 있는데 그 아저씨가 아직도 그런 것을 모르고 있다니 말이 안 되잖아요. 아마 그래서 돌팔이라는 별명을 붙이고 다니는 모양이에요."

"오호라, 어린 네가 죽음을 안다고 말하다니, 내가 부처님을 눈앞에 두고 몰라본 모양이구나. 애야, 그 거사님이 죽음이 뭔지 알려고 한 것은 삶이 덧없음을 확실히 깨닫고 싶었기 때문일 거야. 그 거사님은 마음의 상처 때문에 몹시 괴로워하며 살아가고 있지. 어허, 내가 그런 고통은 자기 자신에 대한 집착에서 생기는 것이라고 누누이 일렀건만 아직도 허우적거리는 것 같아. 그래, 그래, 집착이 미혹을 낳는 법이거늘."

노스님은 해골에 대해서 다인 이모와 비슷한 이야기를 해주었다. 그런데 소년은 '집착이 미혹을 낳는다' 는 말이 이상스럽게 들렸다. 아마 집착이라는 아주머니가 미혹이라는 아기를 낳았다는 이야기인 듯한데, 그게 돌팔이와 어떤 관계가 있는지 알 길이 없었다.

다인 이모가 법당에서 나와 언제 소년의 등 뒤로 다가왔는지, 스님에게 물었다.

"그 선생님이 무슨 연유로 마음에 큰 상처를 입었는지 아시나요?"

"글쎄요. 자기의 오만과 실수로 사람이 죽게 되었다는 이야기를 들은 적이 있습니다만, 그 밖의 다른 사연은 알지 못합니다."

"혹시 살인이라도 저질렀단 말예요?"

"자세한 내막은 모르겠는데, 자기 때문에 한 생명이 저세상으로 가게 되어서 무척이나 고통스러워하는 것 같았습니다. 생명이란 그 무엇보다 소중한 것입니다. 우리 인간은 탐진치를 버리고 참 생명의 가치를 위해 노력해야합니다. 그건 인간의 생명에만 국한된 이야기가 아닙니다. 그래서 불교에서는 불살생을 중요시하는 것입니다. 나는 거사님이 어떻게 해서 사람을 죽게 만들었는지 모르고 있지만, 그 거사님이 한 인간의 죽음에 대해서 큰 고통을 짊어진 채 살아가고 있는 것만은 틀림없다고 봅니다."

스님이 돌팔이에 대해 간략하게 이야기해주었다.

수년 전이었다. 돌팔이 아저씨가 배낭을 짊어지고 무덤산에 올라왔다가 이 암자에서 하룻밤을 묵게 되었다. 그런데 무슨 사연인지 모르지만, 불당에서 밤새 절을 올리며 눈물을 흘렸다. 그리고 암자 아래의 숲 속에서 말기 암 환자들이 모여 살고 있다는 이야기를 듣더니, 얼마 후에 그곳으로 옮겨 살기 시작했다는 것이다.

20
백조의 노래

 따쭈리는 덩치가 커서 그런지 땀을 유난히 많이 흘렸다. 그래서 해마다 여름만 되면 시원하기 그지없는 제5의 숲으로 올라와서 살다시피 했다. 산 아랫마을은 가마솥더위가 몰려와서 부채를 아무리 부쳐도 소용없다고 투덜댔다. 그리고 몸뚱이에 좁쌀처럼 빨갛게 돋아난 땀띠가 무슨 자랑이라도 되는 것처럼 소년에게 보여주기도 했다.
 제5의 숲 지역은 시원할 뿐만 아니라 경치도 훌륭했다. 널따란 숲이 장관이고, 크고 작은 바위들로 이루어진 개울이며 폭포까지 있어서 누구나 입이 떠억 벌어질 만했다. 그런데 여름철이 되어도 더위를 피하려는 사람들이 이 숲으로 몰려들지 않았다. 그 이유는 암 환자들이 모여 살고 있어서 혹시 병에 전염될지도 모른다는 불안감 때문이라고 했다.

솔숲을 지나가는 바람이 무척 시원했다. 개울물은 발이 시릴 정도로 차가웠다. 따쭈리는 상체만 벗었고, 소년은 벌거숭이가 된 채 개울물로 첨벙 뛰어들었다. 물이 워낙 차가워서 소년의 아랫도리에 매달린 고추가 자라목 오그라들 듯했다. 그렇지만 물장구를 치는 재미가 워낙 쏠쏠해서 밖으로 나오기 싫었다.

따쭈리가 소년의 입안에 사탕 한 알을 넣어주었다. 소년은 사탕을 깨트려 먹지 않고 항상 빨아먹었다. 귀한 거라서 아껴 먹어야 했으며 단맛을 오랫동안 느끼고 싶었다.

소년이 사탕을 입에 넣고 단물을 오달지게 빨아먹고 있을 때였다. 위쪽에서 딸깍거리는 소리가 들려왔다. 그 순간, 소년은 빨간 뾰족구두와 씨암탉걸음을 퍼뜩 떠올렸다.

"에구, 부끄럽다!"

소년이 머리통만 내놓고 개울물 속으로 깊이 주저앉았다. 두 손바닥으로 사타구니도 가렸다. 따쭈리는 발가벗은 상체를 가리려고 뜨건 물에 데친 남새처럼 바짝 웅크렸다.

"영우야, 너는 따쭈리랑 이렇게 철없이 놀고 있을 때가 아니니라. 너는 정신 똑바로 차리고 내 뒤를 이어야 해. 그리고 열심히 노력해서 돈도 이빠이 벌어야 하느니라. 암에 걸렸다하면 순식간에 집 한 채 홀라당 넘어가는 건 일도 아니다. 돈이 곧 생명이니라. 돈이 있으면 죽을병도 고칠 수 있고, 돈 없으면 죽고 싶어도 마음대로 못 죽느니라. 저승에 갈 때도 노잣돈이라는 게 필요한 법이거든."

입술이 빨간 여자만 나타난 게 아니었다. 약장수가 그 여자 앞에서 쥘부채를 쥔 채 의젓하게 걸어오더니 일장 연설부터 늘어놓았다.

"난 무술 따위는 관심이 없어요."

"어허, 철없는 것 같으니라고. 돌팔이 밑에서 케케묵은 천자문 따위나 배우며 세월아 네월아 하면서 띵까띵까, 하다가 개죽음당하고 싶으냐. 영우야, 다음 대결의 쇼오부는 이미 끝난 거나 다름없으니 그까짓 형편없는 돌팔이는 헌 신짝 버리듯 던져버려라."

약장수가 가슴을 내미는 것과 동시에 따쭈리를 힐끗 째려보며 콧방귀를 뀌었다. 그런데 돌팔이를 하늘처럼 떠받드는 따쭈리가 특별한 반응을 보이지 않았다.

"아싸라비야! 콜롬비아! 그럼 드디어 다시 대결하는 거예요! 언제 어디서 대결할 거죠?"

소년은 두 사람이 붙으면 누가 이기게 될지 늘 궁금하게 여겼던 터라 입안에 있던 귀한 사탕이 튀어나오는 줄도 모르고 크게 외쳤다.

"삼일 후 정오에 모든 사람들이 당산나무 아래로 모이면 단 일격에 끝장을 내버릴 거다. 모든 준비가 완벽하게 되어 있느니라."

약장수가 손목을 잽싸게 흔들며 쥘부채를 요란하게 폈다. 낫으로 대나무를 두 쪽 내는 소리가 들려왔다.

"돌팔이 아저씨도 대결에 응낙했나요?"

"나오지 않으려고 버티면 멱살을 붙잡아서라도 끌고 나올 거야."

"이번 대결에서 자신 있으세요?"

"어허, 너는 이 사부를 믿지 못한단 말이냐. 복순네가 완치되어서 집으로 돌아갈 수 있었던 것은 이 사부가 만든 신비한 약 덕택이었느니라. 그리고 근래에 숲으로 들어온 또보라고 있지? 그 사람도 내 약을 먹고 엄청난 효과를 보는 중이다."

약장수가 자신감과 자랑이 곁들여진 헛기침을 내뱉고 염소수염을 쓰다듬으면서 말을 이어갔다.

"돌팔이가 그동안 의술을 제법 아는 것처럼 행세하며 사기 잘 처먹었지만 이젠 저승사자를 제대로 만난 거야. 나, 강호낭중이 돌팔이의 모든 것을 까발려놓게 되면 그가 한밤중에 몰래 도망치거나, 경찰에게 붙잡혀가는 신세가 되고 말 것이야."

약장수가 호탕한 웃음을 날렸다. 그러자 웅크리고 있던 따쭈리가 벌떡 일어서며 소리쳤다.

"약장수야, 너는 뻥이 하늘만큼 땅만큼 심하다. 우리 선생님은 돌팔이의사가 절대로 아니다. 진짜 의사다. 우리 선생님에 비하면 장돌뱅이 약장수 너는 새 발의 피다!"

따쭈리가 앞발을 치켜들고 울부짖는 성난 곰처럼 보였다.

"이런 어벙이, 혹시 쥐약을 잘못 처먹은 거 아냐? 너 말도 안 되는 헛소리를 지껄이면 쥐도 새도 모르게 무덤산 골짜기에 묻어버린다."

"나는 아직 죽을 때가 아니다. 팔팔하게 숨 더 쉬고 싶다. 상여가 나갈 때마다 명정을 하늘만큼 땅만큼 들고 가야 한다."

"어쭈구리, 죽고 싶다고 죽어지는 게 아니고 살고 싶다고 살아지는 게 아니야. 에라이 어벙이, 돌팔이가 진짜 의사라면 나는 화타나 편작 같은 명의다."

"여길 봐라. 돌팔이 선생님이 칼로 내 배를 쨌던 자국이당."

따쭈리가 자기의 배에 있는 기다란 흉터를 가리켰다.

"이런 등신이 비싼 밥 처먹고 육갑떨고 있네."

"돌팔이 선생님이 내 배를 째지 않았으면 그때 나는 죽었다. 선생님은 내 생명의 은인이다. 선생님이 이런 말을 하지 말라고 신신당부했는데 약장수 네가 자꾸만 헐뜯으니까 어쩔 수 없이 털어놓는 거당."

"에라이 또라이. 저런 또라이 상대하다가 나도 또라이 되겠다. 아이구, 두야. 정신이 똑바른 내가 피해야지 원."
 약장수가 가래침을 거칠게 뱉고서 자리를 떴다. 입술이 빨간 여자가 빨간 뾰족구두를 딸각거리며 씨암탉걸음으로 뒤따라갔다.

 소년의 어머니는 무더운 날씨임에도 불구하고 방 안에서 계속 누워 있었다. 병원에 한 번 더 다녀온 것을 제외하고 바깥출입은 더 이상 하지 않았다. 작년 이맘때쯤에는 약초를 캐기 위해 무덤산을 누비곤 하다가 정금나무나 산앵두나무 열매를 따서 소년에게 가져다주곤 했다. 그런데 이젠 산을 타지 못하니 소년은 그런 열매를 맛볼 수 없었다.
 소년은 어머니 배 속에 든 동생이 보통 개구쟁이나 말썽꾸러기가 아닐 거라고 생각했다. 다른 어머니들은 아기를 가져도 이만큼 고생하지 않는 것처럼 보였다. 그런데 배 속에 든 동생이 말썽을 잔뜩 피워서 어머니를 힘들게 하고 있었다. 그 동생이 태어나기만 하면 아무도 몰래 볼이나 엉덩이를 꼬집어줄 작정이었다.
 소년의 어머니만 방에 들어박힌 건 아니었다. 숲의 요정도 암자에 올라갔다 온 후로 바깥출입을 하지 않았다. 요정이 마당으로 나오는 소리를 어쩌다가 듣게 되면, 소년이 밖으로 황급히 나가서 우연히 마주친 것처럼 꾸몄다. 그리고 몸이 많이 아프냐고 물었다. 요정은 방긋 웃으면서 건강이 차츰 좋아진다고 말했다.
 소년은 요정이 주변 사람들에게 걱정을 끼치지 않기 위해 거짓말한다는 것을 누구보다 잘 알고 있었다. 요정은 식사를 제대로 하지 못했으며 몸이 비쩍 말라가고 있었다. 밤이면 끙끙 앓는 소리를 내기도 했다. 눈이 퀭하게 꺼진 것만 보아도 병세가 좋지 못하다는 게 드러났다.
 어제 이른 아침이었다. 소년은 산나물이나 항암식품에 대해서 박사나 마찬가지인 다인 이모에게 무덤산 일대에서 구할 수 있는 좋은 약초를 알아보았다. 예전에도 들은 적이 있지만, 개똥쑥과 부처손이 최고라고 했다. 하지만 그 약초들이 항암효과를 갖고 있긴 해도 어떤 부작용이 나타날지 아직 잘 모르니까 덮어놓고 믿으면 안 된다는 것을 여러 번 강조했다.

소년은 어제 하루 종일 산을 쏘다니며 개똥쑥과 부처손을 뜯었다. 바위틈이나 표면에 붙어 있는 부처손을 뜯다가 자칫 잘못해서 밑으로 굴러 떨어질 뻔한 적도 있었다. 그 약초들을 보따리 가득 담아서 집으로 돌아왔다. 하지만 요정에게 선뜻 건네지 못했다. 처음부터 건네려고 뜯었던 것이 아닌지도 모르겠다.

약초 외에도 준비한 게 있었다. 산에서 꺾어온 쑥부쟁이 꽃을 두 단으로 나누어서 소년의 어머니와 요정에게 선물했다. 어머니는 대견하다는 생각이 들었는지 소년의 머리를 끌어안으며 흐느꼈다. 요정은 미소를 지으며 기뻐했다.

"와, 꽃이 멋지다. 이런 꽃들이 피어 있는 꽃밭에서 한숨 푹 자면서 예쁜 꿈을 꿀 수 있다면 좋겠어. 난 요즘 무서운 꿈을 자주 꾸거든."

"이 꽃을 머리맡에 두고 잠을 자도록 해 봐. 그러면 예쁜 꿈을 꾸게 될 거야."

"영우야, 내가 빨리 건강해져서 너한테 멋진 발레를 보여주고 싶어. 이래봬도 발레 경연대회에 나가서 최고상을 받은 실력이거든."

요정이 눈을 스르르 감는 게 아마 그날을 생각하는 것 같았다.

소년은 따쭈리가 돌팔이를 만나러 간다며 숲길을 올라가려고 하자 앞을 가로막았다. 따쭈리는 잿불에 감자를 구워 먹자는 소년의 달콤한 꾐에 빠져서 가자는 대로 따라왔다. 소년이 아궁이에 불을 지피고 잿불

속에 감자를 묻어두었다. 그리고 속셈을 드러냈다.
"형, 소진이 누나를 안고 어르면서 동그랑땡을 불러주면 안 돼? 동그랑땡을 불러줄 수 있다면 배가 터질 만큼 군감자를 주겠어."
소년은 따쭈리의 팔에 안겨서 눈을 살포시 감고 그 노래를 듣게 되면 구름을 타는 기분이 들면서 마음이 편안해진다는 것을 이미 알고 있었다. 요정에게도 그런 기분을 느끼게 해주고 싶었다. 그러면 통증을 얼마간 잊어버리거나 아예 아프지 않을 수 있다는 생각이었다.
"여우야, 내가 전에도 말했지만, 소진이는 키가 너무 커서 안 된다. 키가 작아지면 그때서야 동그랑땡을 불러줄 수 있다. 조금 기다려봐라. 요즘 소진이 몸이 자꾸만 졸아드는 것을 보니까 키가 작아질지도 모른다."
"요즘 소진이 누나가 많이 아파서 빼빼 말랐어. 벌써 키가 작아졌을 테니 동그랑땡을 불러줄 수 있을 거야. 정말이야. 너무나 아파해서 키가 한 뼘 이상은 작아졌을 걸."
"아니다. 아직도 너무나 크다."
따쭈리가 도리머리를 했다. 소년은 어쩔 수 없어서 비상수단을 쓰기로 했다.
"형, 그러면 감자를 눈곱만큼도 줄 수 없다. 또 앞으로 형이라고 부르지도 않고 아는 체하지도 않고 함께 놀아주지도 않을 거야."
소년의 비상수단이 약발을 받은 거 같았다. 따쭈리가 눈동자를 불안하게 굴리기 시작했다. 이런 기회에 더욱 몰아쳐서 말뚝을 확실하게 박을 필요가 있었다. 소년은 머리를 재빨리 굴려서 따쭈리가 제일 싫어하는 것을 찾아냈다. 자기가 약장수에게 무술을 배워서 장돌뱅이로 따라다니겠다고 말하는 거였다. 속으로 '아싸라비야!'를 외치며, 혼잣말처럼 중얼거리기 시작했다.

"많이 심심하다. 무얼 하면 좋을까. 그렇지! 약장수 아저씨한테 가서 무술이나 배워볼까? 그래, 오일장을 떠돌면서 취권을 보여주고 차력도 하면 구경꾼들의 박수를 많이 받을 수 있겠지. 그게 좋겠어……."

소년의 말이 끝나기도 전에 따쭈리가 팔을 붙잡았다.

"여우야, 여우야, 감자는 나한테 안 줘도 괜찮다. 그렇지만 내 동생이 장돌뱅이가 되는 건 하늘만큼 땅만큼 싫다. 여우야, 저번에 너랑 나랑 새끼손가락을 걸고 약속했던 것이 있다. 사내가 약속을 지키지 않으면 고추가 뚝 떨어진다는 것을 절대로 잊지 마라."

"쳇, 약장수 아저씨를 따라다니는 것이 왜 싫은 거야?"

"장돌뱅이 약장수들은 사기꾼이다. 예전에 내 배가 아팠을 때 장돌뱅이 약장수한테 약을 사 먹어봐서 잘 안다. 내가 그 약을 먹고 골로 갈 뻔했다. 내 동생 여우는 사기꾼이 되면 안 된다. 사람은 착하게 살아야 한다."

"그럼 좋아. 약장수 아저씨를 따라다니지 않겠어. 그 대신에 소진이 누나를 얼러주면서 동그랑땡을 불러줘야 해."

"알았다. 그런데 문제가 있다. 소진이는 키가 커서 내가 얼러주는 것을 싫어할 것이다."

"그건 염려하지 마. 소진이 누나는 내가 말하는 대로 따라줄 거야."

소년이 목청을 가다듬은 다음에 곁방 앞으로 다가갔다. 구운 감자를 핑계 삼아 요정을 불렀다. 몸이 아파서 나오지 못한다고 말할까봐 조바심이 났다. 다행히도 군소리 없이 밖으로 나왔다.

요정은 새하얀 니트 모자와 새하얀 드레스를 고집스레 입고 있었다. 그리고 병치레를 하지 않는 사람처럼 방긋 웃으며 마당으로 내려왔다.

그렇지만 얼굴이 말이 아니었다. 병이 깊어지고 있는 게 틀림없었다.

"이건 잿불에 묻어서 구운 감자야. 솥단지에 삶은 감자보다 훨씬 더 맛있어."

소년이 감자가 든 바구니를 자랑스레 보여주었다.

"정말?"

"감자만 그런 게 아니라 고구마도 잿불 속에 묻어두면 훨씬 맛있다. 그뿐만 아니라 밀 이삭을 불에 구워먹으면 얼마나 맛있는데."

소년이 당산나무 아래를 떠올렸다. 그곳은 시원한 바람이 항상 불어서 감자를 맛있게 먹을 수 있을 터였다. 따쭈리가 요정을 팔로 안아 얼러주면서 '동그랑땡'을 노래하기에도 가장 알맞은 장소였다.

소년이 앞장서서 사립문을 나섰다. 때마침 다인 이모가 개울의 징검다리를 밟고 건너오는 중이었다. 다인 이모도 당산나무 아래로 데려갔다.

감자를 펼쳐놓았다. 잿불에 묻어두어서 껍질이 까맣게 탄 상태였다. 요정은 잿불에 군 감자를 처음 보는지 어떻게 먹어야할지 모르고 있었다. 이모가 그걸 눈치채고 껍질을 까서 요정에게 건네주었다. 요정이 감자를 입으로 호호, 불어가며 조심스럽게 먹었다. 따쭈리와 소년은 허겁지겁 먹었다.

요정이 별안간 깔깔거렸다. 무슨 영문인지 몰라서 바라보았다. 요정은 웃음을 참기 힘들다는 듯 발을 동동 굴리기까지 했다.

"왜 그러는 거야?"

"영우야, 너 수염 났다. 평소에 애늙은이 같았는데 수염이 나니까 이젠 진짜 어른이 된 것 같다."

다인 이모도 소년을 바라보며 깔깔거렸다. 소년은 요정과 이모가 깔깔거리는 이유를 따쭈리의 얼굴에서 찾아냈다. 그의 입 주변에 까맣게 탄 감자의 숯검정이 묻어 있어서 마치 구레나룻이 덮여 있는 듯했다. 소년은 거울이 없어서 자기 얼굴을 비쳐볼 수 없지만 따쭈리와 비슷할 터였다. 소년이 손가락으로 따쭈리의 얼굴을 가리키며 키득거렸다.

"형, 수염 좀 깎고 다녀. 흡사 산적 같아."

"사돈 남 말하지 마라. 내가 산적이라면 동생은 꼬마 산적이다. 아니, 굴뚝새다."

따쭈리는 남들이 웃건 말건 감자 먹는 일에 열중했다.

"형, 사내대장부끼리 약속한 것을 지켜야지 꿀꿀이 돼지처럼 먹고만 있을 거야? 약속을 안 지키면 고추가 뚝 떨어진다고 했잖아."

소년이 따쭈리의 팔뚝을 꼬집었다. 요정과 다인 이모는 무슨 이야기인지 몰라서 웃음을 멈추고 소년의 얼굴만 빤히 쳐다보았다. 소년이 약속 내용을 공개하자, 요정이 싫다면서 고개를 설레설레 흔들더니 자리에서 일어났다.

"여우야, 봐라. 내 말이 틀림없지. 소진이는 아직 키가 작아지지 않아서 내가 동그랑땡 해주는 것을 싫어할 수밖에 없는 거다. 어떠냐? 나는 참 똑똑하지?"

따쭈리가 하늘을 바라보며 헤벌쭉 웃었다.

"영우야, 따쭈리 아저씨는 약속을 지키지 못하지만 나는 약속을 지킬 수 있어. 네가 어제 꽃을 선물할 때 약속했던 거 말이야."

요정이 자리에서 일어났다. 그 약속이란 멋진 발레를 보여준다는 거였다. 소년은 발레를 구경하고 싶지만 건강이 좋지 못한 요정에게 무슨 탈이라도 날까봐 좋다는 말을 선뜻하지 못했다. 그렇지 않아도 무덤산을 올라간 후에 더 많이 아프게 된 것 같아서 미안하고 죄스러웠다.

산 아래에서 불어오는 시원한 바람이 요정의 새하얀 드레스를 스쳐 지나갔다. 백조가 우아하게 날갯짓하는 듯했다.

"이모, 소진이가 발레라는 춤을 보여준대요. 발레는 이모의 살풀이 춤과 달라요."

소년이 아는 체했다. 이모가 빙그레 웃으며 말을 곧바로 받았다.

"오, 소진이가 발레를 배웠구나. 영우야, 춤을 영어로 댄스라고 한다. 그리고 춤은 곧 생명이란다. 왜냐하면 무용은 아주 먼 옛적, 인간의 힘으로 이겨내기 힘든 홍수나 태풍 같은 자연현상으로부터 생명을 지키려는 종교 의식에서 비롯되었기 때문이야."

다인 이모가 이야기를 하는 동안에 요정이 발레 동작을 취하기 시작했다. 요정이 발끝을 꼿꼿이 세웠다. 이모가 또 설명했다.

"저렇게 발끝으로 서서 춤추는 것은 하늘을 날고 싶은 마음 때문이란다. 걸어 다닐 수밖에 없는 인간들에게 날아가는 새가 얼마나 부러웠겠니."

소년은 이모의 설명이 귀에 잘 들리지 않고, 요정의 춤동작에만 집중하고 있었다. 건강이 좋지 못해서 혹시 무슨 사고라도 날까봐 조바심이 일었다.

요정이 예전에도 한 번 보여준 적이 있는 아라베스크 동작을 취했다. 푸른 숲의 효과로 새하얀 드레스가 유난히 두드러졌다. 요정이 공중으로 뛰어오르면서 두 다리를 일자로 폈다.

한 마리의 백조가 숲에서 솟구쳐 하늘을 날아가는 듯했다. 우아한 날갯짓에서 은가루가 날리는 듯했다. 시나브로 부는 바람 때문에 일렁거리던 숲이 한동안 정지했다. 백조가 그 침묵을 헤치며 하늘 높이 날아올랐다.

그런데 소년이 염려한 일이 현실로 나타나고야 말았다. 공중으로 날아오른 요정이 땅에 사뿐히 내려서지 못하고 땅 위로 추락했다.

소년이 깜짝 놀라서 벌떡 일어섰다. 이모가 앞으로 재빠르게 달려 나갔다. 누가 먼저랄 것 없이 요정을 부축했다. 요정의 낯빛이 창백하게 변해있었다. 요정의 새하얀 옷에는 검붉은 피가 배어 있었다. 요정은 마치 자는 듯 눈을 감고 있었다.

"급해요. 어서 소진이를!"

이모의 다급한 목소리는 사람의 것이 아니었다. 따쭈리가 요정을 팔로 안아서 소년의 집으로 허겁지겁 달렸다. 요정의 어머니가 깜짝 놀라서 신발도 신지 못한 채 밖으로 뛰어나왔다.

엎친 데 덮친다는 말이 있었다. 소년 어머니의 고통스러운 비명이 안방에서 들려왔다. 아마 아기를 낳을 때가 다가온 모양이었다. 소년 두 발이 마당에 달라붙어버렸다. 두 발뿐만 아니라 온몸이 굳어버렸다. 귓속에서 윙하는 소리가 들렸다. 머리가 어찔거리면서 마당이 빙글빙글 도는 듯했다.

21
길고 짧은 것

    소년은 이틀 동안이나 면 소재지와 읍내로 향하는 두 갈래 갈림길에 앉아서 아래쪽을 우두커니 내려다보며 기다리고 또 기다렸다. 그런데 산을 올라오는 사람도 내려가는 사람도 만나지 못했다. 한낮에는 또보의 잭나이프처럼 날카로운 햇볕이 쏟아졌다. 숲 속 사람들은 소년의 얼굴이 햇볕에 그을려서 산벚나무의 검붉은 열매처럼 변한 것 같다고 말했다.
    아무런 소득 없이 집으로 돌아갈 때가 되면 맥이 풀렸다. 흙먼지를 일으키며 터덜터덜 걸었다. 지산 양반이 그렇게 걷게 되면 신발이 쉽게 닳아진다고 핀잔을 주었다. 하지만 소년의 귀에 그런 이야기가 들어올 리 없었다. 오늘도 어제처럼 터덜터덜 걸어 갈림길까지 나와서 하염없이 기다리는 중이었다.

어느새 검붉은 하늘에서 붉은 빛이 점점 사라지기 시작했다. 땅거미가 서서히 내려앉았다. 오늘도 집으로 그냥 돌아가야 할 성싶었다. 밤하늘의 별들이 하나둘씩 초롱초롱한 등불을 밝히고 있었다.

집으로 돌아가려고 몸을 돌릴 즈음, 읍내로 뻗은 길에서 누군가가 바쁘게 올라오고 있었다. 소년의 눈빛이 반짝거렸다. 다인 이모였다. 소년이 달음박질로 내려갔다. 어머니와 숲의 요정에 대해서 물었다. 어머니는 동생을 낳기 위해 기다리는 중이고, 요정은 아직 깨어나지 못한다는 거였다.

소년은 어둠이 이처럼 무겁고 끈끈한지 예전에 미처 몰랐다. 어둠을 뚫고 집까지 걸어가는 게 힘들었다. 집이 가까워질 무렵, 이모가 입을 열었다.

"영우야, 엄마가 너한테 전하라는 말이 있었다."

"예? 그게 뭔데요?"

"이건 비밀이니까 아무한테도 말하면 절대로 안 된다고 당부하더라. 아버지한테도 말이다. 알았지?"

소년은 예전에 어머니가 멀리 가게 되더라도 울지 않는다고 약속할 수 있느냐고 했던 말이 불현듯 떠올랐다. 불안해지기 시작했다. 소년의 어머니가 아버지의 행패를 못 이겨 몰래 떠나려고 할지도 모른다는 생각이 자꾸만 떠올랐다.

"혹시 아빠가 밉고 무서워서 엄마가 멀리 도망치려는 것은 아니겠죠?"

소년은 만약에 그런 일이 생기게 된다면 어머니를 따라가서 살고 싶었다.

"그럴 리야 있겠니. 그건 그렇고, 우리 영우는 다른 아이들보다 철이 훨씬 많이 들었으니까 너의 엄마가 전하라는 이야기를 허투루 들어서는 안 된다."

"무슨 이야기를 하려고 이렇게 뜸을 많이 들이세요?"

"너의 엄마가 만약에 무슨 일이 생기면 장독대 가장 안쪽에 놓여 있는 빈 항아리 밑을 살펴보라고 그랬다. 그러면 네 학자금을 찾을 수 있을 거라고 했다."

다인 이모의 이야기에 따르면, 어머니는 소년의 학비로 쓰려고 돈을 구메구메 모아서 숨겨놓았다고 했다. 그 돈의 일부는 산나물과 약초를 뜯어서 모은 거였다. 나머지는 울보 아저씨가 세상을 뜨면서 소년의 학비에 보태라고 준 돈이라고 했다. 그건 울보가 제5의 숲 사람들을 위해서 유언으로 남겨놓은 돈의 일부이기도 했다.

소년은 '학비'라는 소리에 가슴이 찡해졌다. 어머니와 울보 아저씨의 얼굴이 연이어 떠올랐다. 학교에 가게 된다는 생각을 하게 되자 심장 뛰는 소리가 귀에 들리는 듯했다.

소년의 집 근처에 도착하면 다인 이모는 개울을 건너가야 했다. 그런데 이모가 소년의 집 앞에 서 있는 당산나무를 잠시 바라보더니 그쪽으로 발길을 옮겼다. 소년이 궁금하여 이모 뒤를 졸졸 따라갔다. 돌팔이 아저씨가 당산나무 밑에서 서성거리고 있었다.

다인 이모와 돌팔이가 마주서서 나지막한 목소리로 대화를 나누기 시작했다. 소년은 호기심이 발동하여 귀를 쫑긋거렸다. 돌팔이의 '어허, 그거 참!'이라고 내뱉는 목소리만 들려왔다. 잠시 후에 돌팔이의 목소리가 커졌다.

"왜 그렇게 어리석은 생각을……."

"치료비도 감당하기 힘들어서 문제지만, 무엇보다······."
"어허, 그거 참!"
돌팔이가 혀를 끌끌 차다 못해 큰 한숨을 내쉬었다.
소년은 대화의 일부분을 들었을 뿐이다. 그런데 왠지 모르게 당산나무의 시커먼 그림자가 그물처럼 덮쳐드는 불안감에 사로잡혔다.

다음 날이었다. 약장수 아저씨가 아침 일찍 소년의 집으로 왔다. 소년은 무술을 수련하기 싫어서 헛코를 골며 늦잠 자는 체하고 있었다. 약장수와 소년의 아버지가 주고받는 이야기가 들려왔다.
"이걸 두 눈으로 똑똑히 봐요. 틀림없지 않소? 아주 깨끗하다고 기록되어 있거든요. 본인이 누굽니까. 천하의 강호낭중이요 무산산인이잖소."
"하 이거 참, 되게 신통방통하네요. 나도 건강이 좋아졌을지도 모르니까 병원에 가서 진단서를 끊어봐야겠어요."
"백여우 양반은 걱정 마쇼. 내가 앗싸리 고쳐줄 테니까 말예요. 이 강호낭중만 믿으라니까 글쎄. 그리고 이번 대결이 매우 중요해요. 눈엣가시인 돌팔이를 이 숲에서 쫓아내야 하거든요."
"그 양반이 순순히 나갈까요?"
"족제비도 낯짝이 있다고 했소. 망신당하게 되면 떠나지 않고 배길 재간이 있겠소? 여지없이 나가떨어질 테니까 이 강호낭중을 잘 지켜봐요. 그리고 이거 더 필요하죠? 날이면 날마다 공짜로 주는 게 아니니까 아껴 써요. 써보니까 효과는 어땠어요?"
"카하, 죽이던데요. 흡사 중동에 일 갔다가 오랜만에 돌아온 서방 품에 안기듯 야단을 떨더라고요. 요힘빈 먹은 황소처럼 밀어붙이니까, 죽는다고 울고불고 난리예요. 어허, 자칫했으면 내 머리카락이 다 빠져서 대머리 되는 줄 알았지."

"어허, 어허, 요힘빈이라는 소리는 입안에 머금지도 마쇼. 본인이 좋은 것만 골라서 만들어낸 특효약과 가축들 교미 붙이는 데 쓰는 그따위 잡것하고 비교할 수 없거든. 자, 그건 그렇고 오늘은 사람들이 한 명도 빠짐없이 모이는 게 중요하니까 서둘러요."

"아싸! 아싸! 파이팅!"

두 사람의 손뼉맞장구 소리가 떡메를 치는 것처럼 들려왔다. 이어서 약장수와 아버지가 껄껄 웃으며 밖으로 나갔다.

소년은 두 사람의 대화를 통해서 잠시 잊고 있던 이번 대결을 다시금 떠올렸다.

'과연 누가 이기게 될까. 약장수의 말대로 돌팔이가 한 수에 나가떨어지는 걸까. 도대체 약장수는 어떤 묘수를 갖고 있을까?'

소년은 그런 생각을 하다가 이내 지워버렸다. 오늘도 서둘러 아침밥을 챙겨먹고 갈림길까지 나가봐야 했다.

소년이 찬밥이라도 챙겨먹으려고 부엌으로 들어갔다. 요정이 불현듯 생각났다. 소꿉놀이하자며 이 부엌에서 진짜 밥상을 차려오던 모습이 생생했다. 소년이 자기도 모르게 미소를 지었다.

부엌은 닦고 치우면서 항상 정돈해주던 주인을 잃고 나서 후줄근한 모습으로 널브러져 있었다. 콩기름으로 윤이 나게 닦아놓은 무쇠 솥뚜껑 위에는 재가 덕지덕지 내려앉았다. 제대로 정리되지 못한 소쿠리며 그릇들이 심난해보였다.

소년은 밥을 챙겨먹고 싶은 마음이 사라지고 말았다. 싸늘한 부뚜막 가장자리에 털썩 주저앉았다. 천장을 멍하니 올려다보았다. 말기 암 환자의 갈빗대처럼 드러난 서까래에 그을음이 잔뜩 달라붙어 있었다. 그건 곧 칠흑 같은 어둠이었다.

"영우야, 배가 무척이나 고팠던 모양이구나. 저런, 요즘 얼굴이 반쪽이 됐어. 이모가 밥 차려줄 테니까 조금만 기다려라."

다인 이모의 목소리가 마당에서 들려왔다.

"그런데 밥이 없어서 새로 해야겠다."

이모가 쌀과 보리를 씻어서 솥에 안쳤다. 아궁이 속에 솔방울과 솔가리를 밀어 넣고 불을 지피기 시작했다.

"이모, 엄마는 괜찮은 거지?"

"그럼. 그런데 오늘도 저 아래 갈림길에 나가서 엄마를 기다릴 거니? 영우야, 엄마는 당분간 병원에 계실 테니까 기다리지 마라. 네 엄마가 부탁하더라. 영우가 밥 잘 먹고 잘 뛰어놀 수 있도록 도와달라고 말이야."

한참 후, 소년은 다인 이모와 밥상을 두고 마주앉았다. 오늘 벌어지게 될 대결이 생각나면서 돌팔이가 걱정되었다. 소년이 누구의 편을 들고 싶어 하는 것은 아니었다. 그렇지만 돌팔이가 왠지 불쌍하고 약하게 보였던 것이다. 그래서 돌팔이의 귀에 들어가기를 바라며, 조금 전에 약장수와 소년의 아버지가 이야기를 나누다가 어디론가 함께 간 상황을 이모에게 알려주었다.

정오가 되었다. 당산나무 앞 공터에는 격파에 쓰일 각목과 돌멩이를 비롯하여 차력을 위한 여러 가지 도구들이 놓여 있었다. 약장수가 한턱 쏘겠다며 음식상을 차려놓았다.

숲 속 사람들은 돼지머리 삶은 고기, 겉절이김치, 증편(기정떡) 등을 보고 눈이 휘둥그레졌다. 따쭈리도 군침을 연달아 삼키고 있었다. 공짜라면 양잿물도 먹는다는 말이 있었다. 사람들이 음식을 게걸스럽게 먹어치우기 시작했다. 이러다가 모두 다 공짜 좋아하는 대머리가 되어버릴지도 모른다고 소년은 생각했다.

이번 대결은 지난번 분위기와 사뭇 달랐다. 케세라의 아코디언이 흥을 돋우지 않아도 공짜 음식을 먹으며 흥겨워하고 있었다. 소년의 아버지가 뱀술을 들고 나왔다. 사람들에게 한 잔씩 따라주며 흥을 더욱 돋우었다.

"이 뱀이 그냥 뱀은 아니요. 지난해 가을에 독이 바짝 오른 수놈과 암놈이 교미하는 것을 붙잡아서, 화끈하게 설명하자면, 오르가즘에 헐떡거리는 것들을 그대로 붙잡아서 담근 거예요. 효과는 물어보나마나 직빵이니까 쭉 들이켜 보세요."

소년의 아버지가 주먹을 불끈 쥐고 팔을 위아래로 끄덕거렸다. 소년도 아침에 깨어날 때면 그런 현상이 나타나기 때문에 그게 무엇을 의미하는지 알고 있었다. 시한부 생명 선고를 받고 죽을 날을 기다리고 있는 사람들이지만 음탕한 이야기가 나오자 뭐가 그렇게 좋은지 연신 키득거리곤 했다.

"여러분, 예고해드린 것처럼, 세기의 대결에 앞서 우리의 영웅이요 대 협객인 강호낭중이 차력과 무술을 선보이게 될 것입니다. 산이 무너지고 강이 거꾸로 흐를 만큼 놀라운 기예가 펼쳐지게 될 텐데, 그때마다 아낌없는 박수를 쳐야 해요. 그리고 잠시 후에 돌팔이 양반과 대결을 벌이게 되면 차력이나 무술과 비교할 수 없을 만큼 더욱 놀라운 상황이 벌어질 것입니다. 기대해도 좋습니다. 자, 자, 그러면 본격적인 대결이 벌어지기 전에 우리의 자랑인 강호낭중을 앞으로 모셔봅시다."

소년 아버지의 말이 끝났다. 도복을 입은 약장수가 의기양양한 자세로 두 손을 흔들며 앞으로 나왔다. 입술이 빨간 여자가 약장수의 비서처럼 뒤쪽에 서 있었다. 무릎이 한껏 튀어나오고 엉덩이가 불룩한 미니스커트 차림이었다. 그가 좌중을 언죽번죽 둘러보며 육감적인 몸매를 노골적으로 과시하고 있었다.

"존경하는 여러분, 본인은 중국 무당산에 직접 가서 무술을 배웠고, 무덤산에서 그 무술을 완성했다고 해서 무산산인이라고 해요. 왜 무술을 배웠느냐? 싸움 잘 하려고? 천만예요. 무술을 통해 건강을 지키고 또 병든 몸을 회복시켜보려고 피나는 수련을 했던 거예요. 옛말에 고진감래라고 했소. 밤낮으로 연구한 끝에 이젠 암치료비법을 완전히 터득했어요. 건강 이야기는 뒤에 다시 하겠고, 건강을 위해 연마한 차력과 무술부터 눈요깃감으로 보여드리겠소."

약장수가 기합을 넣었다. 입술이 빨간 여자가 건네준 각목으로 자기의 왼팔을 가격했다. 각목이 단숨에 두 동강나고 말았다. 이어서 그가 자랑하는 돌멩이 격파였다. 마치 쇠망치로 내려친 것처럼 돌멩이가 박살났다.

이번에는 두꺼운 판자 위에 대못을 세워놓고 손바닥으로 두드려 박았다. 그것만 해도 놀라울 지경인데 대못을 이로 물어서 뽑아냈다. 사람들이 다른 때보다 열렬히 환호하며 손뼉을 쳤다. 공짜 음식의 효과가 드러났다.

차력과 무술 시범이 모두 끝났다. 약장수와 돌팔이가 의자에 각각 앉았다. 이번에도 사회자는 소년의 아버지였다.

"자, 오랫동안 기다리셨던 대결이 드디어 펼쳐지겠습니다. 오늘은 역사적인 날이 될 겁니다. 누구의 의술이 더 대단한지 마침내 가려지게 될 테니까요. 두 분의 치유비법을 겨루어보기 전에 우리의 강호낭중이 돌팔이 양반한테 질문할 것이 있답니다. 그러면, 질문해보세요."

"어험, 여기는 말기 암 환자들이 모여 사는 곳이에요. 우리가 알다시피 사회자와 다인 씨는 위암이고, 오 시인은 갑상선암이요. 일전에 저 세상으로 간 할렐루야는 폐암이었고, 울보는 췌장암이었소. 그런데 돌팔이 당신은 무슨 암 때문에 이 숲에 들어왔는지 아는 사람이 없소. 직접 밝혀줄 수 있겠소?"

돌팔이가 전혀 예상치 못한 질문을 받은 것인지 당황한 표정을 지으며 말을 약간 더듬기 시작했다.

"저는 일부러 숨기려고 한 적이 없습니다. 사실 말해서, 저는 암 환자가 아닙니다."

숲 속 사람들은 돌팔이의 이야기에 적이 놀라는 눈치였다. 약장수가 이번 대결에서도 날카로운 질문으로 기선을 확실히 제압한다고 소년은 판단했다.

"어허, 그러니까 사꾸라요 나이롱환자였다는 말이군. 여러분, 이거 뭔가 이상하지 않아요? 본인은 돌팔이의 신분을 오래전부터 의심해왔소. 그렇지만 대협 칭호를 받고 있는 본인이 쩨쩨하게 될까 봐 캐묻지 않았소. 본인은 환자를 치료하고 약을 파는 강호낭중이지 짭새 나부랭이가 아니거든요. 그건 그렇고, 여러분이 잘 알다시피 본인은 대장암으로 시한부 생명 진단을 받았소. 그런데 놀라지 마쇼. 이 숲에 들어와서 노력한 끝에 이따만한 암 덩어리가 얼마 전에 사라졌소. 그 비결을 알고 싶죠. 기공 수련, 호랑이걸음 걷기, 무술 연마, 거기에다가 본인이 직접 만든 신비의 특효약으로 암을 박살내버렸던 거요. 어떠세요? 여러분, 대단하다고 생각하시면 박수 한 번 크게 쳐주세요."

약장수가 박수를 유도했지만 따르는 사람이 별로 없었다. 그 대신에 웅성거림이 커져만 갔다. 특별한 비법으로 말기 암을 치료했다고 주장하는데 믿을 수도 믿지 않을 수도 없는 노릇이라서 그랬을 것이다. 마침내 좌중에 있던 지산 양반이 손을 번쩍 치켜들었다.

"약장수 양반, 그게 정말이요? 진짜로 완치되었단 말입니까?"

"그런 질문이 나올 줄 알았소. 의심병에 걸린 사람들이 엄청나게 많은 세상이라서 사전에 준비해놓은 게 있소. 자, 본인이 대장암과 전혀 관계가 없다는 대학병원의 진단서요. 가라가 아니니까 잘 살펴보세요."

약장수가 가방 안에서 진단서 한 장을 꺼내어 흔들었다. 그리고 사람들에게 직접 읽어보라고 돌렸다. 그 종이에는 약장수의 대장에 암 증상이 전혀 발견되지 않는다는 진단 내력이 적혀 있었다. 그걸 증명해주는 도장도 분명하게 찍혀 있었다.

누군가가 손뼉을 쳤다. 급기야 모든 사람이 손뼉을 쳐서 우레와 소리로 변했다. 약장수의 대장암 완쾌에 대한 놀라움과 축하의 표현이었다.

"사회자 양반, 그 진단서를 돌팔이한테도 보여드리쇼. 혹시 가라라고 여기고 있을지도 모르니까 두 눈깔 똑똑히 뜨고 확인해보라고 말이요."

소년의 아버지가 진단서를 재빨리 회수했다. 돌팔이에게 건넸다. 그리고 이상이 없느냐고 물어보았다. 돌팔이가 특별한 대답 대신에 이상이 없다는 뜻으로 고개를 끄덕거렸다.

"여러분, 이제 대결은 끝났습니다. 본인은 누구의 의술이 대단하지 더 이상 따지고 싶은 마음이 없어요. 돌팔이는 머리나 배가 아플 때 사람들을 치료해주었는데, 그까짓 두통이나 복통 치료를 암 완치와 비교할 수 있을까요? 여러분이 잘 판단할 줄 믿어요. 그래서 이번 대결은 이미 끝났다고 한 거예요. 뭐, 길고 짧은 게 앗싸리 드러났는데 더 이상 대결할 이유가 전혀 없잖소. 쇼오부를 볼 이유가 없다, 이 말입니다. 자 여러분, 이왕에 모였으니까 앞에 놓여 있는 음식이나 맛있게 드시고 흥겹게 노세요."

약장수가 대결이 모두 끝난 것을 강조하듯 두 손바닥을 맞부딪치며 먼지를 탈탈 털었다.

소문난 잔치에 먹을 것 없다더니 꼭 그런 꼴이라서, 소년은 자기도 모르게 "에이씨!" 하는 소리를 내뱉었다. 이번 대결이 손에 땀을 쥘 만큼 긴장감이 흐를 것으로 예상했다. 그런데 너무나 싱거웠다. 약장수가 암을 직접 고쳐서 이젠 아무런 이상이 없다는 병원 진단서까지 내놓게 되자 누구의 의술이 더 훌륭한지 더 이상 대결하고 말 것도 없었던 것이다.

"돌팔이 양반, 걸레는 아무리 빨아도 걸레인 것처럼 한 번 돌팔이는 영영 돌팔이야. 아참, 저번에 우리가 약속했던 이야기가 생각나지? 쇼오부를 봐서 패한 사람은 이 숲에서 떠나기로 했던 거 말이야. 어허, 이걸 어쩌나? 이삿짐이라도 날라주고 싶은데 신비의 약을 약탕에 달이고 있는 중이라서 말이야."

약장수의 비아냥거림에도 돌팔이는 입을 다물고 있기만 했다. 그때, 손가락에 묻은 증편 부스러기를 입으로 빨고 있던 따쭈리가 벌떡 일어났다. 약장수를 향해 소리쳤다.

"장돌뱅이 약장수야, 길고 짧은 것이 밝혀지지 않았다. 길고 짧은 것은 끝까지 대봐야 안다. 건방지게 굴면 네 매부리코가 왕창 깨지는 수 있다."

이어서 돌팔이를 향해 머리를 조아리며 말했다.

"선생님, 돌팔이 의사가 아니라는 것을 용감하게 밝히세요. 비겁한 사람이 되면 안 됩니다. 약장수가 사기꾼인 줄 알면서 모른 체 눈감아 주면 죄를 짓는 것이나 마찬가집니다요."

돌팔이가 의자에서 일어났다. 뚜벅뚜벅 걸어서 약장수 앞으로 갔다. 손바닥을 내밀었다. 진단서를 다시 보여 달라는 뜻이었다.

소년은 돌팔이의 눈빛이 날카롭게 변해 있는 것을 발견했다. 저런 예리한 눈빛이 어디에 숨어 있었는지 모를 일이다. 뭔가 모르지만 대결이 이대로 싱겁게 끝나지 않을 것 같다는 예감이 들었다. 꺼져버린 기대감이 다시 부풀어 올랐다.

약장수가 돌팔이에게 진단서를 건네며 이죽거렸다.

"흥, 나도 곤조가 있으니 어떻게 해서라도 트집을 잡아 떵깡이라도 부려보고 싶다, 이거지. 하지만 엿장수 맘대로 안 될 걸. 자세히 살펴보라고. 만약에 이 진단서가 가라라면 내가 이 자리에서 할복자살하겠어. 여러분, 본인의 말을 잘 들으셨죠?"

약장수가 상의를 들췄다. 칼로 배를 긋는 흉내를 내더니, 돌팔이가 진단서를 다시 살펴보건 말건 통쾌한 웃음을 날렸다. 이어서 이소룡의 절권도가 펼쳐졌다. 또 요즘 한참 유행하는 취권도 보여주기 시작했다.

돌팔이가 진단서를 살펴보았다. 고개를 들더니 무술 시범을 잠시 중지하라는 의미로 왼쪽 손을 번쩍 치켜들었다. 약장수가 비웃음을 날렸다.

"뭐요? 그게 가라란 말이요? 그렇지 않으면 병원 진단서가 아니라 술집 계산서라도 되냔 말이요."

"그게 아니고, 우선 그 무술에 대해서 물어보겠습니다. 중국 무당산에 직접 가서 배웠다고 했는데 그게 사실입니까?"

"그럼! 말하자면 무술 유학을 갔다 온 거지."

"그건 당치도 않는 말입니다. 중국은 우리나라의 수교 국가가 아니라서 특별한 경우를 제외하고 입출국이 불가능합니다. 거짓말을 하려면 좀 더 완벽하게 꾸며서 하시는 게 좋을 것 같습니다."

누군가가 돌팔이의 주장이 틀리지 않다는 뜻으로 "그건 그렇지"라고 말했다. 약장수가 멈칫하더니 이내 실실거리는 웃음을 지었다.

"사실은 홍콩에 가서 무술을 배웠소. 뭐, 나쁜 의도를 가지고 그렇게 말했던 것은 아니니까 애교로 봐줄 수 있겠죠? 여러분, 어때요?"

"그 문제는 넘어갑시다. 무술이 중요한 게 아니라 암을 고친 것이 중요하니까 말예요."

소년의 아버지가 소리쳤다.

돌팔이가 진단서를 번쩍 치켜들었다. 소년은 돌팔이가 그 진단서를 가짜라고 주장할 것으로 예상했다. 그런데 전혀 뜻밖의 말이 흘러나오기 시작했다.

"여러분, 약장수 양반한테 대장암 증상이 전혀 없다는 이 건강진단서는 진짜가 확실하긴 합니다."

"쳇, 그러면 됐지 무슨 잔소리를 더 늘어놓으려고 그래. 이젠 다 끝난 거잖아? 그러니까 주둥아리를 쓸데없이 나불대지 말고 해가 떨어지기 전에 이삿짐이나 꾸리는 게 좋을 걸."

"약장수 양반은 입을 잠깐 다물고 계세요. 여러분, 그런데 이 진짜 건강진단서에 허점이 있다는 것을 아셔야 합니다."

"어, 이런 돌팔이가 생사람 잡으려고 그러네. 이 왕돌팔이야, 대학병원에서 발급해준 이 진단서를 믿지 못한다는 거야, 뭐야? 왕돌팔이 주제에 뭘 안다고 까불어. 잘 들어. 대학병원 의사가 나이롱뽕으로 의사

면허를 따는 게 아니야. 어때, 진단서를 끊어준 의사 선생님을 여기까지 데려와야지 믿겠어?"

약장수가 돌팔이의 멱살을 붙잡았다. 따쭈리가 앞으로 성큼성큼 걸어 나와 약장수가 붙잡은 멱살을 풀어주었다. 돌팔이가 다시 입을 열었다.

"여러분, 이 건강진단서에는 암 증상이 없다는 건 기록되었지만 예전에 암을 앓았다가 완치되었다는 내용은 어디에도 기록되어 있지 않습니다. 그래서 제가 추측하기에 약장수 양반은 처음부터 대장암에 걸리지 않았을 가능성이 매우 높습니다. 그러니까 암에 걸린 것처럼 위장했다가 이제 와서 암이 다 나은 것처럼 말하는 것이 아닌가 하는 생각이 듭니다."

돌팔이 이야기가 진행되는 동안에 여기저기서 탄성이 쏟아졌다.

"뭐! 본인을 사기꾼으로 몰아세워! 어허, 애먼 사람을 모략했으니 된 맛 좀 봐야겠구먼."

약장수가 주먹을 불끈 쥐고 돌팔이를 잡아먹을 기세로 달려들었다. 따쭈리가 두 팔을 벌려 앞을 가로막았다. 약장수가 그런 상황을 이미 예상한 것 같았다. 그가 따쭈리의 딴죽을 걸어 넘어뜨렸다. 그런데 전혀 예기치 못한 상황이 벌어졌다.

"야이, 장돌뱅이 약장수 사기꾼아, 내 돈 내놔!"

또보가 앞으로 튀어나왔다. 약장수 옆구리에 잭나이프의 시퍼런 칼날을 들이밀었다. 여차하면 칼로 쑤실 기세였다.

"어허, 내가 누군지 알아? 이래봬도 무술 고단자야. 그러니까 천하고수란 말이야."

"씨펄, 웃기고 자빠졌네. 무술 고단자 배따지에는 칼이 안 들어가? 짜샤, 천하의 역도산도 칼침 한 방에 깨끗이 떠났어!"

"어어, 왜 이래. 좋은 말로 하자고."

"그게 약이야? 하긴 배탈 약은 되겠지. 씨펄, 건강과 정력에 좋다는 그 약을 먹고 변소를 밤새 들락거리며 고생했으니 네 창자를 확 끄집어내서 소금을 확 뿌려도 시원하지 않을 것 같아. 이런 씨펄, 사기꾼아!"

또보가 왼손으로 약장수의 멱살을 거머쥐었다. 또보의 팔뚝 전체에 문신이 새겨져 있었다. 호랑이 문신이었다. 그것도 금방이라도 물어뜯을 것처럼 입을 한껏 벌린 채 이빨을 드러내고 있는 형상이었다.

약장수가 잭나이프보다 또보의 호랑이 문신에 주눅이 들고 말았는지 눈빛을 아래로 깔았다. 팔팔하던 기세가 일시에 사라졌다. 약장수가 비 맞은 수탉처럼 추레하게 변해 있었다.

22
곡옥曲玉, 생명의 씨앗

숲의 요정이 병원으로 업혀간 뒤에 곁방은 조용해지고 말았다. 소년은 때때로 요정의 끙끙 앓는 소리에 잠을 설치기도 했다. 하지만 이젠 그런 소리라도 들었으면 하는 아쉬움이 일었다.

소년이 귀 기울여 안방의 동태를 살폈다. 아버지의 기척이 전혀 없었다. 만약에 늦잠을 자고 있다면 코 고는 소리가 들려오기라도 할 터였다. 아주 조용했다. 안방 문을 열어보았다. 아버지가 잠을 잔 흔적이 없었다.

당산나무 아래 공터에서 목청을 가다듬는 소리가 들려왔다. 아침 일찍 숲길을 산책하고 마무리운동을 하는 지산 양반, 다인 이모, 오 시인의 모습이 보였다. 소년이 하품을 늘어지게 하면서 당산나무 아래로 천천히 걸어갔다. 그들이 마무리운동을 끝내고 그늘 아래에 앉아서 땀을 식히는 중이었다.

또보가 약장수에게 약값을 도로 받아냈다는 이야기가 들려왔다. 소년은 금강불괴의 몸이라고 자랑하던 약장수가 읍내 장터에서 건달의 발길질에 코피가 터졌고, 이번에는 또보의 잭나이프에 바르르 떨던 모습을 떠올리며 키득거렸다.

약장수가 지난 오밤중에 '밤봇짐'을 쌌다는 이야기도 흘러나왔다. 지산 양반이 오줌을 누려고 밖으로 나왔다가 입술이 빨간 여자와 함께 도망치는 약장수를 봤다는 것이다. 그런데 아버지도 봇짐을 메고 그들을 뒤따라갔다는 거였다.

아마 소년의 아버지는 약장수의 짐꾼으로 따라갔던 모양이다. 어머니가 아파서 병원에 갈 때도 따라나서지 않은 아버지였다. 그런데 밤봇짐 싼 약장수를 따라갔다는 게 소년을 어처구니없게 만들었다.

소년은 약장수가 워낙 치밀하고 악착같이 대결을 준비했기 때문에 돌팔이를 은근히 응원했던 게 사실이었다. 그런데 결과는 전혀 뜻밖에도 강자로 보이던 약장수가 오히려 한 방에 나가떨어지고 말았다.

"아차, 약장수 아저씨가 도망치기 전에 똥침을 놔주는 건데 그러지 못해서 정말로 아쉽다."

소년이 혼잣말로 중얼거렸다. 일전에 약장수에게 꿀밤과 딱밤을 맞았을 때 똥침으로 복수해주겠다고 다짐했다. 그런데 이젠 그럴 기회가 사라졌던 것이다. 그렇지만 한편으로 그의 얼굴을 다시는 영영 보지 못할 거라는 생각이 들어서 서운한 감도 들기도 했다.

아무튼 돌팔이는 그저 그런 평범한 사람이 아니었다. 그는 천자문과 동의보감을 가르치면서 그것들이 안고 있는 문제점을 꼬집은 적이 있었다. 천자문은 대단한 것이지만 현재 전혀 쓰이지 않는 한자가 있다거나 중국의 역사와 인물만이 등장해서 우리 실정에 잘 맞지 않는다고 했다.

그리고 세상 사람들이 『동의보감』에 나온 내용이라고 하면 무조건 깜빡 죽는데 그건 경솔한 것이라고 했다. 그 책이 매우 소중하고 유익한 것은 사실이지만, 의술이나 질병은 끝없이 변하기 때문에 오백년 전쯤의 의학지식을 무조건 믿고 따르는 것은 바람직하지 않다는 거였다.

소년은 이번 대결을 통해서 돌팔이가 빈틈없다는 것을 재삼 확인했다. 그 반면에 그에 대한 궁금증은 더욱 부풀어 올랐다. 어제 밝혀진 사실이지만, 돌팔이는 암을 치유하려고 제5의 숲으로 들어온 사람이 아니었다. 그렇다면 무엇 때문에 이런 숲 속에서 머물고 있는 것일까.

오 시인의 목소리가 들려왔다.

"지산 양반, 약장수가 왜 그런 꼼수를 부렸던 걸까요?"

소년은 돌팔이가 궁금했으나 오 시인은 약장수가 궁금했던 모양이다.

"까놓고 보니 능구렁이 같은 자였습니다. 멀쩡한 그가 암에 걸린 것처럼 속이고서 자기가 연구한 비법으로 암에서 완치된 것처럼 연극을 했던 거죠. 게다가 진단서까지 갖추는 치밀한 수법을 동원했던 거예요. 그건 귀신도 깜빡 속아 넘어갈 엄청난 꼼수였는데, 그게 모두 다 이것 때문이겠죠, 뭐"

지산 양반이 엄지와 검지를 이용해서 동그라미를 만들어 보였다.

"아무리 돈이 좋다고 해도 그렇지, 우리처럼 불쌍하고 병든 사람들을 속여서 얼마나 벌겠다고 그런 치사한 속임수를 쓴단 말예요."

"생사의 경계에 놓인 사람들은 지푸라기라도 잡으려고 발버둥 치게 되잖아요. 그런 사람들은 귀가 얇을 뿐더러, 무슨 특효약이나 비법이

곡옥曲玉, 생명의 씨앗

있다고 하면 있는 돈 없는 돈 깡그리 긁어서 갖다 바치게 되거든요. 약장수도 그런 심리를 노려 돈을 왕창 긁어보려고 했던 거겠죠."

"그런데 무슨 꿍꿍이속으로 돌팔이 선생님을 내쫓으려고 했던 걸까요?"

오 시인이 지산 양반에게 물었으나 대답은 다인 이모가 했다.

"자기가 최고의 자리에 앉고 싶었겠죠. 그리고 선생님이 걸림돌로 보이니까 제거해버리고 싶었을 거예요."

"인두겁을 뒤집어쓴 자가 그런 못된 짓을 하다니. 치, 뇌꼴스럽기 짝이 없네. 지산 양반, 돌팔이 선생님이 약장수의 걸림돌이었다면 우리들은 그의 지갑으로 보였던 모양이죠? 암에 걸린 것도 서글프지만 장돌뱅이 약장수한테 바지저고리 취급을 당했다는 게 더 서글퍼요."

오 시인이 투덜대며 집으로 돌아갔다. 지산 양반은 '이 산 저 산 꽃이 피니, 분명코 봄이로구나. 봄은 찾아왔건마는 세상사 쓸쓸허구나'로 시작되는 '사철가'를 부르며 집으로 돌아갔다. 다인 이모가 소년에게 아침밥을 주겠다며 자기 집으로 따라오라고 했다.

다인 이모가 식사준비를 하는 동안, 소년은 마당을 서성대며 할렐루야가 예전에 살았던 집을 살펴보았다. 전에는 찬송가를 부르거나 기도하는 소리가 요란하게 울려 퍼졌다. 그런데 그가 죽고 노부부가 이사해 온 후로 조용해져버렸다.

소년은 노부부가 이사 올 때만 해도 치매에 걸린 사람이 누구인지 몰랐다. 그런데 소년이 개울에서 가재를 잡고 있던 어느 날, 할아버지가 다가오더니 "어이, 고향 친구"라고 부르는 거였다. 그때서야 소년은 치매 환자가 누구인지 알게 되었다. 그 후로 노부부의 집을 관심 있게 지켜보는 중이었다.

다인 이모의 이야기에 따르면, 그 할아버지는 뇌가 늙고 병들어서 자기의 집을 찾아갈 수 없으며 주변 사람들을 제대로 알아보지 못한다고 했다. 그리고 치매에 좋은 음식은 뇌신경을 보호해주고 기억력이 감퇴하는 것을 막아줄 수 있는 녹차, 천마, 홍삼 등이라고 가르쳐주었다.

어느 날, 소년이 치매 할아버지를 개울에서 만났을 때이다. 할아버지가 자기의 고향집으로 가는 길을 물었다. 소년은 엉뚱한 질문에 당황해서 어쩔 줄 몰라 했다. 할아버지가 곧바로 미안하다는 표정을 지으며 다음에 가르쳐주어도 되니까 걱정하지 말라고 했다.

치매 할아버지의 얼굴은 주름투성이에 검버섯도 많이 피었다. 하지만 마치 갓난아이처럼 샛말간 인상을 풍겼고 행동도 그러했다.

다인 이모가 툇마루에 밥상을 내려놓으며 소년을 불렀다. 이모의 건강식이 밥상 위에 그대로 올려져 있었다. 잡곡밥은 기본이었으며 반찬은 텃밭에서 갓 뜯은 채소들을 식초간장으로 버무리거나 햇볕에 잘 말린 호박고지와 고구마줄기 등을 나물로 무친 거였다. 콩을 발효시켜 만든 청국장찌개도 나왔다.

"옜다, 이건 영우 몫이다."

이모가 숯불로 구운 굴비 한 마리를 반으로 길게 갈라 뼈를 발라내고 소년에게 내밀었다. 소년의 입이 그만 벌어지고 말았다. 이런 숲 속에서는 특별한 날이 아니면 고기나 생선을 먹을 수 없었다. 예기치 못하게 호강하는 셈이었다.

"오늘 네 엄마한테 다녀올 거다. 전할 말이라도 있니?"

소년이 굴비 한 마리를 금세 먹어치우고 접시에 달라붙어 있는 부스러기를 젓가락으로 집느라 공을 들이고 있다가 동작을 갑자기 멈추었다.

"저도 따라갈래요."

"그건 안 된다."

"왜요? 엄마가 보고 싶어서 참을 수 없는 걸요."

말은 그렇게 했지만 어머니뿐만 아니라 숲의 요정도 보고 싶었다.

"아직 면회할 때가 아니니까 기다려야 해."

"엄마도 저를 몹시 보고 싶어할 거예요. 만약에 엄마가 멀리 떠나게 된다면 저도 따라갈 거라고요."

"영우야, 너는 어린애가 아니잖니. 이렇게 고집을 피우면 네 엄마가 더 아파질 수 있다. 때가 되면 데려갈 테니까 잠자코 기다려라."

소년의 눈에 눈물이 가득 고여 넘칠 듯했다. 다인 이모가 전에는 이러지 않았는데 오늘따라 너무나 매몰차게 잘라 말했다. 미웠다.

"아니야, 꼭 따라가고 싶어요. 엄마를 얼마나 보고 싶으면 꿈속에서 나타나기까지 했겠어요. 이모, 그런데 꿈속에서 만났던 엄마는 꽃밭에서 나불나불 날아다니는 나비였어요. 내가 엄마를 붙잡으려고 하는데도 잘 잡히지 않았어요. 그래서 엉엉 울었어요. 이모를 따라가서 엄마를 보고 싶어요. 소진이 누나가 없으니까 너무나 심심해요. 그 병원에 가면 소진이 누나도 볼 수 있는 거죠?"

소년은 어지간한 일이라면 떼를 쓰지 않았을 것이다. 그런데 어머니와 요정의 얼굴이 눈앞에서 아른거려 도무지 참을 수 없었다. 소년이 밥을 먹다말고 밥상 위에 숟가락을 거칠게 놓았다.

"영우야, 철없이 굴면 못써. 다음엔 꼭 데려가 줄 테니까 조금만 기다려라. 우리 영우는 착하지?"

다인 이모가 소년의 머리를 쓰다듬어주었다. 그리고 방으로 들어가더니 곡옥 목걸이를 하나 가지고 나왔다.

"너한테 선물해주려고 만든 건데 마침 잘 됐다. 예전에 이야기했듯이 곡옥은 생명의 씨앗이고, 용의 아기씨야. 목에 걸고 있으면 잡귀를 물리칠 수 있고, 행운이 찾아오기도 한단다. 이거 목에 걸고 집에서 기다리는 거야. 알았지?"

"그러면 이모는 병원에 갔다가 언제쯤 돌아올 거예요?"

"아마 오늘 바로 돌아올 수 있겠지."

"좋아요. 그럼 기다리고 있을 게요."

소년은 떼를 더 이상 쓸 수 없었다. 눈 딱 감고 며칠만 기다리면 면회를 갈 기회가 생길 거라는 생각이 들어서 꾹 참기로 했다.

소년은 이모가 산을 내려갈 때 두 갈래 갈림길이 있는 곳까지 배웅했다. 더 이상 따라오지 말고 집으로 돌아가라고 몇 번이나 말했지만 함께 가고 싶은 마음을 지워내기 힘들어서 여태 걸어왔던 것이다. 소년이 저만큼 내려가고 있는 다인 이모에게 외쳤다. 병원에 가면 어머니에게 하늘만큼 땅만큼 보고 싶다는 말을 꼭 전해달라는 부탁이었다.

어머니를 만나러 병원으로 간 다인 이모가 돌아오지 않았다. 당일 돌아온다고 하더니 벌써 사흘이나 지났다. 이모뿐만 아니라 봇짐을 메고 약장수를 뒤따라간 아버지도 소식이 없었다.

소년은 초조하기 그지없어서 밤이면 설핏설핏 노루잠을 자다가 아침을 맞이하곤 했다. 제5의 숲도 으스스하고 쓸쓸한 기운만이 감돌았다.

소년은 아침 일찍 두 갈래 갈림길에 나가서 누구라도 좋으니까 어서 나타나주기를 바라며 종일토록 기다렸다. 집으로 돌아온 뒤에는 사립문 앞에 앉아서 반짝이는 별을 하염없이 헤아리다가 지칠 때가 되어서야 잠자리를 찾았다.

지난밤에는 악몽을 꾸었다. 갈림길에 나갔다가 집으로 오는 길이었다. 베옷을 입은 누군가가 앞서 걷고 있었다. 소년은 너무나 반가운 나머지 함께 가자며 달려갔다. 그런데 가까이 다가가면 어느새 멀어졌다. 힘차게 달려서 가까워지려고 하면 눈 깜짝 할 사이에 십여 보나 멀어지고 말았다.

"멈추세요. 함께 가요."

소년이 목청껏 소리쳤다. 그가 소년의 목소리를 들었는지 멈췄다. 이번에는 도망칠 틈을 주지 않기 위해 젖 먹던 힘까지 끌어올려 바투 다가갔다.

그는 허리가 심하게 굽어서 얼굴이 땅바닥에 닿을 지경이었다. 등에는 봇짐을 지고 있었다. 소년은 곱사춤을 추던 아버지가 생각났다. 그를 살펴보았다. 예상한 대로 아버지였다. 소년이 "아빠!"라고 불렀다. 그러자 아버지의 얼굴에서 눈과 코와 입이 순식간에 사라져버렸다.

"당신은 누구세요! 혹시 달걀귀신?"

소년이 흠칫 놀란 나머지 뒤로 물러섰다. 그 순간 눈과 코와 입이 다시 나타났다. 이번에는 돌팔이 아저씨였다. 그것도 잠시였다. 눈과 코와 입이 다시 사라졌다가 나타나기를 반복하면서 이번에는 약장수 얼굴로 변했다. 그러더니 커다란 달걀이 되어버렸다.

이야기로만 들은 달걀귀신을, 재수 없게도 만났던 것이다. 달걀귀신을 보거나 말을 걸게 되면 병을 얻어서 시름시름 앓다가 죽게 된다는 말이 떠올랐다. 소년이 어찌할 바를 몰라 그 자리에 털썩 주저앉으며 울음을 터트렸다. 그러다가 잠에서 깨어났다. 다행히도 꿈속에서 벌어진 일이었다. 아무리 꿈속이라고 해도 기분이 썩 좋지 못한 것은 사실이었다.

소년은 다인 이모에게 해몽을 곧바로 부탁할 수 없어서 답답했다. 이모가 예전에 말하기를, 이런 악몽은 체력과 기가 약해져서 꾸게 된다고 했다.

 소년이 힘을 내기 위해서, 아버지가 그런 것처럼 닭장으로 들어가서 달걀을 찾아냈다. 달걀 위아래에 구멍 두 개를 뚫고 날것으로 후루룩, 빨아마셨다. 비릿했다. 아버지가 소금을 약간 집어먹은 이유를 알 것 같았다.

 손에 쥐고 있던 달걀 껍데기를 땅바닥에 사정없이 내동댕이쳤다. 그것도 모자라서 발로 지끈지끈 밟았다. 달걀귀신에게 통쾌한 복수를 한 거였다. 그리고 혹시 달걀귀신이 진짜로 나타날까 봐 다인 이모가 목에 걸어준 곡옥 목걸이를 끄집어내어 두 손으로 붙잡았다. 잡귀가 물러가라고 마음속으로 기도했다.

 두 갈래 갈림길에 앉아서 기다린 지 나흘째였다. 산 아래에서 올라오는 사람은 없지만 아침 일찍 산을 내려가는 사람이 있었다. 또보였다. 그가 배낭 하나를 둘러메고 휘파람을 불며 터벅터벅 내려오고 있었다.

 "인마 꼬마야, 너는 왜 여기에서 쪼그리고 앉아 있냐?"

 "병원에 간 엄마를 기다려요."

 "응, 네 엄마가 네 동생을 낳으려고 한다더구나. 그런 일로 병원에 간 것은 걱정할 필요가 전혀 없다. 짜샤, 걱정 마라. 너는 사내대장부잖아."

 "걱정하기보다 엄마가 보고 싶어 미치겠는 걸요. 그런데 아저씨는 어딜 가는 거예요?"

 "씨펄, 난 여기가 갑갑해서 못 견디겠다. 죽든 살든 내 나와바리로 돌아가야겠어. 꼬마야, 내 별명이 뭔지 아냐? 중앙통 호랑이다. 그런데 호랑이가 숲에서 살기 힘들다는 게 이해되지 않지만 궁합이 맞지 않으니 어쩔 수 없는 일이잖아. 잘 있어라, 꼬마야."

"아저씨, 잠깐만. 한 가지 물어볼게 있는데요, 주먹 한 방으로 상대를 쓰러트릴 수 있는 무술이 뭐예요?"

"짜샤, 주먹이 강해지는 건 무술만으로 되는 게 아냐. 일단 깡다구가 좋아야 하고, 두 번째는 돈이 많아야 해. 씨펄, 돈이 곧 힘이거든. 꼬마야, 내 주먹에 십 원짜리를 붙이고 상대를 치면 쓰러지지 않는다. 그런데 만 원짜리를 붙이고 치면 쓰러지지 않을 놈이 없어. 씨펄, 내 주먹에 수표를 붙이고 휘두르면 천하장사도 한 방에 케이오야. 무슨 말인지 알겠니?"

"그런데 돌팔이 아저씨를 꼼짝 못하게 만들 때는 주먹에 돈을 붙인 게 아니잖아요."

"인마, 네가 몰라서 그렇지 그것도 돈과 관련이 있어."

"왜요? 잭나이프가 무서워서 꼬리를 내린 게 아니었나요?"

"그 사기꾼 약장수가 내 돈을 날것으로 먹으려고 했거든. 돈을 사기당하게 되면 누구든지 눈에 쌍심지가 돋고 깡다구가 치솟게 되어 있어. 그래서 돈을 날것으로 처먹으려고 했던 그 사기꾼은 내 상대가 될 수 없었던 거야."

"뭘 사기 쳤는데요?"

"아 글쎄 말이다, 그 겁대가리 없는 사기꾼이 중앙통 호랑이를 새끼 고양이로 봤는지, 요힘빈을 섞어서 만든 잡것을 정력제라며 비싸게 팔아먹었어. 씨펄, 그걸 먹으니까 거시기가 빳빳해지긴 하던데 배탈이 나서 도무지 힘을 쓸 수 있어야지. 꼬마야, 너는 아직 그런 이야기를 들을 때가 아니니까 그만 두자. 이제 나는 산을 내려가야겠다. 꼬마야, 잘 있어라. 그리고 공부 안 하면 어떻게 된다고 그랬지? 나처럼 된다고 했잖

아. 내년에는 학교에 꼭 가서 공부 열심히 해라."

또보가 이 사이로 침을 찌익 갈기고 나서 아래로 내려갔다. 소년은 그의 뒤통수가 보이지 않을 때까지 '돈이 곧 힘이다' 라는 말에 대해 생각해보았다. 의미를 제대로 알기 힘들었다.

점심때였다. 아직 덜 자란 햇고구마 몇 개를 파내서 먹었다. 그런데 속만 쓰릴 뿐 배고픔은 가시지 않았다. 아무래도 집으로 돌아가서 찬밥을 물에 말고, 풋고추를 된장에 찍어 먹어야 할 성싶었다.

숲길 좌우에 피어 있는 꽃을 구경하며 터덜터덜 올라가는 중이었다. 등 뒤에서 누군가가 부르는 소리가 들려왔다. 뒤돌아보니 사내 두 명이 산길을 올라오고 있었다. 가까이 다가올 때까지 기다리다가 얼굴을 확인해보았다. 일전에 케세라 아저씨의 실종사건과 양귀비 불법 재배를 수사하러 온 형사들이었다.

"형사 아저씨, 실종된 케세라 아저씨를 찾았나요?"

"아직 못 찾았다."

"그럼 양귀비 불법재배 때문에 또 오셨구나?"

형사는 소년의 질문에 답하지 않고 엉뚱한 것을 물었다.

"얘야, 너의 마을에 돌팔이라고 있지?"

"혹시 몸이라도 아프세요? 그 할아버지는 아픈 사람들을 잘 고쳐요."

"정말로 그가 아픈 사람들을 잘 고친단 말이지. 그래 좋다. 그가 살고 있는 집까지 안내해줄 수 있겠니?"

소년이 앞장서서 제5의 숲으로 들어갔다. 잠시 후, 돌팔이 집에 도착했다. 때마침 그가 배낭을 둘러메고 사립문 밖으로 나오는 중이었다.

"도망치지 못하게 붙들어! 체포해!"

형사들의 외치는 소리가 우렁우렁했다. 소년이 하마터면 땅바닥에 주저앉을 뻔했다. 외치는 소리가 천둥치는 것 같기도 하고 느닷없는 상황에 정신을 차릴 수 없었다. 순식간의 일이었다. 형사들이 돌팔이의 손목에 수갑을 채웠다. 돌팔이의 배낭을 뒤졌다. 그 속에는 낫과 호미가 들어 있었다.

"왜 이러십니까?"

"시치미 떼지 말고 곱게 실토하는 것이 좋을 거요."

"뭘 말입니까?"

"어허, 호된 맛을 봐야 입을 열겠다, 이거지. 당신의 신분이 의심스럽고 불순분자일 가능성이 많다는 신고가 들어왔어. 좋은 말로 할 때 고분고분하게 서까지 따라왔으면 좋겠어."

소년은 어리바리한 상태로 있다가 돌팔이가 끌려간 뒤에야 정신을 제대로 찾을 수 있었다.

돌팔이가 수갑을 찬 채 끌려가자 숲을 산책하던 사람들이 혀를 끌끌 차며 웅성대기 시작했다. 소년은 이게 아니라고 생각했다. 돌팔이가 간첩이라는 게 이해되지 않았다. 간첩은 이마에 뿔이 난 도깨비처럼 생겼다고 했다. 그런데 돌팔이의 머리에는 뿔이 없었다.

23
길은 길로 다시 갈라진다

   제5의 숲이 들썩거렸다. 숲 속 사람들이 당산나무 아래 공터로 몰려나왔다. 심지어 할렐루야의 집으로 이사 온 치매에 걸린 할아버지까지 할머니의 손을 잡은 채 나타났다. 그 할아버지는 고향사람들이 한꺼번에 모였다며 싱글벙글하면서 어깨춤이라도 출 기세였다.
   "아이고, 세상에 만상에 천지신명께서 돕지 않고서야 어떻게 이런 일이 벌어질 수 있답니까. 암이 깨끗해졌대요. 믿기 어려워서 몇 번이나 물어봤는데 확실하답니다. 이게 정녕 꿈은 아니겠지요. 여러분 감사합니다. 천지신명이시여, 감사합니다."
   소년의 아버지가 동서남북을 향해서 큰절을 올렸다. 소년은 아버지의 이야기를 어떻게 받아드려야 할 것인지 혼란스러웠다. 죽기 전에 하고 싶은 거 마음대로 하겠다는 말을 입버릇처럼 달고 살더니 이제 와서 암이 깨끗이 나았다고 말하다니 쉽사리 믿어지지 않았다. 또 일전에 약장수가 암이 나았다고 말했다가 거짓이라는 게 밝혀진 적도 있었기 때문이다.

"백여우 양반, 혹시 장돌뱅이 약장수처럼 애당초 간암에 걸리지 않았던 것은 아닐까요? 그러니까 의사가 오진을 했던 게 아니었느냐, 이런 이야깁니다."

지산 양반이 몹시 부러워하는 눈빛으로 아버지를 바라보았다.

"웬걸요. 이곳에 들어오기 전부터 간경화가 진행되고 있었으며, 종양도 발견되었다고 했어요. 진료기록에도 그런 게 적혀 있었어요. 그런데 엄청난 치료비를 마련할 길이 없어서 이곳으로 들어와 포기하다시피하며 살았어요. 하 이거 참, 그런데 그 종양이 귀신도 모르게 사라져 버렸다니까요 글쎄. 의사 선생님이 기적이래요. 살다보니 이런 일도 있군요. 오, 천지신명이시여, 저를 버리지 않으셨군요. 감사합니다."

소년의 아버지가 감격에 겨웠는지 소년을 부둥켜안고 엉엉 울었다. 지켜보던 사람들도 덩달아서 눈시울이 축축해졌다.

"울기만 하지 말고 이야기 좀 합시다. 어떻게 해서 낫게 된 것인지 알려주시구려. 나도 깨끗이 낫는 기적을 일으키고 싶소."

"숲의 신비한 기운을 받으면 암을 고칠 수 있다고 해서 이곳으로 무작정 들어왔어요. 그리고 병원에서 약을 꼬박꼬박 타다 먹었고, 집사람이 암에 좋다고 소문난 약초들을 열심히 캐어주어서 먹었을 뿐이에요."

"무슨 약초를 먹었소?"

"그거 참, 좋다는 것은 이것저것 가리지 않고 무수히 먹어서, 어떤 것을 먹고 좋아졌는지 꼭 집어서 말하기 힘들어요."

"하 이런, 되우 감질나게 만드는구먼. 아무튼 암이 멀쩡하게 나았다고 하니 신통방통하기 짝이 없는데, 뭔지 몰라도 숲이 신통하긴 신통한가 봐."

지산 양반이 고개를 계속해서 끄덕거렸다.

치매 할아버지는 신통한 약초 따위에 관심이 없었다. 그는 이리저리 돌아다니며 한 사람씩 얼굴을 뚫어지게 들여다보고 나서 입을 열었다.

"할멈, 뿔뿔이 흩어졌던 고향 사람들이 이렇게 다 모였으니 잔치라도 벌려야겠어. 뭐해, 암퇘지 실한 놈으로 한 마리 잡아야 한다니까 글쎄."

치매 할아버지의 특징은 이야기를 할 때마다 '고향'이라는 단어를 빼놓지 않았다. 그리고 나이를 거꾸로 먹은 것처럼 천진한 얼굴을 하고 있었다. 할아버지가 할머니의 손을 잡아끌었다. 할머니는 엉뚱한 소리에 짜증이 날 만도 할 텐데 밉다 곱다 한마디 말도 하지 않고 그저 웃으면서 따라다닐 뿐이었다.

다인 이모의 이야기에 따르면, 노부부의 고향마을에 큰 댐이 들어섰다고 했다. 졸지에 수몰민이 되어 고향을 잃어버린 그들은 자식들이 있는 도시로 올라가서 한동안 함께 살았다.

그러던 어느 날이었다. 고향으로 가겠다며 집을 느닷없이 나선 할아버지가 돌아오지 않았던 것이다. 어찌어찌해서 할아버지를 찾게 되었다. 병원으로 데려가자 치매에 걸렸다는 진단이 나왔다. 그러자 남은 생을 편하게 지내기 위해 이 숲으로 들어왔다고 했다.

소년이 그 이야기를 듣고 나서 치매 할아버지가 불쌍하다고 말했다. 다인 이모는 기억을 잃어버린 지금의 상태가 어쩌면 더 행복한 것인지도 모른다는, 영우가 이해하기 힘든 말을 중얼거렸다.

"영우야, 어서 들어가자. 이젠 우리 식구들이 산 아래로 내려갈 수 있게 되었어."

소년의 아버지가 소년의 손목을 잡고 집으로 끌어당겼다. 그리고 짐을 꾸려서 금방이라도 떠날 것처럼 서둘렀다. 소년은 어머니가 생각났다.

"엄마가 병원에 누워 있다는 것을 알고 있어요?"

"아다마다. 곧 있으면 네 동생을 낳겠지."

"아빠, 그런데 뭔가 좀 이상해요. 엄마가 병원에 며칠간 누워 있고, 엄마를 만나러 갔던 다인 이모도 돌아오지 않거든요."

"너는 그런 것 걱정할 필요 없다. 아싸! 내가, 내가, 암에 걸려 죽으려다가 기적적으로 살아났단 말이다. 이젠 됐어, 됐다고! 동네 사람들! 내가 암을 이겨냈어요! 암을 이겨냈다고요!"

소년의 아버지가 주먹을 불끈 쥔 채 외쳤다.

저녁밥을 먹을 때가 되었다. 소년의 아버지는 배가 고프지도 않은지 밥 먹자는 이야기를 전혀 꺼내지 않았다. 소년은 아버지의 좋은 기분을 망가트리고 싶지 않아서 툇마루에 앉아 팔짱을 낀 채 바라보기만 했다.

"영우야, 혹시 네 엄마가 돈 숨겨놓은 곳을 알고 있냐?"

아버지가 바지 호주머니를 뒤적거리다가 물었다. 소년은 장독대가 있는 곳을 힐끗 쳐다보며 경계심을 끌어올렸다. 비밀이니까 남에게 이야기하면 절대로 안 된다던 다인 이모의 목소리가 떠올랐다. 입을 굳게 다물었다.

"영우야, 아빠가 기적적으로 살아났단 말이다. 너는 이젠 걱정할 것 없다. 산 아래로 내려가면 아빠가 돈도 많이 벌 거고, 네가 그렇게 가고 싶어 했던 국민학교에도 얼마든지 보내줄 것이다. 지금의 돈 몇 푼 따위는 별거 아니야. 혹시 엄마가 돈 숨긴 곳을 알고 있으면 솔직히 털어놓아라."

소년의 마음이 자꾸만 흔들렸다. 자칫하여 숨겨놓은 곳을 말해버릴까 싶어서 어금니를 앙다문 채 고개를 계속 흔들었다.

새들이 지저귀는 소리를 듣고 소년이 눈을 떴다. 오늘따라 까치가 당산나무에 앉아서 요란스럽게 울어대며 잠에서 어서 깨어나라고 야단이었다. 자리에서 벌떡 일어났다. 햇살이 뙤창문을 뚫고 들어왔다. 늦잠을 잔 이유는 어제 하루에 종잡을 수 없는 일이 두 건이나 벌어졌기 때문일 것이다.

소년의 배에서 꼬르륵거리는 소리가 났다. 안방의 동태를 살폈다. 인기척이 없었다. 방문을 재빨리 열었다. 아버지가 보이지 않았다. 그 순간, 재빨리 고개를 돌려 장독대를 살펴보았다. 얼핏 보기에 별다른 이상이 없는 듯했다.

그런데 예감이 썩 좋지 못했다. 장독대로 다가가서 가장 안쪽에 있는 빈 항아리를 살짝 밀쳐보았다. 바닥에 검정 비닐로 싸인 뭔가가 놓여 있었다. 소년은 아버지를 의심한 것이 멋쩍고 죄스러워서 장독대 옆에 서 있는 애먼 봉숭아 꽃잎을 훑어서 마당 위로 날렸다.

"영우야, 이제 일어났냐? 어서 세수해라. 밥상 곧 차릴 테니까 말이다."

소년의 아버지가 싸리울 너머에서 고개를 불쑥 치켜들었다. 소년은 돈 숨긴 곳이 들통난지도 모른다는 불안감과 밥상 차려준다는 믿기 힘든 소리가 동시에 덮쳐들어서 내심 놀라고 말았다.

잠시 후, 밥상이 나왔다. 반찬이야 별로지만 아버지가 처음으로 차려준 밥상이라서 감격했다. 워낙 배고팠던지라 밥이 꿀맛이었다. 텃밭에서 갓 따온 고추가 상당히 매웠다. 소년이 사내답게 눈물을 참으며 다섯 개나 먹어치웠다. 그리고 화끈거리는 혀를 달랠 겸 밥 한 공기를 더 먹었다.

"영우야, 국민학교에 입학하게 되면 공부 잘해야 한다. 네가 여기서 아무리 똑똑하다는 소리를 들어도 산 아래 아이들과 겨루게 되면 끄트머리 쪽에서 뱅뱅 돌게 될 것이다. 아참, 오늘 배울 것은 뭐냐?"

"오 시인 아주머니한테 글짓기를 배울 거예요."

케세라는 행방불명되어 여태 돌아오지 않았고, 약장수는 야반도주했고, 돌팔이는 붙잡혀갔고, 다인 이모는 병문안 가서 돌아오지 않고 있었다. 현재 소년을 가르쳐줄 선생님은 오 시인뿐이었다.

"그래 좋다. 산 아래 아이들한테 뒤떨어지지 않으려면 열심히 공부해라."

소년의 아버지가 산을 내려갔다 오겠다며 사립문 밖으로 나갔다. 소년은 아버지가 보이지 않을 때까지 한참이나 지켜보았다. 그리고 장독대의 빈 항아리 밑을 살펴본 다음 오 시인의 집으로 갔다.

소년이 공부를 끝내고 집으로 돌아왔다. 집안 분위기가 왠지 모르게 썰렁하고 허망하게 느껴졌다. 장독대로 재빨리 다가가서 빈 항아리를 들쳐보았다. 분명히 놓여 있었던 검정 비닐로 싸인 것이 사라져버렸다.

아버지가 아니라면 그 돈을 손댈 사람이 없었다. 왜 아버지의 별명이 꼬리 아흔아홉 개 달린 백여우인지 확실히 알게 되었다. 아마 소년이 전혀 눈치채지 못하도록 끈질기게 지켜보다가 돈이 있는 곳을 알아냈을 것이다. 소년은 너무나 아깝고 분통했다.

소년은 오후 내내 방구석에서 널브러져 있었다. 또보가 '돈이 곧 힘이다' 고 한 말이 머리에서 떠나지 않았다. 소년은 그게 무슨 말인지 정확히 모르지만, 자기의 학자금이 사라졌다는 것 때문에 힘이 왕창 빠져버렸던 것이다. 꿈자리가 사납더니 그 대가를 톡톡히 치르고 있는지도 모를 일이었다.

그런데 소년이 그냥 널브러져 있게 놔두지 않았다. 당산나무 공터 아래에서 낯선 목소리가 들려왔다. 숲 속 사람들에게 공터로 모이라는 거였다. 생활용품 보따리장수가 찾아왔나 싶어서 그냥 모른 체해버리려다가 벌떡 일어났다. 어제 붙잡혀간 돌팔이 아저씨와 따쭈리의 목소리가 들려왔기 때문이다.

퇴창문을 통해서 먼저 살펴보니 당산나무의 그늘 아래에 돌팔이와 따쭈리가 서 있었다. 그를 붙잡아간 형사 한 명도 함께 서 있었다. 도대체 무슨 황당한 일이 또 벌어지나 싶어서 당산나무 아래로 달려갔다.

"여러분, 이분은 의사 선생님이십니다. 이 선생님께 무례한 짓을 저질러서 공개사과하려고 찾아왔습니다. 우리는 신고가 들어와서 어쩔 수 없이 출동했던 것입니다. 조사해 본 결과, 이 선생님은 무면허의료행위를 했던 것도 아니고 불순분자도 절대로 아니었다는 것을 알려드립니다. 거듭 말씀드리지만, 이 선생님께 잘못을 저질러서 죄송합니다."

경찰서에서 돌팔이의 신분을 조회해본 결과 전직 외과의사라고 했다. 그런 놀라운 비밀이 밝혀지자 사람들이 탄성을 일제히 내질렀다.

"내가 맹장 때문에 하늘만큼 땅만큼 아팠을 때 선생님이 내 배를 쨌던 곳이다. 봐라. 내 배를 이렇게 쨌기 때문에 아직도 숨을 폴딱폴딱 쉬고 있는 것이다. 만약에 선생님이 내 배를 째주지 않았으면 벌써 골로 갔다. 나한테 선생님은 생명의 은인이다."

따쭈리가 셔츠를 걷어 올리고 수술 자국을 보여주었다. 그는 그 흉터가 곧 자기의 살아 있음을 증명해주고 있다는 듯 그렇지 않아도 불룩한 배를 한껏 내밀기까지 했다.

돌팔이는 자기가 집도했던 암수술 환자가 깨어나지 못하는 '테이블 다이'라고 말하기도 하는 사건이 발생하자 오랫동안 우울증에 시달리다가 이 숲으로 들어왔다. 그는 자기 자신을 '돌팔이'라고 스스로 낮추고 학대하며 속죄의 나날을 보내고 있었다. 그리고 좀 더 완벽한 의학과 생명 존중을 위해서 서양의학 바탕 위에 대체의학을 연구하는 중이었다.

"어떤 싸가지 없는 놈이 애먼 사람을 불순분자라고 신고했소?"

지산 양반이 큰소리로 물었다.

"그건 밝혀드리기 곤란합니다. 죄송합니다."

형사의 이야기가 끝나기도 전에 몇 사람이 웃음을 날렸다. 물어보지 않아도 뻔하다는 뜻의 웃음이었다.

"선생님, 환자의 죽음을 선생님의 잘못만으로 여기지 마세요. 환자도 의사도 결국 죽을 수밖에 없는 존재잖아요? 최선을 다했으면 되는 거예요. 이젠 더 이상 자신을 학대하지 마세요."

오 시인이 돌팔이를 위로해주었다.

이 숲에 의사가 살고 있었다는 것을 뒤늦게나마 알게 된 사람들이 줄을 서서 즉석 상담을 부탁했다. 소년은 상담할 일이 없어서 집으로 들어가려고 했다. 그런데 돌팔이가 불러 세웠다.

"산 아래로 내려간 김에 네 엄마가 있는 병원에 다녀왔다. 엄마가 너를 무척 보고 싶어 하니까 내일 아침 일찍 함께 가보도록 하자."

소년은 불길한 왠지 예감이 들어서 발이 굳어버리고 말았다. 돌팔이 얼굴을 재빨리 훔쳐보며 무슨 일이 있는지 읽어내려고 했으나 실패했다. 언제나 그랬던 것처럼, 돌팔이의 얼굴은 무표정이었다.

뜬눈으로 밤을 지새우다시피 했다. 소년이 무덤산 너머의 큰 도시를 병문안 때문에 처음으로 찾아가게 될 줄 꿈에도 몰랐다.

큰 도시는 읍내와 감히 비교할 수 없을 만큼 규모가 크고 복잡했다. 사람들이 벌떼처럼 우글거리며 혼을 빼놓았다. 무덤산을 넘어왔던 청년이 이 도시에서 수많은 사람들이 죽었다고 말했다. 그런데 소년의 눈에는 그런 흔적이나 아픔이 전혀 보이지 않았다. 초상집 분위기가 남아 있을까 봐 은근히 걱정했는데 쓸 데 없는 일이었다.

병원 건물 안으로 들어갔다. 소독약 냄새가 비위를 상하게 만들었다. 손가락을 집게처럼 만들어서 코를 집었다. 돌팔이가 소년의 손을 꽉 잡아주며 혹시 좋지 않은 상황이 발생하더라도 놀라거나 당황하지 말라고 했다. 그 순간, 소년은 병원 복도가 해골이 걸려있던 동굴처럼 느껴졌다.

어느 병실로 들어갔다. 소년의 가슴이 잉큼잉큼 뛰었다. 다인 이모가 의자에 앉아서 고개를 수그리고 있다가 두 사람을 맞이했다.

"이모, 엄마는?"

"네가 조금 늦었구나. 엄마가 너를 무척이나 보고 싶어 했다……."

이모는 더 이상 말하지 못하고 소년을 끌어안은 채 통곡을 터트렸다.

소년의 어머니는 하얀 시트에 덮여 있었다. 시한부 생명을 선고받은 소년 아버지의 암은 완치되었는데, 어이없게도 그동안 병간호를 열심히 한 소년의 어머니가 다시 돌아올 수 없는 길을 떠났던 것이다. 소년은 예기치 못한 상황 앞에서 몸과 마음이 얼음장처럼 굳어버릴 수밖에 없었다.

소년이 이모에게 어떻게 된 거냐고 물었다. 소년의 어머니는 몇 개월 전부터 자기가 자궁경부암에 걸린 것을 알았으나 주변 사람들에게 알리지 않았다. 병원에서 항암치료를 권했다. 그런데 엄청난 치료비를 감당하기 어려웠고, 태아의 건강이 염려되어 그 치료를 거부했다.

의사는 임신 5개월이 넘으면 자궁막이 항암제를 철저히 막아주어서 태아에게 영향을 미치지 않을 수도 있다고 했다. 그래도 소년의 어머니는 만에 하나 태아에게 잘못이 생기면 안 된다며 자기의 고집을 꺾지 않았다. 그리고 몇 시간 전에 아기를 출산하고 숨을 거두었다.

소년은 울보가 죽음이 뭐냐고 물었을 때 그저 눈에 보이지 않는 것이라고 단순하게 말한 적이 있었다. 평소에 다른 사람의 죽음을 대할 때도 그랬지만, 소년은 어머니의 주검을 보며 특별한 감정을 느끼지 못하고 멍하니 서 있었다.

소년이 별안간 눈물을 왈칵 쏟아내기 시작했다. 묘한 일이었다. 지금까지 수많은 죽음을 보았어도 실감이 나지 않고 눈물 또한 흘리지 않았던 것이다. 그런데 싸늘하게 누워 있는 어머니의 주검이 마치 자기 자신처럼 보이면서 눈물보가 터졌던 것이다.

자신의 죽음. 그렇다면 이제부터 모든 사람들로부터 영영 사라져서 보이지 않게 되는 이별이 시작되는 셈이었다.

공허함만이 가득한 소년의 빈 가슴속으로 외로움과 슬픔이 폭풍처럼 밀려들었다. 눈물이 그칠 줄 몰랐다. 그때, 누군가가 휠체어에 실려 병실 안으로 들어왔다. 환자복을 입고 마스크로 얼굴을 가린 상태였다. 그렇지만 소년은 그가 숲의 요정이라는 것을 쉽게 알아차렸다. 요정의 커다란 눈에서 눈물이 별처럼 반짝거리고 있었다.

에필로그
숲, 목숨의 초상肖像

　사내가 제5의 숲을 찾아오기 전에 수없이 망설였다. 마음의 상처가 덧나게 될지 모른다는 염려 때문이었다.
　오래된 과거는 그것이 설령 고통이나 아픔이라고 해도 추억으로 변하여 그리워지게 된다는 말이 있다. 그런데 사내의 아픈 과거는 추억으로 쉽사리 변하기 힘들었다. 망각으로 하얗게 사라지기도 힘든 상황이었다. 그래서 '매장'이라는 극단적인 방법을 동원하여 지난 과거를 땅속에 파묻은 채 살아왔는지도 모른다.
　그 옛날, 다인 이모에게 배운 복식호흡을 하면서 사내가 등산객들을 기다린다. 그들이 연초록 숲에 가려지다가 드러나기를 반복하더니 마침내 가까이 다가온다. 환갑을 지난 것으로 보이는 초로의 남녀들이다.

사내가 그들에게 인사를 건네고 제5의 숲에 대해서 묻는다.

"이 임도를 따라 위로 계속 올라가면 갈림길이 나오고, 거기에서 조금만 더 올라가면 됩니다. 그런데 아직 젊은 분으로 보이는데 그 전설적인 숲을 어떻게 아시나요?"

"전설적인 숲이라니요?"

"그곳에는 시한부 생명을 선고 받은 암 환자들이 주로 모여 살았고, 숲에서 내뿜는 피톤치드 영향으로 암을 치유한 사람들이 많았거든요. 그래서 전설적인 숲이라고 부르게 되었지요. 그런데 그 숲은 왜 물어보시나? 죄송한 이야기지만, 젊은 분이 혹시 암이라도 걸린 게요?"

"아닙니다."

"암이 걸리지 않았다니 다행이군요. 나는 도시에서 생활하던 중 암에 걸렸어요. 그래서 병을 고쳐보려고 내 고향으로 내려와서 벌써 수년째 이렇게 산을 타며 건강 회복에 안간힘을 쏟고 있답니다. 저 아랫마을이 내 고향이에요."

초로의 사내가 손가락으로 산 아래를 가리킨다. 하지만 연초록의 신록만이 겹겹이 일렁이고 있을 뿐 마을은 보이지 않는다.

"혹시 그 숲에서 살았던 사람들에 대해 아는 이야기라도 있습니까?"

"아마 누굴 찾으시나본데, 돌팔이라며 자기 비하를 했던 의사 선생 이야기를 들은 적이 있어요. 그런데 그 선생은 천수를 다 누리고 저세상으로 떠났죠. 그리고 수목장을 해달라는 유언에 따라 그 숲의 어떤 나무 밑에 묻었다고 하더라고요. 또 무용을 전공해서 살풀이춤을 잘 추는 아리따운 여인이 있었는데 의사 선생을 나무 밑에 묻어준 뒤에 숲을 떠났다고 해요. 아주 예전의 일이니까, 아마 그 아리따운 여인도 천수를 다하고 저세상으로 떠났을 겁니다."

"혹시 약장수라는 사내에 대해서 들은 이야기가 있습니까?"

"아, 장돌뱅이 약장수 말이죠. 거참, 사람 팔자 시간문제라고 하더니, 그가 대처로 나가서 기공수련센터를 열고 암 환자들을 끌어 모았대요. 그리고 떼돈을 벌어 떵떵거렸다지 뭡니까. 하지만 그 약장수도 저세상으로 떠났죠. 그런데 말예요, 상당히 많은 그의 재산을 상속할 사람이 없어서 큰 화제가 되었다고 하더군요. 아등바등하면서 떼돈을 벌어놓았으면 뭐합니까, 배냇저고리와 수의에는 주머니가 없다더니 그게 틀린 말이 아니더라고요."

초로의 사내가 혀를 끌끌 찬다. 초로의 부부가 산을 다시금 올라가기 시작한다. 사내가 급히 뒤따르며 묻는다.

"선생님, 산 아랫마을이 고향이시라면 따쭈리라는 분을 잘 아시겠네요?"

"거참, 젊은 분이 모르는 사람이 없구먼. 그 착하고 순진한 따쭈리라는 양반이 나의 고향선배였소. 그런데 장수하다가 삼 년 전쯤에 시름시름 앓더니 저세상으로 떠났지. 그런데 이해하기 힘든 일이 있었어요. 원래 약간 부족한 양반이긴 했지만, 죽기 전에 이상한 언행을 보였거든요."

"이상한 언행이라니요?"

"따쭈리는 외아들이며 홀어미와 함께 살았어요. 그런데 있지도 않은 자기의 동생을 찾겠다며 돌아다녔죠. 또 동생이 제5의 숲을 틀림없이 찾아올 거라고 중얼거리곤 하다가 결국 숨을 거두고 말았지 뭡니까."

사내는 그 이야기를 듣자 발이 땅에 달라붙어버리고 만다. 이명증 때문인지 숲의 정적이 주는 효과 때문인지 귓속이 먹먹해진다. 한동안 숲을 응시하고 있던 사내가 블랙홀에 빨려 들어가듯이 걸음을 옮긴다.

사내가 존재와 무無라는 단어를 함께 떠올린다. 불가佛家에서 '이 세상의 모든 존재는 실체가 없다'고 했으며, '원래 없었기 때문에 사라졌다고 말할 수 없다'고 했다. 헤겔도 '순수한 존재와 순수한 무가 동일하다'고 했다. 사내가 눈을 지그시 감는다. 있는 것이 뭐고 없는 것은 뭔지 혼란스럽다.

사내는 유년기에 어린아이답지 않을 만큼 삶과 죽음에 대해서 궁금한 점이 많았다. 또 사후세계도 마찬가지였다. 하지만 해답을 찾지 못한 채 제5의 숲을 떠났다. 어른이 된 지금도 죽음이나 사후세계에 대해서 아는 게 없다. 다만 확실히 알고 느낀 것은 때가 되면 죽는다는 것이며, 인생이란 덧없다는 것이다. 그런데 인생이 덧없기만 한 것일까.

임도를 따라 올라간다. 사내가 어릴 때 느끼기에는 제법 넓은 숲길이었다. 그런데 어른이 된 지금 살펴보니 협소한 산길이다. 갈림길을 만나자마자 어머니가 가르쳐준 동요 '달마중'이 사내의 귓속에서 되살아나기 시작한다. 하늘을 올려다본다. 미치도록 시퍼런 하늘 한편에 하얗게 퇴색된 낮달이 팔뚝의 우두 접종 자국처럼 박혀 있다.

산길을 따라 잠시 올라가자 당산나무 우듬지가 보이기 시작한다. 제5의 숲이다. 이 숲에는 사내의 유년기 초상이 오롯이 남아 있다. 비바람에 무너진 옛집이 보인다. 옆으로 기울어진 형태가 아니라 거대한 힘으로 눌린 것처럼 납작하게 변해 있다. 그 거대한 힘이란 곧 세월이요 시간일 것이다.

당산나무 앞의 공터에는 잡목이 군데군데 들어섰다. 사내는 당산나무 밑동의 힘줄처럼 불쑥 튀어나온 뿌리 위에 앉아 있는 누군가를 발견한다. 자기를 쏙 빼닮은 또 하나의 자기가 손으로 턱을 괸 채 뭔가를 골똘히 생각하고 있다.

사내가 목에 감겨 있던 곡옥 목걸이를 푼다. 박제된 또 하나 자기의 목에 걸어준다. 그러자 굳은 몸이 서서히 풀리며 고개를 치켜든다. 사내와 또 하나 사내가 눈빛을 마주친다. 생령生靈이 숲으로 번진다.

솔바람이 시나브로 불어올 때마다 곡옥 목걸이가 흔들리면서 나선형을 그린다. 생명의 씨앗도 나선형 운동을 통해 자궁에 도달하여 착상하게 된다고 하던가? 숲은 자궁이요, 생명이요, 목숨이다.

그때 그 시절이었다. 사내는 누이의 출산과 어머니의 죽음 이후, 아버지의 손에 이끌려서 숲을 떠났다. 어른이 될 즈음에 알게 된 것이지만, 사내의 어머니를 죽음으로 몰고 간 자궁경부암의 주된 원인은 성접촉에 따른 인유두종 바이러스 감염이었다. 어머니에게 그런 바이러스를 옮겨준 사람은 사내의 아버지일 가능성이 다분했다.

숲을 떠난 사내의 아버지는 핏덩이나 다를 바 없는 누이를 보육원에 맡겼다. 물론 돈을 많이 번 다음에 찾으러가겠다고 말했다. 하지만 끝내 약속은 지켜지지 않았다.

약장수는 사내의 아버지를 데리고 전국의 5일 장터를 누볐다. 두 사람은 어울리는 파트너였다. 간암에서 기적적으로 완치된 사내의 아버지가 완벽한 진단서까지 휴대한 채 일종의 치유 간증干證으로 약장수를 도왔다. 어린 사내는 취권과 차력으로 흥미와 동정심을 구걸하는 꼬마 어릿광대였다.

그때 그 시절, 돌팔이 할아버지가 하던 말이 사내의 머릿속으로 스쳐지나간다. 사람은 죽음을 통해 사라지는 것처럼 보이지만, 자식에게 유전인자를 물려주어 자식이라는 이름으로 또 살아간다고 했다. 그런 논리를 따른다면, 어머니와 아버지는 '장영우'라는 이름으로 아직도 존재하고 있는 셈이다.

사내가 불연속 시간대를 건너뛰어 그때 그 시절을 복원시킨다. 우뚝 선 채 눈을 살포시 감고 잃어버린 시간, 잃어버린 공간, 잃어버린 존재의 조각들을 주워 모아서 자화상을 그린다. 그가 숲을 다시 찾아온 것은 부재 속에서 존재를 찾고 싶었던 것일 테다. 또 제5의 숲을 찾아 삶과 죽음의 경계를 다시 회상함으로써 삶의 진정성을 회복하고 싶었기 때문일 것이다.
　그때 그 시절, 제5의 숲을 떠나 바깥세상으로 나온 사내는 인큐베이터를 필요로 했던 미숙아였다. 그동안 이 세상의 이곳저곳을 돌아다니면서 완전변태完全變態를 위한 은밀한 우화羽化를 꿈꾸었으나 여의치 않았다.
　사내가 오르막 산길의 산벚꽃나무들을 떠올린다. 자기 자신에게 다시 물어본다. 하나의 줄기에 삶과 죽음을 함께 매달아 극명하게 대비시킨 저의가 무엇일까? 사내는 그게 '메멘토 모리'인지 '카르페 디엠'인지 따져볼 필요가 없다는 결론에 이른다. 그것들은 태생이 같은 단어이기 때문이다.
　바람이 시나브로 불어오고 있다. 바람은 생명과 변화의 숨결이다. 그래서 숲 속에는 생사의 순환이 끝없이 이루어진다. 사내가 생명의 숲이요, 목숨의 숲에 안긴 채 심호흡을 한다. 두 팔을 한껏 벌린다. 발끝으로 서서 한 다리를 뒤로 추켜올린다. 숲의 요정이 취했던 발레의 아라베스크 동작이다. 다인 이모의 목소리가 사내의 귓속에서 되살아난다. 발끝으로 서서 춤추는 것은 하늘을 날고 싶은 욕망 때문이라고 했다.
　사내가 또 하나 자기의 손을 붙잡아 일으켜 세운다. 이젠 하나가 둘이요, 둘이 하나이다. 숲길을 따라 거닐기 시작한다. 나지막한 소리로 노래한다. 그때 그 시절, 오 시인이 이야기해준 것처럼, 요정이 찾아오기를 기대하는 게 아니다. 그런 신비에 젖기보다 지금 살아 있음을 찬양하고 싶기 때문이다. 솔바람이 사내의 귓불을 어루만진다. 찬란한 생명의 숨결이 가슴팍에 부딪친다. 이곳은 생명의 숲보다 의미가 더욱 짙은 목숨의 숲이다.

제5의 숲

초판1쇄 찍은 날 | 2016년 6월 3일
재판1쇄 찍은 날 | 2016년 12월 8일

지은이 | 박혜강
펴낸이 | 송광룡
펴낸곳 | 문학들
등록 | 2005년 8월 24일 제2005 1-2호
주소 | 61489 광주광역시 동구 천변우로 487(학동) 2층
전화 | 062-651-6968
팩스 | 062-651-9690
전자우편 | munhakdle@hanmail.net
값 13,000원

ISBN 979-11-86530-23-8 03810

잘못된 책은 바꿔드립니다.